流动的边界

A Wanderer for One Year

爱米鱼 著

中国出版集团
现代出版社

图书在版编目（CIP）数据

流动的边界 / 爱米鱼著． -- 北京 ： 现代出版社，
2018.5 （2023.7重印）

ISBN 978-7-5143-7003-4

Ⅰ．①流… Ⅱ．①爱… Ⅲ．①游记－作品集－中国－
当代 Ⅳ．①I267.4

中国版本图书馆 CIP 数据核字（2018）第 066189 号

流动的边界

作　　者	爱米鱼
责任编辑	杨学庆
出版发行	现代出版社
地　　址	北京市安定门外安华里504号
邮政编码	100011
电　　话	010-64267325　　010-64245264（兼传真）
网　　址	www.1980xd.com
电子邮箱	xiardai@vip.sina.com
印　　刷	成都新千年印制有限公司
开　　本	880mm×1230mm　1/32
印　　张	12
字　　数	309千
版　　次	2013年5月第1版　　2023年7月第3次印刷
书　　号	ISBN 978-7-5143-7003-4
定　　价	46.90元

自序

击水千里　回首少年

时间倒回2016年。

11月的一天，洛杉矶清晨5点的太阳尚未升起，加州105号高速公路上已是车流如梭。小汽车朝机场方向飞驰，最终驶入赛普尔韦达大道。车速越来越慢，不远处三个大大的英文字母LAX闪着银白色的光，十五个百英尺高的巨型变色灯柱呈散开状矗立其后。十来分钟后，我踏进出发大厅，陪伴左右的只有一只二十寸黑色登机箱。时间尚早，我换好登机牌，到咖啡店买了一杯拿铁和一个羊角面包。手机里放着《蒂凡尼的早餐》，赫本小姐怀抱吉他，坐在窗台上唱《月亮河》。我惬意地伴随电影吃完早餐，迈向手扶电梯，抵达二楼安检口。高矮胖瘦、肤色各异的旅客聚集于此，队伍排得像贪吃蛇一般，缓缓进入通道。

"姑娘，你是中国人吧？"

一位操着东北口音的中国大妈朝我走来，说不懂英文，能不能跟我一块儿进去。我欣然答应。她说送闺女来洛杉矶读书，在这儿陪了半个月。我顺她指的方向往楼下看，一个小姑娘仰头望着我们，黑T恤丸子头，红唇白鞋，十五六岁的样子，就像我这两个月在当地见到的留学生打扮。

这个时代，到美国读书的青少年一拨接一拨，一拨比一拨年轻，大多是有钱人家送出去的。不禁想起最早一批被清政府派出赴美留学的少年们。与时下望子成龙望女成凤的父母不同，当时的达官贵族不愿送子女远渡重洋，那百来个19世纪末的少年，便多来自于乡下人家、教会子弟或开明商人的后代。与现在急于摆脱父母束缚的留学生也不一样，当时这批少年的背井离乡意味着渐渐远离自由。他们如那个时代的棋子，必须遵守与服从，待到学成归来，报效朝廷。

而我，没有重担，没有逃离，只是一名普普通通到此一游的旅客。

二十七岁的我，五月份辞去房开公司的工作。辞职时心态轻松，没有跳槽创业或结婚生子的计划，彻底放松一阵儿成了接下来的目标。唯一担心的是父母这关，必须有很好的理由和姿态让他们不要反应过激。好在他们只是发表了对我冲动决定的看法——没有大发雷霆，让我很是受宠若惊。老爸还调侃说，他们那个年代，被迫下岗的工人就差捶胸顿足闹革命了，换作现在，"80后""90后"听说公司裁员，不哭不闹，开开心心排队领遣散费，拿了钱出门玩个把月，回来继续找工作。老爸的说教并不让人难以受用，但对于时代的变迁，我们这一辈有了更多的选择，长辈们也不得不接受大众思想上的转变。于是，没有房贷车贷、小攒了笔钱的我，怀着一颗轻松的心情开始打包行李。

我的旅行之路由此开始。从看着世界地图幻想的孩提时代起，我的一个热切愿望便是旅行。我从没想过自己会长时间行走在路上，为期一年之久。我也从没想过会将自己的旅行见闻记录下来，整理成册。游记类文学最早可以追溯到《荷马史诗》，《奥德赛》记录了一个人在地中海冒险的故事。我的故事没有那么惊心动魄，都是些普通人普通事的交织。巴黎、加州，之后又间断地去了东南亚几个国家的几个城市，每个地方我都待了十天以上。但直到走过一半的旅程，我才真正明白我行走的目的和意义。我想更多地结交当地的朋友，和他们交谈，学习他们口中的语言，倾听他们眼里的世界，感受他们表现出的不同民族的文化。我待得很踏实，并努力像当地人一样在那里生活。

　　这一年，我遇见了上百名陌生人，他们在我的旅途中匆匆路过，也与我产生了一些交集。而我的故事里，只记录了其中一部分人物，他们因旅行与我结识，在我人生记忆里留下了一抹浓重的色彩。我由心而发地感恩这些相遇相识，后来一段时间里回想起来，这些人这些事记忆犹新，恍如隔日。我把它们一一写下，作为纪念。我想，在未来的某一天，当我被工作与家庭缠得脱不开身，无法像这样自由行走时，再翻看这些文字，我会十分庆幸，现在的我将那些经历完整记录了下来，因为文字所带来的，在某些程度上超过一张张笑容满面的照片，而某些细腻的情感，也只有文字才能传达。

　　那么启程吧。少年之心，我已迫不及待了。

目录

第一章　巴黎

第二章　旧金山—洛杉矶—棕榈泉

第六章　岘港

空气中飘着香与臭

重　逢

在我印象里，巴黎这个城市犹如一位经过沧桑历练却不容岁月侵犯的女人。她优雅知性，充满魅力与魔力，以及一股你无法驾驭却沉陷其中难以自拔的骄傲，它们交织缠绕成一股强烈的力量，在遥遥的远方牵引你朝她奔去。而她的名字，Paris，仿佛也带着沉稳而浓厚的芳香，当你抿起双唇念出它时，便自然而然地为之迷醉与倾倒。

飞往巴黎前，我脑海里有这样一幅画面：银白色天空之下，长长的香榭丽舍大道一直向西延伸至凯旋门，大道两旁栽种着褐红色的梧桐树，在它们身后，各家奢侈品牌店的玻璃橱窗尽情展现，里面装扮了全世界最时尚独特的元素，散发出一种挠人的私欲。冰凉的空气中弥漫着一股幽暗的气味，那不是一般的香水味，没有草木花朵的甘甜，而是一股浓厚且特殊的味道，像是经过了几个世纪的沉淀，是重砖瓦配上高档木头和皮具发出的味道。一位三十多岁、高瘦的法国女郎朝上坡快速走着，她纤白的手里提着一个黑色方形皮袋，米白色高领毛衣裹住细长的脖子，将妆容精致的脸盘衬托得更加小巧动人，栗色卷发轻轻拨在卡其色风衣上，风衣很长，遮住了膝盖，只露出小腿踝，脚下是一双墨绿色蛇皮纹尖头高跟鞋。女郎噘着暗色嘴唇，口中吐出一串平滑而圆润的调调，那是号称世界上最优美的语言。

画面中没有男人？有。三三两两倚在梧桐树后，或者在坡下露出半个后背，如同油画里的阴影，由几种颜色调出一种慢慢过渡的深与灰。

　　还真有位女人在巴黎等我，她是我中学时期的闺密饶冰。在计划相聚的半个月里，我们抱着手机全天候微信，仿佛又回到彼此黏腻的中学时代。我们从一起暗恋过的男同学聊到几个经常被戏弄的老师，从共同痴迷过的摇滚音乐聊到没有组成功的女子乐队，从宽宽松松的校服聊到女生们喜欢偷偷挑染头发，一切都如此生动清晰，似乎没有十余年那么久远。饶冰还翻出 QQ 空间里一张"珍藏"的旧照，画面上，我俩穿着如大麻袋一般的校服，刘海儿遮住两条眉毛，相互勾搭着，姿态可笑至极。我们不再敲击手机，彼此陷入了照片后的回忆之中。

　　饶冰已在巴黎待了两年，学习服装设计。临近毕业，课业皆已完成，本可以和我来个浪漫的法国南部之行，却不遂人愿。父母万般要求她回国，而她一直在沉默，她还想继续学习高定课程。最后，要求变成逼迫，沉默也转为反抗。就当我们兴奋地计划行程时，她被切断生活来源，申请居留的律师费用也没了着落。"这不是逼我马上去挣钱吗！"饶冰说她快烦透了，从小到大都没有自由。自由是什么？香榭丽舍大街橱窗里摆的不是奢侈品，自由才是奢侈品。身为同年代的独生子女，我很能理解她此刻的矛盾。一边是熟悉而安逸的老家，有亲朋发小，还有父母准备好的车子房子；一边是一万公里外的异国他乡，生活成本昂贵，长期孤身一人，但追求与梦想在此交织。似乎这个阶段的我们，都存在家庭选择与个人选择的激烈冲突。有两个选择，是幸福的，但这种幸福的背后又牵扯着数不清的羁绊，我们看似都有一条后路，却哪里有破釜沉舟来得痛快呢。

　　饶冰很快找到一个挣钱的出路。此时的海外代购或许没有前几年那么疯狂了，但对于一个巴黎的留学生来说，这绝对是最为快速便捷的挣钱方式。不得不说，当地的华人代购群体相当庞大，无论男女老少，审美高低，都能转进某个大牌专柜里拎个包、拍个照，谁都不想占着近水楼台的优势而浪费当地资源。即便做这一行的人多了，利润不及以往丰厚，但有偿出借一本护照，就能买到某个限量款的包包，几个炒得火热的爆款，也总是供不应求，这些都给了代购这个职业继续生存发展的空间。于是，在我出发前几天，一家小型贸易公司雇用了饶冰。老板是个在巴黎生活了十几年的上海人，姓叶，手里攒着一批上海的有钱客人，饶冰每天的任务就是到各个奢侈品门店挑选当季最新的服装，拍摄两百张细节照片。

我对于这个突如其来的任务感到很好奇。

"你怎么不自己干呢？"我问饶冰。

"你傻啊，我朋友圈里的资源能有多少。"她在微信那头提高音调，"叶老板那里的名媛，不管打折，只买新款，而且她只卖服装，定位明确。当然我也会发一些包包鞋子在朋友圈上卖啦。"

我很乐意跟着这位专业生走遍巴黎的各家商场、各条大道，感受一番这股飘向全球的奢靡气味。相较于之前憧憬的环法之旅，在这座用时装、香水和美食征服世界的城市待上一个月，会是个更难得的体验。我已做好准备，任由法兰西独特的文化气息刺穿我每一个毛孔了。

地铁里的阅读者

6月的巴黎已进入夏令时，与国内时差六个小时。饶冰告诉我，3月底的某一天，凌晨2点，法国的时钟会拨快一个小时，然后在10月底，又在凌晨3点把时钟拨回到2点。"你会觉得像自己骗自己玩。"饶冰这么说。中国现在不实行夏令时了，但我还记得在小学，每当炎热的夏季到来，学校都要把下午的作息时间推迟半小时，这样的通知会被学习委员书写在黑板右下角的框框里。

　　我的时差还未调好，当清晨的第一缕阳光洒进房间时，便瞬间刺激了我敏感的眼皮细胞。我一跃而起，迎接这个陌生城市的一天时光。这种感觉不免有些讽刺，之前上班，尚且要用三次闹钟叫醒，起床后还有些愤愤的情绪，周末加班的日子多，也不能享受个把小时的赖床时光，而现在自由了，竟主动早起，还带有一身任务之感，神清气爽，活力十足。我本是很喜欢赖床的，大脑苏醒后，继续合眼躺着，让思想天马行空，新奇的想法便不断涌出。我很享受这样身体慵懒、思维活跃的时间，它总能给我的思考带来一些意外的灵感。

　　晾在房里的衣物一晚上就干了，似乎没有阳台也不要紧。冰箱里塞满各种冷冻食品，水饺和面条成了大多数时候的早餐，因为煮着方便，开水一烧，扔进锅里，捞起来配点酱料即可。有时候我们也吃面包和牛奶。

　　到了8点，饶冰起床洗漱，和我一起吃早餐。出门前她要化一个非常精致的妆容，口红的颜色一定和昨天的不一样，亚光或珠光凭心情而定。她有个化妆盒，密密麻麻全装口红，一支支按照特定类别立得整齐，乍一看有近百支。每次它被打开，我都保持如同第一次见时的惊呆状。听说女人这一生要吃掉3.6斤的口红，不知道这对智力方面有无影响，却更加激发我想要舔食它的欲望。我不知道大多数巴黎女人拥有多少支口红，不过她们确实都抹着适合各自肤色的口红，昂首阔步在大街小巷，有些人压根儿连粉底都没打，唇色却浓墨重彩。妆化好了，饶冰会抓一把金黄色头发，扎起高高的丸子头，留一片短发盖在脖后——这个造型很适合她椭圆形的小脸蛋。最后，她在白色T恤和宽大的黑色直筒七分裤之外套了一件长款大衣，换上白色三叶草板鞋，准备出门。

　　早上9点钟，我们俩走下狭窄的四层旋转楼梯，跨出这幢看上去十分老旧的公寓，坐上1号地铁线，前往蒙田大道或是老佛爷春天。

饶冰租的公寓坐落在东部12区的一角，几乎跳出了小巴黎的范围圈。这个有着一百多年历史的老民宅，是巴黎众多奥斯曼式建筑中极为普通的一幢。它们外观相似，彼此相隔甚密，导致我经常辨不出方向。这些随处可见的楼房建于19世纪中期，用大块的砂岩方石造成，五到七层高度，黄墙灰顶，铁艺阳台上鲜花盛开。楼底是一间间的小商铺，宅区大门挤在两家店铺之间，窄小得只可容纳一人通过，门边装着数字键盘锁。在那个年代，住在哪个楼层直接反映了房主的社会阶层：一楼夹层用作商铺老板的住处，二楼住着有钱的资产阶级（不用受爬楼梯之苦），三楼四楼留给中产阶级，经济条件差的住五楼六楼，顶楼的阁楼是留给用人的——其实这种层层对应的讲究在这个年代依然普遍。

不过，随着电梯的普及和对居住环境的追求，现在的巴黎人反而喜欢住得越高越好。饶冰住的这幢楼没有加装电梯，一层两户，过道狭小，楼道用木板搭成旋转式，上下楼时，这些古朴的姜黄色木头会在鞋底发出咯吱咯吱的声响，好像在诉说它们历经的悠久与沧桑——估计很久没有维修了。

楼道里总弥漫着一种浓烈特殊的气味，道不明香臭，我肯定它是从这些木头里发出的。我痴迷于这种味道，就像小时候喜欢跑到轮胎店门口猛吸橡胶味一样。我认为嗅觉是五个感官中记忆最为持久的，它协助我们完成对很多事情的记忆。你可能记不清童年时橡皮擦的样子，但一定记得它的香味；你也一定记得某个夏天，外婆家门口雨水流过青草和泥土的味道。还有些味道，不会被凭空想起，但当你在不经意间再次闻到时，便立刻唤醒了对于某件事、某个人的那段回忆。气味十分抽象，你无法将它具体表述，但它带来的记忆却鲜活无比，并且，这些记忆充满着浓厚的情感。一个气味代表了一段时光，或许有人能收集起这些过往的气味，贩卖给游离在城市中的我们以追悼过去。

地铁口就在出门不到二十米的地方。地铁票是张很可爱的白色小纸片，上面印着红蓝黑三色字母和图形，让我想起化学实验课上的pH试纸。我习惯一次性买十张套票，像叠小扑克牌似的放在包里。

厦门的地铁尚未建成，北上广的给我留下了深刻印象：快节奏的现代化气息从进口处扑面而来，一直蔓延到站台及车厢内，各项硬件设备完善，安全巡视员也随处可见，而地铁里的人群沸沸扬扬，项背相望，无不展现出这个城市发展的生生不息。可当我轻轻走下巴黎的地铁站，几个台阶仿佛让我迈进时光隧道：伴着如泣如诉的弦声，我在狭长隧道里看见一位演奏小提琴的姑娘，她身后是一幅幅色彩分明的海报，有的诡异夸张，有的唯美浪漫——比如长着一只眼睛的国王和森林里奔跑的男女，如同一件件艺术画挂在斑驳的墙上。再往下走，站台幽静，似乎正上演某个电影情节，直到等待中的陈旧列车缓缓驶来，一个怀抱吉他低声吟唱的长发男人已在车厢内等候了——这些无限遐想可能源于车站里昏暗的灯光。

"记得要往后站！"饶冰拉了我一下，"很多线路没有防护栏，我见过神经病把路人推下站台的。"

她说得很严肃，又瞪了一眼前方的轨道，似乎记起了不愉快的往事。

坐上地铁后，饶冰习惯闭目养神，困乏来自于每晚整理照片到两三点。所以，当她坐在旁边小憩时，我便开始观察对面偷偷瞄她的女人。

这个女人——她有时是白人，有时是黑人，有时是皮肤比我们深出许多的黄种人。男人大不会这样一直盯着，如果他长得够帅，反而会被我和饶冰长时间观赏。车厢里风很大，不知从哪里灌进了大风，肆意骚乱我的头发。我转头看眼皮微闭的饶冰，她整衣危坐、静气凝神。我憋着笑，其他人可都是弯腰弓背！细看侧脸，腮帮微微带点婴儿肥，小鼻头像猫鼻一般翘起，粉底均匀如雪，眉尾如钩。口红的边缘恰到好处。

对面这个女人的表情有些麻木，眼皮都懒得眨一下。她说不定在猜饶冰的国籍，顺便评价一下妆容。这个日本女孩的口红将她脸色衬得真白！她或许这么想。

我对自己不礼貌的行为感到惭愧（干吗要盯着人家），却按捺不住好奇之心。我喜欢观察车厢里的一举一动，这进进出出之中，说不定藏着稀奇古怪的事呢。各色皮肤、百样穿戴的人皆吸引我，尤其是那些手拿书籍的人。我看着他们坐下，在膝盖上打开一页，专心地投入其中，有的还执笔做记录。即使没有座位，站着也影响不了他们的阅读。目的地到达，他们会迅速合上书本，快步迈出车厢。

在巴黎的地铁上，我看到很多沉浸在文字中的阅读者。他们不分性别，年龄跨度大，并未显得格格不入，也不被周遭环境所影响。我对此百观不腻，着魔于对这种行为艺术的偷拍中。每次进入车厢后，搜寻此般画面成了一项任务。我把他们一一拍成照片，保存在手机里。

几个月后，《哈利·波特》的女主角艾玛美眉做了件公益活动，她在伦敦地铁里藏书百本，掀起一股热潮。紧接着，国内明星也开始了"丢"书行动——有些东施效颦？我不由得又翻出手机里那些照片，想象上面是张张国人老乡的面孔，今后厦门地铁上会出现此景也说不定。

新奇的事还有一件，它几乎每天在站内上映：列车停靠站台的最后几秒，警鸣声响，车门缓缓关闭，此时还有人往车厢内冲刺——矫健的步伐让我想起那些在刷卡机上逃票的人，全是些年纪不大的男性。有时候他们会被门夹住，奋力向车厢内扭动，周围的男士们便一齐上前拉开车门，仿佛在拍摄一幕动作片。一开始我很吃惊，后来也习惯了，似乎这是巴黎男孩们都喜欢挑战的趣味运动。

蒙田大道的古驰店几乎每天必到。自从更换了设计师，这个品牌在花鸟虫蛇的簇拥下，开始大肆收割女人们恋恋不舍的少女心。叶老板手里那群"贵妇"自然不甘落伍、紧跟浪潮，三四千欧元的价格不在话下，只管拍好了照片发过去挑。

一排排大做文章的连衣裙挂在衣架上，清新浪漫之气扑面而来。饶冰在其间拨动手指，挑出一件飘逸的天蓝色长裙，红花绿叶绣满裙身，还绣了几只说不上名字的长尾巴鸟。

"这件怎么样？肯定卖得出去，好几个明星穿过。"她露出微笑。

"仙，好像把大自然穿在了身上。"我说。

她查看尺码，自信满满地将衣服撂在手臂上，又选了件墨绿色蕾丝长裙，走进试衣间。

我随手翻看几件色彩鲜艳的毛衣，底色大黄大绿，又用强烈视觉冲击的另一种颜色绣着一条蛇、一只猫或是一幢老房子——那房子上方还有几朵中式祥云！如此绝美的当季新款，我竟然生出一股思乡之情。我念起我的大姨，她手很巧，小时候的好些毛衣都出自她手，可那时我有自己的审美，只肯挑素色的穿，动物鲜花看都不看，此刻真想把它们找出来回味一番。

棕色头发的帅气店员在一旁整理衣服。他的连鬓胡须将尖下巴装饰得很好，屈膝靠在玻璃柜旁的姿势颇为有型。他见我不停瞟他，温柔地问我要喝点什么，我毫不客气地说橙汁。饶冰必定要在试衣间里捣鼓半天才会出来，我可以趁着空当儿向他学几句法语，比如"巴懂"（对不起），比如"麦喝西，欧夫哇"（谢谢，再见），比如"拉低胸希腊乌普累"（买单）。我将它们记在手机里，像最早学英语时用中文标注一样。

叶老板的询价不断发来，我们便像游击队一般穿梭于各家奢侈品店。我没想到代购竟如此辛苦，时常午饭都顾不及吃，更不用提有顿休闲下午茶。相较于街道上的名店，在商场里来回穿行更加便捷，品牌云集在一个较小的密闭空间里，增加效率，节省时间。即便如此，八层楼高的老佛爷商场，饶冰一小时能上下楼跑十几次，时不时还要蹿到隔壁的春天百货。我经常跟不上她的节奏，便自己瞎逛。第一回寻找洗手间时，某个店员将我引进一家奢侈洁浴店，隔间外有专属的胖大姐递送毛巾，结果花了1.5欧元小解费。有时候我两腿酸软，便到负一楼的Monop'小超市休息，因为那里提供面包、沙拉、饮料以及座位。饶冰偶尔抽空下来吃点心，吃完之后，她会掏出口红，将手机调到自拍模式，开始补妆。

"有一次我到前男友的学校玩，"她一边讲起故事，"我们坐在门口的台阶上，他认识的同学陆陆续续经过，我只能不停地和他们打招呼，做吻面礼——你知道有多尴尬吗？我最后照镜子才发现，门牙上全是口红印！"

她迅速补好口红，又上楼战斗。

偶尔我也离开商场，到附近巷子里走走。街边的餐厅外是一排排面向大街的客人，他们彼此肩并肩坐着，有些喜欢双臂交叉，将胳膊横在胸脯下方。相较于眼前的酒水，他们好像更喜欢神色黯然地望着眼前的人来人往。我从没想过加入他们的行列，只把这当作一幅画来欣赏——对于相互厌倦的情人来说这样的座位方式倒也不错。有一次我走进一家温州面馆，点了碗馄饨，并和五十多岁的老板娘聊起来。她的普通话很生疏，一旁二十岁的女儿更是一句中文都听不懂。"我来了三十几年了哦！"老板娘用尖细的嗓音说道，"上次回国都是四五年前了。"我问她在这里生活得舒服不，她说老家的亲戚朋友爱攀比，孩子结婚也要花很多钱。"这里交的税多。平时也是挺无聊的哦，但是简单点，轻松点。一家人住在小巴黎外，早上10点过来开店就好了哦，半个多小时的地铁很方便的。"她这么说。

兜兜转转又回到商场，饶冰已经两手挂满购物袋，战果颇丰。好在老牌资本主义下的巴黎人6点钟就懒洋洋地关门了，我们有幸能按时吃上晚饭。

饶冰有两个好友，有时我们会一起吃晚饭。沙沙是上海人，之前在冰岛住了几年，漂亮高挑，说话时带着股嗲气，她经常妙语连珠，热衷于讲网上流行的段子。她是叶老板雇的另一个买手，饶冰与她大有相见恨晚的意思。两人在一起时，彼此身上的娱乐细胞发挥到极致，相互配合下笑点层出不穷。慕斯是饶冰服装学院的同学，一个大大咧咧的山西女孩，穿着像个假小子，可能也受了毕业季的影响，神情总有些忧郁，她此时在老佛爷实习，偶尔带我们蹭蹭员工食堂。

而大部分时间，我和饶冰回家做饭。当她瘫在沙发上整理照片时，我开始展现在国内从不练习的厨艺。小小的灶台上，堆满洋葱、番茄、胡萝卜、牛油果、吞拿鱼罐头和干面包，我拌着飘满橄榄油清香的沙拉，心满意足——这里的食材看上去很新鲜，大可随心所欲用作沙拉，省去油烟烦恼。如果我们懒得连沙拉也不想做的话，就到楼下的烘焙店里买面包。尝试过各种甜得发腻的蛋糕后，我爱上了羊角面包。

饶冰的三室公寓里还有另外两户租客，一个东北女孩和一个带娃的福建阿姨。东北女孩经常不在这儿住，偶尔也带男朋友来过夜。福建阿姨年过半百，据说十年前因偷生——老公在闽北某个县镇当官——才偷渡而来，一直没有回去。她每天早上送儿子去学校，之后到别人家里打扫卫生，下午再接孩子回家做饭，周末她会带儿子外出吃洋快餐。人很朴素，看着却不太慈眉善目，或许总是黑着个脸的缘故。时常听她用地方话训斥小儿。小男孩显得沉默，会说法语，见到我们时羞涩而有礼貌。但每每听见他们过大的喧闹声时，饶冰便一脸不悦。"我讨厌小孩。"她说。

这个季节的巴黎，日落在9点以后，有时10点的天空还呈现灰亮。晚饭过后，我们经常到周边的文森公园散步。

走过几个安静街区，就到达漂亮的森林公园。公园与街区衔接自然，感觉不出人为修饰的痕迹。四周绿荫环绕，没走几步就令人神清气爽。

沿小路前行，很快就看到躺在林荫中的多梅尼湖。湖面波光粼粼，湖心立着小岛，一个圆形小白亭藏于岛上的树木之中。几只白天鹅伸长脖子在水中优雅浮动，完全不理会岸上啄食的黑乌鸦。湖边草地上不乏野餐和休憩的游人，有老有小，或坐着聊天，或躺着休息，或趴着看书，没有一人专注于手机。眼前的画面平静而律动，耳旁的声音来自树叶和湖水，我陶醉在人与自然的和谐共处，身临其境，一天的疲劳烟消云散。

我们向森林的更深处走去。树木高大茂密，小道纵横交错。时不时有跑步的人穿过身旁，类似松鼠的小动物在林间飞跃，更添了几分趣味。每走一段，小道上便有一组运动器具立于泥地。说器具不太准确，因为都是木头与少量金属做成，十分贴合周遭环境。一旁木牌上告知了正确的锻炼姿势，图文展现如一部秘籍。沿途不少人用此锻炼，身材健壮的男士们形成了另一道风景。经过几个木桩时，我和饶冰不由自主玩起了咏春拳。

公园面积很大，一两个小时无法走完。每次我们都几乎迷路，靠手机地图才得以顺利返回。从途中看到的标牌得知，附近有动物园，北边还有个万森城堡。这个城堡是我们每天乘坐的地铁1号线终点，尽管和饶冰家只隔两站，但我一直没去目睹这座建得比卢浮宫还早的城堡。

回家路上，我们会顺便在Monoprix超市里采购食物，物价不是很高，但想想当地人平均两三千欧元的月薪——再扣掉八九百房租，似乎不太能存到钱。

有一次从公园回来，我在网上搜索文森公园的信息，竟跳出四年前一桩华人保姆灭门碎尸案，当时的尸体便丢弃在那里的树林中。之后，我再踏进公园小道，便有种难以言说的感觉。我一直没和饶冰提起此事，也不知道她是否知晓。不过她总是副洒脱与不羁的样子，应该不会影响到她散步的心情。

我的第一个欧洲杯

　　周天是我的步行日。这一天，巴黎大部分商场门店闭门谢客。饶冰会在家睡个懒觉，直到下午才起。早上，我便开始了一个人的时光，肆意漫步在这座艺术之城。我穿上运动鞋，只带了手机和少许零钱，坐地铁到达卢浮宫，然后开始漫无目的行走。

　　此时卢浮宫广场上著名的玻璃金字塔已经"消失不见"。奇观出自一名街头艺术家，他在金字塔的一面贴满了黑白画像，只要观赏者在正前方选好角度，就能看见巨幅黑白画像与背景的卢浮宫建筑巧妙衔接——金字塔穿越去了另一个时空！可惜，我在广场上溜达半天，也没能找到最完美的角度。当我将略有瑕疵的照片发在家里的微信群时，老妈也发来张卢浮宫照片：金字塔成了只绿色的粽子。噢！我又错过了一年的端午节。

　　第一个周日，我沿着塞纳河右岸，一直走向西边的凯旋门，然后折返，向东走到巴士底广场，在那里坐地铁回家。路上见到不少席地而睡的乞丐——我条件反射地摸摸口袋中的硬币——不过地上却没有装钱的碗，还有一些正在整修的房子，四周围着白色防护网，我当作一幅画似的将它从头到尾端详了一遍。全程走了十四公里，将近四个小时，其间我多次迷路，走到膝盖胀痛。有一瞬间，一股无名的感觉冒出，我停下脚步，抬头望着蓝天，然后环视周遭，我看到各种各样的人，正在做着各自的事，一切都十分祥和、安宁，这个原本离我遥远的城市，这些与我生活在不同环境下的人，此刻都近在咫尺，自然地流动着，而我所熟悉的人和事，已经流向了世界的另一端。一股热潮几乎要夺眶而出，这是一种我曾经期盼，现在又避之不及的喜悦与哀伤。

　　这个周末我打算穿过卢浮宫旁的艺术桥抵达左岸，继而路过 Le Bon Marché（我没能在网上搜到它某个朗朗上口的中文名）商场一路向南。那是个相对"清静"的高级百货商场，本地富人们热衷在那里购物，我跟饶冰只去过一次，或许因为品牌和商品类目没有多出许多，她并不常去。至于艺术桥，它是卢浮宫前三座桥中的一座，唯独这座桥不允许车辆通行，所以我可以很舒服地在桥上来回走动，还可以坐在桥中心的木凳上歇歇脚。据说世界各地的情侣曾把爱情锁挂在桥上，把钥匙扔进河里，可惜我来晚一年，政府早将这四十五吨不堪重负的"爱情"拆了个精光。此时桥栏上空空如也，原本密密麻麻的锁网也变成了一整块透明玻璃，再没有地方挂锁了——可脚下的塞纳河里还躺着上万把孤独的钥匙呢！埃菲尔铁塔在远处露出尖角，我异想天开：倘若这座重量级的大铁苔上也挂满了铁锁……不敢想象。我不记得是否在懵懂少年时，也曾跑到某棵树下缠绕一张誓言卡，或在某人的脖子上挂一把小锁，或做一些千奇百怪的给爱情增加重量的仪式。我们喜欢用任何形式来表达此刻我爱你，我们也希望能时刻出席每一场能代表你爱我的典礼，喜欢把抽象的东西具象化，不喜欢轻飘飘的感觉，因为有分量才是好的，所以我们要标刻，标刻出一份沉甸甸的爱情，不管将它挂在哪里。我踏着脚下长长的杉木板徘徊流连，思索这不能承受的爱情之重。

　　巴黎干燥的气候令我浑身发痒，嘴唇如纤维般粗糙，我想着也该买只漂亮湿润的唇膏了。一天之内气温忽上忽下，有时太阳高照热得出汗，有时阴绵小雨凉风飕飕，竟也有看见6月天穿羽绒马甲的。另外，虽然巴黎的治安没有给我太多安全感，但我始终认为这是座可以很舒适行走的城市，道路是给行人的，我可以随便地走，走到每一个街区每一个角落。我回忆最后一次在厦门漫步的时光——好像在海沧湾公园，我沿着木栈道一直走到嵩屿码头，望着沉睡的海面和对岸的万家灯火，身边时不时有跑步的人擦肩而过，还有在草地上奔来奔去的小狗，阿姨们在广场上跳舞，一切都让我很安心；或许是在亚洲海湾大酒店背后的海滩，我仰面躺在沙子上，对着一大片灰黑的夜幕，再赤脚跑进海水里朝远处的海平面呐喊；也可能在仙岳山的一条小道上，看着那些拜土地公的善男信女纷至沓来……可是，那些都不是在城里的感觉。除了带有目的性，我很少在市区行走，大街多是车辆，阳光也异常火辣。或许这次回去，我可以尝试在大街上漫无目的地行走一次。

步行结束后，饶冰也起床了，一周作战式的劳累在长觉后减轻不少。心情不坏的话，她会搜索艺术馆的展览，然后我们一同前往。

周日的时光便这么慢节奏地、稍带文艺气息地被消耗掉了。

时值欧洲杯，空气中弥漫着浓烈的球赛氛围。大街上随处可见佩带枪械巡逻的士兵，足球元素被各个商家装点得恰到好处，地面上还有艺术家们留下的球星涂鸦。

我不懂足球，一直以来没有多大兴趣，但身临其境，原本波澜不惊的心也骚动了一下。饶冰鼓励我去感受一场球赛，凑热闹的同时可以认识些新朋友。于是我加了一个球迷微信群，花费一百九十欧元买到一张二手球票。我的决定很迅速，因为没有任何倾向——我只排除了在郊外圣丹尼斯球场的场次，饶冰叮嘱过，晚上从那里回来不安全——那么只有最近的王子公园球场了，这周正好有一场，威尔士对北爱尔兰。

转票的年轻人叫硕硕，在硅谷工作的北京人。他同去看球，因为朋友爽约，临时转手一张。我们相约开场前碰面，6点的球赛，4点在圣克鲁门地铁站1号出口会合。

这将是我人生中经历的第一场大型足球赛。

出发前，饶冰再三叮嘱安全事项。我穿了件有口袋的外套，长袖长裤，只带了手机和少许现金。坐上地铁后，我始终保持警惕，四处张望，简直紧张过度。

球场在小巴黎的西南角，经过十六个站点，耗时一小时。每到一站，都有穿着红色或绿色球衣的球迷上车。有一个站的人数最为夸张，成群结队的绿色球衣们情绪高昂，蜂拥挤上地铁。接着，列车上的球迷越来越多，整条九号线内洋溢着我听不懂的欢快歌曲。嬉笑声、叫喊声、拍打车厢顶的喧闹声相互混杂。每当列车靠站，他们便达到疯狂的顶点，手舞足蹈，脚下踩着节拍，列车陷入摇摇晃晃的共振之中。我坐在座位上，既紧张又兴奋，不时抬头查看车顶的线路图。

对面那个看书的女人也太淡定了！她只是偶尔抬起眼皮，扫一眼众多挥舞的臂膀——荷尔蒙爆发的雄性们，她可能这么想着——又低头回到她的书本中。过了一会儿，她起身穿过人群，走出车厢。另一个发色和眉毛都很淡的少年坐了下来。

"我到了。你不用出站，我们在站台里的自动售货机旁见。我穿一件绿色国安球衣。"硕硕发来微信。

"好的，马上下车了。"我回复。

到达圣克鲁门站，列车如闸口泄洪一般，人流涌向站台，往出口方向的移动。我夹在四周高大的人群中，缓慢挪出车厢，走向站台的墙面。待到红红绿绿的人群疏散，我开始左右张望。

我看见了硕硕，寸头国字脸，很壮的大高个儿。他大声喊我，满口京腔。我们交换了现金和球票，一同走出车站。

阳光普照下人声鼎沸，画面再次令我大开眼界。欢呼雀跃的红绿球迷们分阵营聚集，远看一片红色万头攒动，一片绿色人山人海，近看个个打扮夸张，举止疯狂。有些人手持彩旗来回挥舞，有些人手握啤酒高声唱歌；有些人脸颊涂着国旗，有些人全脸抹成绿色；有些人头上戴着彩色假发，有些人后脑勺上绑着球星的头像。我频繁拍摄，恨不得将所见所闻全部装进手机中。

"硕硕，那个是谁？"我朝他使眼色，眼神对准后脑勺上的头像（我不敢拿手指人）。

"贝尔，效力于皇家马德里，外号'孙大圣'！"他回答得如说书般畅快。

硕硕性格外向，热情洋溢，一路上不停地与陌生球迷聊天。他原本穿一件绿色的国安队球衣，聊到兴处，竟当场脱下，与一个大个子白人换来件红色球衣套上。走到白色球场旁，他还遇见了好几拨球迷群里的中国朋友，有的从国内来，有的原本就居住在欧洲，也有和他一样从美国来的，还有一对住在斯里兰卡的情侣。

5点26分，我跟随硕硕走进球场入口，然后分开。我们的座位相隔一段距离，我得一个人看球赛。

此刻我的脑袋是混乱的，根本记不清哪个颜色对应哪支球队，但好奇地东张西望就够我忙碌。四万个座位已经坐了四分之三，空气中响着同一首曲调，放眼望去，千形一貌，百喉一声。我的四周大多是穿便服的观众，而左手方向的远处坐着大批绿色球衣，右手方向延伸过去，则是成片的红色。球场周边，工作人员来回走动，做开场前的最后准备。摄影记者们高举炮筒，在场边选好了角度。橙色马甲的安保人员相隔三米坐着一个，面向观众台，环绕球场一周。我很好奇他们内心的感受——这应该是最可怜的角色，如此绝佳位置，却只能背对好戏，盯住一个个表现疯狂的球迷。草坪上已经很热闹了，主力和替补队员分成各个小组，做着热身项目。我当然一个球员都不认识，只感叹两侧的球门原来如此小巧！

十来分钟后，球员们下场。开场秀的音乐声响起，穿着红色上衣和绿色上衣的年轻人涌进草坪，欢歌载舞。两队巨大的队服布帘被拉伸开，分别呈现在两侧的草坪上，中圈则是同样巨大的圆形布帘，印着欧洲杯标志。

6点，比赛开始。牵动千万球迷之心的球员们正式上场。我看不清一个个奔跑的号码，对于赛场上的各种表现也茫无头绪，注意力反倒被两侧疯狂吼叫的球迷们吸引，不停扭动脖子，搜寻怪异有趣的画面。

"红色，梳小辫儿的那个，就是贝尔，第一球星儿。还有个头发黄不拉叽白不拉叽的，叫拉姆塞。这是威尔士最好的俩球员儿。"硕硕适时发来语音。

"怎么没人带望远镜啊。"问完我就后悔了。

"这球场不大啊，完全看得清啊！"

"红色的是威尔士吧？球迷好淡定。"我只觉得两侧声势不太平衡。

"是！"

"绿色的球迷好闹，一个个都站着。"

"为主队助威啊！"

"刚才是红色进了一个球吗？"

"进的球越位了，不算。休息十五分钟。"

中场休息时，我们在看台背后的食品店碰面。硕硕买了杯啤酒，我买了一个汉堡和一杯可乐，大红色塑料杯上印着欧洲杯标志。尽管我不求甚解，硕硕还是给我描述了上半场的各个细节。

下半场开始时，我啃完了又干又硬的汉堡，把喝了一半的可乐放在凳子边，还不时担心会被身边这个好动的胖大叔一脚踢翻。接下来的二十分钟里，我彻底体会了为什么有些人能在美妙的音乐会中睡着——正是我此刻的状态。

突然间吼声震天，周围的人全都跳起，我第一反应竟是低头抓回我的可乐。再次抬头，四周充斥着各种表情与各种姿势。左手方向大批的绿衣们开始安静了，右手边原本沉寂的红衣们从椅子上跳起，左右摇摆。正前方一位红衣大爷飞快转身，仰面朝向观众台，高举双手，摇晃脑袋，像个投入的指挥家，纵情撩拨我们这片区的观众。但很可惜，他没有获得他所期望的同样疯狂的回应。

发生了什么？

"乌龙球！威尔士拿了1分。"硕硕及时发来解说。

那就是进了自家门呗。我不知道球赛中这样的概率是多少，不可思议的是，我已经忘了刚才进球时我在干什么了……我想起来了——口袋里的硬币沉甸甸的，把外套都坠歪了，我得想个办法把它们都花出去。饶冰曾抱怨这几分钱硬币的无用，或许我在星期日散步时能找到个漂亮的许愿池，不过把它们都给乞丐倒也不错。

球赛结束后，我和硕硕在地铁站告别。他找群里的中国朋友聚会，而我前往巴士底广场与饶冰会合。

8点钟的天空还很明亮，巴士底广场上巨大的七月柱矗立中央，青铜色圆柱在天幕下直耸云霄。两个世纪前，这儿的监狱还是控制巴黎的制高点，如今这个封建王朝的象征看不见一丝痕迹。

广场附近的街巷是另一番景象。各式各样的咖啡馆、餐厅、酒吧和迪厅散布街边，亲民的价格吸引了众多年轻人前来消费。此时，人群从各个方向走来，汇入一条小巷，牵引我跟随而去。道路越来越窄，音乐声此起彼伏，几米宽的道旁充斥着小酒馆，里里外外坐满了人，或闲聊、或小酌，或享用美食，或围绕一个考究的容器吞云吐雾，几乎每家酒馆里都挂着屏幕直播球赛。这是我第一次走在夜晚的巴黎，感受她完全不一样的生活。我之前很想在夜里游荡这座古城，但饶冰在这方面如同一个严厉的家长，禁止我超过10点回家，她强调了种种不安全性，我也深表认同。

饶冰和沙沙在一家小酒馆等我，找到她们时，这两位美女正坐在门口喝酒。一尊宛如舞蛇般的水烟立于桌上，环绕在饶冰吐出的袅袅雾气之中。

葫芦形状的玻璃瓶内盛着半瓶水，上方接着一根颇有造型的金属杆，杆上伸出两条细长软烟管。顶部是个碟形金属盘，架上一个陶瓷小碗，碗内装有水果口味的烟膏，覆盖一层锡纸，一个硬币大小的木炭置于锡纸之上，缓缓燃烧。饶冰一手扶着烟管，将长长的软管拨至胸前，一手捏着管上的硬手柄，噘起红唇对着塑料烟嘴深吸一口。瓶里的水中冒出气泡，隐约能听见咕噜噜的响声。她盖下眼皮，缓缓呼气，吐出缕缕轻烟，飘溢缭绕。

"来一口，阿拉伯Shi Sha！"

她拔掉烟管上的塑料烟嘴，拆开一个新的烟嘴套上，递给我。不知为何，我竟联想到阿拉丁神灯。我看着眼前这个美妙的怪物，小心翼翼接过管子，对着烟嘴吸了一口。瓶里没有反应，我再次用力一吸，水口冒出粒粒气泡，一股清新的蜜桃味涌入口腔，有种无法掌控的轻飘飘感，一会儿便黯灭消散，只剩下淡淡幻觉。这种感觉是虚妙的，我好像吸进了什么，又似乎只是在舌尖滑过。但浮躁的心好像静下了，这种虚妙迫使我慢条斯理地享受它带来的安详。

"这几天卖得一般，我手上过的没多少，都是叶老板发来的订单，帮忙买一下罢了。你呢？"沙沙拈起另一头烟管，吸了一口。

"差不多啊，Gucci的衣服还可以。不过有件连衣裙，店员给我调了两周都没到。他说这个号码，整个欧洲就两条。"饶冰晃晃杯中的半杯酒，又抽回手去。

墙上的巨大幕布投影着球赛，草坪上奔跑的男人在拼命挥洒热汗，慢动作使他显得激情四射。周边的座位上尽是各类肤色的年轻男女，时不时有球迷群在小路上经过，侧目俯看我们。

10点左右，天色逐渐灰暗，我们起身离开。

迪厅开始热闹，朝里望去，昏暗背景下霓虹闪烁，舞动的身姿隐约可见。这种氛围一直蔓延到街上，沿路挤满手舞足蹈的人们，另一个更加疯狂的午夜巴黎上演了。

铁塔下的求婚小分队

一天后，我接到了硕硕的"任务"。

"兄弟姐妹们，明天计划如下：15点30分到夏约宫的地铁口（trocadero站）集中。我会先带女朋友到铁塔下拍照，之后假装接电话离开。此时托儿A扮成路人，将一封信交给女孩，然后离开。托儿B在一旁隐秘处拍摄女孩看信过程。托儿C将鲜花给我，并尾随我拍摄。我拿着鲜花向女孩走去，表白。女孩答应后，其他托儿们一起欢呼，聚拢。Over。"

短信来自球迷群里的一个广州男生。他打算在埃菲尔铁塔下向女友求婚，需要大家帮忙制造惊喜。硕硕转发给我，问有没有兴趣参与，我欣然答应。

当我到达夏约宫时，已有十来个托儿在广场上集合。从这里观看河对岸的铁塔，近在咫尺。这个"铁娘子"在不同时间和不同方位上看，有着不同的情调，有时在云雨中忧郁沉静，有时在霞光下梦幻柔美，白天你感叹她的华美壮丽，夜晚你惊艳于她的炫耀幻彩。当然，这和观看者的心情有极大关系。

众人迅速分配好各自的角色，"托儿A"落在了我头上——因为女主角唯独没有见过我。我很兴奋地接受了。

4点左右，穿着白衬衫的男主角飞快向我们跑来。他满脸欣喜，向每一个人的到来表示了感谢。简短沟通后，他将口袋里一封白色信件郑重地交给我。

我走下夏约宫长长的台阶，朝着特罗加德罗花园的一个蓝色小点走去。喷泉和绿茵草地就在我前方，我的目光紧紧锁住那个小蓝点，生怕她在五颜六色的游人中消失。我感觉身后聚合了所有人的目光，不由得把每一步都走得分外认真。

我看见一个穿天蓝色蕾丝上衣的女孩坐在草坪上。她背对我，双手环抱膝盖，披肩的短发随风飞舞。她每一次随意的晃动都令我激动万分，我渴望看见她的侧脸，又害怕她突然转过头来。

我隐约能看到她的脸颊了，巨大的埃菲尔铁塔就在她的前方，阳光下显现出一幅很好看的画面。我再次低头看了眼信封，"Path to Happiness"（通往幸福之路）几个字用水笔写得十分整齐。

几秒钟后，我将把它递交给它的主人。

我放慢脚步，在她身旁微微蹲下，用了我生平最温柔的语调："是徐芳吗？这封信是给你的。"

在她惊讶的表情定格之时，我转身离开。我知道女孩不会追上来问，她一定在默默看那封信了。果然，当我走到足够远时，我回过头看她。她的脸已经埋在胸前，黑色短发挡住了手中的信，这个姿势保持了很久——她一定会落泪，我这么想。身穿白衬衫的男友站在后面，等她起身。

求婚进行得很顺利，小分队的队员们一秒不落地将这些画面拍摄了下来。两个恋人相拥而泣，周围人不停鼓掌起哄，连真正的路人也参与进来。铁塔背景的衬托下，一切似乎显得更加浪漫而庄重。我承认，这是我第一次亲身参与如此奇妙的仪式，我与之素不相识，却成为了他们爱情道路上的一个重要角色。我不知道那封信里写了什么，但它却通过我的手传递出去。

结尾出现了一点小插曲，女孩过于激动，失手滑落了钻戒。于是，大家埋头在草丛中寻找——好在最后找到了。我将这意外的一幕也拍摄下来。

埃菲尔铁塔近在咫尺，硕硕问我们谁想登塔。他上周在圣丹尼斯球场看比赛，赞助商 HomeAway 恰好在场外派发免费的铁塔参观券，便领了四张。我和一个叫水饺的女生、一个叫杨帆的男生报了名，其他人各有各事，相继离开。此时将近5点，我们四人迅速通过花园前方的耶拿桥，朝铁塔奔去。

HomeAway 是一家提供假期住宿服务的公司。欧洲杯期间，他们在铁塔上搭建了一个临时公寓，参与问卷调查的其中4名幸运儿可以在此度过浪漫一夜——睡在铁塔上，会是一种多么不可思议的体验！十五万人参加了申请，而只有一个问题："如果您能在铁塔套房待一整晚，您会做些什么？"即便我错过了申请，我还是认真思考了这个问题。我当然不会睡过去，肯定会拍很多很多照片，或许还会立刻开一个直播账号……但事实上，我不太喜欢成为众人焦点。我想我只会默默地坐着欣赏日落，观察大地上每一处细微变化，继而等待天亮，等待金黄色的阳光洒向这座城市的每个角落。

这个三百米高的红褐色建筑就在我们上方，四只巨大的铁脚以一条优美弧度巍然立于大地——不记得从哪里看到，大脚对于地面的压强与一个成年人坐在椅子上的压强相当。这堆相互交织的钢筋铁骨，这个象征着工业革命和机械文明的冰冷建筑，它们被赋予了浓厚的浪漫主义情调，惹来全世界游人的着迷与眷恋。

我们进入一只大脚，乘电梯抵达一百一十五米处的眺望台。

站在眺望台上鸟瞰，蓝天白云下的景色格外分明。米色房屋密密麻麻，高度相对一致，灰蓝色钛锌板屋顶内敛而稳重，奠定了这座老城的基调。细长的塞纳河从中穿过，伴随两岸的绿荫，划出一道弧形。此处还不够高，我看不见城市的两条纵横主轴，也看不见从凯旋门向四面八方伸展而出的十二条林荫大道。隐约可见几条道路将楼房分成片区，像一块块切开的淡黄色千层饼。我环绕眺望台慢慢行走，观赏这座围绕塞纳河逐步扩大起来的古城，幻想它数百年来的斗转星移、万物变迁。

站在西侧，夏约宫前的喷泉绿地清晰明了，一小时前我们在那里上演了浪漫一幕。脚下的耶拿桥横跨塞纳河，与特罗加德罗花园、夏约宫形成一条漂亮的轴线，一直延伸至城市主轴线最西端的拉德芳斯。这个全世界第一座城市综合体，如同海市蜃楼中一座现代化小城，与巴黎古城遥相呼应。硕硕说他有个朋友在拉德芳斯的法国兴业银行总部上班，"二十万人在那里工作"。他指着那几十座在阳光下熠熠生辉的玻璃幕墙建筑群说道。

走向北面，亚历山大三世桥两端的四个金顶石柱闪闪发光，在它背后，协和广场上的方尖碑和白色摩天轮若隐若现。再往远看，四个洁白大圆顶高高立起，那是蒙马特高地上的圣心教堂。据说最早是罗马人发明了水泥，人类才能建起拱门、圆顶这样大跨度的建筑，而对于这种鲜明突出的大穹顶，我第一时间的认知跳出了罗马式和拜占庭式（我对二者关系模糊）。水饺教了我一个非常简便的分辨方法——看"洋葱头"，也就是说罗马式的穹顶跨度很大，几乎是个半圆，而拜占庭式的会在半圆底部微微收敛，像一个洋葱的形状。

移步东面，规模壮观的战神广场绿树环绕，绿草如茵。作为球赛的一个场外观看区，长条形的广场后半部分放置了巨型屏幕，草坪上也铺满金黄色木屑。但漂亮的景色没有维持多远，带状广场直指210米高的蒙巴纳斯，巴黎市内最高的摩天大楼孤单耸立，犹如千层糕上插的一支黑色蜡烛，格格不入。

慢步环绕一圈，看不到哪一块地正在修建。"一百年前也大致这个模样。"我对自己说。一个半世纪前的规划蓝图超越了时间纬度，保存得相当完好。保持着平凡的稳定，即是伟大。

但我更喜欢新吗？我生活在一个日新月异的城市，每天都能看见红色起重机和绿色脚手架在阳光下忙碌。和大部分人一样，我家从低矮破烂的祖宅迁进全新的高楼，而城市原本的规划又赶不上发展的变化，街道一直在拓宽，楼一直在加盖——这才能满足需求。破烂脏乱自然是要被清扫出去的，最好把贫穷也一并带走。类似拉德芳斯的房地产项目，我们很多城市能建起十几个。至于每一个"我"，也都得跟上文明的步伐，再抓紧学一点品位和格调，连我儿时的母校，校规都变成了"做一个有品位的小学生"。

我们没有再往上登。从铁塔下来已是晚饭时分，四人漫步至香榭丽舍大街，打算找一家餐厅吃饭。菜单摆在门口的铁架上供人翻阅，稍微比较，我们走进一家颇有调性的露天海鲜餐厅。

水饺嚷着一定要点"木勒"，我们便点了两份生蚝、一份木勒，一份不知什么名字的鱼，又点了一瓶白葡萄酒。

似乎每种食物都有钟爱于它的作家，将它最为美妙的口感描述下来。我在厦门的一位前同事，家里在海沧区做生蚝生意，他在微信朋友圈的宣传，就用过安东尼伯尔顿在《厨房机密》里的话："撬开蚝壳，嘴唇抵住蚝壳边缘，轻轻吮吸，舌头触及蚝肉，柔软多汁，嗖地一下，丰富肥美的蚝肉进入口腔，绵密得宛若一个法国式深吻，有种令人窒息的冲动。"我承认，看到这句话的当天，我立刻奔往厦门中华城的日式餐厅"菡"，点了四只当天从小长井空运来的生蚝。一身黑衣黑帽、清秀俊雅的主厨站在我面前，将生蚝包裹在毛巾里，只露出一端，用小刀轻轻将壳撬开一个小口，顺势划开整个弧面，灰白色生蚝肉展现眼前。我迫不及待捧起蚝肉，一口滑进嘴里，直至味蕾完全打开，吃到心旷神怡，才满意而归。

在巴黎的餐厅用餐，一般先送来一篮面包，如同中餐里的开胃菜，正餐分量不大，所以要靠这些面包填饱肚子，不够可以免费添加。可我们都不喜欢面包，便一边聊天一边等待上菜。

闲聊中得知，水饺是北方人，在上海工作，一个人过来看球赛。杨帆在北京的报社工作，十几年前在这里留过学，恰逢国家级领导到巴黎访问，还参加过接待团。他给我们描述起当时的场面，颇有意思。此次再到巴黎，观看球赛之余，他计划考察一百家面包坊，回京后也开一家。

不一会儿，两大盘铺在冰块上的新鲜生蚝端上桌。硕硕拿起切开的半个柠檬，均匀地挤在整盘生蚝上。我这时才知道，水饺一直念叨的"木勒"就是淡菜，一大锅紫黑色的壳里露出金黄色肉质，光泽闪烁。

"对了，生蚝和牡蛎到底有没有区别啊？"水饺冒出一句。

我想起小学课本上《我的叔叔于勒》，当时同学们都被贵族吃牡蛎的描写馋得流口水，我只对他们把吃完的蚝壳扔回大海感兴趣，这是一种很原生态很高雅的吃法吧，我那么想。

"生蚝是牡蛎的一种吧，牡蛎种类很多，个体大的叫生蚝？

不过我觉得差不多一个意思。"我说。

"我也分不清，反正我爱吃。"硕硕抓了只生蚝，放进胸前的盘里。他先用叉子挑了挑蚝肉，又放下叉子，直接捧着蚝壳吃起来。

"生蚝很多品种，最棒的是贝隆和吉拉多，一个王一个后，那个就贵了，蚝中的劳斯莱斯。"杨帆解释道，并举起杯子。四人碰了一下。

"你们听没听说过，法国有句俗语叫'不带字母r的月份，不吃生蚝'。"硕硕问。

"什么意思，不带r？那就是说，1月January，带了，吃。2月……"水饺嘀咕起来。

"对，5、6、7、8月不吃，9月开始吃，吃到第二年的4月。"硕硕补充。

"网上是有这个说法，不过我问过几个当地的法国朋友，他们都不知道。"杨帆说道。

"会不会因为法语每个月份的单词和英语不一样呢？"我问。

"稍微不一样，不过带r的月份是一样的。可能得多问些人，即使俗语也不是人人都知道的。"杨帆一边回答，一边切着鱼肉。

"有意思。为什么？有什么依据吗？"水饺用叉子挖出木勒肉，送进嘴里。

"一般那个时候的生蚝处于繁殖期，肉质不够肥厚，不好吃吧。"硕硕又抓起一只生蚝。

"哈哈哈，繁殖期要处对象，所以都在减肥嘛。"水饺笑道。她很喜欢木勒，一连吃了好几只。

杨帆对那道鱼很感兴趣，不停地切下肉片。"我在国内吃过一些生蚝，瘦得没法吃。不过碳烤过，加了一堆蒜，味道可以。现在很多食物都是反季节销售，没办法，国人吃得太多，需求大。"他咽下鱼肉，又抿了一口葡萄酒。

我捧起一只蚝，嘴唇碰触壳边，让冰凉的汁液流进口中，感受着大西洋海水带来的淡淡咸味，再将蚝肉吸进嘴里，品尝它的鲜软滑嫩，淡淡的咸味转为清甜，美妙无比。

四人有说有笑，不时举杯共饮。酒足饭饱后，道别散去。

尴尬的摄影展

这个周日，我和饶冰都起得很晚。昨天跟游行队伍走了一下午，我今天没有步行的计划。并且我也不打算单独活动，隐隐觉得把饶冰冷落了，之前她还催我多出去玩，不要一个月和她浪费在商场里，后来我出去得频繁了，她又有些不高兴。

起床后，饶冰照例搜索了几家展馆的日程，最后选了吉美博物馆的一个日本摄影展。巴黎的展览很多，大大小小、或新或旧，主流、小众的都有，都是艺术。对于艺术这个词，我不敢多加评论，反正我没有偏好，反而格外包容，看什么都有兴趣，事先也不抱期望，参观后皆有不小收获。

第一个周日，我们在新艺术音乐中心观看了一场"额外鬼"（Extra Fantômes）。去这个展，极大程度上源于广告的诱惑。每天出入地铁站，都能看见一排夺目的海报：一只罩着白色床单的"幽灵"，一手拿着天线电话，一手捧着笔记本电脑，萌气十足。受猎奇本能的驱使，我们很喜欢这个主题，自然把它列为观展首选。

当天不少人携带儿童，馆内小有人气。走进展馆大门，就进入了一个幽暗的空间。四处悬挂幕布，空气里飘出一股科技与鬼怪结合的气味。我们走进一间间展览室，遵照指南，开始了真实与虚幻的转化。

饶冰将手掌平放在一个感应器上，伴随着怪异的音效，屏幕出现"恐怖"的一幕：她的五根手指在长短之间迅速变换，关节还多出几个。她又将头对着另一个感应器，黑白画面中的脸变成了放射性的圆圈和直线——当人脸被黑色圆圈和线条勾勒时，恐怖电影里的面孔出现了！

我站在一个完全黑暗的环境中，眼前突然出现亮面，那是我身体发出的红外热感。我的"影子"投射在幕布上，发出奇怪的色圈，好似一个不断运动拉伸的空间。饶冰凑近了，另一个怪圈闯进我的空间。磁场相互碰撞，空间也魔幻般演绎。

我们坐在一个巨型观影屏前，视频里是一间无人的房子，数十根灵异的线条在家具间穿越，从桌面跳跃到天花板，再冲出房间。线条极速晃动的频率让我一度失神，我仿佛在隐形地监视这一切，想象自己不在家时，房里是否也有诡异的现象发生。

一个小男孩将头对着一面"魔镜"，镜面上映射出一个豹子头，对应展现出各种表情。看上去挺讽刺的，人类内心的兽性始终存在，即便他还是孩子。但对于这些小孩来说，这里出现的"鬼怪"并不吓人，他们一脸兴奋，穿梭在各个展室里，如同捉迷藏般寻觅这些隐藏的"鬼"。

"哈哈，真有意思。我们在狩猎鬼！"饶冰叫起来。

科学、虚假、现实、无形与不确定交缠在一起，这些数字时代的"幽灵"，只不过是潜藏在光学和声像设备下的作品罢了，充满现代化——这一直也是众多鬼神故事里的规律。泰国的鬼片中，那些肉眼看不见的鬼魂，不都是在胶卷和相片里被发现的吗？我们不知道这个世界隐藏着什么，但或许能用数字文化空间创造一个陌生世界，帮助人类面对恐惧。想想又觉可笑，难道人类最恐惧的是这些无形的鬼怪？而且，我可不想抛弃所有对于鬼怪的幻想，毕竟有些不能解释的，会更加有趣。

灵异展的收获挺大，但这一次在吉美展上获取的，绝不能简单地用大或小来形容。

此次前往的是"吉美国立亚洲艺术博物馆"。光看名字就知道，这里有不少亚洲各国的珍贵藏品。饶冰说它是亚洲地区以外最大的亚洲艺术品收藏地，可博物馆前门可罗雀，建筑外观也十分普通，完全没有灵异展时的热闹，我有些小小失望。饶冰没告诉我具体看什么，只说是个摄影展，日本人拍的。此时她头也不抬，几步迈上台阶，裙摆飘扬。她今天穿了条白裙，里一层棉布，外一层丝罩，裙角上绣有一只长相奇怪的动物，身体像熊，鼻子如象，还有一条牛的尾巴，告诉我这叫貘，食梦的神兽。我挑了一条她手工做的choker，黑色麂皮，绕在脖子上——纯粹为了迎合展览的氛围。因为最早对这颈圈的印象，源自中学时期看过的日本动漫《NANA》，当时朋克乐队女主唱戴的就是它。我第一次戴，觉得挺酷。但半小时之后，我就恨不得立刻解下它。

一朵巨大的白色鲜花铺满整张海报，Araki几个诡异黑字印在上方。黑白色调下，花心处溅上的几抹红血显得异常突出。不会是暴力美学吧，像是谋杀或者污染之类黑暗的照片，我暗自嘀咕。很早就听说过豚鼠系列的日本电影，看过《下水道的美人鱼》后就不敢再看其他，据说还有一位演员真真被折磨致死，彻底为艺术献身。在展室外停顿的几秒，我已思绪万千，见饶冰走出几米开外，才赶忙跟了进去。

细长的走廊延伸至底，左手的白墙上用黑墨胡乱地涂着摄影师的名字——Nobuyoshi Araki，右手是一整面黑色的书架墙，摆满五颜六色的影集和书本。走廊尽头，"荒木经惟"几个中文呈现出怪异的字体，犹如一条条白色毛毛虫，爬上漆黑的墙面。

我走进一间"开满"花朵的展室，硕大、厚实的花卉摄影挂在墙上，花瓣绽放，瑰丽缤纷。似乎太普通了些。我走上前去，携带侦探般的多疑，想要看出些不同的东西来。但我多此一举了，镜头特写已经将我们的视线带到主题深处，毫不费力就唤起观者的欲望与想象力：光滑、潮湿的花心散发轻微的光反射，黏稠的植物液体流溢而出。这绝不只是盛开的美丽,潜在的死亡隐形交错,映射了生物的官能性从清醇到腐烂的整个过程。

一旁墙柱上的英文介绍写得分明:"聚焦于花的生殖器官/性高潮的花"(focused on flowers' reproductive organs //orgasmic flowers//)。我不知道如何表达最为准确,也不过多纠结,直接跳往摄影师的生平。居然是位出生在1940年的老爷爷——我看到一系列黑白照片,看到他记录了蜜月时与妻子的亲密接触,也记录了妻子患病早逝的幕幕场景:铺满鲜花的棺木里只露出一张安详的脸庞、空荡荡的楼顶阳台摆放了一幅遗像和一只猫,以及各种莫名其妙的天空。从爱人的死亡开始,摄影师的激情与欲望也就粉碎消散了吗?这只不过是个前奏而已。

他开始了与绳子的游戏,这场捆绑艺术淋漓尽致地展现在下面的作品中。走在这几个展室里的感受,我只能用"极度尴尬"形容。我和饶冰渐渐分开了,然后十分默契地消失在对方的眼界里——这种观览不需要探讨,最好各看各的。每个展室都明亮宽敞,参观人数也很适量,但神经和注意力却倍感压迫。是啊,这些本该在私密狭窄空间里出现的画,竟大面积悬挂于白墙之上,怎能不让人惶恐失色。我似乎一直是小心翼翼地观看,不仅看眼前的照片,还偷看周围的人,并尽量不让这种紧张感显现出来。好笑的是,瞥视每个人的表情,都是一副镇定自若的样子,像在欣赏一幅高深的印象派画作,看不出他们的表情,也看不出他们态度。脖子略有不适,每次转动脑袋时都会伴随choker的瞬间紧勒——这看上去酷酷的项链戴起来并不舒服!而眼前大量摆在公共空间里的"艺术"更让我感到窒闷。

一张张女人的脸上,没有痛苦,也没有兴奋。如同看不出她面前参观者的想法一样,也看不出她的内心是激荡澎湃,还是极度温柔。有的,只是一个定格的画面,展现其身体造型的强韧与美丽。我的眼神在暗黄色绳索上慢慢移动,想要跳出众俗的女性体态而研究这条独特的"身外之物"。我强行将"美"和"艺术"

附着于脑中，但还是压灭不了有关情色的解读。这算不算集体纵欲？好像挂上艺术的标签，创作者就能无限自由地拓展边界了。不过在艺术面前，我是不敢随意说话的，虽然门外汉更可以乱说，但我不知说什么，也不是一个好与不好就能脱口而出的，如果好坏都说一点，又等于说了没说。但我认为我喜欢看的——那些称之为艺术品范畴的东西——是极致和极端的，不是天马行空的虚幻，就是彻头彻尾的真实，它们直勾勾地抓住你，令你痴迷又害怕。那我眼前的这些呢？它们虚假吗，还是真实得可怕！

好几次不小心与其他参观者眼神触碰，对方似乎刚要开口，我赶忙一个微笑，扭头而去。

走出几个展览室，一处墙角摆着小型电视，播放摄影师在巴黎街头的视频。我走过去，坐在几名参观者的身后，终于清晰地看见了那个人的真容：深色的小圆眼镜，两侧稀疏的头发向外翻翘，如一双飞翔的翅膀，两撇髭胡极力配合，格外生动。他身形瘦小，疾走如风，一架小型相机抓在手中，走到哪里拍到哪里，身边人都落在后面。他找起角度来雷厉风行，一下踩上栏杆，一下趴在地上，快门频按，与我印象中摄影师的工作状态完全不同——不敢想象此时他已七十多岁。他开始给一个欧洲女人拍照了，歪着脑袋挥舞手臂交流，接着退后几步，又上前两步，快门的咔嚓声不断响起，最后他振臂一呼"OK"，咧嘴开怀。

之后看了一些在照片上涂抹油彩的作品，大致也是此类风格。在出口处等了没一会儿，饶冰从另一头的展室走出，看不出脸上有没有表情。

"被好几个人搭讪，还问我是不是日本人。没办法，走来走去就我一个亚洲人，都好奇我的态度吧。西方人爱好浮世绘，春宫画却没落了。"她说着，不带任何表情。

离开前，我们又随意看了几眼馆内的亚洲艺术品。这些展室很冷清，同样见不到一个亚洲人的面孔。也对，巴黎是场流动的盛宴，谁愿意花时间来看自家的艺术文明。一楼看到很多东南亚的神像，来自吴哥的一座巨大四面佛颇为壮观。可刚结束完一场感官刺激，总觉没有继续观赏的心情。走到楼上的中国馆时，站在数量可观的瓷器玉器面前，心中颇为复杂。一方面抱着骄傲的心态，它好是好，但不愿说它好，觉得比不上自己在国内参观过的；另一方面源自气愤与耻辱交织，这些列强们抢走的文物，本是自家珍品。饶冰同样没有继续参观的心思，两人便匆匆下楼。最后，她在纪念品商店里买了一本厚重的 Araki 精装摄影集，问我要不要也带一本回去，我说算了，海关查起淫秽物品来就尴尬了。

我和饶冰沿着塞纳河散了一小会儿步。她说自己曾拎着一只啤酒，就这样在河岸一直走到日落。她还讲到刚来头一年的故事，当时拍了不少照片放在国内某个社区网站，没想有一天竟上了首页，瞬间点击超过一万，吓得她赶紧删掉了所有的相片。她说我当时真傻，换作现在，绝对趁机火一把，多赚些钱。

"……穿得都不怎么样啊！"一对中国游客从身边经过，快步向前，隐约抛下一串评论，"我朋友还让我穿洋气些过来，说法国人衣着都很有品位……"

他们走远了，留下的话却引起饶冰不小的反应。

"最讨厌这种游客，看了这个一般，那个又没有国内的好，那就别来啊！我接待过不少这样从国内来的人，自己要去看的景点，参观完认为没意思，吃了法餐又觉得不对味。这种人太多了！"她被自己的话激怒了，"达不到层次就别来，没有深入了解，走过几个地方就觉得自己看懂了巴黎，盲人摸象！吃喝玩乐我还没发现巴黎哪里输过。"

我一边听着，一边谨慎地回顾自己是否也犯过同样错误。旅行中对于一个城市的评价充斥着每一个角落，好的、坏的，几乎都不由自主地带有主观情感，以及和其他城市的比较，喜爱与不喜爱皆脱口而出，但凡不痛不痒的，也被归类为负面。游客们匆匆路过，也随意留下了这些即兴感想。我想分析式地回应几句，却又怕激起她更为强烈的反应。此刻我似乎该转为统一战线，一同痛斥"这些""见识浅薄"的游人，才能维持良好的相处氛围——九型人格中的和平型，确实经常主导着我的行为，但有些激愤之词，我又说不出口。

一路走到阿尔玛桥。桥墩上轻步兵雕像，可以用来观测塞纳河水位的高低。岸边一条隧道深入地下，一个金光闪耀的火焰雕塑立于上方路面。雕塑外由铁索环绕一圈，挂有层层叠叠的爱情锁，黛安娜王妃的照片赫然摆在雕塑的石座上，一只早已枯萎的玫瑰安静地躺在照片旁，蛋黄色花朵朝向她美丽的脸庞。

"愿她安息。——一个巴黎人。"

一块白板就放在我的脚尖前，几个手写的大写字母道出了所有喜爱她的人的心声。抬头再看阿尔马桥，多了一丝无以言说的情感。不停有人从各个方向走来，聚向这座造型普通的拱桥。十九年前一场惊天动地的车祸让它一夜成名，如同人的偶然成名一般，都是机缘巧合。然而有些人为了出名，与当时穷追猛赶不择手段的摄影记者并无两样。我不是阴谋论的追捧者，什么王室恩怨，什么刹车安全带，皆从脑中轻轻飘过，深刻刺激我的只有一个——瞬间闪现出一位台湾女艺人哀求："拜托不要写，真的不要写"……同样是王妃魂断巴黎的一年，同样因为无良的媒体，绑匪让她失去了女儿。盲目的言论自由能带来什么呢，还美其名曰是还原真相，实际是极度自由下的牺牲品罢了。无节制必有恶果，宁可多要一些管束，如列宁所说，"信任是好的，但是控制更好"。

春天商场失窃

硕硕到比利时看球，水饺后天也要走了，约了我来奥赛博物馆。此刻，我们正坐在馆内五楼的餐厅吃饭。一面墙壁是前身奥赛火车站的大钟，阳光从玻璃钟面铺洒进来，坐在时间的背后用餐，似乎有一种永恒的感觉。一大份腊肠拼盘端上桌，形状不一、深浅各色的风干腊肠掺杂一起，每一种都稍微切了几片，剩下一大半横七竖八地倒在旁边，与刚刚欣赏完的印象派系列颇有异曲同工之妙。

我给饶冰发了信息，又继续尝了几块不同的腊肠，嚼起来又硬又咸。试着切一根表面发白的，半天削不下一片来，只好夹起零碎的沙拉来吃。

"你发现没，一路都没看见黑人。"水饺冒出一句。

我回想了想，又四处瞄几眼。"好像是，什么原因？"

"还有啊，你有没有看到，街上很多黑人都喜欢戴金首饰，很粗很粗的金项链、大个金戒指。"

"嗯，还喜欢背LV的大包。"

"也不知道是真是假。"

水饺尝了一片腊肠，"这是石头吗！"又切了一块她盘里的鸡蛋饼给我。"哈哈，我这个也不怎样。"

饶冰好久没回信息，估计忙于拍照。吃过午饭，水饺打算再看一眼马奈的《草地上的午餐》。

"你说为什么其他人裹得严严实实，只有这个女人一丝不挂？"她站在画前，若有所思。

"是不是幻想的哪个神？"我心不在焉。看看手机，饶冰还是没有回复。

"不像，像妓女。你看，地上好像是她脱掉的衣服。"

我又转了一遍莫奈馆，这次我才找到《撑阳伞的女人》。几个月前上过一次油画课，老师发了这张照片让我们临摹，我当时很吃惊，怎么第一节课就画大师的作品。老师让我们大胆画，结果我把小孩的脸画成包子，把莫奈老婆的背画驼了，色彩多变的天空和草地在我笔下只是一堆糊住的颜料。老师也没怎么教，好像我们来表现天赋似的，就说了句"白色的地方是光"。我之所以能坚持画完并保持乐观态度，无非认为艺术之美不会限制于功底的深厚，而更在于它是否能感染内心——不过是自找借口。

饶冰终于发来语音，声音急促焦虑："我钱丢了！包在信封里的钱不见了！"

我顿时震惊，问她是不是还在商场，然后告知水饺，匆匆往地铁站赶。一路上，我万分后悔，早该跟着饶冰的，竟自己出来逛博物馆了。到达春天百货时，我在香奈儿店门外找到了饶冰，她倚靠墙边，脸色惨白，双眉紧蹙，眼神四处张望。

"这下惨了，肯定是被偷了！"

"别着急，你慢慢说。"

她低下头，打开腰边的小挎包给我看，"整个信封没了！我记得是放在包的内层，进商场前看了还在的。"

小挎包两个手掌大，内部只有个很浅的隔层，没有拉链。除了丢失的信封，其他零散的化妆品、钥匙和卡包等一样不少。饶冰显得很慌，她说下午1点左右进的商场，先在一楼各家包店转了一圈，然后去了香奈儿，照惯例挑了几件新款成衣后，进入更衣室，之后乘电梯上二楼，不久就发现信封掉了。信封里有近四千欧元，是前一天我们从银行里取出、准备交给律师办理居留的费用。此刻她气得要命，口里诅咒着那个只肯收现金的律师。

"报警吧。"我看看手机，快3点了，钱应该在一个多小时前丢的。

"我给你发完信息后，到香奈儿店里又找了一下。更衣室、沙发周围都没有，店员不让调监控。后来我又找了个商场保安，他帮我去叫这层的经理了。"

初到巴黎时，饶冰就对我千叮万嘱，老佛爷和春天门外那条街上千万要捂好背包，不能逗留，经常会碰见尼日利亚女孩围着你，递纸张给你签字，乘机偷东西。所以我每次都快步走进商场，没想到商场里也不太平。

十几分钟后，身材高大的黑人保安和一个年轻漂亮的法国女人走到我们面前。女人简短询问了几句，带我们到楼上的办公室。

这是一间不大的行政办公室，只有三个人在电脑前办公，气氛淡淡的，既不忙碌也不清闲。女人让我们坐着等她，便出门到另一间办公室去了。十分钟后，她拿回一张表格，坐到我们面前，开始提问并记录。接下来的半小时，饶冰一一回答问题，语言夹杂英语和法语，最后，她签了字，一切手续完毕。女人说这就算是在警局备案了，让我们不必再去报警，然后送我们离开。

饶冰的情绪逐渐平复，转为无奈。她给律师打电话，告诉他今天没法见面了。接着又向叶老板请假。最后，她拨通她母亲的号码，一分钟不到，她开始激烈争吵，变得更加焦躁。

她挂掉电话，满脸愤懑，眼泪几乎夺眶而出。"我妈完全没有一句安慰，只是在不停地责怪，叫我回去。别人都能理解，为什么我妈就不行？"

我不知道说什么好，平时习惯了报喜不报忧，发生这种事，我估计不敢告诉我妈。

心情不好，也得填饱肚子。早早收工的我们来到商场背后的餐饮街，随便挑了家中国面馆。周围几桌都是中国同胞，叽叽喳喳议论着与代购相关的事情。

"不吃了，没食欲。"

她扔下筷子，我也只好停下，一同走出面馆。此时突然好想沙沙，她在的话，应该有好多安慰的办法。

　　一路走到歌剧院，门口的台阶坐着好些发呆的人。我们找了一处坐下，开始安静观看眼前的人来人往。我身边坐了一对年轻情侣，亚裔女性和中东面孔的男性。女人背对男人，靠在他怀里，男人一手搂她的腰，一手握住她的脖子，埋头在脸颊上亲吻。火辣的画面带着暴力，那只掐着脖子的大手——我赶紧缩回目光，转移到马路上的风光。两层观光大巴时不时停下等候绿灯，大巴上的游人们将歌剧院和台阶上的我们当成景观，频频拍照。一个抱吉他的年轻人站在台阶前的小广场卖唱，两袋行李堆在身旁，吉他盒摊开放在脚前。他穿一件绿色T恤，头戴灰色鸭舌帽，话筒配上支架，吉他连接音箱。时不时有人走上前，弯下腰放些硬币。唱的都是些熟悉歌曲，却也叫不上名字。二十分钟后，另一个街头艺人拖着行李走来，他个头更加高大，一顶黑色费多拉帽，衬衫外披着棕色马甲，牛仔裤脚翻起，颇有美国牛仔的味道。他在离第一个艺人五六米远、并且更靠近台阶的位置放下东西，先是展开一张椅子，然后打开放在音响上的行李袋，开始一样一样取出道具。我觉得有趣，这是要交接班吗，还是来抢生意？我等着看。

　　"走！我带你去家很棒的餐厅！"

　　饶冰突然一跃而起，快步走下台阶。她似乎调整好了情绪，我也很开心——刚才的面条没吃几口。但她根本不饿，她只是不想在心情糟透时回到那个同样乱糟糟的家。如果说有某个因素导致她不得不离开巴黎，那么就是小得不能再小的住房了。我是多么注重生活品质的啊——她多少次这么想着——我喜欢这里的艺术氛围，早上可以看个展，下午在塞纳河边喝小酒，晚上享用一顿浪漫的法餐，我爱这里街头巷尾流露出历史感的美妙气息，也爱整座城市散发的慢悠悠步调，我喜欢躺在一万块钱买来的乳胶床垫上，也习惯用真丝巾包裹头发入眠。可是那拥挤的房间，还有令人烦躁的舍友……我得搬家，我要带走我所有的家具，我的原木衣柜，梳妆台，我的整张床……不过搬到哪儿都是这样的小房间！她觉得思绪如麻，还是吃点东西，晚些时候再回家吧。

走过几条街，过一个转角就到了。巴黎沿街的餐厅好像都是如此，从外面看，店内像没有开灯。这是家规模不大、装修简约的餐厅，优雅却不奢华，和大街小巷的法式小酒馆无太大差别：光线昏暗，十几张桌子摆放紧密，只留出一人通过的空间，长长的吧台后放着一整面墙的酒，小有格调。饶冰说这是从米其林二星餐厅出来的厨师开的，我抱有极大期待。

说起米其林，先想到的是白白胖胖、身上一圈圈的轮胎宝宝。这家全球轮胎领导者最早出了本旅游指南，介绍些行程规划和热门景点，还标明加油站在哪里，以及如何更换轮胎——似乎和宣传轮胎有些逻辑关系，但大家并不感冒，倒是关于吃的推荐备受欢迎。人人都喜欢对嘴边的食物加以评价——除了自己做的，我们吃过了，所以我们有发言权。

服务员递来菜单，竟是一张A4白纸，上面整齐打印三段法语。"经典的法餐三道程序：前菜、主菜和甜点，各点一样吧。"饶冰解释。每一道都有四种选择，后面标有价格。大致扫过一遍，只认得两三个与英文相似的单词，再比较价格，前菜和甜点九至十二欧元，主菜十八至十九欧元，相差不多。

"蛋黄——酱——野生——大蒜。黄瓜杏仁——牛奶。烤韭菜——嗯，这个不要。"

饶冰开始认真识字，我也打开手机翻译软件。

"壳乳液。黑米，枫毛绒兔，这是什么？烤菠萝。小牛肉。乳房？"

我哭笑不得，放弃了翻译。索性采用考试选择题的口诀，三长一短取最短，三短一长取最长，随便各点了一道。

第一道菜上来，我立刻被精美的摆盘吸引住。桌子真的很小，两个大盘放上后，再加上面包篮、各种调味罐，连放手机的空间都没有了。还好法餐吃完一道撤下后，再上一道，不需要太大的桌面。对应实物再看菜单，好像理解得更加透彻，菜单其实很简明，都是一个个名词用逗号隔开。第一个单词是菜名，之后跟着的几个单词是详细配料，让人对所有食材一目了然，充分体现了法国人对待食物的谨慎。我点的是芦笋，菜单写的"绿芦笋，柠檬果酱，冰龙蒿"。圆形的白色大瓷盘上，整齐摆放四根芦笋，只占用盘子的三分之一。芦笋如拇指般粗壮，色泽鲜艳，白色果酱垫在芦笋头的部分，芦笋尾部被切开一层皮，露出白嫩的芯，上方摆了块椭圆形的龙蒿冰沙。切一小段来，蘸上酱汁，吃起来嫩滑香脆，带有一股酸甜的味道，再刮一点龙蒿冰沙，嘴里微甜清香。饶冰点的是"牛颊肉饺，蛋黄酱，野蒜，皱叶菊苣"，乍一看图不配文，像是几片切开的鸡蛋配上金黄色的锅巴，吃起来却清淡可口。

换上第二道，一样的大瓷盘。一块扁平的茄子，上方盖着些类似苦苣的生叶和黄瓜丝，一旁的棕色酱料里撒了几颗红石榴粒。拨开蔬菜，才发现中间藏着一块牛肉，小到能用手掌心包住。这就是"烤小牛胸肉，小茴香茄子，椰枣，石榴粒，塔查吉基酱（一种希腊酱料）"。我很怀念大学时期烧烤摊上的烤茄子，对半切开，撒上各种调料，铺上厚厚的大蒜，烤熟之后用筷子一夹，香嫩的茄子肉裹上蒜泥，被整条拉起，入口即醉。后来觉得不卫生，再不吃了，想起来依旧垂涎欲滴。眼前的茄子别有一番滋味，牛肉吃起来丰润多汁，搭配的塔查吉基酱——以黄瓜、干酪和大蒜配制而成——清爽微酸，入口难忘。饶冰点了一道"兔脊肉馅，黑米，蚕豆泥"，黑米周围画了一圈棕色酱汁，兔肉和豆泥拌在一起，和鱿鱼圈一同铺在米上，最上方盖了层白色泡沫。鱿鱼没有写在菜单里，或许有些配料会随时更改。我曾在米兰吃过一道海鲜芝士饭，大米是夹生的，口感硬邦邦，还有到意大利特浓咖啡 Espresso，功夫茶杯一般容量，小小一杯令我一夜未合眼，所以之后在欧洲旅行，我再不敢点米饭和 Espresso。

　　两道菜下肚，意犹未尽，要问法餐和日餐哪个更吃不饱，也不好说。但加上最后一道甜点就倍感完美。饶冰的叫"帕芙洛娃蛋糕，草莓，抹茶奶油，芙蓉冰糕"，我这个叫"大米布丁，柑橘，红糖饼，柠檬百里香"，光听名字就觉顺滑甘甜，唇齿留香。米布丁据说是用意大利大颗米，加入萤石鲜奶油做成，是法国的大众甜品。一口吃进，我竟开心得想要流泪，心动得快要融化。我不喜欢甜腻食物，它却清淡合适，之后很长一段时间，它成了我最爱的甜品。

　　三道菜之后，饶冰容颜舒展，我也吃得迷糊，脑里似乎有一种悲喜交加的混沌。食色，性也，果真唯有美食与爱不可辜负。

　　回到住处，我在求婚小分队微信群里一句不经意的提醒，居然挑起大家激烈的声讨。有人说刚走出威尼斯机场，两个日默瓦箱子就被人推走了；有人说在阿姆斯特丹遇到当面抢劫，钱包护照全没了，此时正在办理旅行证，提醒我们提前复印好护照的首页和签证页以作备用；有人直接放上车内碎玻璃的照片，说在酒店登记的那会儿，租来的车就被砸了，里面东西全被拿走，已经交过二十五欧元停车费，却被告知收费部门不管治安；还有人开玩笑说在马赛出门要打扮得像拾荒者一样才行。"真是不可思议！""即使大家都说要注意防盗，还是出乎意料！"他们抱怨道。是啊，太多意外了，作案往往一瞬间，不出意料怎叫意外？

军事医院之日

　　祸不单行，就在饶冰遭窃的第二天，我莫名其妙在地铁站里摔了一跤。

　　当时我正结束周日的步行往回赶。在地铁里的手扶电梯往上走时，鬼使神差一脚踏空，右腿膝盖砸在冷冰冰的电梯上。我惯性向后一仰，心想糟糕要滚下去了，好在身后一个大个子挡住我。他扶我起来，问要不要紧，我只觉得膝盖一阵剧痛，勉强还能行走。回家脱下牛仔裤检查，竟磕掉一小层皮。找了冰箱里一袋冰酪敷上，就没再注意。

　　第二天我没和饶冰出门。在家坐了两个小时，越想越不对劲。前后活动下腿，膝盖骨一阵刺痛，差点叫出声来。打开手机，搜索了膝盖摔伤后"放平不痛、弯曲疼痛"的情况，大多数网友的结论是"膝盖骨半月板骨折，尽快就医"。出国前我最担心的就是在旅途中生病，都说在国外生病最麻烦，要预约，要保险，费用也高得离谱。想到保险，我记起行李箱里那份旅行保险单——办签证的必备材料，立刻将它翻了出来。相关一条有"门急诊及住院医疗费用补偿"，我没多研究，就给饶冰发信息。

　　"我好像是骨折了。你知道附近有华人诊所吗？还是去医院？"

　　"妈呀。我帮你找下13区，我觉得华人的也不一定靠谱，去医院麻烦，我一般都是找法国的私人医生，聊几句，开个药。"

　　"那有专门的骨科诊所吗？"

　　"等等，我搜一下。"

　　我等得着急，又给前几日在游行上认识的法国人老邓发微信。

　　"我腿摔伤了，去医院需要预约吗？"

　　"直接去急诊。你住在哪条街，我帮你查一下最近的医院。"他很快回复。

　　不一会儿，老邓就发了一家医院的信息给我，离我只有一个地铁站的距离。

　　"直接过去，不用打电话预约。一会儿你需要帮助，给我发信息。"

"谢谢。我过去拍个片。"

饶冰的信息也来了。

"医生（男），中国城陈氏附近，和妇产科的王医生同一大楼，会说广东话，不需RDV，地址……"

大脑飞快盘算，去医院！我告知饶冰后，便拖着一条残腿出了大门。上下楼梯时膝盖剧痛，我对地铁站也没有电梯感到不满。好在没费多大工夫就找到了那家医院，巴黎地铁站点的分布设计确实很方便。

医院大门冷冷清清，不如国内医院门前集市般热闹，不仅有病人及家属簇拥，还有各种做生意的小贩环绕，出租车和摩托车络绎不绝，打地铺的也来凑热闹。我从远处看去，大门的规模还算可以，是家正规医院，走近一看大吃一惊：铁门紧闭，门外岗亭上竟然巍然站立一名军人，手持长枪，神情肃穆。我有些奇怪，便远远绕开他，走向大门边的人行入口。我脑袋空空，没有经验可循，要先排队挂号？还是……急诊好像不用挂号。入口处的小窗里坐着一位戴眼镜的白人胖阿姨，微笑地看着我。

"您好……下午好，我要去急诊，我……我的膝盖摔伤了。"

我语无伦次，尽可能表现出痛苦的表情，并指指我的腿。胖阿姨从桌上拿了张医院地图，搁在窗台边，身子探过来，用笔在地图上画了一条路线，还叽叽咕咕说了堆不标准的英文——大概是告诉我如何走到急诊大楼。我忙道感谢，抓起地图就往里走。还未走出五十米远，身后有个声音似乎在喊我。我回头，一个衣冠整齐、满头银发的白人大爷朝我招手，示意我等一下。他钻进路边的小车，开过来让我上车。这是医院的工作人员吗？我们交流障碍，但我还是坐上车，由他绕过几块大草坪、转过几幢黄墙灰顶的建筑物，送到了急诊室。我连声道谢地下了车。

2点半左右，我走进急诊室大门。四五十平方米的等候大厅里坐满了，大约二三十人，虽不及国内医院的情景，也算是满负荷了。

　　我四处张望，角落一个窗口前排着队伍，四五人手拿纸质材料站在那儿。应该是先在那里登记，我跟上去。保险起见，我还是打算问问我前方这个女人。

　　"打扰一下，请问是在这里预约吗？"

　　这个漂亮的法国女人抱歉地比画手势，表示自己不会英语。她前面一对中年夫妇也转过来，微笑地摇摇头。

　　几分钟后，一个二十多岁的男人排到我身后，我问了他同样的问题。很幸运，他能够说一点英语。

　　"对，在窗口前，把你的身份证件给工作人员。"他别扭地说着。

　　"需要保险单吗？"

　　"嗯……你可以一起给她。"

　　"谢谢！"

　　窗口的速度很慢，二十多分钟后才轮到我。我把护照和保险单一同塞进去，也不管里面的人会不会英语，将事先在手机上翻译好的法语递给她看："我昨晚在手扶电梯上摔伤了膝盖，现在弯曲时非常疼，我想照一个Ｘ光。"我见她扬起眉毛，眨了眨眼，打开我的护照，开始在电脑上打字。几分钟后，她将护照和保险单还给我，让我等待。

　　大厅里十分安静，偶尔有人交谈，声音也极为轻细。墙上挂的一个小型电视发出微弱的声响，好像在演家庭喜剧。等候的病人们似乎都不着急，有的在饮料机旁冲咖啡，有的拿报纸静坐观看。一个护士过来给我测了血压，并叮嘱我不要吃喝任何东西。其间饶冰发来信息询问，我说已经在等医生了，她说慢慢等，出了结果告诉她。

　　"一切顺利吗？"老邓也发来信息。

　　"登记好了，现在坐在大厅等。"

　　"你可能会等很长时间，但是别担心，这很正常，法国的急诊非常非常慢。"

　　果真，之后的我陷入漫长的等待。老邓给我发信息时是3点

25分，接着我盯着电视屏幕开始发呆，观察了一阵子周围的病人，猜测他们各自的病情，然后在急诊室门口的草坪上散了散步，又回来玩了会儿手机，然后继续望着电视发呆。电视墙旁边的一扇小门不时被打开，走出一个年轻护士。一个名字从她口里念出，那个幸运的人立刻上前跟她进去。直到将近6点，我的名字终于被这个小护士用奇怪的语音念出，我迅速起身，一瘸一拐向她走去。但她只是递给我一个试管形的小器皿，告诉我需要验尿。我再三向她确认，表示我只是想拍个片。她指指大厅洗手间的方向，又退回门里。我只好迅速完成任务，再次回到门边，轻轻叩响。小护士收走器皿，却让我继续在大厅等待。

"怎么样了？"老邓再次问候。

"我还在大厅里等。"

"放心吧，这家医院很好，我相信你会没事的。"

6点15分，小护士终于让我走进那扇神秘小门。里面柳暗花明，像是一个设备健全的小机构。走廊千回百转，通往各个办公室和科室病房，人潮声涌入耳蜗，相互交谈的医生护士、在病房里休息的病人随处可见。相比起等候大厅里的沉寂，这里的氛围活跃得多。四周的白墙一半刷成天蓝色，清新干净，我似乎忘了自己是来拍片的，走起路也轻松不少。

又是新一轮的等待，领我进门的小护士将我丢在走廊边的座椅旁，交给我一张单子，径自离开。一旁轮椅上坐着个白人老太太，好像也在等待，我们相互微笑，估摸她也不会说英语，便没有继续交流。我盯着手中的白单，上面有我的名字和生日，顶部"Examen de Radiologie"几个法语单词，看得懂是放射科的检查。十分钟后，小护士没有回来，我按捺不住，起身到周边几个办公室里寻找。我早就忘记她的长相，只好随便询问一个面善的护士，她接过单子，带我走到另一个办公室，我终于和帮我拍片的女医生接上了头。我配合手势说明详情——如何摔倒、哪种动作会造成疼痛，可对方从头到尾只是安静聆听，一动不动。

"你不检查一下我的膝盖吗？"我问道。

"不可以，在拍片之前我不可以触碰你的腿。"她一脸严肃，蹩脚的英语让我哭笑不得。

国内徒手检查的骨科大夫在哪儿？

6点59分，我终于拿到我的X光。我第一时间拍下发给了老邓和饶冰。

"严重吗？"老邓问。

"我看不懂，等医生给我解释。"

"我说过，很慢的。"

轮到饶冰了，她简直是女侠。

"挺好的，没事。"

"那个不是裂痕吗？"我问。

"哪儿来的裂痕？"

"最白的几根线是什么？"

"骨纹，骨头还能没纹路？你又不是终结者。"她回复。真是又好气又好笑。

再次遇见女医生，她还是没有触摸我的膝盖，只是认真分析了情况。她指着我的X光片，用晦涩的英文说了大段，而我始终被骨头上那条长长的白线惹得紧张。

"医生，我就想问，我的骨头断了吗？"我趁她说话的间隙打断了她。

"不，你的骨头没有断。"

万幸！

走出那扇小门，我还不放心，回到大厅窗口前问需不需要交钱。那个喜欢扬眉毛的女人告诉我"It's free"（免费）。

晚上8点，经过五个多小时的折腾，我终于离开了这家军事医院。为了慰藉我，饶冰特地做了道料理——生火腿蜜瓜。甘甜清香的哈密瓜，铺上咸软绵薄的火腿片，用火腿片把哈密瓜卷起来吃，再饮一口红葡萄酒，无穷滋味在味蕾里碰撞，妙不可言，哪里还顾得腿上的疼痛——美食美酒确实能够疗伤。

"她居然从始至终没有碰过我的腿！"我对饶冰说。

"哈哈，要相信科技。"她一口吞下火腿卷。

我给老邓发信息，"医生说，骨头没事。"

"太好了。你有拿药吃吗？"他问。

"医生问我需不需要开一些止痛药，我说不用。我不习惯吃药。"

"嗯，非常中国式。需要多久能康复呢？"

"医生说十天左右。"

"还行，不算太久。走路时难受吗？"

"只是上下楼梯时会感到疼。"

"我很高兴你今天一切顺利。我知道，大多数中国人不愿意去医院。我的意思是，至少你信任我，接受了我的建议。"他告诉我。

"真的很感谢你，谢谢。"

"我记得我在中国旅行时发高烧，医生让我注射挂瓶，我拒绝了，因为这在法国不常见。第二天我改变了主意，挂瓶后果然很快恢复。我生病期间还有些中国朋友让我喝白酒，说好得快。"

"哈哈，希望你没有喝太多。"

公墓里的吻

腿伤并没有阻挡我探索这座城市的热诚。之后大多数时间里，我依旧跟着饶冰穿梭在各大商场名店。饶冰丢了钱，愈发积极工作，一天当作两天用。我腿脚不便，经常跟不上她的速度，就在商场里散步，观看熙熙攘攘的中国游客。中老年人占了极大部分，都是导游用大巴车拉来的，车子就停在老佛爷的侧门外。这里成了他们旅游景点中的最后一站，大包小包，扛麻袋一样把买来的商品装走。语言不通没关系，几乎所有品牌都雇用了中国店员，大爷大妈们能享受到如国内一般顺畅的服务。我喜欢待在0层（中国1层）来回走动，这里聚集的游客最多，一间间开放式专柜四周通透，我可以很好地观察他们的行动。

一个大爷正在巴宝莉专柜打电话，他的老伴儿和一个学生式的中国店员站在旁边，摆弄柜台上几个包包。

"什么？要哪个？都打五折，你把照片发过来啰！快点，这里马上要关门啦！"

估摸是给他闺女打的。

饶冰非常厌恶这种情况。说到底，我认为她是不忍心看到这种情景。因为当我走到商场的一角，我看到了这样的画面：几十个中国老人紧挨在一起，各个怀抱大纸袋，身边的地上还放着好几袋，他们从楼梯底端开始，一排排往上坐。这对我触动很大，它太真实了，使我们联想到自己的父母，与之而来的心理冲击是沉重的。

所以我能理解饶冰的话。"我真受不了，子女没有时间，就随便给老人报个欧洲十日游。你看看在退税点门口排的长队，一等就要个把小时——我真的受不了！"

我说不出什么，我曾以为自己能言善辩，性情乖张，但现在面对激愤的饶冰，我像个沉闷的葫芦，思维古板，意识守旧，不敢发表稍稍严厉的言语。或许因为这里不是我熟悉的城市，或许因为职场的厉浪将我反复冲刷，也或许是我们的关系不再是碧玉年华时的高中同窗——我们难以再如从前，共同肆无忌惮地厌恶温和，蔑视主流，丑可以接受，十全十美却令我们反感，所有的虚假都觉得恶心，随心所欲让我们痴恋，想想那时候的勇气，大到敢于反抗整个世界。对于饶冰依旧拥有的激烈，我害怕又着迷。

　　周日的步行计划也照常进行。这是我在巴黎的最后一周，我不打算减少路程，膝盖没有关系，我可以走慢一点。

　　我选好了东边的方向，开始漫不经心地散步。

　　大部分店铺停止营业，连一向勤快的中式餐馆也大门紧闭。据说这个传统是政府明文规定的，为了保护劳工权益，并考虑到教徒周日需要做礼拜。即便在工作日，很多商店也是下午五六点便关门收摊。换在国内，大家都会嘲笑这种有钱不赚的行为。就连春节长假，很多餐厅和洗头店尚且人满为患——为了赚钱，少休息几天又有什么关系呢？

　　还好，一个个橱窗就足以大饱眼福。我喜欢欣赏巴黎街边的橱窗，冰冷的橱窗里，总能寻觅到火热的情愫。商店小而精巧，没有宽敞的大门，大多只能容纳一两人进出，更多的空间留给了橱窗，一个简简单单的摆设，就可能耗费设计师的全部心血。方寸空间中，彩灯投射出引人入胜的故事，你能从中看出巧妙的创意和精确的视角，而商品，变成了其中一个画龙点睛的元素，呈现出它独特的价值。所以，明明是家不起眼的小店，却能从橱窗中感受到店里商品的独一无二。而在巴黎这样寸土寸金的地方，我是绝对不会小看一家两米多宽的商店，进门随便拈起一件商品，都可能是三四个零的欧元标价。有了这些精致小店，巴黎的街道似乎也更像是人的街道，而不只由川流不息的大车小车所占据。看不到极速穿过红绿灯的机动车，也听不见轰鸣的喇叭声，即便是小心翼翼地缩在路边让车辆先行，还是能见到司机摆摆手，示意你先行。或许在这里，唯一让人大步流星、无心留意橱窗美景的，就是猖獗的小偷了。回想国内商场的橱窗，也不乏完美设计，却过于商业化与激进，而街上的橱窗则越来越被简单的玻璃替代。网购越来越多，精品商店越来越少；商场里的人越来越多，逛街道的人越来越少。高档豪华的酒店和会所倒是不断升级更新，谁还有精力来传承零售文化呢？

一辆摩托车从眼前飞驰而过，车头竟有两个轮子，像把三轮车倒了过来。它快速顺畅地拐弯，巨大的轰鸣声打破周日的宁静。我的思绪也被拉回眼前，抬眼一看，竟抵达一处长长的围墙。

沿着老旧的石墙继续向前，一道暗绿色大门敞开，抬头仰望，门楣上印有五朵花环，两侧的巨大门柱上雕刻着火炬和沙漏，三行法文中"IMMORTALITATE"（不朽）一词格外醒目。我到了一座公墓。

走进门，不远处一块牌子前站着两个中国姑娘，她们指着牌上的公墓地图交谈，北方口音中发出几个熟悉的名字：肖邦、王尔德、巴尔扎克、莫里哀，还有些我没有听过的人名。恍然大悟，此地是著名的拉雪兹公墓，十分欣喜。膝盖的不适让我更加随遇而安——我本也不是慕名而来，只是恰巧路过——所以，我不打算在众多墓碑中特意寻找某个名人，只抱着随处走走的心态，或许能与某位大人物"邂逅"。

公墓宽敞而静谧，犹如一个优美宁静的社区，阳光明媚下毫无阴森悲凉之感。我踩着光滑的石板路，竟觉鸟语花香，光阴甚好。一排排墓冢错落有致，雕刻精细考究，有些历经两个世纪，风化的石棺上铺着苔藓。许多墓碑上立着十字架。有的墓上刻着FAMILLE，表明一家人都埋葬于此。有的墓做成小房子样，尖顶、平顶、圆顶各异，透过铁门观看，里面空间尚能容纳一人，门上还挂着锁链。我意外看见不少华人的墓，多数温州籍，还印上照片。突然想到一句话：一个人的出生地是他不能选择的，但他安葬在哪里是可以选择的。

途中不时看见绿色铁牌，上面标明墓区的号码和路名。我想，伟人的墓应该日日都有追随者前往探望，所以墓前常有鲜花簇拥。但看到两处鲜花相伴之地，走进仔细端详，却不认得主人。

耳边传来钟声，敲了四下。我看看手机，4点了。转过一个弯，我再次碰见那两个中国姑娘，她们朝我迎面走来。

"你也是中国人吗？"一个高个子女生问我。

"对，我是。"

"你看到王尔德的墓了吗？我们没找见。"

"没有，我就随便走走。"我说。

"咦……网上说就在89区的，应该在这附近——你要跟我们一块儿去吗？"

我爽快答应，与她们结伴而行。我看过王尔德的绝妙悖论，比如"我的缺点就是我没有缺点"，比如"你以为你已经理解我的意思了，那么你已经误解了我的意思"，比如"除了诱惑之外，我可以抵抗任何事物"。幽默的男人似乎更容易受到女人喜爱——我们喜欢他的舌灿莲花，况且他还说过"女人是用来被爱的，而不是用来被理解的"呢！所以，我也想要望一眼这位放纵不羁的天才，望一眼他留给这个世界最后的艺术品。

两个姑娘来自大连，高个子女生为了王尔德而来，另一个是为了艾迪斯琵雅芙而来，她说自己看了很多遍《玫瑰人生》，特地前来瞻仰。谈话间遇到个长着络腮胡的法国大叔，像是工作人员，高个子女生立刻上前询问，获取了方向。

一个颇有现代艺术感的白色墓碑立在眼前，九十度直角简洁直白，没有圆润的弧度，复杂的雕艺，就连上方人形雕塑的姿势都怪异得僵硬。墓的四周竖立玻璃墙，形如一道屏障。

"啊，果真亲不到了！"高个子女生感叹。

我听她说，之前墓碑没有被玻璃围起，上下满是唇印——那是全世界仰慕者的香吻礼赞。现在，层层叠叠的吻痕被擦洗干净，玻璃隔板上也注明禁止标语，但深浅不一的碑石上还能看见斑斑点点的印记。这一幕好熟悉，艺术桥上的锁又在我眼前摇晃……

老邓每天都会询问我的情况，我告诉他今天走到一处公墓，还见到了王尔德的墓碑。老邓便问我有没有看过《巴黎我爱你》，我说没有，他只说可以看看，也不解释，还说等我好一点的时候带我去看一场法国电影。看什么？看《天使爱美丽》那样充满幽默色彩的浪漫爱情片，还是《印度支那》中一段爱情掩埋下的殖民历史片，或是《虎口脱险》战争历史下的温馨喜剧片？法国电影的感觉总是让人难以拿捏，你以为它讲的是情爱，结果步步悬疑；你以为它拍摄了逻辑紧密的现实，却突然出现一只异形让你跌破眼镜。地铁站里挂有不少新电影的宣传海报，有一张印象深刻，我打算先发制人。

"哪一天你想去电影院告诉我？"——老邓的信息。

"明天怎样？"

"你有想看哪一部吗？"

"我在地铁站看到一个海报，上面是穿礼服的金发少女。"我回复。

过了一会儿，他发来一张照片来，确实是我看到的那部电影。

"它讲的是什么？"我问。

"不知道，我要查一下。但是我知道这个导演。"

"看这个女孩的眼神，像惊悚电影。应该不错。"

"好的。明晚19:00在国家图书馆站见？那里有家MK2电影院。"

"OK，明天见。"

当我把老邓的出现告诉饶冰时，她没有显示出惊讶，也没有问我为什么推迟一周才告诉她。"我们约了明天晚上看电影。"我接着说。"好，去吧。"她就这么回答，然后拿起睡衣走进浴室。洗澡的时候她回忆起在巴黎交往的各位前任来，清一色中国人——曾经是有一个法国人的，但被她拒绝了，原因是他走路时步子迈得太大。还有一个前任，三十岁不到就大腹便便，她绝对不喜欢没有自制力的男人——例如不能坚持减肥、管不住嘴巴——所以一周不到她就把这个满身缺点的男人甩了。最后那个是她最喜欢的，他是个年轻导演，和他在一起时能尽情地浪漫疯狂，她去他的学校看他拍片，周末的时候开着车到郊外野炊。至于为什么分手，她竟记不得了。

老邓很准时，他的工作地点超出了小巴黎的范围，所以下午5点就出发了。我迟到了十几分钟，从地铁出来后，还花了些时间找路。老邓耐心地在微信上指路，但见面时我还是隐约感觉到他的不悦。

电影院的人很多，用自助机器买票省去了排队时间。但买零食的队伍很长，我们便直接进入影厅。

他没问我吃没吃晚饭呢，我想着。他一定还没有吃，不过他看起来不饿的样子……我还没想完，就被荧幕分了神。一个漂亮的金发少女躺在古典沙发上，一身华服、妆容精美，她的脑袋优雅地歪在沙发扶手上，一动不动看向观众。电影在这样一幕静止的画面中拉开序幕。我偷偷瞟了老邓一眼，冷色灯光的照映下毫无表情，眼神也藏在反光的镜片之后，我便扭回头继续观影。

剧情发展得很顺利，似乎是一个农村女孩进入都市模特圈、继而漂亮反转的励志故事——但这是法国电影！果不其然，之后一个多小时里，幻觉、摧残等一系列元素翻江倒海而来。画面美到极致，似乎堆砌了所有绚丽的色彩，平行镜面反射出无数曼妙的光线，宛如梦境。转头再看老邓——他应该不喜欢看女孩间的嫉妒和虐待吧？然而他一声不吭，安静地看着，直到电影结束，他还若有所思。

"她的同行们吃了她的肉、喝了她的血吗？"走出电影院，我问。

"是的，因为她们也想和她一样美丽而成功。"

"为什么豹子会出现在汽车旅馆里，跳到女孩的床上？"

"光鲜的背后是没有安全感的，代表她处在非常危险的环境。"他说。

我认为老邓对电影理解得很透彻，而我还纠结于某些莫名其妙的情节中。

"这个导演是色弱，所以他喜欢用非常强烈的色彩。"他又说。

"原来如此。所以电影才那么缤纷。"

"你想喝一杯吗？"他问。"太晚了，下次吧。"我说。"好的。"老邓送我到地铁站，和我告别，他低头亲吻我的脸颊，左右各一下——好在饶冰提前教过我，我没有显得很尴尬。

到家之后，我还在想那部奇怪的电影。本想好好看一部法国电影，却看了一部英语对白、丹麦导演制作的电影，也不知道算是哪类风格。印象中法国电影是缓慢的，慢到让人昏昏欲睡，对于细节喜欢小题大做，演员的长相也比较普通。但我看过的法国片不多，所以不乏好奇，老邓昨晚才说起《巴黎我爱你》，我立刻就熬夜看了。20个区，竟汇集了18个故事，还分别由不同的导演拍摄，估计只有法国片才能如此展现。剧情出人意料地巧妙与怪诞，辨不清虚实，吸血鬼出现时，我以为出现了幻觉，而王尔德坐在墓旁时，我好像刚睡过去一会儿。我就这么模模糊糊地看完了18个故事——还不确定是否都完整地看完了。算算看，平均每个故事十分钟不到，其间我还很有可能走神漏掉了若干。或许法国电影就是这么娇柔吧，如果你不给予它全神贯注的瞩目，你就不能体会它在细微之处所表达的哲学和艺术。可它同样也是高傲的，到了动情之处，它也不屑于煽情，不稀罕你的眼泪，而当灿烂得快要到达顶峰时，又立刻回归平淡。回忆起大学四年，都是被无数惊心动魄的美剧和美片绑架，一直从黑白悬疑追随到人工智能，自以为思维敏捷、吸收流畅，可对接起法国的电影来，总有些力不从心。猛然想到去年看的《狼图腾》，莫非也是因为它有一位法国导演，所以没有看懂？

后来我问老邓，你有没有特别喜欢的亚洲电影，他想了想，说有一部叫作《春夏秋冬又一春》的韩国电影。或许因为与它无缘，直到现在我都没有找时间看过。

超现实主义的龙虾

巴黎的夜色降临得很慢，很慢。八九点钟还能看见城市的样貌，直到10点过后，夜幕才渐渐笼罩整个大地。

街道上一片寂静，偶尔有三两人走过。我和饶冰坐在窗台边，俯视眼前街区的宁静。饶冰弓着背，单手环绕双膝，另一只手夹着香烟，头微微后仰，金黄色短发长了许多，发根处增加了一圈新长的黑发——前几天还听她说准备染回黑色，头发也要再剪短点，露出耳背。饶冰将香烟递到嘴边，红唇微微一动，包住烟尾，深吸时烟丝闪了一下，纸发出"吱吱"的燃烧声。我喜欢这个声音，但必须配合两只纤细的手指，将香烟轻轻抽出，再伴随一串不规则的烟雾吐出，与香水味缠绕在一起，无所忌惮地钻进鼻腔。

"我刚搬到这里时，有天早晨，警察把整个街道都封锁了，不让我们下楼。我只能留在房间里，听街上传来间歇的枪声，不敢靠近窗户，只能趴在床上数时间。"

饶冰轻松地说着这一切。路灯发出淡淡的黄光，柔柔地铺在她的侧脸，衬托不出任何细微的表情。我安静听着，一言不发。我一向不擅长安慰人，与生俱来的性格和固有习惯让我更多倾向于转移话题，或者沉默——这两种方式都可能让情景对话变得糟糕，但是我想不出更好的回答。我无法做出快速反应的另一个原因，或许是因为我很容易带入画面感，当说话者的遭遇从他脑海里由一幅记忆画面转变为口里的语言倾囊而出时，我已经积极地将这些文字碎片拼凑成了一个奇幻故事，并由我的耳朵传输到大脑，进而投射在我的视觉影响中，播放、续演。从对话的意义上来说，我已经彻底走神了。

"你知道吗，我可能要变成一个不婚主义者了。"

庆幸，饶冰自己转移了话题。不过这又是个我难以招架的话题。

"我认识一些当地人，他们和伴侣同居十几年，都没有结婚，有的孩子都很大了。"她继续说道，"这在欧洲很普遍。"

我记得尼采一篇关于"孩子和结婚"的言论，颇有优生学的见地。他认为作为一个解放自己的强者，生一个孩子，把强者的优势传下去，应有这样的结婚意志，结婚的意义就是两个人坚持创造一个胜于他们自己的后代。于是，我问道：

"那你会想要孩子吗？"

"不知道为什么，我就是不喜欢小孩，讨厌他们的哭闹声，害怕他们不听话的时候惹我生气。"她再次被自己的话激怒了，"而且，为什么父母一退休就想给我们带小孩，凭什么我们为了满足上一辈而生孩子？"

我想到隔壁那个中国小男孩，想到他妈妈每一次大声责骂他，他都一声不响地在站在旁边。

"前两三年我倒想过结婚生子的，现在反而不想了。"我笑笑，回想起二十五岁之前时的想法，好像模糊不清了。

很快到了即将离别的日子。叶老板提出请吃火锅，连我也顺道带上了。

我们先去打了场台球。台球馆的位置很隐蔽，要绕过小巷穿到楼房背面，我和饶冰提前抵达，竟找不着入口。不一会儿沙沙来了，三个人转悠半天，还是找不到门，只能蹲在小巷里发呆，墙边的角落里摆着一辆焚毁后发黑的机车，像是一个故意为之的艺术品。

叶老板到达时，我呆住了，天天念叨的叶老板竟然是个男的。三十出头，圆脸，胖乎乎的身材，再加上嗲嗲的上海口音，一副好性格的模样。也怪我，从来没好奇问过，一直以来觉得给名媛们买衣服的该是个知性大姐才对——不过也不奇怪，现在很多淘宝男卖都是一句一个亲爱的。

我和饶冰没吃午饭，下午4点就直接奔来，现在哪有心情打球，只想赶紧结束，好美美吃上一顿。球桌对面的沙沙不时朝我们挤眉弄眼，似乎也有相同的心思。好不容易熬到6点，叶老板看了看手表，"走啦吃饭去吧！"我们这才开心地奔出台球馆，坐上他那辆老旧的雪铁龙小车，前往第2区的蜀九香。这顿火锅彻底把我给吃哭了，不是因为多么想念中餐，而是辣得不行，比我在成都吃到的辣得多。

按叶老板的话说，饶冰这个月的工作完成得很出色。她的眼光和拍摄技术不错，每一天选中的衣服都有客人看中买单，而沙沙就没有她这么好的运气。话是饶冰回家后告诉我的，叶老板当然不会当着她俩的面说。当然，我看过两人拍的照片，同一件衣服，尽管不允许使用软件处理，饶冰拍出来的确实更加抢眼，总能体现出服装的质感、色泽以及设计特色，而沙沙拍出的，只将原貌平面地展示出来，没有激发客人的消费冲动。经过一个月的努力，饶冰挣了不少钱，顺利付清了律师费用。但对于一个有着不可泯灭的梦想的年轻人来说，要想真正在巴黎生存下去，这样挣钱远远不够。饶冰说即便老板极力挽留，她还是坚持退出，开始自己的职业规划。

而她和父母的僵持还在继续。慢慢适应了国外生活的留学生，谁不希望能留下来渗入这个社会。人人心里都有一个矛盾，去，还是留，天平两端上下晃动，如何权衡，时间会说话。但他们越来越清楚，对于中国年轻人来说，这个时代，更多的发展机遇藏在祖国。

离开巴黎的前一天，我在春天商场的DG专柜买了支口红。漂亮优雅的专柜姐姐非常耐心，她帮我挑了几个颜色，一一试在我的唇上，并给我讲解各个颜色背后的故事。我以为她们习惯了中国游客的批量豪买，不会太花时间在只买一支口红的客人身上，但我错了，相较于机械地打包商品给直接报货号的买家，她们似乎更满足于精心为顾客挑选一支满意的口红。最后，我买了一支签名版，暗暗的绛色抹在嘴上，我在镜子里显得成熟了许多。

离开那天，饶冰送我。我们坐了一个多小时的地铁到达机场。这个与我一同走过高考前大段时光的同窗密友，即将再次与我隔海相望。我们相互拥抱，不知下一次在何处见面。巴黎这个城市，有人爱它，有人憎它，有人留下，有人离开。它赠予我的，是历史的辉煌与浮华，如同从凝聚着艳丽色彩的香榭丽舍大街，通向多少君王都想要携带胜利走过的凯旋门，给人以无限遐想。它曾经伟大的威严与不可侵犯，与它曾经拥有的残暴与征服一起，似乎都留在了十八九世纪的过去。而对于迈向未来的启示，我还将继续在别的城市寻找。我还会再来的，那时，一定会有别样的感受。

回程的飞机上，身旁坐着一个在威尼斯开酒吧的温州人。这个有着两个小孩的年轻妈妈，从小就跟随父母到意大利经商，同乡的丈夫替意大利老板代理喀麦隆的木材生意，孩子在一个月一千欧元的贵族学校学习骑马和剑术，这次是回丽水侨乡参加亲戚的婚礼。闲聊下，我惊叹于他们的婚礼不但不收宾客红包还给每人发一百元打车费时，更加感叹她口中意大利人不甚公平的法律：即便妻子出轨，丈夫也得搬出房子，供养妻儿——这样高成本的离婚导致了当地人极低的结婚率。

眼前的小屏幕上播放着一部荒诞诡异的电影：一个"美丽的新世界"里，法律规定所有人必须成双成对。城里的督查者无处不在，随时随地盘查落单的人。一旦你找不到爱人或被伴侣抛弃，就会遭到逮捕，送往郊外的治疗旅馆，在四十五天集中营式的环境下完成再次配对。失败者被转化成一种动物并流放——幸运的是动物种类可以自己选择。而附近的森林里藏匿着另一个极端世界，惧怕变成动物的单身者逃向这里，组成了一个坚持"独身主义"的武装组织，清扫坠入恋爱的异类。

这样的黑色幽默看得我思绪泛滥。你质疑不婚主义者吗？我问自己。并不是，相反，我骨子还有些许嫉妒他们的精神魄力。我内心崇尚自由，追求无人管束，但又落入当下社会所推崇的婚恋价值观里。我不想被强制幸福，但可耻的是连自己真正想要选择什么都摇摆不定，于是，我也毫无悬念地成了那个多数派群体中的一个悲伤角色。

现实生活中，我们都害怕成为少数派，因为少数派是凄惨的、孤独的。于是，为了找个物质和精神依靠，男人们觉得娶谁都一样，女人们也认为嫁谁没差别，转变为多数派后，继续面无表情地扮演幸福。

然而，无论多数派还是少数派，每一个人都在自己想要坚持的状态下以失败告终。从一方面来看，我们的包容性好像变高了——每个人都可以接纳自己和他人改变状态。另一方面，这也证实了我们的忍耐力变低了——我们在各种状态中来回更改。因为我们不想活在极端和束缚里，我们也想要一个"美丽的新世界"。这样的现实情景不和电影里演的一样吗：治疗旅馆里的单身狗逃进森林，森林里坠入恋爱的情侣又想逃回城市。

何等烦恼？我又做什么理智分析、剖析什么复杂的情感心理！当我们决定和另一个人成为伴侣时，到底是追寻幸福，还是逃避孤独？谁知道。啊，再怎么坏的原因，这总归会是件好的事情，总比越老越孤独、越成熟越爱不起的好，总比单身的人沦为动物、脱单的人才有资格作为人的好。

嗯，回想电影的名字，正是男主角想要变成的动物，一种超现实主义的动物——《龙虾》。

"你选择变成什么动物？"
"龙虾。因为它可以活上一百年，流着贵族般的蓝色血液，一生都维持着生育能力。"
"我赞赏你的选择。大部分人会选择变成狗，这是这世上有那么多狗的原因。"

西海岸线上的阳光

新鲜的旅伴

　　经一次转机，返回厦门。乘出租车回家的路上，海风扑脸，满是熟悉的味道。其间给爸妈打了电话报平安，他们让我回去住几天。到达自己的小屋，室内摆设一切安好，空气中也没有怪味，似乎我只是短暂离开几天。走之前扔在沙发上的衣服依旧凌乱地躺在那里，水龙头先是流出一些黄色液体，立刻又变为透明。我想倒在床上休息一会儿，却发现没有睡意，便随意打开一档节目，开始整理行李箱。

　　之后，我开始了长达四十多小时的无眠期。日间精神很好，夜晚也不困。能感到脑袋重量超出身体支撑，但思想始终处于活跃状态。我清醒地躺了个把小时，又在迷糊中起身，打开房灯时不小心碰到床头柜上的红酒杯——尽管此前再三叮嘱自己，枣红色液体洒了一地，像是不新鲜的血液。我用纸巾擦拭，白色地砖上还藏留痕迹。直到凌晨6点，下楼买许久未吃到的豆浆包子，然后坐在小区花园的长椅上，一边吃一边观察出门的邻居。大妈穿着睡衣到超市买菜，大爷在树下慢悠悠地活动筋骨，连年轻人也早早出来遛狗。回到家，继续漫无目的地收拾屋子。似乎已经开始想念巴黎了，可怀念它什么？第一时间想起的竟是超市里生吃起来甘甜脆口的胡萝卜，还有饶冰家楼道里奇怪的木头味。

　　肖尔雯说晚饭后一起喝点东西，我说好。这个十多年的好友与我住同个街区，现在是附近一所小学的音乐老师。我们的相识很有趣，初二流行网聊，我阴差阳错加了一个外校女生，彼此聊得甚好。半年之后，我到她的学校找她，碰巧年级大扫除，我在教室门口拦下一个男生，说找肖尔雯，他回头指指踩在桌上擦窗户的女孩，我们就算正式见上面了。后来上同一所高中，大学时分隔两地，毕业后又聚在一起。

我还在巴黎时，肖尔雯说她谈了个男朋友，澳洲海归，也是我们高中校友，等我回来见见。我说我认识吗？她说不认识。让她先发张照片，只说长得一般，就不发了。

晚上9点，我们在家附近的"一间咖啡"碰头。肖尔雯领着个白净的男生来了，他戴一副眼镜，体形微胖，说话客气斯文，脸上始终保持笑容。他走过来时风度翩翩，说我叫陆子林，是小你一届的学弟。我说你好，终于见到你了。再看看肖尔雯那张熟悉的脸，早已笑成一朵花。回到亲近的朋友身边，这种感觉多么舒适！我们开始畅所欲言，我聊巴黎的见闻，她也告诉我身边发生的趣事，陆子林积极地在一旁端茶送水，十分融入。

"钢琴荒废一个月了吧？这次回来要好好补。"肖尔雯故作严肃。

"放心吧肖老师，一定刻苦练习。"我笑眯眯地保证。

尔雯算我的钢琴老师。中学时到她家玩，她就弹《安静》的伴奏，和我一起唱，偶尔教我些简单曲子。毕业后我买了架钢琴，她时不时过来指导一二。

之后我陪爸妈开始了半个多月的旅行。我们乘火车一路朝向西北，游历陕西山西，途经银川，最后抵达内蒙古大草原。壶口瀑布旁，飞溅而来的河水在烈日烘烤后留下一脸泥沙，那是我第一次近距离面对黄河的咆哮。此岸是陕西宜川，彼岸是山西临汾，爸妈相互倚靠着席地而坐，望向从天而降的"瑶池玉液"。我热血沸腾，拍下了那对背影。老爸老了，但旅途中依旧精气神十足，登山包和相机包前后环绕，昂首疾行在中卫的沙漠，我和老妈好几次在短暂的自拍中遗失他的身影；到了晋中王家大院，他又转为信步闲庭，饶有兴致地给有趣的场景摄影。此般情境一如二十年前，我第一次离开福建，跟着他到广东旅行。当时铁路线还没有铺开，我们坐着长途巴士颠簸十几个小时，在一座座新鲜活跃的城市中快节奏切换。印象最深的是一尊孺子牛雕塑，还有人生中第一个巨无霸汉堡。记忆中，那个汉堡真的好大，大到我怎么吃也吃不完。

从北方回来，我在爸妈家住了两周。有家人照料的感觉真好，似乎大四的寒假过后，就没有这般潇洒自如。其间无所事事地翻看旧相册，重新帮老爸的书房整理一遍，还找到了中学时代的明信片和手写信。闲淡的日子里，滋生出一颗远游的心，一丁点骚动的念头，都能引发巨大的行动。

当我再次拿出护照时，等待我的是一场阳光明媚的西海岸之旅。

北纬37°，西经122°，旧金山平躺在太平洋东岸，等待着每天从西边飞行十多小时而来的国际航班，以及东边飞行六小时而来的国内航班。我快速做出了决定并付诸行动，似乎在地球上随便一指，就腾云驾雾到达这万米高空之上。而北纬37°，也被奉为"神奇的纬度"。或许是受到大自然的眷顾，它在地球上所穿行之处，汇集了众多人类文明发源地及瑰丽的风景胜地，有因葡萄酒享誉全世界的法国古城波尔多，也有中国的葡萄酒之城山东烟台，有西方文明的摇篮雅典，有地中海的美丽传说西西里岛，还有那永不落幕的戏剧舞台塞维利亚。在美国，这条神奇的纬度还被赋予诡异力量，众多外星人事件及特异的自然现象都发生在这条线上。

长时间的空中飞行令我口干舌燥，皮肤感到明显紧绷。据说飞机在高空航行时，机舱内湿度只能维持在百分之十以下——撒哈拉沙漠的湿度为百分之二十，我只好不断喝水，还咬破一颗维生素E胶囊，抹在脸上。隔壁坐着个来自佛山的中年女人，穿着简朴，但看上去精瘦年轻。她很主动地与我搭话，我也不介意满面油光地对着她攀谈。我们在看电影、睡觉、聊天与发呆之间来回转换，混混沌沌熬过六个小时。此时，餐车刚刚经过，我们又一边用餐一边说起话来。

"我还是觉得旧金山环境好一点。"她凑过来与我耳语，"之前在洛杉矶的好莱坞地区住了半年，感觉太杂了。"

"旧金山房租会不会更贵？"我吃完水果沙拉，打开餐盒。

"我找的地方还可以，每个月一千多美金吧。"

"那您女儿也要转校了？"我拆开胡椒粉包，撒在牛肉上，"她在那边念书习惯吗？"

"刚开始的时候喊着要回来。现在跟我说'妈妈，我还是要在美国念书'。"她平视前方，改变了一些语调，似乎是回答我，又像是在说给自己听。

烧牛肉的味道很不错，我的心情也随之愉悦起来。一个满头白发的外国乘务员推着饮料车停在身旁。我要了一杯番茄汁，她则递上自己的水杯，要了热开水。

"您也是用旅游签证吗？"我问。

"学生签证，我申请了一所社区大学。"她回答。

"真的要每天去读书吗？"

"有的时候去。也就教教英文什么的，没意思。很多中国同学。"她呷了一口开水。

"您是一个人过去陪读？"番茄汁太酸，我吞了一口口水。

"我老公在洛杉矶做访问交流。他是外科医生，签的三年，我和我女儿是第二年才过去的。现在时间到了，下个月我老公就得回国。"

"在美国工作三年都不能申请绿卡吗？"我问。

"不行啊，J1签证很难转身份的，我老公必须马上回国。要是想拿绿卡就不要走访问学者。"

餐后，我们回到各自的休息时间。她戴上眼罩，像小孩子一样歪歪扭扭地蜷在座位上。我戴好耳机继续刚才的电影。电影的节奏缓慢而放松，几分钟后我已神游到别处。我想起一本书中的故事，还有一个叫作扶桑的妓女。她裹着残颓而俏丽的小脚，穿着猩红色带有神秘东方魔力的薄绫罗，如同刚从战争和饥荒中逃难而来的邪教徒，漂泊海上数月之久，才慢慢爬上西海岸。她似乎不排斥这一行当，卖力地吊在磅秤上让人叫卖，并用她独有的微笑与沉默，以及最广大的包容和接纳，迎接那些好奇的仅有十余岁的白人小鬼。

　　那个时代离我太遥远，除了她的故事我一无所知。我只能在字里行间中，作为一个旁观者，窥探19世纪末"金山"下的景象：

　　　　你的时代这座城市还在孕育中，还是个奇形怪状的胚胎。它已经那么名声在外，以它来自世界各国的妓女，以它的枪战、行骗和豪赌。靠了码头的远洋轮总得绑架水手，因为原班的水手早已投奔金矿。淘金不走运的人一肚子邪火地逛在城里，每人都揣着假钱、真枪。人们往这里奔时太匆忙了，政治、法律、宗教都没来得及带来，只带来赤裸裸的人欲。

　　　　飞机倾斜机身，整个大地变了角度。数百万移民迁徙的尽头就在前方。百余年之后，我也横跨大洋，踏上这座汇集了几代华人血泪的城市。

　　　　一下飞机，我给窦小冲发微信。他已经在机场附近的租车中心等我了。我顺着快轨的标志登上蓝线列车，几分钟后，车门打开，一道租车柜台映入眼帘。

　　"窦小冲？"我走近一个坐在等候区的男生。他低着脑袋，体形微胖。

　　"是我。"他立刻从手机中抽离出来，腔调绵柔。"去取车吧，我已经办理好了。"他晃了晃手中的协议，拉着行李走向玻璃门外的停车场。

　　按照标示，我们轻松找到了在网上预约的吉普。这辆黑色越野车停在几个空旷的车位上，等待姗姗来迟的主人。窦小冲仔细检查了车里车外，然后坐上驾驶座，载着我前往旧金山市区。

　　这个有些发福的山东人刚从西雅图飞来，是我在旅游网上找到的旅伴。他一人从北京出发，在西雅图玩了几天。接下来几天，我将和他以及另外两个女生，开始加州的旅程。

悲喜边缘的唐人街

　　"挺熟练啊，不像第一次在美国开车。"

　　车上配备了自动导航仪，我把它扔在一旁，用起事先下载好的手机离线地图。

　　"嗨，真是第一次！这不你在嘛，我负责当司机。你指路就好。"他直挺上半身，两眼盯着前方。

　　"那两个重庆小美女呢？"他问道。

　　"在渔人码头等我们——天哪，他们开得好快！"我望向窗外，一辆辆汽车从身后迅速超过。我有些紧张，"你得开快一点，在美国开慢车会被交警拦下的。"

　　"已经六十迈了，乘以一点六……时速将近一百公里了！"

　　"开到七十试试。和其他车辆保持一致。"

　　窦小冲提了速，依旧落在车流之后。十分钟后他才慢慢适应，此时车速已经超过每小时七十英里。天气很好，干净的车窗外万里无云。我突然意识到车内过分安静，便打开收音机。

　　"对了，你说你之后的时间都安排在加州，怎么还特地去了一趟西雅图？”我试图找个话题化解这种尴尬。即便我们在网上认识了两个星期，但初次见面不到一个小时。

“因为想去参观一下波音，还因为……呵呵，说出来不怕你笑话，还因为一本书。”他依旧保持平视，脑袋一动不动。

“什么书？说来听听。”我很好奇。

“《悲喜边缘的旅馆》。”

“嗯……是恐怖小说吗？”

“啊哈哈！不是，是20世纪一段悲凉的爱情故事。这家旅馆，就在西雅图唐人街和日本城的交界处。”他解释道。

我又想起扶桑。她也有一段凄美的道不明的爱情——和一个十二岁的白人少年。不知道这个旅馆，又在那混乱的移民浪潮中发生了怎样的故事。

“你认为——”他侧过脸，“如果你在这里出生、长大，然后到当地的学校读书——那，你会不会有不适应的感觉？”

“嗯……如果班级里有各种肤色的同学，应该还好吧。”我不是敷衍。我确实很努力在思考窦小冲的问题，并且作出不同情况下的判断，“但如果我是其中的少数，或者是唯一的……我会迷茫，甚至害怕。但是我也不知道。毕竟我身边没有这样的另类，我无法想象……不过，想想自己真实经历的，小学时班上有个很胖很胖的男生，就一直被人欺负……”

“就像鸭群中的天鹅？”他迅速接过我的话，“从小不断问自己，我是谁？为什么我和别人不一样？”

“是的，只是不一定有它那么幸运，长大能变成健康漂亮的白天鹅。”我顺着说。

闲聊中右侧窗外出现茫茫大海。继续前行十几分钟，灰白色的双层海湾大桥横跨海面，中部越过金银岛——一座用造桥时挖出的泥土堆成的小岛——延伸至东面的奥克兰市。相较集万千宠爱于一身的金门大桥，海湾大桥显得有些灰头土面，但它有它低调的资本，长度和车流量分别是金门大桥的五倍和三倍。紧接着，繁华闲适的街景显现，靠海一侧是络绎不绝的行人和骑行者，另一侧交替着新旧高矮不一的建筑，色调和谐，大体是淡橙或者淡黄。双向车道被远远分开，中间隔着高大的棕榈树和双向有轨电车，前方一辆敞篷野马缓缓行驶，更显得空气干净明快。注视开车老人轻飘的白发，似乎能感受到码头上吹来的清爽海风。

"叶甜和霏儿已经到39号码头了。"我收到信息，对窦小冲说。

"路边没有停车位，我在前面左拐。"

码头的数字标示越来越大，Pier7、Pier15、Pier23……经过三岔口，我们顺势拐进另一条街道，又兜兜转转一会儿，才看到一排停车位。下车后，我们对着泊车咪表研究了一阵，插进信用卡，最后还是不太放心地离开。

人群突然仰脖伫立。我也抬头查看，只见几朵淡淡的字母云彩印于蓝色天幕——MARRY ME？中央一颗桃心，尾巴的问号像只带有灵性的小耳朵，在飘散中期待女主人的回答。几分钟后，我们在码头的巨大螃蟹标志下见到了两个中国女生。

"小鱼姐！小冲哥！"

叶甜远远朝我们奔来。不得不说，这个伶牙俐齿的小姑娘第一眼就招人喜欢。霏儿则显内向，她慢慢跟在后面，挂着淡淡的笑容。

"等久了吧？"我问她们。

"我们早上去联合广场玩了，刚才坐铛铛车过来的。那个车好有趣，你知道它怎么掉头吗？它开到一块圆盘上，这时候有人拉地上的一根绳子，然后整个大圆盘就旋转起来了……"

叶甜一手勾着我，一手在空中比画。她的川味普通话听起来特别有趣。我不太相信，这么天真活泼的女生怎么会和她男朋友吵架，接着一个人跑到旧金山来。霏儿安静地走在一边，她又瘦又高，似乎比窦小冲还高出半个脑袋。四周满是五颜六色的商店，两层楼的小木屋汇集各式各样的餐馆、酒吧和纪念品店。

活跃于街头的表演艺人和码头浮板上懒洋洋的海狮，无不渲染出港埠特有的市井文化。

走向海边木栈道，一排排渔船排列在码头上，画面洁白干净。密密麻麻的桅杆高高竖起，形成一道特殊的天际线。海鸟在空中盘旋，旷阔的海面上漂着若干白色小船。

"魔鬼岛！我们昨天去过那里。"叶甜指向远处一座孤岛。水中升起礁岩峭壁，隐约可见一幢平矮建筑立于岛上，灰暗色调下，连周边覆盖的植被都显得暗淡。

"我看过一部电影，就叫这个名字。"窦小冲冒出一句。

"你说的是《勇闯夺命岛》，尼古拉斯·凯奇演的那个？"我问道。

"不是，70年代的电影了。很棒的越狱片，个人觉得比《肖申克的救赎》好。"

"我找时间看看。"我转头对叶甜说，"岛上好玩不？"

"有种荒岛的感觉。监狱里阴森森的，还有越狱犯的照片被挂在墙上。"

"站在岛那边望向这里的时候，感觉很奇特。两公里海水的距离，能嗅到空气中的死亡和自由。"霏儿将敞开的外套拉紧。她穿了一件大号的白T恤，下摆塞在裙子里，T恤外是一件灰白色开衫，"我们找个地方吃晚饭吧。这里天气太凉了，上海现在还有三十多度。"

"对啊！我也没想到，现在可是九月份呢，不过洛杉矶就不一样了。我们去吃螃蟹大餐吧，很有名的！"叶甜紧紧地勾住我和霏儿的手臂，拽着我们往前走。

"已经算暖和啦。旧金山是地中海气候，夏季有加利福尼亚寒流，冬季又有北太平洋暖流，所以冬暖夏凉，东湿夏干，早晚温差大……"窦小冲跟在后面，步调慢慢悠悠。

"你们的车租好啦？感觉这里还是不开车的好，不像洛杉矶，出门没车不行——哎，小冲哥，这里停车很贵吧？"叶甜扭过头去大声喊道。即便她在身旁紧挨着，我依然能感到她喜欢扭着屁股走路。

"好像两美金一小时，我也没注意。这里骑自行车倒是很方便。"窦小冲的不紧不慢，多少来自于他略显笨重的身子，尤其站在骨感的霏儿旁边。

"这里的道路都很陡，有的坡度四十度了吧，车子一排排侧着停——"霏儿婉转的声音从身后飘来，她落在了后面，"你开车技术怎么样？"

"和重庆一样，好多山路的！有的坡我都不敢穿高跟鞋。"叶甜插话道。

"呵呵，我去过你们那儿一次，公交车坐起来像过山车一样。"我说。

来的时间正好，Crab House 餐馆外还没有排长队。室内明亮宽敞，装修简单，满墙的白色长条砖竟给了我公共洗手间的即视感。我们点了一份"杀手蟹"、一份意面、一份烤鱼炸薯条和一份酸面包螃蟹汤。

硕大的螃蟹整只铺在铁板上，端上桌时吱吱作响。叶甜特地双手抓着两边蟹腿，和她的小脸对比了一番。这叫珍宝蟹，仅生活在从阿拉斯加的阿留申群岛到南加利福尼亚的太平洋东北部水域。海鲜汤也很新奇，奶白浓稠的汤汁伴着虾蟹肉和蔬菜，装在半个空心的大面包里，引得我们不停拍照。

"美国人穿衣服挺简单随性的。"窦小冲稍微挽了下衣袖，很显绅士地将一只只蟹腿分给我们，"在西雅图的时候，我朋友告诉我，说不定路边一个穿破毛衣的就是比尔·盖茨。"

"嗯哼，来这里就随便穿。你要穿成奇奇怪怪的也行，大家很包容的。"我用叉子挖出一块蟹肉，肉质厚实，事先腌制过。

"那是啦！我一双高跟鞋都没带。对了，唐人街离得好近，一会儿我们过去转转呗。"叶甜接过钳子，费力地在蟹腿上夹了几道。

"一公里左右。"霏儿扫了眼手机,"现在还早。九曲花街也可以去,再顺便开车过一下金门大桥。我们住的地方在市区南边,明天就不到这里来了,一早就出发硅谷和斯坦福。"

"房子住得舒服吗?"我尝了一口汤,调料很咸,遮盖了虾蟹原有的鲜醇。

"挺好的!和照片上没什么区别。床又软又厚,有好几层垫子。我还特地拆开看过,他们铺床的方式和我们不一样!"叶甜满嘴意面,瞪着圆眼说道。

旧金山目前是全球房租最贵的城市。照今年三月份的全美数据,这里一室一厅的平均月租达到三千五百九十美元,第二名的纽约为三千二百八十美元——它们是美国唯独两座月租超过三千美元的城市,第三名的波士顿仅为二千二百九十美元。我们提前在网上订好了民宿,两室一厅,四个人平均下来也要将近三百元人民币。其实原本相约的自驾行中只有我、霏儿和窦小冲,出发前两天叶甜才找到我们。她临时出现的原因是和洛杉矶的男友吵架,一气之下独自飞来旧金山,和提前一天到达的霏儿碰头。

"对了!"叶甜总是一惊一乍,叫人猝不及防,"这里的草莓好便宜,两美金一大盒。等会儿再去买点吧?"

"好吃吗?我在西雅图超市买过,都是空心的。"窦小冲捏着钳子,胖乎乎的手握住蟹腿,十指沾满金黄色酱汁。

"很大个,我感觉是转基因,还是少吃点。"霏儿吃相很斯文。她根本没有碰过泊腻的意面,美式粗犷的炸鱼她只尝了一口。

"霏儿,你刚毕业吗?"窦小冲抽出一张纸巾,擦了擦手上的油渍。

"嗯。"这个司济大学的高才生带着一股文艺气息,她放下叉子,轻轻将刘海儿撩在耳后。"其实我从6月份开始工作了三个月,在一家证券公司。"

"你学什么专业?"

"公共管理。"

窦小冲想到自己那个学习工商管理的助手来。作为翻译，此次美国之行他本该一同前来，却败在面签环节上。好在临时找到两个会英语的同伴，自己能开车，那就好好做一个司机的角色吧。至于那个不会英语的重庆小妹妹，他也不知道她是怎么单独飞到旧金山的——看来自己以后也可以尝试一个人出国。

"你也是吗，间隔年出来周游世界？"他转向叶甜。

"我都出社会多少年啦！"她突然提高了嗓音，"我开了一家美容店。"

"看不出来啊，你应该才二十二三岁吧？"他一脸讶异。

"我1991年的。"她将盛汤的面包掰下一小块，塞进嘴里。她个头小巧，饭量却相当惊人。当我们都放下刀叉时，她还在撬蟹腿。

离开39号码头，窦小冲带领我们迅速找到车子，开往九曲花街。这条全世界最弯曲的街道不过两百米长，因为坡度太陡，竟造出八道急弯，并用红砖铺成路面增加摩擦力。蜿蜒狭窄的车道两旁栽满茂盛的绿植花卉，像个漂亮的童话场景。因是单行道，我们必须从坡上往下开。身处花街顶端，可以看见近处一大片浅色的小矮楼，远眺则是灯塔、海湾大桥及对岸的陆地。窦小冲紧握方向盘，无暇顾及窗外的花团锦簇，他脚踩刹车，手臂大幅度旋转，也来不及与我们对话。

"开慢一点哈！"叶甜将手机伸出窗外，频频拍照，"住在旁边的人，每天开窗就看到我们像玩具车一样，在这排队拐弯。"

霏儿摇下车窗，认真盯着道旁紧挨着的楼房，"这一套至少要五百万美金吧，还都是木头造的。"

"加州地震带，木头房子抗震。"窦小冲慢腾腾地说，"我出生那年，这里就发生过大地震。"

"原来你也是1989年的！"我笑道。

当我们意犹未尽时，车子已行至坡底。窦小冲一个左拐，朝北边的金门大桥驶去。之前在众多电影中熟识了这座橘红色的钢铁巨人，现在那一抹瑰丽独特的红赫然出现时，还是为之惊叹了一番。两座天梯般的巨型钢塔耸立水面，拉出三道优美的U形弧线，悬于一千九百米的金门海峡之上，犹如一座气势宏伟的门户，迎接着太平洋的浩瀚海水涌入旧金山湾。要问人类为何对于桥梁如此痴迷，或许源于我们对那百分之七十一的地表的掌控欲。厦门也有几座漂亮的跨海大桥，每每穿行而过，都有一种在海平面飞翔的感觉。此刻，我们驰骋在二十米宽的桥面上，一道道高挺笔直的吊索在风中快速向后移动，两端步行道上的观光游人也衬托出一种自然而然的轻松。

"这个红色太美了——"叶甜在后座激动万分，举着手机不住拍照，"好多人骑自行车呀，真想停到桥边看看！"

"你确定？"霏儿冷不防说道，"这里是自杀圣地，每年都有上百人从这六十多米高的桥面跳下去。"

"你又吓我！我精神正常，也没得抑郁症。"叶甜大吼。

这两人倒挺有意思。我也来凑热闹，"之前看过一个抑郁者的视频，自杀前一天还兴高采烈地和朋友出游——"

霏儿不顾叶甜叫嚷，补充道，"另外，据说不少人是站在桥边的那一秒才受到刺激跳下去的。"

窦小冲接着说，"嘿，这倒是真的。而且有些没自杀成功的人说，落水前的刹那，不想死了。"

"那么高跳下去，肯定很可怕，当然后悔啦！"叶甜嘟嚷道。

"我倒不这么认为。"霏儿立马反驳，"我去蹦极的时候，本以为会非常恐怖，但下落的时候莫名其妙地感觉很爽。我想，这种极度兴奋冲破了自杀者的抑郁吧。"

我有些认同霏儿的说法。"我蹦极过一次，也有这种感觉，到达底端时还朝我的朋友大喊。可能这种高空坠落刺激了多巴胺的分泌，瞬间有了开心和欲望，让生无所恋的人醒悟过来。"

窦小冲笑起来，"呵呵，我突然想起墨菲定律。怎么说的？

如果你害怕一件事发生，那么它就很可能发生。所以我不敢站在高的地方，我担心自己会掉下去。"

"不管怎么样，能住在海边真是太棒了！"重庆妹子嚷嚷。

"要生活在湾区才好。如果看出去是茫茫大海就没意思了。"霏儿抛出一句。

窦小冲也来了劲，"我也喜欢湾区，海对面能看到灯火璀璨。这叫离自然很近，离红尘不远。"

提到湾区，不由联想到高效开放的湾区经济，以及优质奢华的湾区生活。当今世界八大湾区，成了多少富豪们争相追逐的居住目的地。厦门近几年也在打造湾区概念，这个小岛四面环海，高速发展的房地产创建了硬件基础，如今住在岛外的居民看向岛内，有着浦西看浦东一般的繁华盛景。

绕金门大桥一圈，晚霞显现，我们朝唐人街驶去。

这座建在旧金山历史核心处的唐人街，是美国最大且最早的中国城。然而1906年的那场大地震摧毁了它最早的模样，现在的街道和房屋都是后来修建的。道路两旁不中不西的老房子和简陋的繁体字招牌，散发出久远而陌生的东方气息。是的，它给我的感觉，不是熟悉，而是生疏。但在这个遥远的大洋彼岸，它还是在第一时间里让我产生了浓烈的思乡之情，并萌发出穿越时空的臆想。我想象那些拖着长辫、戴着瓜皮帽的男人在茶馆外抽旱烟，那些穿花布旗袍和小脚绣鞋的女人低头迈着碎步，我想象着第一条横贯大陆的铁路建完之后，数万名伤痕累累的华工如何渗入这座"金山"的各个角落，在贫穷与歧视中开始新的闯荡，并一步一步为一个种族的公民权利而抗争。而所有的这些，似乎都能在眼前窄小的唐人街上寻得痕迹。

"圣佛朗西斯科、三藩市——我还是最喜欢旧金山这个名字。"叶甜在后座说道。

"我也是，这个名字给了我太多的联想。"霏儿应和。

窦小冲保持着低速，缓缓驶过街巷。"我最早知道'嬉皮士'，还有'垮掉的一代'这些非主流文化，都和这个名字联系在一起。"他不紧不慢地说。

"嗯，垮掉的一代……读书时我很喜欢《裸体午餐》，也是因为它我爱上了大卫·柯南伯格的电影。"我思绪万千。

"看来你也很喜欢电影，有时间我们聊聊。"窦小冲侧过头看了我一眼。

"对了，我想起一个笑话，就是发生在你们沿海一带的。"他清了清嗓子，继续说道，"有个导游在机场接人。出发前团里少了几个游客，而旁边正好有几个人坐在那里，他就上前问人家'你们是去日金山吗'，对方说不是。等了半天还是没等到，导游又上前确认了一遍。对方不耐烦了，'都说了不是去旧金山！我们是去三藩市！'"

车子漫无目的地绕了几个圈，驶进了高楼林立的街道。唐人街已经远去，我们没有在此漫步一遭，只是驾车匆匆驶过，将所有想象都留在了窗外，随风而去。

夜幕降临，我们不打算继续在室外逗留，便开回民宿。一条斜坡上并连着长长的维多利亚式房屋，三角形房顶的木头小房子如同积木，显得不太真实。叶甜一眼认出其中一幢灰白色小楼，指引我们将车停在车库外。走上墙外的白色楼梯，她打开大门，温暖舒适的氛围立刻让我有了倦意。窦小冲依旧发挥了绅士风度，将两个房间都留给我们，自己睡在客厅。卧室里没有衣柜，只有一扇推拉门隔开的衣帽间，叶甜从中翻出一个充气床垫，将它打好气铺上床垫，算多出一张床来。厨房里摆了瓶红酒，压在便签纸上，意思是水池坏了，来不及修，赠送一瓶红酒作为补偿。四人围坐一圈，把酒闲聊了一会儿，才各自回房入睡。

硅谷的再会

一觉醒来，出发斯坦福大学。我们计划沿着西海岸线一路向南，穿越一号公路，抵达七百多公里外的洛杉矶。在那之后，他们三人继续前往拉斯维加斯，而我在洛杉矶停留，尝试一两个月的美国生活。

南下前，霏儿建议参观一下著名的卡斯特罗街，轻松地被我们接纳了。四个刚聚首的陌生人似乎不需要磨合，每个提议和决策都能简单顺利地发展下去，异国风景带来的愉悦让每个人都变得更为和善包容——而非迎合，我暗自欣喜，希望这种融洽能一直持续到旅程结束。

当我们驶到那条一公里不到的缓坡时，暖阳之下的和谐氛围使得这条街道并无异样，甚至更加清静与宽敞。

"小甜甜，别把手机拿出来拍人家，小心我们走不了。"霏儿拍了拍前座椅。

"我偷偷拍一点，我不拍人……不过那些男的都好帅啊！"叶甜在前面伸头伸脑。

窦小冲左右张望，脸上似笑非笑。

"不下车了，随便看看就走吧。"我说。

叶甜恋恋不舍地放下手机，"还好是白天来，晚上我可不敢一个人走在这里——啊，STOP！停！小冲哥你又忘了！每次在路口看到这个标志，要停三秒，不然要被罚款。你别以为没有警察和摄像头——"

窦小冲猛地一踩刹车，"在这里开习惯了，回国反而不会开车了。"

"这个标志国内到处也见得到，只是没人知道要停下来。"霏儿说。

"还好是自动挡，天天这么上坡下坡……"窦小冲嘘叹。

旧金山似乎对自行车有着特殊偏好，骑行者在市内随时可见，给了这座城市更为缓慢舒适的节奏。而马路两侧紧密的楼间距又成了某些街区的独特风景线：没有任何广场或其他空间的过渡，左右狭窄的人行道旁立刻耸起两幢摩天大楼，直冲云霄，在十几米宽的街面上方留下一条细细长长的天路。歪歪扭扭的列队车辆、无头苍蝇般乱走的行人，与规矩冷酷的大楼和笔直而上的天际线形成鲜明对比，构造出一幅压迫且和谐的画面。身处在这幅画面的底端中央，我只能听到叶甜频频不止的拍照声。

一小时后，接近斯坦福大学。

"怎么还没看到标志呢？导航显示都超过了。"叶甜坐在副驾驶张望。

"别找了，已经到了。"霏儿提醒，"美国大学都没有校门。"

"不是每个大学都没有门。我在西雅图参观华盛顿大学时，就在校门口大大的'W'那里拍照。海湾大桥东岸的伯克利大学，也有门，只不过它们都是开放的……"窦小冲降低车速，开进一旁的花丛。

"正好有停车场，就在这儿下车吧。"我解下后座上的安全带。

"在这里停车就是爽，一秒钟的事。"窦小冲熄了火。

"车位大啦，你别停到残疾人车位就好了！"叶甜一下车便黏过来，勾着我的胳膊没完没了说起来，"小鱼姐，我去年到厦门玩的时候，去了厦门大学，当时还在门口排了很久很久的队伍，因为要查身份证……"

三十五平方公里的斯坦福校园，四面开阔。黄墙红瓦的西班牙建筑在广阔绿荫的衬托下，显示出这所高等学府色彩鲜明且从容不迫的气度。沿着草地旁的静谧小路，行至一条长廊，两侧一个个拱形门向远处延伸。漫步间心中的狂躁早被拂去，感受的是一片清幽下的神圣与宁静。长长的拱廊围成一个中央广场，每年秋天，开学后的第一个月圆之夜，这里都要举办毕业生吻别新生的传统活动。看似严肃的主题实际是一场疯狂浪漫的满月派对，其他年纪以及已经毕业的学生也纷纷加入，将活动掀至高潮，漂亮的女生一晚能接到上百个吻。经过一组罗丹的青铜雕塑，六个人物表情悲壮，简衫赤足，如同刚从死亡泥渊中爬出，成为途中唯一沉重的元素。此时这里安静得听不见一丝喧闹，似乎各种声音都被广阔的绿地吸收了，络绎不绝的游客也被四通八达的路径分散到各处。西侧高耸的胡佛塔，是作为第一届毕业生的胡佛总统为五十周年校庆修建的，我们没有上塔参观、从高处鸟瞰整所校园，但霏儿口中介绍的铸于比利时和荷兰的四十八口塔钟，以及刻在最大钟上的"我为平和而鸣"（For Peace Alone Do I Ring），给了我对它最深刻的记忆。

蔚蓝天空下的红色屋顶，盖在淡黄色砂岩拱门和回廊上。环绕在林木葱葱中的校园犹如一个漂亮的度假山庄，每一处都令人赏心悦目。这座与厦门岛的五分之一面积相当的大学，我们并不打算将它走完。行至一片宽广草坪，满眼尽是与景交融的学生，或坐或卧，书本笔记散落身旁，繁重的课业即刻春风化雨般转为青春的惬意。我们也席地而坐，沐浴在毫不吝啬的加州阳光下，遥望教学楼红顶上方的薄云。

"小鱼姐，我去旁边走走。"霏儿轻声说道，"我想看一下纪念教堂，乔布斯追悼会的地方。"

叶甜也迅速起身，拍了拍屁股，"你们就在这里等哈！"

她们跳跃着离去，经过一个正俯身素描的金发男生身旁。

"怎么样，和华盛顿大学比起来？"我问窦小冲。

他在阳光下仰着头，姿势好像凝固了，"可能天气和树木的缘故，那里感觉有些阴郁。后来飘起细雨，我就随便走进一间教学楼，在教室门口看学生上课。”

“有生之年，是没有机会进入这样一所大学了啊！”他叹息道。

“你做什么工作？”我问。

“你猜呢？”他不好意思笑起来，动了下脑袋，“我看上去有艺术细胞吗？”

“音乐？绘画？”我打趣道，“还是什么行为艺术？”

他笑出声来，“我搞了一家广告公司，在北京。”

“嗯，我以为你是山东的。”

“我是临沂人，在北京念的书。其实我本来是学画画的，美院出来……”他低头笑道，“算改行了。”

“我也有美院出来的朋友，有个在鼓浪屿上开餐馆呢！另外一个到巴黎学服装设计了。”

“哈哈，其实我想当导演。”他眯起眼睛，“你知道道奇电影学院吗？在洛杉矶橙县。我本来有个机会做访问学者一年，后来放弃了。”

“为……”话刚出口我便打住了。我从他的表情里判断出，这会牵扯出一个悲伤的故事，而我不想破坏此刻大好的风景和情绪，也没有能力去安慰一颗可能怀有遗憾的心。

窦小冲显然也不想继续讲下去，他侧过头看旁边的金发男生画画。白纸上好像是个带有许多棱角的盒子，又像是一个怪异面具般的脑袋。

等到她们回来时，叶甜手上多了一个购物袋。

“我买了两件斯坦福标志的T恤！”她笑嘻嘻地掏出袋子里的衣服。

“嗯，不错。”我从草地上站起，“走吧，有人等我们吃饭。”

我说的这人，便是硕硕。离开巴黎后，我们再无联系——直到昨天我还犹豫要不要和他打声招呼。早上起床我给他发了信息，告诉他即将路过硅谷。他立刻语音回复，京片儿中带着北方人的热情，约我们在附近一家中餐馆吃午饭。

距离吃饭的地方不到四公里。这是一家很有名的中餐馆，硅谷许多大佬都钟爱他家的美味。

"不好意思，让你等到1点多才吃饭。不耽误你工作吧？"再次见到硕硕，我脑海里全是巴黎的记忆。

"没事儿！不耽误。"他身穿一件深蓝T恤，精神抖擞。

"硕硕哥，你好！"叶甜在他对面坐下，"你们上班时间可以自由安排吧？不用打卡吧？"

"啊哈，还OK吧！我已经老油条了，这点自由还是有的。我点了招牌的烤鸭和宫保鸡丁，你们看看还要点儿啥。"他推了一下菜单，叶甜双手接过。

"你们平时在食堂吃吗？"我问。

"食堂多，外卖也有，偶尔也出来吃。"

"听说硅谷的印度人抱团严重，有这事吗？"窦小冲显得饶有兴致。

"对，巨多。我老板也是印度人。我们公司白人、中国人、印度人的比例大概十比四十比五十吧。哎呀，这边儿印度人是避不开的，尤其公司越大的话，中国人和印度人合起来的比例就越高。像你们知道的那些大公司，基本都是印度人比中国人多，Facebook可能中国人多些。高层白人多，特小的公司也是白人比较多。"

"抱团儿我觉着多少都有点儿吧。你看我们组招人，中国人来面试我基本多放水。不过印度人喜欢在一个地方待特久，这样他能往上坐坐，中国人喜欢乱跳槽儿，工资一涨就跳了你知道吧。这会儿我们公司重组，我老板认识的各种印度人都推荐到我们组来了，我们说一般的，老板也都要了。"

"你们假期多吗？今年都用在欧洲杯了吧？"我问。

"假期比较随意了，老板不太管我。我说我回国工作，其实也不怎么干活，啊哈。我大概每年都请八周到九周的假吧。今年的话……目前请了六周了，可能圣诞再请两周，感恩节再一周，差不多又九周了。所以我挣得少的情况下也没紧着跳槽儿，因为假期比较多。"

"你喜欢看球？下一届世界杯去不？"窦小冲问。

"上次世界杯我看了四分之一决赛，俄罗斯的我可能就抽半决赛和决赛吧，在圣彼得堡和莫斯科。反正能抽中就看吧，抽不中没准儿就不去了。"

"你们平时几点上下班呀？"叶甜加好两道菜，将菜单递还给服务生。

"这边儿IT公司除了小公司，大公司的话基本9点半到10点上班、6点下班就足够了，而且是足足够了，基本不用加班儿，除非个别时期。小公司那就……可能10点上班、七八点钟下班，也就这样了，撑死了。大多都是10点、6点这种，八个小时还算上吃饭的节奏，这边儿绝大部分中大型公司是这样儿。"

"挺好的。"窦小冲感叹，"不过你们的税很高吧？"

"听说百分之四十……"霏儿接道。

"对，我就是扣这么多。看着拿了十几万美元，实际到手就六七万。"硕硕不假思索地说道。

"房租也很贵吧？"霏儿问。

"一居室至少两千五百美金，私人的。有管理的小区要三千以上了。其实我最近在看房，马上加息，准备先买了。贷款的额度由工资决定，我大概只能买个九十五万的房子，首付二十万左右。近期房源比较少，我准备再等等。看了几家都不太满意，满意的又买不起。我是打算买个带院儿的平层，明年接我妈和我姥姥过来住一阵儿，然后再出租两个房间。不过现在的新房都是三层的，老人家上楼不方便，也不是独幢，所以还是再看看。"

"首付还行，五分之一。"窦小冲算着，"利息不高吧？不过旧金山的房价太贵了。"

"我不买旧金山，我们这儿不在旧金山。"硕硕两手比画着，好像在空气中画一幅地图，"这个椭圆形的湾，最北角是旧金山，最南角是圣何塞。西侧这一溜儿从机场往南下来，硅谷、斯坦福这块儿都特别贵，买不起。湾中间有两道桥，92桥和84桥，我现在准备在84桥东边的费利蒙那儿买。"

"平时我们都不去旧金山的。离这儿倒是不太远，但还是很少去。对外边儿说是住旧金山，其实是在湾区这块儿。"他补充道。

"房子又是被中国人炒起来的吧？"叶甜在一旁嘀咕。

"他们说川普上台可能会下跌，但我觉得还是会涨。谷底这事儿真不好说，湾区这些年都说会到谷底，坡谷那么一点儿呼又升回来了。我朋友建议我买地儿比较大、房子比较破旧的那种，低价买来重新装修。不过也得等等看，毕竟资金还不够雄厚。"

硕硕知无不言的状态让我们很放松，饭菜也颇为可口，结账时的AA制没让任何人尴尬。和他道别后，我们在硅谷园区随意地行驶参观。

如同开放的斯坦福大学一样，硅谷也没有明显标识。窦小冲想找谷歌的彩色标牌合照，绕了几圈也没有见到。忽然上空一阵轰鸣，一排战斗机从郁郁葱葱的树木上方掠过，留下六道长长的白线，非常壮观。十几分钟后，终于在一块阳光明媚的小广场上见到一排淡蓝色玻璃楼，以及楼前绿色可爱的安卓机器人。

我们在舒适的露天休息区放空了一阵。这是我们在旧金山最后的停留地，之后将开上一条全世界最美的海岸线公路。坐在阳光下，我处于对这个魅力湾区的留恋当中，两天时间没能让我好好感受它的温度，我依旧沉迷于19世纪中叶它所引发全世界人到此淘金的热潮。欧洲人、亚洲人、美洲人，各式各样的身份携带一股冒险家的执着与不舍，扮演着矿工、水手、商人等角色。那个年代混沌不堪，又无处不充满斗志昂扬，它的坚韧与创新延续到了现在，在多元化的新时代下，继续擦撞出令人热血沸腾的火花。

追着太平洋的日落

　　"先去加点油，一会儿路上得贵了。"窦小冲将车开到最近的油站。

　　叶甜迅速跳下车，"我来，用现金。"她掏出二十美金，抬头看了眼油泵的号码。

　　"我在洛杉矶的时候，经常陪我男朋友加油。"她显得毫不介意。

　　"你们这几天有联系吗？"霏儿问。

　　"没联系啊，不管他！"她径直往商店走去。

　　"两块六美金……按加仑，我算算。"对于任何物价，窦小冲都喜欢与国内的比较一番，"一加仑是三点八升，汇率是……嗯，相当于四块五人民币一升。"

　　他微微点点头，很满意的样子，又开始研究起加油机上的英文来。

　　叶甜回到加油机前，双手拔出油枪，按下"87"按钮，将油枪插进油箱口，顺势拨起一小片金属支架固定好扳机，听到液体流动的声音，才释放出手。

　　她盯着油枪看了好一会儿，似乎出神了，当初手把手教她的那个人就在下站目的地。他们已经冷战一周，这种情况当她还在国内时经常发生，但她没想到美国相聚后，这个问题依旧存在。她比他年长三岁，大多数时候她回避争吵，留他自己在微信上发泄，后来他学会了她的招数，两个人进入均衡对抗。上一次的和解，还是她提出要来美国看他而达成的。

她回过神，将油枪提着抽出，笑道，"我喜欢玩这个。"

"美国的高速公路，单数是南北向，双数是东西向……"这好像是一段时间内叶甜说的最后一句话，之后她就陷入了长长的安静。

在旧金山和洛杉矶这两座举世瞩目的城市之间，一号公路串联了散落在太平洋沿岸的各个亮丽景点，构成它在各种风情下的荡气回肠。卡梅尔文艺小镇、17英里景观大道、海象滩、紫沙滩、赫斯特城堡……占据各种旅行攻略的西海岸传说，就分布在眼前这条并不宽敞的公路上，等候大批前来一睹风貌的自驾游客。而一辆吉普越野车上的四人，似乎只将这条路作为通往下一站的途径，顺道感受一番岩石峭壁上的美国公路情怀就足矣。已经不记得我们当初的规划，好像是一种"到了再说"的不谋而合，导致此时的无序与散漫。叶甜自从蒙特利开始，就抱着手机不吭声；这是窦小冲的第一次出国，除了那家悲喜边缘的旅馆——即便在他走到像是书中描述的那个路口时他还是没有找到心中期盼的感觉——他似乎并不在意具体去往哪里；霏儿志不在此，她早已有更为深刻的计划，并为此列出一张清单——我们在一天后才得以知晓；至于我，正在斟酌是该在洛杉矶住上一个月呢，还是周边的某个城镇，房子还没有定好，眼前的华丽美景看多少算多少吧。说不定未来的某一天，我们会对如此轻易错过沿途精华而深感遗憾，但此时此刻，我们更加钟情于与温柔的海风、海鸟、海浪以及摄人心魄的悬崖峭壁做伴，在左手地狱（落基山脉悬崖）和右手天堂（广阔的太平洋与天际）的视觉冲突中发呆，不愿意多拐到任何一个小镇上逗留。

沿途我们只在两处停下。一处是大苏尔，因为路旁正好有小道通向宽敞的观景台，窦小冲想到已经三个多小时马不停蹄，便自作主张拐了进去。当远处一座横跨悬崖之间的标志性混凝土拱桥跳进眼帘时，我们认为窦小冲这个不经意的选择实在恰到好处。背对壮美的比克斯比大桥，我和叶甜追逐海鸟的样子被窦小冲抓拍下来。霏儿则靠在木栏旁，望着海边礁石上一对情侣的背影。另一处是在半个小时之后，因为夕阳即将落下，海平面上泛起的橙黄色渐变光美到每个人都想要下车，我们便在路边小作停留。叶甜摆出各种姿势，在构图上和太阳做起游戏，她撅起屁股手托落日，又踢皮球一般对着它弹腿，最后用手指比画出一颗心形将它包裹在内。

　　然而上车之后，每个人又从刚才激动中恢复沉默，如同浩瀚太平洋在暴风骤雨过后的风平浪静。窦小冲继续握住方向盘，因为没有人和他抢着开车。

　　"几点能到洛杉矶啊？"叶甜开口了。

　　"今天到不了。一半都还没开到呢，还有四百公里。你看看这悬崖弯路的，又没有护栏，不能开太快。"窦小冲回答。

　　"这么原始自然的风景下，连公路也修得原始了。"霏儿盯着窗外的双车道，中央只有黄色油漆画出一条单调的长线。"怎么，着急了？"她扬起语调。

　　"问问嘛。那今晚住哪儿？"叶甜说道。

　　"找家汽车旅馆，感受一下美国文化。先开到圣西蒙。"我也并不是什么攻略都没看。

　　天色越来越暗，我睡去了一阵，醒来已是8点。车里只有轻轻的广播音乐，两个女孩在后排睡着了。"我来开。"我对窦小冲说，他已经开了将近十个小时。

　　路上没有夜灯，还好道路两旁的金属小标反射了车灯的光。我们像在一个漆黑山里，狭窄的双向道顺着山坡高低起伏、蜿蜒盘旋。我屏气凝神，将车速保持在四十迈以内，却依旧能感到黑暗下无法控制的牵引力。我知道，下面就是悬崖大海。一个多小时后，窦小冲重新接过方向盘。

　　之后经过几处旅馆，他都没有停下的意思，好像已经做好决定要开往某个地方。直到将近午夜他才停下。后来我才知道，当时他想到一个人，那是他刚从美院出来时跟过的一位青年书画家。书画家在国内小有名气，比他大不了几岁，十四岁时携父亲的信独身前往北京，跟随一位大师学习传统书画……啊，那都是二十年前的事了。当他成为他的助手后，他们几乎每天吃住在一起，一同创作并处理工作上的事，也一同接待朋友在家里小酌，有时候朋友的朋友向书画家索字，他也会代写几张。

"我还有一幅画没有完成。"离开之后，他老是这么念着。

"就住这家吧。"窦小冲打着方向盘，拐进右边一条小道。

一座老旧的两层楼建筑围在小型广场上，如同一个"门"字，外墙在微弱的夜灯下看不清颜色。我们将车开进广场，周边还停了十几辆汽车，亮灯的窗户却只有几个。

"我们先去问问，看有没有房间。"我对窦小冲说。

接待窗口半开着。窦小冲敲了敲窗台的木板，一个年轻的墨西哥女子慢吞吞打开了窗。

"我们要两间房……"我说。

"六十美金一间。护照。"她说地快速简短。

我像被静电击到，猛地打开背包。窦小冲同时递上他的护照，手里还抓着钱包。

"四个人。"我补充道。

楼梯位于长长的走廊尽头。我们回到车边，拉出行李走向二楼。204和205房间就在楼梯边——三个月前和老邓在巴黎看的电影闪现脑海，女主角看见豹子的汽车旅馆和这里简直一模一样！

"晚安啦！"窦小冲打开204门房，拎着行李进去。

我将挂着锁牌的钥匙插进锁孔，想象门打开的一瞬间，一只凶猛的野兽跳到床上……我似乎都能看见它柔软的脊椎骨，以及包裹在紧实肌肉外的皮肤边界，缓慢而野性地，在白色床垫上流动——然而，钥匙却卡在了锁里！

"怎么了？"叶甜问道。

门从里面被迅速拉开，两个白人男女神色自若地走出房间，径直走下楼梯。

我在房内查看了一圈，两张床上被褥整齐，显然退房后有人来收拾过。洗手间内用品完好，上方一道扁形窗口，不太能通过一个成人。

"什么情况？"窦小冲也赶过来。

"走，我们去前台问问。"我转身下了楼梯。

"我留在这里看行李。"霏儿在身后轻声说道。

再次敲开窗户，依旧是一脸麻木的墨西哥女子。

"什么？不可能！你说他们从房间里出来？"她十分诧异。

"是的。我们几个都看见了，房门被他们锁着。"我回答道。

"你们先进来吧。"她从一侧打开接待室的门。

四五十平方米的房间兼具了餐厅和前台的功能。墨西哥女子一脸严肃，从头到脚地盯了我们好一会儿，然后朝着身后一扇小门里说道，"爸爸，你能查一下监控吗？"

"你刚才没看见有人出去吗？他们像什么事都没有一样走下了楼梯。"我说。

她皱紧眉头，厚嘴唇抿着，"我会查清楚的。不过现在只有这两间房了。"

"小鱼姐，就住这里吧。刚才看了，房间里都干净的。"叶甜拉了拉我。

"要不我们对换一下房间？都是两张床。"窦小冲扭头小声说。

"希望你们能好好查一下监控，保证安全。"留下这句话，我们只能返回二楼。

一个看似怪异的小插曲并没能影响困倦。午夜12点，我们在太平洋东岸的一家汽车旅馆里，安然入梦。

公路的尽头

"……太奇怪了，你说那两个人怎么进去的？"叶甜一上车就没安静过，"墨西哥美女说监控没拍到，难道是一直没出去过吗？像密室……"

第二天早上，当我们启程继续南下时，车厢里围绕昨晚的话题展开了热烈的讨论。叶甜啃薯片的声音和她的说话声一样频繁，旅馆的早餐显然没有将她喂饱。

"密室你个大头。"霏儿显然也有些激动，"没出去？那服务员怎么进去整理过？你别说被单是他们自己铺的。我觉得那个墨西哥人就是忽悠我们。"

窦小冲轻笑，"不像，她自己也挺惊讶的。你昨晚没下来不知道，她还以为我们骗她要退房呢。"

"我总觉得是从洗手间窗户爬进来的。后面有一处高地，是可以轻松跨上窗户的。不过为了蹭一晚住宿，没必要冒这个风险吧。"我确实也很好奇。

"房间整齐干净，明显退房后有人打扫。白人情侣听见我们开锁，再到开门，之间不超过一分钟，最多拉平一下床单被褥……而且他们身上也没有背包和行李，是空手呀！下楼之后，没有汽车发动的声音……我们确实没听见嘛！也没有惊动前台的墨西哥美女……那他们应该是从小路溜掉了。区区六十美金，冒这么大的风险，值得吗！"叶甜慢吞吞又郑重其事地分析，我们都感到好笑。

"而且，还是一对白人帅哥美女。"霏儿提醒她。

"对对，看上去不像穷光蛋。不对，穷得连包都没有背——我看他们也不像喝醉了出来找刺激的，我好像没闻到他们身上有什么味道……包括香水味。"叶甜说道。

我扑哧笑出声，"要不要开回去，看一看洗手间窗户后面，是不是有块高地，然后你再爬进去试试，看能不能成功？"

"天！那我们掉头回去吧！"她屁股离开后座，身子往前倾，"我还想再问问那个墨西哥美女，到底查到监控录像了没有！"

"吃饱撑的，你怎么不坐时光机回到昨晚，直接揪住那对男女问问！"霏儿白了她一眼。

"我也想……我们怎么就把他们放走了呢……"她缩回座位上，继续喃喃自语。

"甜甜说你半夜到海边看星星了？"我转过头问窦小冲。

"没有啊？看什么星星？"他一脸纳闷。

"怎么没有啊——"叶甜又趴上来，食指在手机上划着，念道，"夜色迷离，你在两千米的高原上，呼吸凛冽的冷空气，精神又抖擞了一些，又……"

"好啦好啦！转发的，朋友圈的照片好吧。"窦小冲打断她。

"我就说你开了一天的车，还有精力出门看啥子星星！不过一号公路上的夜空真的很美，我昨天注意到了……"叶甜感叹。

"今晚住的地方定好了吗？"窦小冲问。

"定好了。在市区附近，方便行程安排……"霏儿特地提高嗓音，转向叶甜，"你放心，不在市中心。"

霏儿不紧不慢地说着，又将明天的安排简洁扼要地叙述了一遍。这个刚毕业的大学生，有一股天生淡然的傲气，以及综合高效的良好素质。如果叶甜是个活宝，那么霏儿便像个面面俱到的助理。

"什么时候到圣西蒙啊？"叶甜问。

"姑奶奶，昨晚已经路过了，你睡得正香呢！"窦小冲晃了下脑袋，"都快到圣塔芭芭拉了。"

"天！那不就快到洛杉矶了嘛。我们一会儿去哪儿？"

"先到圣莫妮卡海滩。"霏儿回答。

"明天去环球影城对不？"

"嗯。"霏儿微微凑近我身后，"小鱼姐，你真的不和我们一起去赌城了吗？"

"不了，我准备在洛杉矶住一个月。"我侧过脑袋对她说。

叶甜又开始嚼薯片，"我可能也不去啦。"

"和你男朋友和好了？"我伸手拿了一片。

"是呀。他昨天很晚给我发的信息——小冲哥，张嘴！"

霏儿不再说话，窦小冲也没吭声。车里只剩叶甜一个人叽叽喳喳，还有薯片的脆响。此刻她心情极好，应该算是抵达美国后最好的一次——这种喜悦甚至超越了在机场与男友的碰面，是一种失而复得的快感。另外，她自己也觉得奇怪，一个月前走出机场，现实生活中的初见竟未比在网络上的交流更加令她兴奋。见到他的第一眼，她只在心中轻声唤了一句"就是他喽"，没有提前设想的那样冲上去拥抱他。反倒是对方笑得合不拢嘴，还像大哥哥一样摸了摸她的脑袋，这让她觉得很不好意思，但她本就大大咧咧的性格很快适应了他的主动。同样很快适应的，还有加州的阳光和干燥，以及他那个位于洛杉矶县天普市的家。

"LA要到了。"窦小冲轻轻说了一声。此时我们正在101号公路上，即刻便要转向405号公路，前往圣莫妮卡海滩。

Los Angeles，光是这个名字就令我着迷。可能是天生带有一丝悲观主义色彩，我总把它视作"迷失的天使"。它似乎是我最早知道的美国城市，比纽约和华盛顿更有熟悉的味道。我从学生时代就开始憧憬的这个广迈而神话般的国家，看过希区柯克的黑白电影，读过海明威和福克纳笔下的信念与悲情，听过迈克尔杰克逊鬼怪式的号叫以及玛利亚凯莉在沙哑和刺透中转换的技巧；那是高楼林立中围绕丛林法则的城市赛场，是百万富翁穿着华丽礼服手举香槟醉倒在泳池的宴会派对，是蜂拥而至的强盗牛仔手枪对决的沙漠客栈，是吸引了全世界精神及肉体饥荒的冒险家前来享受自由与博弈的感官乐园。它不怕有人挑战它的高度而徒手攀上帝国大厦的顶峰，它接受所有尚未清醒的亡命之徒孤独狂肆在荒野公路，它所有的谎言也都是真实的，它让一切宣泄贪婪的人都尝到甜头与苦果。仅仅两百年，这片陆地就被赋予了史诗般繁华的历史和文明，即便它有很多东西都已经过时了，它依旧充满无数的可能与未知，勾起我的好奇。然而，那股在抵达旧金山时就该爆发而出的欣喜，此刻才真正从我心底被唤起。

叶甜依旧捧着手机傻笑，窦小冲偶尔感慨几句公路两旁不太美丽的风景，他心里其实是喜欢这里的，所以说那些话时，总有点言不由衷的味道。

"这就是万恶的资本主义，"霏儿悠悠冒出一句，"房子挺破的。"

她的语音带有股魅力，不管内容如何，总能让你觉得她在客观阐述某件事，不夹带任何私人情感。尽管她外表尽是挥之不去的傲气，但光听她的声音，便是一种任何脏话都能变得优雅而受用的温柔武器。

窦小冲笑道："还好我们先去了旧金山。"

"我刚到的时候，心想这不就是个大农村嘛！连家家户户门外的木栅栏，也和我们那里的猪圈差不多。"叶甜哈哈大笑，"一会儿就能看到高楼大厦啦，不过我男朋友说晚上不能去市里。"

窗外景色如同悬疑剧的结局一般吸引眼球。在暗黄色地表的衬托下，并不茂密的树木也失去了翠绿的光泽，但蓝天还是有的，漂亮如棉花丝的云彩也有。叶甜说它像农村，但眼前的景象比农村还要荒凉些许——至少暂时看不见人影。唯一生机勃勃的，是宽阔车道上的车水马龙，稍不注意，就被繁忙车流带入对于天使之城的想象中。本不该有太多幻想，之后个把月的加州生活必定没有太多的激情澎湃，不过我应该能很好地适应它的宁静。

这样景色并没有让我们失望太久，热闹的滨海住宅区很快出现，车速变得缓慢，行人也迈着休闲悠哉的步调。和在旧金山的渔人码头一样，寻找停车位耗费了一些时间。最后，窦小冲将车开进一个漂亮的停车楼，豪气地交了十美金的费用。

突堤式码头上立着一块白底黑字的路牌——66号公路终点。当年这条西部大开发的生命线，像一条对角线似的斜切在美国地图上，被小说家约翰·斯坦贝克称为"母亲之路"。1985年时却被州际高速系统取而代之，由兴盛转为没落荒凉。"下次我们开这条路试试！"窦小冲终于脱离方向盘，顿时来了精神。

我们幸运地遇上晚霞，那道漂亮的橘色再一次泛在边界线上。昨晚1号公路上的日落是壮阔的，而今晚的夕阳是温柔多情的。我们彼此分开了，独自享受太平洋海岸上的时光。

当我在海滩上休息时，我收到了老邓的信息。他说一周后到中国旅游，应该会经过厦门。我很抱歉地告诉他，我正在美国旅行，恐怕这次没机会见面了，如果旅途中有任何问题，请随时与我联系。身边坐着一个长得像《泰坦尼克号》中露丝的女人，或许是她的长相引起了我的注意，又或者是她捧着书阅读的姿态吸引了我。我盯着她安静的样子看了一会儿，发现她不仅相貌，连丰腴的体态也很像露丝。回过神时我才收起目光，继续朝向大海。太阳已经压向海平线，霞光也暗淡下去，她很快就会收起书了，但应该还会继续静坐，回味刚才所看的故事。有两个小孩从面前跑过去，又跑了回来，围绕沙滩上一个被遗弃的沙雕转了几圈，最后朝左方的摩天轮奔去。码头长长的木栈桥伸向大海，魔力笼罩在发光的摩天轮和过山车上，仿佛所有的喧闹都来自于那里，那也是杰克就要带露丝来的地方。

霏儿站在木栈桥中央，听一个尖脸的男人拉小提琴。《Halo》悠扬的旋律飘到了海滩上，他拉得太完美了，像是假的。她想起自己在四年级时学过小提琴，也想起因为中度贫血，她每一次都站不住四十分钟，课上到一半老师便让她坐下练习，因为她曾就两眼发黑地倒了下去。她其实想学的是钢琴，不过她父亲说小提琴轻巧，万一将来要靠街头卖艺养活，也方便携带。即便这个原因她认为很有道理，她可能还是从来都没喜欢过这项乐器。她把小提琴当吉他弹了一阵子，又开始学吉他——她还记得她的吉他老师长得很像高晓松。有一年大学暑假，她回老家时得知那个爱吸烟的提琴老师刚刚去世时，她将老师家中的一把琴买了回来。

叶甜在一家热狗摊前，她用手指比了一号口味。反正都看不懂，一号该是最经典的味道吧。她觉得这个热狗小哥的效率太低，竟然还要反复抬头确认每个客人的顺序和口味，做完一个烤饼之后，他还要擦擦手，从打票机上撕下小票递给客人。她想起重庆家门口的砂锅店，店老板的速度是热狗小哥的三倍，还能一次性记住每个客人的碗里该加什么！她也很想坐坐边上的摩天轮，但不是今天。"我得找个机会带他来一起坐"，她在等烤饼的时候这么想。

窦小冲停在一个往玻璃上作画的艺人前。他望着那些五颜六色的颜料好一会儿，然后花五美金买了一个最小的。玻璃画上是道长长的木栈桥，还有个椭圆形的摩天轮。接着他看见栈桥末端漫无边际的太平洋。他想起那个奔跑了三年的阿甘，从美国的东边一直跑到西海岸，最终在这里停住脚步，因为前方无路可去。他现在好像也有点茫然无路的感觉，但他不能向阿甘一样往回跑了，他得想办法前进，就算可能淹死在海里，他也要向前一搏。

晚霞彻底退去。当我们抵达这条南下之路的尽头时，内心的疲惫也到达了一个顶端。

天使城的新移民

"你们昨晚找的星星是谁呀？我老是记不得名字，还想看看他的电影……"驱车前往环球影城时，叶甜在后座嚷嚷。她今天穿了件淡黄色连衣裙，外面套着巴宝莉长款风衣，颈部的四叶草项链和耳钉是一套，看得出来精心搭配过。

"希区柯克。"我扭头告诉她。

我绝对不会忘记他的名字，这个一直留在我记忆中的怪导演。大学四年，我几乎看遍了他所有的电影。我很感激校门口那个推着小车贩卖盗版影碟的男人，当时我已经买了几张《越狱》和《绝望主妇》，他又不经意地塞了几张黑白光盘给我——顶着光脑门儿和大肚子、下唇突出下巴高扬的老头第一眼并不讨喜——从此便一发不可收拾。怪诞的故事情节，巧妙的节奏控制，以及他作为路人乙出现的设计，当然还有那个年代最俊美的脸庞，无一不吸引着我。渲染紧张气氛的音乐振奋体内的每个细胞，每部片子都有某个元素成为我永久记忆的一部分。我喜欢他在电影里设置的种种意外，既夸张也现实，仿佛一夜之间经历过天旋地转。所以，到达星光大道，我必定要找那份对我有特殊意义的星。

窦小冲痴迷于好莱坞电影，当然也看过他的电影。当叶甜在中国剧院门口的水泥地上看到1933年留下的手印脚印时——紧接着她又开始搜索更为早期的印记——他正和我寻找着我们共同的希区柯克。不过，如果说西雅图的那个路口让他失望的话，这条星光大道一样出乎他的预料，因为它和照片中看到的不太一致——它怎么这么小！同样的感受也发生在我和霏儿身上。唯一觉得十分惊喜的是叶甜，因为她的男友还没有带她来过，而且她看到很多名人的签名中都写到了"Sid"（剧院的修建者），英文不好的她认为自己发现了某个秘密。

"其实我很怕看鬼片的。"叶甜还在嘀咕。

"那个不是鬼片，也不是恐怖片。"窦小冲解释道。

"好吧，我会找来看看。我记得你们说的一些，我应该会先看《后窗》……听起来挺有趣的，因为我小时候也经常躲在窗户里偷看外面。还有什么旅馆杀人电话杀人的，但是我不敢一个人看……"

"让你男朋友陪你看啊！"霏儿笑道。

"噢，对了！"叶甜提高嗓音，"他说晚上一起吃饭，还有你们。"

"干吗要叫我们。"霏儿接着她的话，"秀恩爱吗？还是觉得这几天我们把你拐跑了，要来报复？"

"我们这么多人，不麻烦了吧。"窦小冲说道。

叶甜趴到他的座椅后，"不麻烦的，是去他大哥家吃饭。他大哥在美国很无聊的，我们去他才开心哩！"

我盯着窗外的滚滚车轮，稍不注意就出了神。这是一个活在车轮上的国家，各个区域扩散得像摊大饼一样，也没有巴黎那么密集的公共交通……霏儿他们离开后，我得自己租辆车了。

"鱼姐姐你在想什么，倒是说句话呀！"叶甜推了推我的肩膀。

"嗯？晚点再说吧，还不知道要在环球影城里玩多久呢。"我回答。

当我们坐着游览车穿越在各个布景街道时，出现在好莱坞影视剧中的场景令人应接不暇。飞机被拦腰截断，碎得七零八落，那是阿汤哥《世界大战》中留下的残骸；刚到《大白鲨》的片场，码头就喷了火；《绝望主妇》中的紫藤巷也是《回到未来》中的街区；《速度与激情》中的战车壮观排列。我们坐在游览车内，愈发看得激动。

经过贝茨旅馆时，一个衣着整齐的男人出现了。他抱着一具女人"尸体"，走向旅馆门前方头方尾的白色轿车，镇定地将"女尸"放进后备箱里。我感觉鸡皮疙瘩要掉下来了，不仅仅因为可怕。

"《惊魂记》。"窦小冲默契地看了我一眼，我朝他猛地点头。

糟糕！那个男人发现了我们，似笑非笑地走来。"啊——"叶甜在游览车加速逃走前尖叫，声音比那个手握尖刀的男人还要吓人。

"我觉得你还是适合坐在刚才的展馆里看特效表演。"霏儿飘来一句。

"特效馆里着火的人也很恐怖啊！"她嚷道，又扭头往贝茨旅馆看了一眼，"不过那个杀人犯为什么要在棕色西装里穿蓝色的衬衣呢？太丑了。"

"辛普森过山车你倒不怕。"我说。

"那个我喜欢玩的！"

不过，不管叶甜是不是感到了恐怖，她的心情一直很好。在和"玛丽莲梦露"合照后，她快乐得简直要飞起来，因为扮演梦露的替身表情夸张地对她说了一句话。"她说什么她说什么？"她拽着我的胳膊。"她说，'噢！我有一件和你一模一样的风衣。'"我翻译给她。

玩得精疲力竭后，我们对于叶甜的晚饭安排也妥协了。

"直接开去我男朋友大哥家喽！"她非常高兴。

车子驶向帕萨迪纳，最后在一条社区街道旁停下。一个穿着牛仔裤的圆脸男孩站在路旁抽烟，脚下大红色乔丹鞋十分鲜艳。

"车就停这儿吧！"他扔掉烟头，乐呵呵地朝我们打招呼。

叶甜早就跳下车，上前挽住他的手臂。"他叫林纬！"她对我们喊道。

　　这个二十出头的年轻人有些不好意思，但满面笑意，热情有礼，"你们好啊，咱们走吧——不是这幢，在里头。"他快步在前面带路，右手搭在叶甜肩上。叶甜走起来左摇右摆。

　　"他们不像吵过架吧？"霏儿小声对我说。

　　我们沿着两幢房屋之间的小道向里走。二十米后，他拉开小道旁一个如同侧门——其实是正门——的矮栅栏，领我们走进去。院子很小，几乎没有绿化，凌乱地摆着几张座椅和一些木料。房子外观有些老旧，油漆显得很久没有刷新了。

　　"老大，做红烧肉哪！"他一脚踏进屋内，对着开放式厨房喊道。

　　我们也没有脱鞋，跟着走进去。

　　"嗯。"一个看上去五十多岁的男人背对我们，在厨房忙碌，"你朋友来了。"

　　另一个二十岁不到的瘦小男孩坐在沙发上，电脑的网页连着电视机屏幕。

　　"哈啰。"他戴着一副黑框眼镜，彬彬有礼，"你们看电影吗？"

　　我看到他正准备打开美剧《汉尼拔》。"没关系，我们随意看。"我对他说，不过我想叶甜很快会被那些吃人的画面吓呆的。

　　"你们才来几天吧，感觉洛杉矶怎么样？"他问离他坐得最近的霏儿。

　　"挺好玩的，就是气候有点干燥。"霏儿回答得很客观。

　　"这里缺水，夏天几乎不下雨的，而且每年都有山火。上两个月就爆发了好几起。高温、干燥、又有大风，火势很容易蔓延，持续燃烧会大面积污染空气，增加呼吸道感染概率。"他吐字清晰，好像在开记者发布会一样。

　　"空气倒还行。我知道50年代这里的雾霾很严重，现在是蓝天白云了。"我说道。

　　"是的，因为工业污染和汽车尾气。后来政府对汽车装置和油品质量都限定了标准，而且鼓励拼车。你们有看到高速路上的carpool标志吗？那个就是拼车道，只有坐满规定人数才能开。"

"没注意，我都是开中间的道。"窦小冲笑道。

"新能源汽车之后也会普及了。"霏儿说，"上海也有雾霾，很少能连续好天气。"

他们谈起更多关于加州的话题。电视上已经在吃人了，叶甜好像没太在意，她凑到我耳边，"现在的小孩都不得了！"然后又到厨房，和林纬一起摆碗筷。

"过来吃饭。"厨房里那个男人转过身来。他的脸白得没有血色，声音沙哑，却又细又阴。

所有人坐上桌。几道简单中餐摆在中央，红烧肉香味扑鼻。我看见霏儿和窦小冲都死死盯着眼前的白米饭。

"老大，你闺女不回来吃了？"林纬依旧乐呵呵的样子。

"她和同学去发宣传单了，做什么兼职……不等她了。你去，拿几个杯子过来。"

"你怎么不喝酒的了？"他皱了下眉头，看着窦小冲。

"噢噢，我还开车，不能喝。"

"哎呀，我陪你喝嘛老大。"林纬接过他手中的茅台，往杯子里倒酒。

"你们几个都不喝了？"他眼睛泛红，瞪着我们，然后举起酒杯和林纬碰了一下，"那我们喝！"

我们三人处于十分尴尬的情境。我默念着真不该跟叶甜过来，霏儿和窦小冲估计也在后悔。戴眼镜的男孩低头吃饭，一声不吭。

晚饭后，我们落荒而逃般离开了。"你跟他们先回去吧！我再陪老大坐坐。"林纬在车边留下一句话，又往回走。

"那个徐老大看上去挺孤独的。"窦小冲一边开车一边说。

"来美国养老了。"霏儿说道。

"才不是呢！"叶甜来了兴致，"我男朋友说，美国可不是养老的地方，这里是奋斗的战场，每分每秒都算着钱，一刻都停不下来。他说老大在国内可牛了，出了什么事才过来的，钱多也带不来。天天闷得发慌，就蹲在院子里拔草玩，要不就钓钓鱼。他老婆都让他到邮局找个事情做，发发报纸什么的。难得认识的几个朋友，还是最早在社区大学学英语的同学，我男朋友就算一个。"

"他老婆没在洛杉矶吗？"我也加入了八卦。

"好像两边跑吧，现在回国了。刚开始我还以为那个男孩是他儿子呢。"

"他只是来借住的。我和他聊过，他在尔湾念大学，数学专业。"霏儿回道。

"借住是什么意思？"叶甜问。

"不知道，或许是他女儿认识的吧。对了，你怎么晚上还和我们住啊？"

"舍不得你们呀，最后一个晚上了。对了小鱼姐，你明天搬到天普来吧，离我们近一些，可以一起出去玩。"

"不了，我就继续在那儿住两天，房东人挺好，也省得搬来搬去。之后我会去棕榈泉住两周。"我说。

霏儿定的那家民宿，房东是一对江西夫妇。其实房子也不是他们的，是男方舅舅的，长年不在家便交给两夫妻打理。他们住其中一间卧室，其他三间对外出租。老婆三十来岁，挺个大肚子，老公看上去也差不多年纪，却告诉我们将近五十了——叶甜怎么都不敢相信。两人都是瘦瘦小小、说话轻声细语的类型，目前在这里读研，还没有拿到绿卡。

"那你之后还会回来吧，到时候……"叶甜不依不饶。

四人在一起的最后一晚，我们买了瓶红酒回民宿喝，就像第一晚在旧金山一样。"其实刚才在老大家我就想喝了！"叶甜干掉了第一杯。窦小冲也兴致高昂，他发表了长篇演讲，主要是感谢我们在他第一次美国之行帮助了他——其实我们也没有做什么。然后我们每人讲了一个自己的故事，算是给彼此增添最后的回忆。叶甜讲了她和林纬半年前如何在网上认识，到现在谈婚论嫁——我们都惊叹于他们网恋、异地恋与姐弟恋的完美结合。窦小冲回忆了两年前一位很好的老师和挚友，看得出来，他对于自己的离开和改行创业怀有些许后悔。我告诉了他们几个月前辞职及在巴黎的经历，并表示自己还会继续旅行下去。不知道两年后我会不会也感受到窦小冲现在的后悔，认为当初的决定太草率了。

霏儿犹犹豫豫，最终她从包里拿出一张叠过的纸，小心翼翼地展开。叶甜一把将它夺了过来。

"开车穿越一号公路、枪击训练、跳伞、陌生人亲……"叶甜大叫起来，"什么！"

霏儿迅速抽走了叶甜手中的纸，重新折好放进包里。"是的，我打算在世纪之吻的雕塑下，找一个路人亲吻。"她说得很平淡。

"我还没看完呢！"

"留点悬念。这是我这次来美国要做的十件事。"她微笑地干了一杯酒。

当霏儿和窦小冲出发去圣地亚哥后，我又在洛杉矶逗留了两天。叶甜继续和我住，说是不想太快和好——我理解她的做法。不过她几乎占用了我全部时间，和林纬的朋友聚会。

首先是一桌十来人的聚餐。吃饭的地点在蒙特利公园一处商业广场（确实不是想象中那种商业广场，不过是挨着的单层商铺将停车场围成一圈）。蒙特利公园是洛杉矶最大的华人定居点，俨然一个中国城，满街繁体字招牌，遍地皆是中餐馆、华人超市及各种服务行业。在这里，普通话和粤语畅通无阻。

满桌的海鲜口感浓烈，都经过了油炸爆炒。我坐在人群中像个傻子，只能猜测每个人之间的关系。叶甜在一边小声告诉我，除了徐老大，其他人她一概不认识，有几个人她男朋友也是第一次见。

　　一个皮肤晒得暗黄的女人开口了，普通话非常标准，"我现在回国吃不惯那些中餐，都是买点蔬菜水果回家拌一拌。"她说得义正词严——餐后她将所有的剩菜都打包走了。

　　她四十岁左右，没有化妆，五官长得很开，坐着也显出高挑的身材，颇有名模气质。她不停地给身边六七岁的儿子夹菜，因为他正沉迷在手机游戏当中。坐在男孩另一边的是他的父亲，将近六十岁的样子，显得低调憨厚。

　　我身边坐着个包子脸男人，戴了副同样圆圆的眼镜。三十出头，显得很活跃，不停问我在洛杉矶做什么。

　　徐老大坐在林纬旁边，除了吃菜，大部分时间用在调侃这对小情侣上。林纬赶忙不停地给他加酒，叶甜则满脸通红。

　　饭后，众人各自驾车离去。坐在我身边的广东男人一把拽住林纬，"记得周四下午过来听，那个非常有用……"

　　"好嘞！明天不是去你家嘛，到时候再商量。"他和对方摆摆手，大步朝自己的黑色卡宴走去。

　　"听什么保险课，无聊！"叶甜在我身边耳语。

　　"这些人都是谁啊？"她系好安全带，扭头就问。

　　"那人是我老大朋友，在国内就认识了。他在南京做道路工程，之前什么事儿都看老大脸色，现在混得可比老大好。房子也买了，百来万吧，他老婆，就那带小孩的，听说读大学的时候就跟他了。"

　　"他看上去挺老实的呀。"叶甜说。

　　"嘿，你看得出来呀！"他又感叹道，"老大以前多牛的人，现在不照样儿租房住。"

　　"不过老大是厉害，领着低保左手甲鱼右手茅台的。"他突然被自己逗乐了，咯咯地笑出声来。

　　"还有那个广东人，做保险的，我和老大之前的同学。天天拉我去听什么课，忒烦。不过保险还是要买的，有用。对了，明天咱们去他家坐坐，他刚买了新房，正好去学习学习。"他又转过脑袋，"鱼姐姐，一起去呗？"

"嗯。"我回答道，"你有朋友租车吗？我打算租一辆。"

"有啥要求没有？"他快人快语。

"随便什么小车都行，用一个月左右。"

"得嘞！明儿就给你开一辆来。"

十几分钟后，我莫名其妙地被这对小情侣带到第二场聚会。

对方是个平刘海儿女生，年纪和我差不多。我们四人在全统广场的一家奶茶店里坐下。

"阿明没回来？前几天还说回来了。"林纬问。

"哪里有。"平刘海带着浓浓的广东口音，"他在凤凰城忙得要死。"

"啊，那里有连环枪击案——"叶甜叫起来。林纬敷衍地应和几声，她继续说道，"我有看新闻哩。"

林纬不再理她。"他告诉我他换车啦。"他对平刘海儿说。

"哎，不想讲他。神经病又买一辆福特！"

"挺好的挺好的。你看他，好车都给你开，自己之前开那么破一辆丰田。"

"我叫他现在有钱不要买车，找一个高速路口的店面，租下来。我们自己开一家按摩店多好，我就不用继续再帮别人做下去了不是？"平刘海儿拉下脸来，接着说，"对了，阿明说你要去开大车？"

"对，我是这么打算的。我的码头证也快下来了，我想先去码头跑一下。"

"干吗去开大车，很危险的。而且跑一次要大半个月不在家吧！"平刘海儿说。

"我都了解了，在美国开卡车很挣钱的，而且驾龄越长越吃香。辛苦倒是辛苦点，我不年轻嘛，拼一下。"林纬笑嘻嘻地说。

"送外卖也挺不错的啦，每天一百多美金收入，而且你每天都可以住家里——哎！那你也都开保时捷去送噢？太奢侈了。哎，还是你们好，不像我们，一个在洛杉矶一个在凤凰城，每个月见面时间就那么点，再这样下去都要去找搭伙了。"

"什么是搭伙啊？"又有一样东西勾起叶甜的好奇。

"搭伙就是找个人一起吃住啊！"平刘海儿毫不避讳，"这边很多人都找搭伙啊，我楼下就有一个女的，我看得出来那个人不是她老公。"

"寂寞嘛。不过你们也不至于，阿明还是很爱你的，赶紧生个孩子不就好了。"林纬劝道。

"哼，哪里敢生！我现在都后悔当初跟他过来，你都不知道我多么想回广州。有时候想身份也不要算了，管不了那么多了。"

"哎别别别……"林纬挡住她的话，又看了叶甜一眼，但叶甜正吃蛋糕，没什么反应。

"你们感情还是很好的，坚持一下都会有的。我们其实都一样，我妈当初也喊着要回去，不也待了九年！我弟嘛，现在叫他回去都不回了。"

"那也是，这里还是舒服一点的。"平刘海儿歪了歪嘴。

我们在奶茶店坐了将近两个小时，仿佛是林纬给平刘海做的一次心理辅导。最后她哼哼唧唧地开着一辆尼桑越野走了。回到车上，叶甜还在念叨着搭伙，她似乎不能理解这个状态的必要性。林纬这回解释得很耐心，啰唆着一路把我们俩送到民宿。

第二天到卖保险的广东人家做客。他的房子在埃尔蒙特，不算传统的华人区。街道上十分冷清，如果没有那些停在各家门前的汽车，陈旧的房屋和发黄的草坪看不出有人居住的痕迹。当我们抵达时，街对面的一个墨西哥男人正站在自家门口盯着我们的车。家门外的绿草地一看就刚刚修整过。人行道与草地的分隔线上只插了一排半米高的白色栅栏，形如虚设。唯一值得欣喜的是房子正好位于十字路口拐角处，以及门前草地上有棵粗壮茂密的大树。

　　林纬拐了一个弯，绕到房屋侧面。"走后门呀？"叶甜伸着脑袋。男主人已经在一道大开的铁门外等候了。

　　"开进来。"他朝我们喊道。

　　林纬将车开进后院，停在一个独立的车库门口。"哥，这几棵树不错啊！"他跳下车。

　　"呵，我本来想在车库这里扩建两个房间，被树挡掉了。"

　　"政府不让砍吧？"我关上车门。

　　"是啊，砍树、扩建，这些都要申请，不然犯法的。这边规定很多，自己家里都不能乱来，比如说门窗不能有破损啊，房屋不能有倾斜损坏啊，垃圾要整理放好啊，多了。"他一本正经地说。

　　"在这里，很多事是不能做的。"林纬在后院张望，"这房子确实不错。单层啊，嗯，单层的好——哟，这儿还有个篮球架。"

　　"对，占地一千三百尺左右。先进去吧，等一下再出来烧烤。"

　　走进后门，便到了封闭式厨房，之后再是餐厅和客厅。房间内显得很拥挤，大红色的墙漆，桌椅家具没有什么特色。一个身形小巧的女人微笑地欢迎我们，他们十岁的儿子正跪在茶几旁玩电脑游戏。

　　女人带我们参观了各个房间——其实只有一个卧室和一个储物间，抓了一大把花生和糖果放在茶几上，坐下和我们聊天。

　　"怎么，你们也开始看房子了？"女人瞪着单眼皮，她的肤色晒得很深，不过这两天我所见到的在此长居的中国人多是这种色号——除了徐老大和林纬。

　　"哎呀，就先看看呗。反正一时半会儿也看不好。没什么经验，就想多问问你们。"

　　"你钱准备好没有？"女人问。

　　"嗯，在准备了。也是从国内运一点运一点过来，爸妈叫亲戚分开打。"

　　"慢慢看，不着急。我们也看了大半年，东边很多地方也看，都看到安大略了，那里有一大片新建的社区，房子是不错，但环境不太好，而且现在价格也涨起来了，两千多尺要五六十万，和我们这个差不多了，而且是两层楼，院子非常小。看来看去吧，还是觉得要买这附近的老房子。"

"我妈她什么都喜欢新的，说要买新房。不过我觉得旧的也可以，只要位置好，院子大一点就行。哎呀，真是不好找，我爸妈也挺操心的。"

"慢慢看，我们看了很久才定下来的。利率年底应该不变，还有时间，能贷多少就贷多少。别太担心了，不就是买个房子嘛！都能找到合适的。"女人的眉毛变得一高一低，"我是挺满意这幢的，旧是旧了点……以后再慢慢改吧，最好是车库那边加盖几间，可以出租。"

她站起身，对我们讲未来装修的打算。她在狭小的空间内走来走去，挥舞手臂，像是话剧导演在讲解一个美妙的剧本，林纬和叶甜则是等待排练的男女主角。小男孩沉迷于游戏中，不停地对着屏幕喊"Screw you！Screw you！"（去你的！）我心系屋外，院子里的炭火生好了？

开烤前又来了一对母女，好像是女主人当地的老乡——同样晒黑了皮肤。我们在篮球架下做了顿不太美味的烧烤，大部分牛肉烤黑了，或者带血，但大家吃得津津有味。

离开他们家时，我在车上问林纬这两天的费用。这两天跟着他们聚餐没有付钱，我有些不好意思。"不能让你们请客。"我对他俩说。

"哎呀，没事没事！"林纬提着嗓子，"昨天那顿饭老大没让我付钱，今天不也白吃嘛。哈哈，再说了，就是欠来欠去才有意思呢。如果每餐每顿都算清了，感情也就淡了嘛。"

他正随着车里的音乐扭动上身，时不时将双手脱离方向盘——我不欣赏这样的开车态度，他似乎有种天生的快乐源，随时能自娱自乐，但这并不影响他说起话来一套一套。

　　叶甜将民宿里的行李都拿走了。她走之前抱了我一下，我闻到她身上柑橘的香水甜味。木头墙壁的隔音效果不太好，房间外的杂吵声衬得屋内更加空荡。我突然有些不适应，入境后，我第一次在黑夜中辗转反侧。

　　"不就是买个房子嘛！"我记得女人这么说。

沙漠中的雨天

　　林纬的朋友送来一辆本田小轿车，价钱还算实惠。当我转动钥匙点火时，车子发出愉悦的轰鸣声，像一个期待出门的孩子般雀跃。棕榈泉定的房子要明天才能空出来，我便多留了一天——好在两夫妻的房客不多，计划最后一日自己打发。于是，和当初我在巴黎乱走一样，我开始开车在洛杉矶附近乱逛。

　　开车的一些注意事项都是叶甜教的，比如在路口要停三秒、拐弯时要让直行车辆，以及不管限速多少都要跟紧车流。这些非常有用。我先是路过一家大型健身房，不知是好奇还是无聊便开进了停车场。前台的墨西哥美女查看了我的护照，收了七美元的体验费，便不再管我。健身房有两层，不太繁忙，但每个角落都有人锻炼。我坐上一台健身器，将铁杆插进最轻的磅数，双腿踩在前方踏板上，开始有模有样地蹬腿。对面一个扎马尾的女人背对着我，正在向外拉伸手臂，她巧克力色的皮肤包裹着结实的肌肉，曲线配合着运动起伏有致。简洁的黑色背心展露出漂亮的肩胛骨，左右两侧各有一个文身，深灰色紧身裤搭配一双耐克运动鞋，平稳地架在座垫两旁。几分钟后她起身——个头竟只有一米五——换到了另一台器械上。过了一会儿，我到篮球馆的玻璃外看年轻人打球，里面有两个黑人、一个亚洲人、三个墨西哥人，还有像是两个混血——说不定其他人也是。我盯着他们脚上的长筒袜看了很久，认为他们对于袜子的颜色有各自喜好，并且和鞋子都搭配得相当不错。离开健身房，我在蒙特利公园的一家越南餐馆吃午饭，河粉的味道和巴黎吃到的不太一样，裹着虾仁的软皮春卷倒很美味。下午，我开车到了阿卡迪亚，在一处私人房子的草坪前看见两只孔雀。接着我又开到了柔似蜜的一个公园，宽敞的停车场环境优美，车子熄火后我还继续坐着发了会儿呆。然后我漫步公园，湖边有很多红嘴红掌的鸭子，一棵满是红叶的大树下铺满落叶，两个穿着粉色上衣的小女孩绕着树干奔跑。那一刻我回忆起饶冰家边上的文森公园，但此处更加阳光明媚，植物也没有那么葱郁。这里太安静了，安静到我觉得时间被拉长了。

　　然而一天的时间消磨得很快，迎接沙漠绿洲进入最后十几个小时的倒计时。

　　我准备和两夫妻打声招呼再走，可他们一早便不见踪影。我在客厅磨蹭了会儿，发现了茶几上两个颇有意境的玻璃水瓶，一个瓶口搁着整颗紫色洋葱，另一个插上了几把大葱，如同花草一般装饰。"倒蛮有创意！"我赞叹起女主人的心思来。最后，目光落在客厅角落那台破旧的棕木色钢琴。

　　我本就该注意到它的。我坐下来，打开裂了缝的琴盖，白键发黄，琴键松散。我弹了一首《梦中的婚礼》，好像每个音都不准，我心里有些奇怪的感觉。曲子是高考前肖尔雯教我的，我花了两个月时间才弹得熟练。清楚记得那晚，肖尔雯弹得很慢，指尖似乎沾满惆怅，慢慢落在键盘上。我说原版很欢快的，这是婚礼呀。肖尔雯说欢快吗，现实结不了才在梦里结。她指着窗户外的电视塔问我，那塔顶像不像有个女孩在跳舞，她踮起脚伸长手臂，却够不着那个飞走的男孩。我望着黑夜中冷冰冰的电视塔，只看见一堆交错的金属架。我想说那不是电视塔，只是电线塔，但是我没说，我也感觉难过了。

几天前的教师节，我给肖尔雯发了祝福短信，然后打开她最近的朋友圈。皆是普通照片以及教育方面的文章，没有热恋充斥的味道。"你什么时候回来？我有事想和你说。"她回复。"还要一个月左右。"我发过去。"那等你回来再说吧。"

此刻这些别扭的音符作怪，我越弹越觉得滑稽，更找不回那个夜晚的心情。我停下来，给肖尔雯发信息。"其实那首曲子的法文原名是《基于爱情的婚礼》，没有难过的情愫。"

大肚子女人走进屋。"弹得很好听呀！早知道你会弹可以教教我，我正在学《送别》，不过我两只手还不熟练。"她走过来，打开钢琴上放着的一个小本，里面写了不少简谱。

此时正是送别的时刻。我感谢她这几日准备的早餐，表示如果两周后还回来，会继续预订他们的房间。

与国内公路边高耸着五花八门的广告不同，沿途只看到几块离婚律师的牌子。满面笑容和西装革履并没有投射出离婚程序的轻松简易，反而令人增加了对烦琐与纠纷的担忧。

两旁土黄色的山脉绵延不绝，低矮植被稀疏地点缀着，放眼望去皆是裸露的地表。一个多小时后路过一处风力发电站，白色风车林漫山遍野，成百上千的细长叶片在烈日下缓慢旋转，如同幻境。

车子停在印第安韦尔斯的一个小区门口。年轻保安穿着黑色马甲走出岗亭，健壮精神。询问之后，他递给我一张通行证，夹在挡风玻璃后。铁门缓缓打开，一条笔直的棕榈大道就在眼前。

我开了很久才找到496号门牌。小区实在太大，车道铺得很广，棕榈大道连接着众多小道，通向各个房屋群。大多数是七八幢尖顶小木屋形成一个单元，环绕在茂盛的林荫之下。屋子一楼有花园，二楼有大阳台，造型简单朴实，又别具舒适的情调。

496号所在的区域，背靠一大片光秃秃的石头山，当我在车场停下时，一个同样叫"艾米"的美国胖阿姨已经在496号的室外楼梯旁等我了。这位急性子的租房管理员带我走上二楼，打开单独的一扇房门。开放式房间宽敞明亮，客厅、卧室、厨房融合在五十平方米的空间，暗红色的调调也显得独特温馨。

她像一个好事的居委会大妈，问了我许多问题——可能只是喜欢闲聊，然后又像一位耐心的博物馆讲解员将家用电器介绍了一遍。"需要我教你如何使用洗衣机和烘干机吗？"她非常客气地问我，然后盯着我的圆点连衣裙看了会儿。"噢！我好喜欢你的裙子！你在哪里买的？"她叫起来。我说在中国买的，心想如果是一件大号T恤我很可能会脱下来送给她。最后，她留下一把带有木头挂饰的钥匙，离开了。之后的两周我再没有见过她。

当我将车上所有的行李搬运到房间后，我收到了霏儿在圣地亚哥的照片，那张"陌生人的世纪之吻"。

我看着画面中向后弯着腰、被一个高大的外国男人揽入怀中的女孩。她只露出一侧脸盘，她应该是一个完整家庭中的独生女，或者也有一个两个哥哥，她生长在苏北某个小城，大学考入上海，在这个繁花似锦的大都市荡漾了四年，她曾经走出象牙塔，又在黎明之前回到狭小拥挤的宿舍，在高高的柜床上枕着书本入眠。

这个看似循规蹈矩的年轻姑娘，有时小心谨慎，有时大胆放纵。她告诉我自己一直生活在预设好的条条框框之中，从未与偏离主流社会的人打过交道。她看过大量书本、写过无数文章，直到毕业步入社会，她才发现没有自己想看、想说和想写的东西。但她肯定并且坚持自己受过的良好教育，她不认为有哪些是错误的；她渴望自由，但又认为权利够用就好；她想要脱离家庭与社会的无形束缚，但又强烈地需要那种包裹式的安全感；她习惯了保守的教条，也偷偷地在另一个遥远的地方尝试新奇与开放。于是，她和自己签署了那张"协议"，它将对这个白嫩娇弱的姑娘产生巨大而难以违背的力量。

"我们离边境好近，我差点一时冲动，想直接开到墨西哥去。窦小冲阻止了我，他担心不安全。"她在信息上说。"现在我们正在去拉斯维加斯的路上。"

"我在沙漠中的一片绿洲上。"我告诉她。

我认为很有必要先去一趟超市。艾米阿姨告诉我，开车不到十分钟就有一家Super King，所以我又匆匆出门了。

小区门口的另一侧铁门缓缓打开。即便进出口分为两个铁门，这个门设计得也太宽敞了！我仅仅转了两个弯，就找到了那家大型超市。

我夹在众多白发老年人中逛超市。手推车很大，我买了许多蔬菜水果还是没能将它的底座铺满。我突然觉得自己脚步太快了，因为身边这些爷爷奶奶们的节奏十分缓慢，偶尔看到几个中年人，也迈着悠闲的步调。他们像在研究学术论文一般凝视食品包装袋，对于水果也像对宝石一样精挑细选。结账的年轻男子长相英俊，浅浅的金棕色头发二八分开，眉毛压得很低，但不破坏一双炯炯有神的眼睛。他在这里收银有些可惜，他完全可以做一名模特，但身材可能偏瘦小了……我不免想得太多了！之后我大概三四天去一次Super King，也开始细细研究食品包装袋上的字母。我每次都会买一些没有尝试过的食物，好在它们都没令我失望，比如长相奇怪的牛肉芝士卷饼和看上去不太健康的豌豆脆。至于那个有模特气质的收银员，我只再见过他一次。

当我回到496号楼时，那座淡黄色的石头山已有一半变成了黑色。停车场被占满四分之三，一个白头发老奶奶在493号的院子里浇水。

"哈啰。"她眯着眼睛朝我微笑。

"你好！"我迅速回答。

　　我扭头走上楼梯，看了一眼495（我的楼下）空荡荡的院子。

　　我试着用平底锅煮干饭，结果比我想象的要好——十来分钟米就熟了。我又炒了一个番茄蛋，一个牛肉片，坐在吧台的高脚椅上享用。

　　朋友圈被满目疮痍的城市刷屏了！照片上尽是台风过境的狼藉，大树横七竖八地倒在街上，汽车像玩具一般被压在枝干下，社区楼房的落地玻璃窗被刮碎，马路上尽是散落的摄像头和交通标牌。饭在嘴里停了半晌，我开始给厦门的亲朋好友发信息。最后我还想到了一个人。

　　"我在合肥，别担心。不过我不知道发生了台风。"老邓这么回复。

　　"旅途一切顺利？想念你的羊角面包（法国人酷爱的一种早餐）吗？"我问。

　　"其实我平时也不怎么吃，太多黄油了，不健康。"

　　过了一会儿，他又发来信息，"我之前有个女朋友，她在厦门。其实我这次想去见她，不过我临时改变了主意。"

　　我一时没有反应过来。

　　"相信你自己的决定，一切都是最好的安排。"我用中文回复。

　　次日天明，起床后我在阳台上眺望了一会儿。其实没有多少景色，对面就是邻居的窗户，窗帘没有拉，隐约能看见墙上挂着一幅油画。楼下种了一棵柚子树，伸手就能摘到只有拳头大小的柚子——或许是别的果实。阳台的另一个方向对着停车场，后方树丛中好像是泳池，一个遛狗的女人从旁边的小道走出来。阳光很柔和，我想应该这时候出门晨跑。

　　我朝那条笔直的棕榈大道跑去。记得昨晚经过时，大道另一侧是片宽广的草坡，虽被栏杆围起，但中间有个小门可以进入。越过草坡，或许能看见更为开阔的绿地，它可以作为我之后每一天的晨跑地。

不过我的想象力太贫乏了，当我越过小山坡时，我看到的是一大片绵延起伏的鲜草和散落在它上方的柠檬树，而草地中央一条长长的步道，正通向冒着喷泉的池塘和高尔夫球场！

我在草地上跑了几圈，然后沿着小道走向球场。高大的棕榈树随处可见，以至于我忽略了它的存在。一对散步的父女迎面而来，擦肩而过时他们对我说了声"早上好"，我也微笑地回应。球场已有三五人正在挥杆，我在池塘边观看了一会儿，才注意到球场后的石头山正是从496那里延伸过来的。昨天夜里听见山中传来犬吠，声音像狼一样吓人。

回程时又路过柠檬树。掉落在草地里的柠檬太多了，我拣了几个完好的放进口袋。之后又遇到几个晨练的人，每一个都如加州阳光般热情，笑着对我说"早上好"。

午饭前开车出去溜了一圈，然后到超市旁的Big 5（一家体育用品连锁店）买泳衣。枪支货柜前两个男人正在购买长管步枪，随意的样子像是在挑选一双球鞋。几天前在全统广场，还有一个华人记者拦住我们，询问是否支持最近的加州限枪法案。林纬的回答很幽默，他说禁的只是他们这样没枪的人，他会在禁卖之前先去买一把AR-15和一把左轮手枪。

连续两天下起了雨。我原本以为沙漠是不会下雨的，但绵绵细雨下个不停，顷刻间又变成大雨，仿佛厦门的台风吹了过来。接着又转为飘飘小雨，从阳台吹进丝丝凉风。买好的泳衣暂无用处，我只能躲在屋里看电影。朋友圈里都在讨论《釜山行》，于是搜来观看。

从学生时代就有看丧尸片的嗜好，当时痴迷于美剧《行尸走肉》，有一段时间走火入魔到出门随身携带瑞士军刀。另一个舍友更加有趣，她淘宝买来二三十米长的麻绳，说是紧急情况可以爬窗逃生。我们对于观看灾难片的感受十分怪异，非但不觉得沉重，反而激发出亢奋，电影结束后，负面情绪瞬间化解，快乐地回归于现实生活。

　　雨停后我立刻去了泳池——之后我几乎每天都去，也不管它可能还没来得及换水。储物间的一个漂浮气垫被我翻出，我扛着它穿过停车场，走到泳池。阳光烧灼着大地和空气，却没能将池子里的水焐热。我走下台阶，将气垫放在水上，侧身躺上去。水面上飘着几只蜜蜂，我轻轻撩开它们，泼到岸上。很快，一个老人也打开铁护栏走进泳池，不过他只是趴在躺椅上晒太阳，顺便翻看摆在地面上的书。半小时后，一个穿着连体泳衣的中年女人进来了。

　　她的身材非常薄，上扬的眼角和银色短发个性十足。她把随身用品放在躺椅上，开始活动手脚。接着她用脚划了一下水面。"噢！水真冷！"我听到她喊了一声。她缩回去，又靠在台阶的栏杆旁，上上下下好几次，都不敢浸到水里。突然，她嗷嗷叫起来。

　　"噢噢！天哪……疼！"她抬起一条腿，双手抱着脚背。

　　"啊……我被蜜蜂蜇了！"她倚靠栏杆，弯腰看向我，脸上露出痛苦的表情。

　　"你能过来一下吗？"她朝我喊。

　　"你还好吗？"我翻下气垫，从水中走过去——水真是凉到刺骨，一边注意水面上的蜜蜂。

　　"为什么这么多蜜蜂！"她咧开宽大的嘴唇，"你能不能帮我把刺拔出来？"

　　我站上两节台阶，凑到她的脚掌前。一个小黑点露在大拇指下方。

　　"好，那我拔了。"我对她说，她还在嗷嗷地叫唤。

　　"噢！天哪！太疼了……看哪，你拔出来了！是的……已经好了。谢谢。"

　　她继续靠在栏杆边，伸了伸腿。我认为她已经超过五十岁了，但纤瘦的身形和脸型使她看上去没有那么老。另外，她的活跃展现出年轻。

"真的非常感谢！"她露出笑容，眼睛细小而锋利。"你是哪里人？"她问道。

"不客气。我是中国人。"我站在水里发抖。

"啊，中国！我在上海待过两年。你在哪个城市？"她亲切地问，表情极其丰富。

"厦门，在东南部。"

"厦门，"她认真地重复了一遍，"我听过，你能告诉我是哪个省吗……福建省？噢，我知道了！"

"你是住在这里吗？"她问。

"不，我只是过来度假两周。"

"好的，我知道了。"她侧了下脑袋，"我在这里买了一幢房子，每年都会过来住一段时间。噢——我还记得在上海……我非常喜欢中国。那是四五年前了，我在上海做一档财经访谈节目。如果你感兴趣的话，可以上网搜索我的名字，南希·梅丽尔。我采访过不少中国企业家。"

她咧开宽宽的嘴角，眼神充满魅力。短暂的交流后她跳入水里，我也回到气垫上。之后再没有见过这个活泼的老太太——她其实并没有这么老，只不过发色很淡——不过我找到了一些她的采访视频，对象有李亦非、有邓文迪、有刘强东，还有不少演艺明星。

沙漠的雨天就这么过去了。

下一次会抓住你

　　我梦见一块泥土构成的平地，天地相连，荒芜而一望无际。世界是昏黄色的，没有声音。空旷的泥地上突然升起高低不平的土块和钢筋水泥，形成一座荒废的城市，俨然巨大的立体迷宫。无数年轻人出现在迷宫里，他们奋力地攀爬，穿梭于建筑上下。突然，所有土墙连成一条，飞快地移动，像是一条爬行动物。世界又恢复成一望无际的平地，迷宫里所有人都不见了，留下一片寂静。

　　最近一直做梦，梦里的情绪激烈深刻。尤记得梦中的愤慨之气，能持续至初醒还十分强烈。有时候觉得梦境的情节不错，可以好好记录下来，但很快只剩下模糊的记忆和淡淡的感受。看来梦与现实一样，当下永远是最冲动的，就如头脑发热时，别人劝说睡一觉起来就没事了，对于梦的情绪也是，等你醒过来就没事了。我有过在梦中非常生气，气得几乎失去知觉，醒来时仍觉歇斯底里，但洗漱后气愤瞬间化作乌有。

　　"做梦有分左右脑吗？"我记得肖尔雯问过我。

　　"说不定有。我想是……右脑吧？它负责想象、情感和灵感。"我胡乱猜测。

　　"如果我的左脑坏了，那我是不是会经常看见幻象，像做梦一样？"

　　"啊，这个……"我想象着那种无限美妙的场景。

　　"我最近弹钢琴时会进入梦境，清醒地做梦，但是我的手指还在正确地弹奏着。"她说。

"哈哈，你是太困了。最近课多吧？"

"不，我没有睡着。"她坚持。

"如果你左脑受损了，那你就不会左右手弹钢琴啦。"我说。

"是的……如果那样的话，我可能感受不到我的身体了。我可能会觉得自己流动在空气中，感受不到任何边界……要是能造梦就好了，我一直想尝试在海面上飞行。"

"我也想在梦里做一些不可思议的事，希望能控制梦，即使它是虚无的也很有趣，对吧？有时候清晨被我妈叫醒，起来遛一圈，我还能继续把梦做下去。所以我赖床的时候老是说'妈我得再睡会儿，我想知道梦里接下来发生了什么'，然后我就继续做梦了。"我说。

"哈哈，我可不能把梦连下去，因为我醒来就忘了！"她笑道。

霏儿建议我去坐一次科切拉峡谷的高空缆车，她说那是世界上最大的360度旋转缆车。"或者去沙漠野生动物园，有长颈鹿和猎豹。"她告诉我。这个贴心的姑娘！不过我两个都没有去。我去了一次水上游乐场，在沙漠里感受人造海滩和冲浪的乐趣——水真的很凉。我还去了一次棕榈泉艺术博物馆，看了关于印第安人的文化展品。

I, I am the spirit within the earth. （我是大地之灵魂）
The feet of the earth are my feet. （大地之足乃我足）
The legs of the earth are my legs. （大地之腿乃我腿）

一幅骑着马的印第安人油画旁写道。很直白嘛，我这么想着。当时一个保安走向我，"看得怎么样？"他友好地问。"呃……很不错。我第一次来。"我含糊地回答。看看四周，就我一个参观者。我还来不及打量他，他又巡视到别的展厅了。他应该在棕榈泉住了三四十年吧，说不定认识这里的每一个当地人呢，我暗自想。

霏儿那里发生了不少故事。她先是发了几张霓虹闪烁的拉斯维加斯大道，还有一张幻象酒店门口喷发的火山照。

"为了等火山喷发，特地来对面的 Denny's 餐馆吃汉堡。"

"怎么样，旅途都顺利吗？"我问。

"昨晚看大卫·科波菲尔的魔术时，我们认识了个中国女生。她当时就坐在旁边。后来我们结伴去坐纽约过山车，因为窦小冲不敢玩。"

"我是说你的'must to do'呢！"

"嘻嘻，跳伞很刺激，在一万五千英尺的高空中拥抱沙漠，但我可能不会尝试第二次了。枪击训练也在郊外的沙漠上，枪很重，还没有过瘾，子弹就用光了。"

"嗯哼，有的事情会害怕第二次，比如蹦极和婚姻。赌场呢，有小试运气吗？"我问。

"刚才在美高梅玩二十一点，我没玩。窦小冲输了两百美金，那个女生赢了几十块。"

其实窦小冲对于输掉的两百美金毫不在乎，此刻那绚烂的人造火山也没有吸引他的注意力。他正在操心北京公司的一个项目，是关于动车上的广告，他那个倒霉的没有拿到签证的助理告诉他，另一个竞争对手很有可能抢去这个代理权。

隔天，霏儿那里又有消息。"那个女生，她找我们借钱。"她告诉我。

"怎么会？借多少？"

"她说输光了，找我借三百美金，她也找窦小冲借。不过我们都没有借。我们明天去大峡谷，原本有邀请她，现在不打算带她了。"

"在外多留个心眼儿。"我对她说，也是对自己说。

"是，那些在拉斯维加斯发生的，就让它留在拉斯维加斯吧。"她回道。

然而两天之后，故事变成了这样。

"她还是和我们一起去了大峡谷，因为窦小冲同意带上她。"

"然后呢？"我觉得有趣。

"现在他们应该在美高梅楼下的赌场玩二十一点吧。"

我有些不可思议，又觉得在情理之中。没等我回复，霏儿又发来一条。

"我明天回国，有机会去厦门找你玩。"

"十项必做之事都完成了？"我觉得有必要问一下。

"还没有，不过留有遗憾也好。而且我认为漏写了一项，我应该去认识几个当地人。"

"这次有护花使者，下次一个人上路，就有机会了。"我打趣道。

"一个人还真有些不敢。"

"嗯，但我会去试试。"我确实这么想的。

在棕榈泉日子一晃而过，两天后我将重新回到洛杉矶，在那里逗留几周。朋友圈依旧被台风的信息刷屏，内容转为如火如荼的灾后重建工作。

叶甜约我去钓鱼。她说棕榈泉再往东南几十公里，有个大湖。"老大说明早钓鱼去！哈哈，他现在闲着没事也就只能钓鱼了。"叶甜这么说。

索尔顿湖是加利福尼亚最大的一片水域——但它本不应该出现在那。20世纪初，一次重大工程失误将科罗拉多河的河水引进这片地势最低也最炎热的盆地，形成一坛没有出口的咸水湖。人们花了两年时间才止住水流，但九百平方公里的沙漠已被淹入水下。这片由生态灾难产生的水域在沙漠中顽强地延续了下来，成为房地产商的机遇——一个有水的棕榈泉。看到这样的介绍，我确实激动了一下。

叶甜6点不到就给我打了语音电话。

“你起床没有？我们半小时就到你住的小区，整理下楼。”

“我可以自己开车过去。”我迷迷糊糊地说。

“哎呀，坐一辆车就好了！而且很快也坐不到了，林纬说要把卡宴卖了。”

“你不是说才买两三个月吗？”我一下子醒了。

“这里买车便宜，卖车更容易。”

天蒙蒙亮，车子驰骋在黄色土地上，如同置身于电影《末路狂花》中的公路景象。20世纪汽车普及后成为冒险探索的工具，公路文化也融入美国文化当中。“我还年轻，我渴望上路。”当年凯鲁亚克的一句话成为无数美国人追逐“在路上”的梦想宣言，也让横跨美国东西部的66号公路成为“垮掉的一代”的朝圣之路。旅程本身即是目的，为了寻找自我而上路，何必知道这条路通往何处。

林纬开着车，伴随音乐摇头晃脑——被徐老大骂过之后脑袋老实不少。徐老大坐在副驾驶上，脸色白得吓人。他看上去将近六十了，林纬却说他五十岁不到。叶甜做了多种猜测，将他形容为内心深藏着被流放的悲哀。看来，炙热的加利福尼亚并不适合每一个人。

“那个牌子是什么？”叶甜喊道。公路旁的荒漠立起一块木牌，孤零零地被甩向后方。

“好像写着私人领地。”我扭回脖子。

“鸟不拉屎的地方，能盖什么！”她嘟囔了一句。

是啊，广袤大地，除了笔直的公路和那块木牌，再找不到人为的迹象。

半小时后抵达索尔顿湖。湖岸的沙砾上随处可见鱼的尸骨，鱼刺裸露，眼睛只留下一个黑洞，两排尖牙分明。湖面阔如大海，水天交界处被绵延的山峦覆盖，这种残存的空旷带来一种异世界感，犹如末日后的布景。壮丽的荒凉将生灵吞噬，让我们变得渺小，仿佛人类的所有丰功伟业都从未存在。

徐老大戴上宽檐帽，拎着鱼具包和折叠凳行至一处，开始准备。林纬屁颠儿屁颠儿地跟着，接过徐老大绑好的鱼线，将蚯蚓穿上鱼钩。我和叶甜站在十余米开外，不一会儿林纬就送来一根鱼竿。"好好钓哈！我陪老大去！"他一甩手扭头走了。

叶甜握着竿随便往湖里一抛，"这里好臭！算是什么度假区，还收了我们二十美金。"

没到五分钟，她便把竿交给我，开始活动全身。只带了一张折叠椅，我们很快就会站累。

"我们这几天去看房了。"她终于找了个话题，"我对比了不少地方。"

"看得怎么样？"

"先是看了几个不错的区，比如老大家住的帕萨迪纳，还有阿卡迪亚和尔湾。帕萨迪纳白人多，商业氛围浓，有历史、小资的味道，就是学校的学分不高。阿卡迪亚在山下，有很多树，尔湾离海近，空气好，这两个地方中国人多，它们两个一北一南、一新一旧，环境优美治安好，都是九分十分的学校。可是你知道嘛，太贵了！随便都要上百万美金！"

"富人区。听说阿卡迪亚是睡房之城。"我说。这个词（Bedroom Conmmunity）指的是白天到市区工作，晚上才回到这个地方睡觉。

"哎呀，对我来说这些地方都是睡城！圣马力诺、阿罕布拉，还有远一点的罗兰岗、钻石吧和核桃市，我都去看过了，感觉住在那里没得玩，就是个睡觉的地方！我都想念我的重庆啦。"

"那他父母的意见呢？"

"他爸妈觉得买个六十万元的就好。早点知道预算的话我就不去看那些好区啦，人家买车是越看越贵，我们这是越看越差了。他们现在租房，应该会搬来一起住。不过林纬说等他弟弟上大学后，他爸妈就要回中国去了。"

叶甜看了一眼在水边挥动鱼竿的林纬，老大正在骂他——因为他太好动了，时不时拉回鱼线、弄丢鱼饵，或将鱼钩卡掉在水底的石缝里。叶甜认为，林纬和自己实在太像，她曾经认为性格相似的两个人更容易交往，比如都喜欢放肆地在深夜吃零食看电影，或者懒懒地睡到大中午，再赖到下午，这样的默契在他们分隔两地时是一种很好的消遣，仿佛有另一个你在世界的那一头，在完全不同的环境下过着相同频率的生活。然而距离被拉近后，每每面对这张不同的面孔，她都觉得在照镜子一般，自己的缺点在对方身上被放大，这令她感到恶心和厌烦。但在他离开她的视线后，她又开始思念起那股熟悉来，有时候距离是无法忍受的。

"你在洛杉矶吃得习惯吗？我有点想念你们那儿的重庆火锅了。"我说道。鱼竿一直没有反应，我忍不住晃动了一下。

"你别说，洛杉矶吃的东西太多了！我以前不喜欢吃汉堡，但这里的汉堡真心好吃！你知道有一家黄色五角星笑脸的快餐店吗？我最喜欢他们家的牛肉汉堡！我还吃过圣盖博的一家冒菜，挺正宗的。洛杉矶不同的区域有不同类别的餐厅，我们还去了小东京和韩国城。反正吃的没有让我失望，就是干燥的天气，你看我的皮肤……"

这座西海岸的天使之城，18世纪末年沦为西班牙殖民地，19世纪初成为墨西哥的领土，二十多年后又割让给美国。紧接着，金矿的发现和太平洋铁路的开通吸引了大批移民及东部地区的劳动力，怀抱希望的人们作为各民族的开路先锋，不断涌入这座城市。再后来，西部拓荒的年代随历史远去，淘金热也转为遥远的记忆，洛杉矶的经济开始了爆发似的增长。它联合临近小城市，形成上千万人口的大洛杉矶都市圈，成为这个国家人口最稠密也最多样化的地方。它包容每一个民族到此繁衍生息，也接纳他们将各自的饮食文化带到此地，生根发芽。

"……而且我才知道，原来番茄汁不叫Tomato Sauce，叫什么Ketchup！"叶甜别扭地说着那几个单词，"Catch不是抓住你的意思吗？"

"呵，我们现在倒是得尽快抓住一条鱼！"

我挪动几步，脚底发出咯吱声，方才注意到那些白沙砾其实是数以万计的碎鱼骨。

"你知道阿明现在做什么吗？"叶甜突然神秘兮兮地盯着我，轻声说道。

我脑海里飞快地搜索这个名字，以及与他相关的人。噢，平刘海儿的老公。"不知道。"我说。

"你猜猜嘛！"她又大声起来。

"嗯……按摩技师？送外卖？开卡车？不会是卖保险吧？"我胡乱猜测。

"不是不是不是！我跟你说吧，他在赌场做庄家。"

"什么？"我有些诧异。

"不是那种庄家，是给庄家收钱的人。他就坐在百家乐发牌的旁边，抱着个装筹码的盒子，赢了赔钱，输了给钱那种。我看他都无聊得一直打哈欠呢！哈哈。"叶甜比画得有模有样。

"怎么可能这么快？他之前不是在凤凰城吗，这才半个月时间。"

"也是哦，我也不太清楚。我们昨晚去Bicycle赌场玩百家乐，还在他那张桌上赢了一百块。不过老大在另一张桌上输惨了。你看——他到现在还不高兴。不过他老是不高兴的样子。"

她没完没了地说下去，"你不知道那里呀，看上去又小又破，根本不像我在澳门赌场看到的那样金碧辉煌。荷官不好看，阿明穿得也不正规，还可以随便和我们聊天！我还记得有个胖乎乎黑人女孩子，也坐在庄家的位置，她穿了件绿色的大花裙子，是那种很土的花，我老是忍不住盯着她看……啊对了，她还编了一大把的麻花……"

耳边终于传来欢呼声。徐老大钓上一条巴掌大的鱼，林纬将它扔进鱼兜。

"对了，你是明天回洛杉矶吧？定好住哪里了吗？"叶甜问我。

"应该还是之前那里。"我说。

"大肚婆那里？"她叫嚷起来，"怎么不住到天普市来！"

我特意住得远一点，是想好好享受一个人的时光。我关注了洛杉矶吃喝玩乐的公众号平台，消遣的活动还算挺多。但我不想把自己的时间安排太满，只筛选了几个有趣的。如果被这个小丫头跟着，估计每天都会给我安排很多项目。

"那里挺舒服的，离天普市也不远。反正开车都蛮快，不是吗？"

"那好吧。到时候带你去 Bicycle 玩。不过赌场不是好地方，我才不想像老大那样，一个晚上输几千块美金！"

我想到霏儿和窦小冲遇上的那个女孩，她同样在赌场输到找他们借钱。

为什么会有那么多的赌鬼？有种叫作"多巴胺"的东西解释了这样的上瘾行为。这种物质由脑内分泌，传递兴奋和愉悦，是人类的快乐之源。我们尝到了它带来的快感，就会重复与之相联系的活动，比如综艺、美食、购物、香烟、酒精与爱情。如果能以大脑分泌多巴胺的含量来量化快乐的话，美食可以将它提升百分之七十，性爱百分之二百，毒品很吓人——百分之一千。同样吓人的便是赌博。当然，这些快感不会持续多久，一段时间后，多巴胺的含量自然下降到基准线。更吓人的事情发生了——毒品和赌博的下降终点比基准线还要低！这些人失去了多巴胺平衡，变得情绪低落，难以获得愉悦。他们不得不再次吸毒或者赌博，自身多巴胺含量也就一降再降。结果是毒瘾更深、赌博的筹码更大。

"太阳出来了，回去吧！"徐老大说。

"不钓啦？才钓到一条呀！"林纬嚷道。

"你还说！就你最好动。"徐老大板着脸，一字一字地说，"时机未到要忍，时机到了要狠。"

"老大都叫你别跳来跳去的！"叶甜也数落他。

"哎呀，知易行难嘛！就像我没法叫你不想大象是吧？因为这时候你已经想到大象啦！"

叶甜白了他一眼。她每天都要听他讲很多自己琢磨过的"道理"，而心情好的时候她也会与他争论一番。

我们收拾好渔具返回车上。车子驶离索尔顿湖岸，后备厢里只有一条够塞牙缝的鱼。度假区大门慢慢近了，一块木牌立在门岗旁。

"I——will——catch——you——"叶甜照着上面的英文念道。

"下一次会抓住你！"车上的人都喊了出来。

小城的足迹

第三章　清迈

甜蜜蜜之夜

2016转眼过去，对我来说，这绝不是个平凡忙碌的一年。这一年，我跳脱出习惯的工作与生活环境，如同一个惊奇不已的孩子，第一次尝试在国外某个城市生活。内心仿佛栽种下一颗冒险的种子，只需要再多点阳光雨露，就能萌发出芽。

离过年还有近一个月时日，我期待旅行的心又开始躁动不安。我连签证都来不及办，就直接飞到了清迈机场。

知道这个泰北小城，不是因为邓丽君，而是因为岩子。其实七八年前就看过《暹罗之恋》，男主角一家人旅游的地点就是清迈，但当时对这个青山环绕的小城根本没有印象，直到认识岩子后，它才真正吸引了我的注意。

岩子是浙江人，几个月前我们在旅行网站上结识。当时我在巴黎，她正计划出游欧洲，我们相互加了微信，聊得颇为投机。可惜她因行程太满，只在巴黎短暂停留两日，没能和我见上一面。回国后我们依旧保持联系，计划第二年的新西兰之旅。

此时，岩子已定居清迈三年，在宁曼路上开了家纪念品商店，偶尔也做一些周边旅游的服务。她时常在朋友圈上发布当地吃喝玩乐的好去处，照片上静谧闲适，令人怦然心动。青山湖畔、绿荫环绕，几个软垫随意摊在草坪上，三五好友围绕茶桌，懒懒地瘫上半天，享受蓝天白云和八卦人生的惬意，而到了夜晚，街巷里燃起喧闹，展现出它特有的市井繁华。

机票订好后，我立刻给岩子发了信息。"我们在巴黎错过，这次要在清迈见上了。"

"太好了！你住我这里，费用随意。方便的话帮我带点小米来啊。"她回复。

"小米手机吗？"我问。

"不是！吃的，早上煮稀饭用。"

"没问题，海关不查吧？"

于是，我拖着半个行李箱的小米，来到机场的落地签窗口。

落地已是晚上8点，稍微有些蒙眬睡意。入境时给了小费，一位年轻漂亮的女服务员迅速帮我办理了通关。我顺心地走出机场，按工作人员的指示，坐上了一辆高高的面包车。

车子往城区方向驶去，十分钟不到，便进入热闹的宁曼路。街道两旁的低矮房屋亮着耀眼的招牌，各种餐馆、精品店和按摩店灯火通明，男男女女倚坐路边，桌上摆满啤酒美食，行人肆意在马路上行走，大车小车随时停下，熙熙攘攘的夜市生活令人目不暇接。我开着窗，睡意即刻被这股尽情的氛围吹散，唤起的是按捺不住的兴奋与好奇。这确实是一个丰富多彩的小城，四处是人人向往的安逸，我在短短的几分钟内，爱上了清迈。

我一眼认出马路对面的岩子，她正站在店门口的人行道上张望，黑色中发披肩，清澈脸盘上带着一丝江南人家的秀气。她的皮肤晒成了当地人样的姜黄色，但在周围一群泰国人中依旧容易辨认。隔壁小餐馆的生意很好，露天桌椅快要摆到了她的店前。司机并不打算开到马路对面，我便打开车门，拽着行李下了车。尚未迈开半步，几辆三轮车飞快从身旁驶过，我这才从万分愉悦的心情中缓过神来。这毕竟是一个陌生的地方，即便有朋友在这儿，也得小心翼翼地走一步看一步。

"等你半天了——"她一把拉过我的行李，跨上台阶，"马上带你吃东西去！"

我跟着走进店铺，货架上皆是当地特产，吃的用的都有。一个当地年轻人正在拖地，手脚慢悠悠的，拖把在我脚边来回磨蹭。

"我雇的店员。"岩子笑笑，将我的行李箱滑到收银桌下，然后拉开手踝处的皮筋，随意地将头发扎起。

"啊，多少钱一个月？"我打量着那个店员。他看上去三十多岁，身型比普通当地人高大。

"一千多人民币。他很轻松的，每天就来坐几个小时，帮我开门关门一下。"

岩子和店员交代几句，让他先下班回去，然后收拾好桌上的包包，迅速走到大门旁切断了电源。店里顿时黑暗，她走出店门，将整扇门帘拉下。相比那个散漫的店员，她显得十分麻利与高效。

"现在就关门啦？"

"对，反正也没什么生意。"她蹲在地上，锁好门帘，抽出钥匙。

"我打算把店铺转让了。"她拉着我过了马路，走向一条小巷，"当时没想好，冲动之下就开了这家店，才几个月吧——对了，等会儿有个朋友过来，她很好玩的，刚到清迈没几个月。"

岩子走路速度很快，后脑勺的短辫上下摇晃。她身材瘦小，却散发出满满活力，说起话来也是直接爽快。几分钟后，我们走进路边一家小餐馆，店内没什么装饰，简单整洁，黄色光源打在木桌椅上，格调舒适，楼梯那面墙上满是各色便利贴，留着客人的心情涂鸦，二楼的半层座位传来年轻人的嬉笑声。服务生送来菜单，只有十六七岁的样子，我感觉回到了中学校门口的奶茶店。

岩子推荐了几道菜，我点了一碗冬阴功汤、一份咖喱鸡肉和一盘烤肉，她点了一个海鲜粉丝干锅。她说一般不到宁曼路吃饭，因为游客太多，物价较高。

岩子的朋友很快到了。这个蹦进门的活泼女孩叫连嘉嘉，陕北人，长得如南方女生一般小巧甜美，亚麻色短发，半扎丸子头，皮肤比岩子更加深黑，笑起来阳光灿烂，露出一侧酒窝。她热情洋溢地打招呼，富有感染力。即刻，她又张开樱桃小口，一个"老子"外加一句诙谐跳跃的语言，瞬间打破单调的氛围，引得我们哈哈大笑。冬阴功汤太辣，呛得我立刻咳嗽起来。

"怎么样，是不是比咱们国内的辣？"连嘉嘉扬了下头，瞪大眼睛。

"太辣了……你不吃点吗？"我将一个叉子转到她面前——这家店居然没用筷子。

"哎，我妈来了，整天给我炖这炖那，吃得我现在还撑呢。"她皱起眉头。

岩子绕起一团粉丝送进嘴里，"你妈准备待多久？"

"不知道啊，说是来帮我一起打理客栈，这下我的自由受限喽。"

"那也挺好的，你旅馆那边事情也多，你妈在的话，你也有时间做点别的。"

"是啊，我看了个拳击班,准备报名了。"连嘉嘉叉起一块烤肉。

"你要去练拳击？没搞错吧，小胳膊小腿的。"岩子捂着嘴，差点没喷出来。

"嘿,我怎么不能练了。泰拳啊！老子还是有肌肉的好嘛——"

一阵嬉笑，岩子好像想起了什么。

"对了,我走以后,你还在巴黎待着,没去南法玩吗？"她问我。

"没有啊，我整个月都在巴黎。不过很可惜，我没有待到国庆日，错过了铁塔的焰火。"我郁郁地说。

"啊！国庆日——你还记得当时尼斯的事吗？对，就是那个卡车冲撞事件。"岩子一下子激动起来，动了下身子，"你知道吗，那天晚上，我就住在马路对面的一家酒店。"

她朝我说完，又转向连嘉嘉。

"我，还有几个路上认识的中国朋友，都住在那家酒店。因为逛了一个下午，大家说太累了，就不出门了。之后突然就听到窗外很大的声音，后来才知道出事了……"

我清楚地记得去年7月14日晚上的那宗恐怖袭击。离开巴黎后，我依旧关注着当地一些新闻，因为球迷群里的聊天内容丰富多彩，除了吃喝玩乐，还充斥着各种时事动态，比如埃尔菲铁塔下的球迷区发生了几次小动乱，国庆焰火表演的直播等，我也自然而然消息灵通。

走出小餐馆，凉风习习，街上依旧弥漫着热闹的气氛。

"等下去喝酒吗？带你到我家附近的小酒吧里坐坐。来清迈了，就好好放松。"岩子对我说。

"我就不去啦，不然我妈又要催了，你们玩！还有，明天爬山记得喊上我。"连嘉嘉一扭头，飞快地走掉了。

"走，先把行李拿回家，然后我们再出来。"岩子似乎已经放慢脚步，速度却依然很快，而且她习惯一个人走，不喜欢像女孩子那样勾着手臂。

"好嘞！"我全身细胞活跃起来。刚才几道菜又辣又爽口，我刚发完热汗，飞机上的疲劳一扫而光。我快步紧跟着岩子，准备尽享我在清迈第一个夜晚。

走在宁曼路上，能看见众多时尚的餐厅和咖啡馆，除了大量的游客，还有不少当地年轻人。不时能见着走走停停的中国游客，他们成群结队，大多数跟着旅行团而来。从地图上得知，这条南北纵向、长约一公里的宁曼路，两侧垂直分出了十几条小巷，西侧为2—12号的双数巷，东侧是1—17号的单数巷，通往各幢公寓和酒店，不少餐馆、酒吧、按摩店也分布其间。

岩子的家位于4号巷内。从路口向里走，两百米不到就抵达了这幢六层楼高的现代化公寓楼。门口有安保岗亭，楼前还有一小块停车场，左右皆是低矮的民房，斜对面圈出一小块工地，正在搭建新的公寓楼。

公寓内干净整洁，富有绿意。没有隔间，卧室与客厅连成一片，宽敞通透。整套公寓被岩子布置得温馨舒适，黄色光源下，四处点缀着精致而纯朴的手工艺品。床后的墙上贴着一幅世界地图，有些部分用彩色水笔描上了颜色。澳洲、北美、南美还是一片空白。窗户面积很大，接近180度角的弧度，看出去是绿荫环绕的低矮楼房，颇有小城镇气息。岩子见我只穿了运动鞋来，便找了一双人字拖给我，说在家出门都能穿。

窗外飘来快节奏的音乐，岩子踩上一张靠窗的竹席小床，将窗外晾晒的衣服全部收进，扔在床上，又关上窗户。

"那家酒吧每天晚上都很吵。不过宵禁，12点就关门了。"

"怎么这么早关门？"我拿起窗前桌上的一个玻璃瓶，几只绿萝长势良好。

"就前两个月吧，泰国将军的儿子在清迈酒吧被打，之后那家酒吧被拆了，全城也开始整顿了。"

听她一说，我记得看过这则新闻，好像是被明星的保镖打的。

"也有个别酒吧开得比较晚。"她跳下小床，开始整理晒好的衣物。

稍事休息过后，我们出发前往Maya商场。路过那家喧闹的小酒吧时，我特意扭头望了一眼，那是一个三角形房顶的小木屋，窗户外摆了几张彩色塑料椅，男男女女几个老外坐着抽烟。透过窗户，隐约可见昏暗灯光下的现场乐队和人影晃动。窗户上方是一块块木板拼成的招牌，"MANUNG"几个大字闪烁着荧光。

Maya是当地的一家大型商场，位于宁曼路最北端的十字路口。它的造型简洁现代，外观像是被一片铁笼罩着，门口小广场上有数只彩绘的大象雕塑，引得游人驻足拍照。岩子带着我乘坐升降电梯，直达顶楼。

一大片漂亮的露天景致映入眼帘，轻快的音乐声不绝于耳。十几家餐厅酒吧环绕一圈，开放式空间内皆是俊男靓女的身影。不远处的台阶上，有一个宽阔的观景平台，金黄色灯珠包裹在巨大的独角兽雕塑上，氛围浪漫唯美。我们从一家家餐厅门前经过，路过一支现场表演的乐队，又见到一个正在调制鸡尾酒的帅气酒保。酒保穿着西装马甲，跃动在吧台后面，身前的杯子叠成塔状，比人还高。他双手玩转花样，如同在做一项疯狂实验。摇晃、点燃、倾倒、耀目，幽蓝色的火焰极速得动人心魄，魔幻般飞流而下，散着淡黄色火星在顶端跳跃——声色迷离的夜晚，这样一幕永远能吸引众人眼球。人人都喜欢游走在危险边缘的表演和游戏，我们迷恋烈火与烈酒，那烈酒上的流焰瞬间寂灭，而我们的欲望之火却永恒燃烧。

我们走进这家餐厅，点了两杯鸡尾酒，在音乐中细细品尝酒精的滋味。

"这里好像能看见各国的帅哥呢。"我环顾左右，俊俏的面孔无处不在。

"那当然！"岩子握起酒杯饮了一口，"告诉你，我楼下住了一个长得很像乔尼·戴普的男生，真的超级帅。"

"谁啊？"

"加勒比海盗，杰克船长呀！"她激动起来。

"噢！"我恍然大悟。一张长满大胡子、脏脏的脸冒了出来。

"我们在电梯里碰到过好几次，他很有礼貌。"

那该是一张粗犷的脸吧，但岩子将她邻居形容得很斯文。

回到4号巷口，MANUNG酒吧外依旧徘徊着几个抽烟的人，但屋内的人影稀疏了不少。岩子问我要不要进去喝杯啤酒，我爽快地答应了。

穿过窄小的酒吧门，舞台上的乐队已经散场。随处张望，欧美人、亚洲人、当地人都有。座位几乎坐满，空间却舒适轻松。角落里摆着一张台球桌，两个高个子白人正在挥杆切磋。一位服务生迎了上来，将我们领到空闲的吧台边。

"走，我带你去拼桌。"岩子向服务生摆摆手，领我走向正中央的一张长条形高脚桌。

桌旁坐着两个年轻女生，一个白人，一个当地人模样。另外空出了几张高脚椅，我们便面对面坐了上去。

"你知道不，有时候和女生搭讪，更有趣！"

她点了两瓶啤酒，随即扭头和一旁的白人女生打招呼。对方很随性，我们四人便天马行空地聊了起来。

接近午夜，客人陆陆续续走了几桌。身边的两位女生也移步到门口抽烟，但门外依旧有新客人不断进来。

"这里的店铺和民房挨在一起，吵吵闹闹，居民不会有意见吗？"我问道。

"那也没办法，不过大家好像都睡得比较晚。"岩子看看手机，"快关门了。"

突然，她两眼睁大，怔在那里，视线越过我的脑袋。

"戴……戴普。"她迸出几个字。

我立刻扭过脖子——一个瘦高的男人刚走进门，靠在吧台边准备买酒。他似乎也注意到有人看他，脸转向我们。然后，他缓缓走来，抿嘴微笑，站了刚才白人女生的位置上。

"嘿！"

他穿着一件米白色的棉开衫，脖上挂一条纯白绸巾，头发梳向脑后扎成一撮，露出宽大的额头。五官确实和戴普相似，但白皙的脸庞更加尖瘦，眉眼也多了几分秀气。

岩子一脸欣喜，包含着尴尬，"晚上好……你一个人来的吗？"

"噢，是的。我刚出门，准备喝两杯。"他表现得温和文静，说话也不带任何手势。

"我朋友从中国过来，今天刚到。"岩子的英文不算标准，但非常流利自然。

"我叫爱米。"我说。

"安瑟罗。"他没有动，手依旧撑在桌子上。

"一起喝吧，我们也喝不了那么多。"岩子把她剩下的大半瓶啤酒挪到安瑟罗面前。

安瑟罗抿嘴微笑，算是接受了。他坐下来，开始和我们聊天。服务生过来兜售零食，他买了包花生，请我们一起吃。

"我是个珠宝设计师。"他展开双手，几个造型独特的戒指套在中间三根手指上。他大方地拆下一个，递给我。

　　我接过来，这是一个刻着复杂图腾的银戒指，"啊，这是你设计的？"

　　"这是我在这里买的。"这个法国人咧开嘴笑了，"我是设计了几款戒指，还没有做出来。"

　　音乐停止了，灯光也明亮了起来。多数客人仍然坐在位置上聊天，不舍离去。我们喝光了面前的啤酒，准备离开。

　　岩子放下手机，"有个朋友约我去喝酒，你去吗？"

　　她抬头问安瑟罗，对方非常绅士地应邀了。

　　沿着宁曼路向南走，几分钟后便到了一个异常热闹的酒吧。此时已过午夜，酒吧门口的空地上聚集了大批兴致高涨的人群，还有不少等待接客的摩托车。不停有人横穿马路，勾肩搭背地奔向一条喧闹小巷。

　　岩子带我们跨过马路，一条布满了夜宵店的小巷崭露头角。露天桌椅霸占了大半个路面，年轻男女环绕桌边，享受着夜宵啤酒。一个胖胖的女生迎面而来，身边还带着个高瘦的泰国女生。

　　"这是我朋友珍妮，也住在这里。"岩子用英文向我们介绍。

　　珍妮是中国人，皮肤白嫩，圆圆的脸蛋上配了一双圆溜溜的眼睛，鼻子小巧上翘，个性外向活泼。她看了安瑟罗一眼，然后朝岩子做了一个鬼脸。

　　我们走向巷尾，在一家客人较少的店铺门口坐下。店门边放了一台大彩电，正在播放欧美流行歌曲。珍妮接过菜单，迅速点了几道小菜，又叫了几瓶啤酒。她的泰国朋友稍显安静，但两人亲密有加，不停地交头接耳。

　　我突然来了困意，觉得眼皮沉重，思维迟缓，耳边的音乐也听不清旋律。坐在对面的安瑟罗好像越来越活跃，他不再抿嘴微笑，而是尽情地说笑，展示他明星般的魅力笑容。

　　"有没有人说你像戴普？"我听见岩子大声地说道。

　　安瑟罗扬起嘴角，微微地侧过脸，眼神里含着几分羞涩，如同演戏般做作了几秒，又立刻恢复常态，张开嘴放声笑了。

"啊哈，你说对了。我之前还去曼谷做过商演，就是扮演杰克船长。"他开始毫不避讳了。

几杯酒过后，他愈发眉飞色舞，还问我是不是觉得冷了，主动取下绸巾借给我披。不知说到了什么，他竟哼唱起法国经典歌曲《玫瑰人生》来。

"每当拥我入胸膛——玫瑰人生印眼眶——爱情话语说不尽——情话日日入心房——"

熟悉的旋律冲入耳蜗，我一下子来了兴趣，跟着学唱起来。他转身向店老板要来纸笔，洋洋洒洒地写下了几句法文歌词，一字一句地教我们发音。

"唱得不错。好了，你也得教我唱一首中文歌。"他笑道。

"教他唱《甜蜜蜜》！"

岩子对我说，我便开口教他唱了起来。

"啊哈，这首歌好，我就学这首。"他突然又想起了什么，问我，"你会弹钢琴吗？"

"啊？会一点儿。"我答道。

"为什么中国人都会弹钢琴！"他感叹了一句，我也摸不准褒贬。

"得把酒瓶子收起来了。"珍妮吞吐着香烟，不紧不慢地说道。

店老板走过来，从容地将桌上的酒瓶全部收走，左右各家店里也同样操作起来。

"每晚都有人来检查吗？"我回过神来。

"没事，一会儿就可以继续喝了。"珍妮将烟灰弹到地上。

一个魁梧的白人男子突然走来，向安瑟罗打招呼。他和一群朋友刚刚坐到隔壁桌。他挪来一张凳子，在安瑟罗身边坐下。就在他们交谈之时，他的另一个高个子白人朋友也搬来凳子，坐到了我的身边。

"你好，我叫杰瑞米。"他五指并拢，朝我伸出了手。

"你好，我叫爱米。"这有些突如其来，但我还是伸出胳膊与他握手。

"你来自哪里？"他问我。

"我从中国来，不过我的朋友们都住在清迈。"我答道。

近距离下，他淡得如一张纸，头发和睫毛黄到发白，但长脸和长鼻子显得十分突兀。

他环视了我们这桌一圈，说道，"我来自加拿大温哥华，到东南亚旅行。"

"你去过加拿大吗？"他接着问。

"没有，不过我几个月前刚办了签证。"我答道。当我还在加州时，曾迫切地想要飞到加拿大西北部看极光——后因种种原因放弃了这个念头。

我反问他，"你到过中国吗？"

"没有，我希望有一天能去看看。你如果去加拿大，最好七八月份去，其他时间很冷。"

魁梧男人很快离开，但杰瑞米还一直坐着和我聊天。他为人和善斯文，但略显书生沉闷，加上安瑟罗和岩子在一旁兴致盎然地唱歌，我和他的对话开展得不痛不痒。过了一会儿，杰瑞米回到隔壁桌去了。

就在我们起身买单，准备离开时，他又走了过来。

"我在想，能不能加你的脸书？"他很客气。

"抱歉，我没有用脸书。"我实话实说。

"噢，我好像听说过，脸书在中国用不了。"他继续不紧不慢地说道，"那你有Whatspp吗？或者，你用什么社交软件？"

"我有Whatspp。"我接过他的手机，将电话号码输了进去。

"好的。"他拿回手机，按了几下，非常友好地和我道别。

珍妮和她的朋友骑着摩托车走了，我和岩子、安瑟罗三人沿着宁曼路走回4号巷。我又有了蒙眬的睡意，情绪却随着安瑟罗一同高涨。他时而哼着《甜蜜蜜》的旋律，时而唱起那充满韵味的法语歌曲。一夜疯狂，似乎发生了许多稀奇古怪的事——此时距离我抵达清迈才不到六个小时。

"莫名幸福悄然至——缘由唯我知详细——"

午夜两点，我们漫步在空荡荡的宁曼路上放声高歌。安瑟罗旋转着舞步，脖上的白色绸巾自然地垂着，跟随他的歌声一同在晚风中飘荡。

休长假的力量

一觉醒来，阳光已透过大片玻璃窗洒进屋内。木桌上的那株绿植在我眼前闪动，我从竹席小床上轻松坐起。我眯着眼睛——没戴近视眼镜——扫过大床，墙上的那幅世界地图动了起来！岩子用彩笔勾勒出的一道道边界线条，在金色的阳光下流动着，逐步扩散中不断改变形状，美妙极了！

岩子几乎同时醒来，她伸了伸懒腰，轻轻叫唤一声，掀开被子下床。

"睡得真好！"她走到窗台边。

"早上好啊！"我对她说。

"昨晚太巧了，没想到你来第一天，就撞上了戴普。我还跟他喝酒了。"她一手搭在脖后，扭动着脑袋。

我不由得笑出声来，"嗨，我也没想到，还碰上一个奇怪的加拿大人。"

"我们去吃Brunch，然后叫上连嘉嘉去爬山。"她打开衣柜翻找着，最后换上一件碎花吊带。

走出公寓，朝宁曼路巷口的方向走去，MANUNG酒吧斜对面便是一家小巧的咖啡店。门口十几平方米的小院子绿荫环绕，坐满了年轻的外国男女。走进咖啡店，吧台上装饰着各种手工艺品和绿植，狭窄的空间别具格调。

"这里的生意真好啊！"我感叹道。店内仅有的几张座椅也被占满，只能站在吧台边点餐。

"是啊，下午就没得吃啦。很多老外粉丝每天早上都来。点这个三文鱼法包，再来一个牛油果三明治，怎么样？"她在菜单上比画着。

很幸运，几分钟后小院里便空出一桌，我们立刻转移过去。

"没想到清迈的外国人这么多。不过，这里的环境真好，出门几步就有各种咖啡馆和酒吧，既文艺又小清新。"我靠在椅子上。左右都是惬意交谈的客人，烘托出这个温馨舒适的早晨。

"是的，很多外国人住在这里，都是长居。我也很喜欢这里，一待就是三年。"岩子双手合十，放在脑后，大口地呼吸。

"还可以找个外国男朋友。"我打趣道。

"有找过啊，感觉不太合适。年纪小的幼稚，比我大的也不懂包容，连煮个土豆都能吵起来。我说多加几次冷水，他说浪费，就用热水一直煮。"

"啊哈哈……"

色泽明亮的早餐端上桌。一颗饱满的太阳蛋铺在长条形的面包上，纤细的芝麻菜和一粒粒番茄丁散在蛋上，红绿搭配得恰到好处，几块牛油果盖在顶上，堆成一个漂亮的形状。

"你先吃！这家店的三明治非常有名。"岩子掏出手机，"我给连嘉嘉发个信息。"

我也打开手机，清迈到处都有免费的WiFi可以蹭，经过每家店铺，几乎都能自动连上网络。

我打开Whatsapp——平时并不怎么用，才看到杰瑞米两个小时前发来的信息。他约我一起吃Brunch。

"抱歉，我今天要和朋友去爬素贴山，晚点再联系。"我回复道。

连嘉嘉把她妈妈也带来了。阿姨保养得很好，穿着打扮颇有气质。我们坐上一辆大红色双条车，往城市西边驶去。

"阿姨，这几天都去哪里玩了啊？"岩子问道。车上很颠，她的话音也轻微颤抖。

"也没去哪里。去了那个叫什么酒店……邓丽君去世的地方。"

"美平饭店。"连嘉嘉插道。

"对对，就去美平饭店参观了一下。嘉嘉她每天都很忙，没时间带我出来。"

"哎呀妈啊，你不是才来几天嘛。今天不就带你来爬山了嘛！"连嘉嘉在一旁挤眉弄眼。

"我觉得清迈这个地方，养老倒是挺不错的。"

"妈啊，你真的要在这里长待啊？"连嘉嘉把话抢去。

"你都要在这待，我就不能啊？"阿姨拉下脸来。

我一路傻笑着，倒不是听她们说了什么笑话，而是双条车颠簸厉害，我没法控制自己的表情。十几分钟后，车子经过清迈大学，不久就停在了一处山脚下。

这里是个十字路口，马路对面好像有一处神像。沿着缓缓的山坡而上，是一排卖香烛鲜花的窗口铺，窗口下标着商铺编号，从"1"开始共有十家。岩子没多解释，只说要进去拜拜，我们便各自买了一套拜神用品。穿过马路，台阶下摆了几十双鞋子，我担心出来会找不见自己的，便把鞋子脱在一旁角落。

简单拜过之后，我们启程往山上走去。

"泰国走到哪里，香火都很旺。"阿姨说着，将箍在帽子上的墨镜戴起。

"天亮前来的话，还能看见上百个僧侣在路边化缘。"岩子边走边说，"山上有个双龙寺，很出名。不过我们今天随便走走，就不去那里了。"

我们在山间漫游了一个多小时。途中见到一条害羞的小蛇，当我们惊诧于它的出现时，它先是一动不动，然后慢吞吞地溜进了树林。接着路过一处山涧溪流，一个年轻的外国男子上身赤裸，在水边的石头上锻炼。他盘腿打坐近二十分钟，然后开始各种高难度的瑜伽动作。我们的目光都被吸引而去，看他将身体的每个部位拉伸到极致。那修长的四肢和结实的体格，在大自然的包裹下，呈现出一幅美妙绝伦的画面。

从素贴山下来，在清迈大学附近吃了一顿越南菜，又乘坐双条车回到宁曼路。

"一会儿我和珍妮去游泳，你们去吗？"下车之后，岩子问我们。

"疯狂的珍妮？"连嘉嘉阴阳怪调，"你们去呗，我按摩去！"

"我和你一起去按摩吧。"我说道，"阿姨呢？"

"我不去了，回家睡一会儿。"

阿姨和我们摆摆手，径自过了马路。岩子也往家的方向走去，我和连嘉嘉便沿着宁曼路，找了一家小小的按摩店，到二楼做全身指压。

"为什么叫疯狂的珍妮啊？"我换好衣服，躺在按摩床上。

"哈哈，虽然她话不多，看上去一本正经，但有时候她疯疯癫癫的。"连嘉嘉躺在隔壁的床位，"她也喜欢我们这么叫她。"

一个小时后，连嘉嘉才从睡梦中醒来，她说困得不行，回去睡觉了。岩子已经出门，晚饭后才回来，让我自己在附近转转。我便自己到一楼做脚底按摩，寻思着稍后的安排。

一个年轻人走进按摩店，一边用粤语打电话，一边随意在我旁边的按摩椅上坐下。他好像在说要将什么东西转交给一个朋友，打完一个电话，又打了另一个，声音不大，倒也成了空荡安静的按摩店里的主旋律。替他按摩的胖阿姨刚抱起他的脚，他又立刻接电话起身，朝门外走去。我看见路上的男人给了他一包东西，他又返回店里。

"Sorry sorry……"他点了几下脑袋，朝我们说道，继续坐回按摩椅上。

　　店里只有我一个客人，其他店员也都点点头微笑。我说了一句中文，"没事。"

　　"噢，你也是中国人噢？"他侧过脸来，普通话讲得很有趣。

　　"是的。"我说道。

　　"那你也是过来玩的噢？"他瞪大眼睛，眉毛形成了倒八字。

　　"对啊，我有朋友在这里。"面前替我按脚的胖阿姨抬头看了我一眼，见我也在看她，又低下头去。

　　"那你第一次来吗？"他很有兴趣聊天似的，"我来好几次了，我也有朋友在这边。"

　　"对，昨天刚到。"

　　"我来学东西，加玩。"他稍微侧了点身子，"我过来学这边的汤粉。"

　　"你来学煮菜的？"

　　"对啊，我这里的朋友帮我跟人家谈，教我煮这个东西。我就想回澳门开，觉得这个口味适合我们那边的人。"听他说话真好玩。

　　"看来你是吃货。你是澳门的啊？"我问。

　　"对啊，那你从哪边过来的？"

　　"另一个门，厦门。"

　　"啊？厦门是不是说闽南语的？我也会说闽南话，我在澳门有好多福建朋友……"

　　我们越聊越起劲，他说附近有一家汤粉做得特别地道。按摩之后，我们便一同往8巷走去，在一排民房的楼下找到了那家简陋的小吃店。浓郁的香味扑鼻而来，留着胡子的老板正操着汤瓢，盛出一碗碗鲜美的汤粉。这里的粉不仅味道鲜美，价格也只有宁曼路主街上的三分之一。

　　饭后，岩子发信息说已经游泳回来，让我去店里找她，我便和这位连名字都不知道的朋友告别，匆匆往回走。

　　在店里玩了一会儿，杰瑞米发来信息。

"来Warm-up吗？就是昨晚夜宵对面那家酒吧，我和两个朋友在这里玩。"

看看时间，9点左右。我问岩子去不去，她说今天太累了，要回家休息，让我去玩一会儿，早点回去。

我又朝刚才汤粉的方向走去。Warm-up酒吧在靠近12巷的主街上，是宁曼路上最热门的一家夜店。夜色下的宁曼路，开始了它的妩媚多姿。我望着两旁乐在其中的人群，突然觉得这两周待在这条街上就已足够，它好像一个百宝箱，能满足我吃喝玩乐的所有需求。

杰瑞米在酒吧门口的小空地上等我，他穿着一件白色背心，一条宽松的大短裤，脚踩哈瓦那人字拖。远远看过去，他像是一根高高竖起的竹竿，在四周摇晃的男女中异常显眼。

"嘿！"他微笑着，表情和昨天一样，略为寡淡。

我也挤出一个表情，随他一起进入酒吧。

音乐动感而狂躁，整个室内的人都在上下左右地蹦跶。我根本看不清店里的通道和格局，昏天黑地之下紧紧跟着杰瑞米，走到一面墙边的沙发旁坐下。

一个二十岁左右的白人男孩双手撑着脑袋，坐在我对面。他似乎又醉又困，眼皮懒懒地抬了一下。

"这是蒂姆，英国人。"杰瑞米向我介绍。

我身边的沙发上坐了一个泰国女孩，Coach手提包放在桌上，她的朋友坐在蒂姆身边。不知道是不是因为我和杰瑞米过来的缘故，她们不久就走了。

"她们居然叫我买酒。"瘦小的男生又抬起眼皮，恢复了一些精神。

"我当然没有买。"他说话时面部表情很丰富。

一个漂亮的金发女人舞动身姿而来，猛地坐到蒂姆身边，一手紧搭在他的肩上。

"嘿！你好吗？"她热情洋溢，露出一排洁白的牙齿。

"你好，我是爱米。"我朝她微笑。

"我叫劳拉，是杰瑞米的校友。"她开朗奔放，且彬彬有礼，笑起来如同牙膏广告上的代言人。

"你怎么了蒂姆！起来跳舞，别懒懒地坐在这儿！你喝多了吗？"她摇着蒂姆的肩膀，两人关系十分亲密。

"他是我非常好的伙伴，我们在越南丰芽的一个青年旅舍里认识的，他那时候就睡在我隔壁的床位。"劳拉微笑地叙述着她和蒂姆的故事，如同在发表一场获奖感言。"我们立刻爱上了对方，之后一同在东南亚旅行了五个月，见独一无二的风景，去各种疯狂的派对……噢！他一般不是这样的，今天喝得太多了！"

杰瑞米只是微笑着听，偶尔应和几句。蒂姆突然精神起来，眉飞色舞地补充着他和劳拉的故事，言语动作如同女孩般温柔娇弱。他们欢快地搂抱在一起，好似一双姐弟。聊了一会儿，他俩起身朝舞动的人群中奔去。

"我们还是去昨天那里吧？"杰瑞米对我说。

求之不得！这里的环境震耳欲聋，我只感到脑浆也随之晃动起来。走出酒吧，穿过马路，我们来到昨天那条夜宵巷子。

"呵呵，你也看出来了吧？"他低下头问我。

昨晚一直坐着，并没有感受到杰瑞米的身高，此刻我站在旁边，似乎只达到他胸部的位置。

"你是说，蒂姆是……"我小心翼翼地回答。

"是的，他是。"杰瑞米说，"他非常有趣，如果下次你有机会看到的话。"

"劳拉是你校友？你们结伴旅行吗？"

"我们之前都在维多利亚大学念书。不过，我们各自在东南亚旅行，偶尔几段行程碰在一起。"

此时还早，整条巷里的客人不多。我们一边聊着，又走到昨天那家摊位。

"劳拉说她在东南亚待了好几个月。"我坐在昨天同样的位置上。店门边的彩电正放着《Sugar》，轻快的旋律令人忍不住想要舞动起来。

"嗯哼，她半年前就出发了，我比她晚一点。"杰瑞米说完，点了两瓶啤酒。

视线不由得被电视上的MV吸引过去，一对对新人脸上惊诧而激动的表情完全抓住了我的注意力——如果某一天，我的婚礼上也突然闯入了大明星为我歌唱，那会是怎样的混乱情景！

我意识道自己走神了，立刻扭过脑袋。望着杰瑞米，他看上去比我大不了几岁，之前应该也在工作。"所以，你是辞了工作出来旅行吗？"我问道。

"是的，我之前在银行工作了几年。不过，太枯燥了。嗯哼，事实上我也赚了一笔钱。"他坦然地说着。

"你认为一个人出来旅行，怎么样？"他随即问道。

"嗯，对我来说……一个人虽然会害怕，但是走出来后，结交到了新朋友，这种感觉真的很好。"我不好意思地笑笑。我不知道对于杰瑞米这样高大的西方人来说，走进东南亚国家会不会带有一丝畏惧。

"我很认同。"他点点头，"不过我和你聊聊另一个话题。"

杰瑞米喝了一口啤酒，他的脸本身带着一种淡漠，不刻意微笑的时候，散出一种严肃的气氛。

"我看过一个TED演讲视频，大概是关于长休假的好处。主讲人说到，我们用生命的前二十五年学习，中间四十年工作，最后十余年过退休生活，那为什么不可以将若干年的退休时间打散，穿插在之前的工作年头里呢？我觉得他说得很棒，这确实很有意义。"

"你是说……三五年左右，便休一段时间的长假吗？"我脑子里飞快计算着。

"是的，这是一个大胆的提议。乔布斯、扎克伯格，他们都曾来东南亚待过一阵，学习瑜伽并找寻各种灵感。"

"是挺好的……不过，很难想象很多公司会这么人性化。"

"已经有很多知名人物和公司这么做了。"他娓娓道来，"谷歌公司给他们的软件工程师百分之二十的时间去做自己想做的项目。巴塞罗那有一家很火的餐馆，每年能收到两百多万份预订，但依旧只营业半年，另外半年让员工放假，去尝试新的菜品。我认为很多新成果，确实得益于长假中的私人时间。这一年的收获，便是未来五年工作的创作源泉。"

"嗯……"

我若有所思。我将这种假设放在中国，如果到了五年，对于一个正在拼命赚钱的事业人士而言，他会放弃良好的工作岗位和机遇，投身于长达一年的长假中去吗？他会舍得将自己辛苦经营来的很多关系暂缓一段，而只是出门游山玩水吗？不太会。但会的人大有人在，比如我自己。可笑的是，我并不像杰瑞米口中的那些名人或公司，很明确地知道自己只是在放一个长假，而是漂浮在不确定之间，挣扎着，探索着——现在我在做什么？之后呢？此时，杰瑞米在眼前，我恰好可以听听他的想法。

"你也是在给自己休长假吗？"我问。

"呵呵，说实话，我没有十分明确的目标，我只想好好放松放松。之前的工作，我真的不喜欢……"他大口地喝酒，"一个月前我在巴厘岛待过一阵，学了些瑜伽，感觉很好。"

"这几个月，我尝试了很多新鲜的东西，还有很多我从未见到过的景色和文化……我被迷住了，我应该会继续在东南亚待一阵子。"他还是微微地笑。

我不敢想象这样长时间的旅行在外，其间不回到原点。不过转念一想，时光荏苒，我在国外生活的个把月时间飞速得犹如白驹过隙，那么连续大半年甚至好几年在国外求学、旅居，其实也就转瞬即逝。如果还想探索，就背起行囊继续漂泊，如果寻得一处妙地，就像岩子这般留下。但我似乎更加渴望杰瑞米所说的休长假的力量，它如同一个核心，让我这几个月以及接下来的时光，变得更有逻辑可循且有意义。

喝完啤酒，我们回到Warm-up。蒂姆已半瘫在劳拉身上，在门口的空地上和我们告别。四周各种嬉笑打闹，如同中学时期课间后的走廊。

"爱米，明天记得来我们的告别派对！"劳拉显得特别开心。她像一个老大哥，半搂着蒂姆向宁曼路的另一端走去。

"呵呵，她喜欢你。"杰瑞米微笑着说。

"什么派对？"我问。

"噢，她和蒂姆后天就离开清迈了，明晚欢送他们。"

好吧，各种名头的派对。来自寒冷西方的伙伴们，彻底在热情四溢的东南亚放纵不归了。

奇怪的五人组合

早上10点，我和岩子已从Maya商场的地下超市满载而归。菜一份份切好，电磁锅搬到了窗边，火锅汤底上冒着金黄色的泡泡，浓浓香气挥发向窗外。我将桌上的绿萝往一边移了移，以免它娇嫩的叶子被麻辣味熏蔫。阳光45度角，吃着火锅放着歌，我哼唱安瑟罗教的那几句法语歌词，心情如同外面的蓝天一样清澈。

"嗯……这里的猪肉吃起来味道不一样。"我夹起一块五花肉塞进嘴里，柔软中带了些黏黏的弹性。

"不腥吧？是不是还有一股香味？泰国的猪从小就阉割过了，生肉也闻不出腥味。可能品种和养殖的方法也不同。"岩子吃得津津有味。

"好像是,刚才切的时候也没有闻到。"我又夹了一块,细细品尝起来。

"你不知道,我在南法的超市买过一次猪肉,味道太膻了!如果猪肉有难闻的味道,我就不想吃了,宁可买羊肉。"她觉得有些辣,将白菜在水里涮了涮,"我有个朋友吃素,她说动物在宰杀的时候会释放出毒素,所以吃肉不好。但我不行啊,无肉不欢。"

"啊,我也是。"

这么一个艳阳高照的中午,我们开着窗,对着热气腾腾的火锅吃到满头大汗,然后轻松地躺在席子上睡去。直到珍妮的电话响起,我们才从美梦中醒来。

"我和珍妮去游泳,你呢?"岩子扎起短辫,在衣柜里翻找着,"这件背心怎么样,会不会太露?"

"这件好性感啊。那我和杰瑞米去找他朋友玩了。"

"好,晚上早点回来。"

我戴上一顶粉色鸭舌帽,换了条满身圆点的连衣裙,踩上岩子的人字拖,跟她一起走出绿树成荫的4号巷。

杰瑞米约了我3点,在宁曼路一家紫色的银行前会合。那家银行的占地面积很大,亮紫色招牌长长延伸开,是个非常明显的标志建筑。时间还早,我便慢慢地沿着街道踱步。褪去了夜晚的灯光闪耀,太阳下的宁曼路露出它真切的模样——低矮的房屋漆着各种清新色彩,楼上是居民楼,楼下是挂着花花绿绿英文招牌的小商铺,树木绿植不规则栽种着,点缀整片街区。街道两边随意停放着小汽车,人行道上方是密密麻麻如拉面一般的电线,与茂密的树枝纵横交错。街边那家杧果糯米饭依旧围满了游客,其中不少是中国姑娘。我不愿排队,心想哪天人少了,再去买一份尝尝。

一家咖啡店门口出现了熟悉的身影。扎着小辫的安瑟罗正坐在露天座椅上，潇洒晒着太阳。我经过他面前时，他眯着眼睛盯着我。

"爱米！"

"嘿，你一个人在这儿？"我停下脚步，走到他面前。

"嗯，我在等一个朋友……"他吞吞吐吐，显得并不开心，"我想，她可能不会来了。"

"噢。"

我坐了下来，欣赏起眼前这位颇有艺术气息的法国男人。他依旧穿得十分飘逸，配合着嘴唇上下两道相互垂直的胡子，有些仙风道骨的味道。

"你可以坐一会儿，这里的咖啡不错。"他抿着嘴，和那晚第一眼见到的感觉一致。

"是吗？我还真想尝尝。"我拿过菜单，点了一杯混有威士忌的咖啡。

和安瑟罗面前那个小小的陶瓷咖啡杯不同，我的咖啡装在一个大大的骷髅头形状的玻璃杯中。我小小惊叹了一声。

"怎么样，教你的歌学会了吗？"他问。

"啊，差一点……但是那些法语歌词，真的很优美。"我说道。

他微微皱起眉头，像是一个对学生作业不太满意的老师。"你得多加练习了，我的甜蜜蜜可是全部都会唱了。"

快到3点，我匆匆和安瑟罗告别。因为先走，我将他的咖啡也一同付了。他终于有了些表情，露出大大的笑容，说非常感谢。

抵达紫色银行时，杰瑞米还没到。我靠在路边的栏杆上，面前有一辆小皮卡车，后斗改成了料理操作台，车主正在兜售类似粉面一样的小吃。车边摆了几张简易桌椅，几个游客低头吃着。

几分钟后，杰瑞米向我走来，他依旧穿着背心短裤，一双人字拖，两只眼睛半吊着，不知是因为太阳太大，还是没有睡醒。

"先去我朋友的公寓，他们正在游泳。"他露出他特有的微笑。

我发现他的嘴唇是上翘的 M 形。

"谁？"

"蒂姆，还有另一个加拿大朋友。"

我们迈向 7 号巷，又拐了两个路口，走进一幢十来层高的公寓楼——这算清迈很高的建筑。露天泳池位于四楼，这里零散地躺着四五个住客，没有人下水游泳。两个光着上身的年轻人远远朝我们招手。

"嘿，保罗。嘿，蒂姆。"走到面前，杰瑞米向他们打招呼。"怎么不下水游泳？"

蒂姆和一个皮肤晒成姜黄色的亚洲人席地而坐。他们眯着眼睛，抬头望我们。

"难以置信！这水太冰了，我跳下去又弹上来，不信你试试。周围这些人也都不敢下水，我还是在这晒晒太阳就好了——这是你认识的新朋友？你好，我叫保罗，加拿大人。"

这个亚洲面孔上是一双饱满的嘴唇，颧骨略高，鼻梁笔挺成鹰钩状。他噼里啪啦地说着，似乎不给我们搭话的空间。等他突然停止时，我们倒没有反应过来。

蒂姆还是一副懒洋洋的样子，他半仰着，双手撑在后面，显得细腰瘦臂，"我昨晚见过你，我那时喝得太多了……这几天夜夜派对，我要虚脱了。我现在还在宿醉中。"

"噢，我也是，还在宿醉。"杰瑞米说着，替我挪来一张躺椅。他自己则和他们一起，坐在地上。

想起那部关于宿醉的搞怪电影，我坐在椅子上，不经意笑出来。

和他们围成一圈，场景有些尴尬。阳光很刺眼，除了我，每个人享受着日光浴，精神不佳地闲聊着。我不太能融入那些对话中去，除了大量俚语障碍，更多源于文化壁垒——他们所讲的八卦，我没法快速地消化吸收，并反馈见解。保罗的口才特别好，说起英文滔滔不绝，从他的言行举止来看，应该是个纯正的"香蕉人"。他很有讲话的天赋，能连续说上好几分钟——如果不是照顾我们，他或许能说上更久——如同发表演讲一般，嗓音也淳厚动听。

旁边走来一个外国中年人，应该是躺椅上那个女人的丈夫。保罗和他目光相对，打起招呼。

"嘿！你好吗？你从哪来？我是加拿大人……噢是的，水很冷……"他大声说道。

杰瑞米歪过脑袋，抿嘴笑了起来。

保罗又转回来，"每次碰见新的朋友，他们说'噢，我知道，你从泰国来的，你从中国来的……还是越南？'啊哈哈哈！我说'不，我是加拿大人！'每一次我都这么跟别人说……"保罗两手比画着，看向我，"那么你觉得呢？嘿，爱米，你说我像哪里人？我会说中文……"他开始说了一句非常别扭的中文，"握是——中果人——握很帅。"

杰瑞米和蒂姆被逗笑了，我也忍不住大笑。想到我最早接触到的加拿大人，应该是那个不远万里来到中国的共产党员白求恩，"一个高尚的人，一个纯粹的人，一个有道德的人，一个脱离了低级趣味的人，一个有益于人民的人"，我依旧能记得这句话。眼前这个黄皮肤的加拿大人十分幽默，他若不是特意解释，我也不会在意他的国籍。

离开泳池前，保罗勉强跳进水里游了两圈。之后蒂姆随他回房间换衣服，我和杰瑞米坐在楼下大堂的沙发上，等他们下来。

"保罗很有趣，他是一个电台主播。"杰瑞米对我说。

"原来如此，他的口才很棒。"我回应道。

"一会儿我们去吃晚饭，劳拉也来。她昨晚回去以后吐了，早上人不舒服，到现在才起床。"

"她昨晚喝得很多吗？离开时还挺清醒……"

等到保罗和蒂姆下来时，他们俩已恢复了精神。保罗更加口齿伶俐，蒂姆原本暗淡的眼神里也有了光彩。

走到宁曼路的"DUDE咖啡"，我们跨上几级台阶，坐在靠近街边的座位。

"哥儿们，这道菜怎么样？"保罗转过身子问。隔壁的一桌老外正要买单。

"不错，你可以试试！"那个壮男人留下一句话——他明明只吃了一半！

保罗便点了那道看上去很普通的炒肉片——他怎么想的？蒂姆翻着菜单上，点了一份炸春卷，杰瑞米吃炒粉，我要了一份蔬菜。每人又各自点了一杯酒。因为我戴了一顶粉色帽子，他们建议我喝"Pink Lady"（红粉佳人）。

店里播放着贾斯汀·比伯的《Sorry》，蒂姆整个人兴奋起来，他随着旋律哼唱，上半身不停地扭动，表情丰富多彩。这个年仅二十岁的英国年轻人，在东南亚乐不思蜀了。

"耶伊耶——现在说抱歉是不是太晚？我想念的不仅是你曼妙的身躯——"他哼唱着，问我，"你喜欢贾斯汀·比伯吗？他的每首歌我都会唱。"

"嗯……是的，我听过不少他的歌曲。"我说。

"他是加拿大的一张名片。"杰瑞米说，也没有表露出喜好。

保罗尝了一块肉片，眉头皱起来，"那个哥儿们说这个不错？天哪，你们想尝尝吗？"接着他又问我——他真是一刻都不愿意安静！"爱米，你打算在清迈待多久？之后还要去哪儿？"

"下周就走了，回去过我们的新年。要尝尝我的吗？"我说道，面前这道蔬菜不错。

"对对，中国年。嗯……这个菜不错！我喜欢这个番茄——所以，你只是短途旅游喽。那你喜欢白人男孩吗？"他转换话题之快，令我来不及接应。

"啊？"我看着保罗，又望了蒂姆一眼，没有作声。

"噢是的，你喜欢白人男孩吗？"蒂姆也眨着眼睛盯着我。

“嘿，伙计们。”

劳拉恰好赶到，她跨上台阶，坐在我的身边。她脸上挂着笑容，但看得出来状态欠佳。昨晚灯光昏暗，我没能看清她的模样，此时我才细细打量这个丰腴性感的可人儿来。她暗金色的直发稍显凌乱，自然地披在后背，一身在当地商店随处能见的泰式花布裙，斜挎一个绿色手工刺绣布包。她的脸色有些暗黄，脸颊带着大面积的雀斑，睫毛根部还沾着没有洗净的眼线残留。或许是由于没有洗头的缘故，她带着一股刺激的味道。

“抱歉，我迟到了。唉，太可怕了，我今天觉得非常糟糕。你们看得出来吗？我还在宿醉当中。”她挤出笑容，双手握着放在桌上。

“噢天哪，我也是。现在感觉好点了吗？”蒂姆伸出手，抓住了劳拉的手腕。

“你吃点什么吗？”杰瑞米问道。

“不了，我吃不下。”她郁郁地说，随即看了一眼蒂姆杯中的酒。“这是什么，好喝吗——嗯，确实很酸，”她接过蒂姆递过来的杯子，尝了一下，又分别尝了我们三人杯中的酒。“我就点这杯酸的吧。”

她将胳膊横在桌上，我不经意看到上面细密的浅黄色手毛。她们剃手毛吗？我想着。说不定剃了之后容易引起皮疹——有时候我也会发几颗小红点，不过她或许并不在意有没有手毛。

“我直到凌晨四五点才睡，脸书上还有好多评论来不及回复。他们都说我照片上胖了！天哪，这几个月时间，我长了十几磅。”她说道。

“哈哈，还记得我们在越南喝的咖啡吗？”蒂姆咯咯笑起来，“加了炼乳和生鸡蛋黄的，那一杯相当于好几品脱冰激凌的卡路里呢！”

“噢，是的，太酷了。路边有卖我都要喝一次。好吧，看来我晒黑的速度是赶不上我长胖的速度了。虽然为了怕晒伤，我还是有偷偷抹一些防晒霜——别取笑我，说不定我所有的小雀斑都能连成一大片，看上去就像漂亮的小麦色了呢。”

“我很喜欢你和那些当地人的合照，看上去很棒！”保罗饮了一口酒。

“是的，我经过的地方，人们都很友善，并且都很安全，尽管媒体将我们引导至负面方向。我认为微笑是个非常好用的国际通用语言，它能达到预想不到的效果。看到每一个当地人，我都朝他们笑，尽管我经常笑得太夸张了，像个外国傻子，不过大部分时候，他们回以我同样恶作剧般的笑容。有时候我在餐馆看见独自一人的背包客，我就直接过去和他打招呼，然后我们就一边吃一边分享彼此经历到的故事。”

“听上去很有趣，会有很辛苦的时候吗？”我问道。

“是的，有时候晚上睡得不太好。我遇过好几次臭虫，只能加几美金换个干净的被单，或者从五美金一晚的宿舍换到十美金一晚的单间里。你知道吗，有时候在三十个床位的宿舍里，我不得不在耳塞外再加一个耳机，你懂得的——”她淡然地说着，脸上没有一丝失意，“旅行不总是魅力无限的，尽管 Instagram 上的照片都表现得光彩夺目。它同样让你疲惫、挫败、生病或者孤独，不过这些很快会在强烈的感恩与快乐中消逝，路上的美景、慷慨的陌生人、听到的新鲜故事、街头小吃和便宜的按摩，这些让我每一天都能扬起下巴微笑……”

我静静听劳拉讲述，她身上带着一股大姐姐气息，沉重而包容。

“亲爱的大家，一会儿什么打算？”蒂姆说话带着撒娇。他依旧沉浸在贾斯汀·比伯的歌曲中——这家店铺连续播放了好几首比伯的歌曲，每到新的一曲开始时，他都十分雀跃，晃着脑袋等待过门，然后在精确的时刻唱出首句歌词。

“现在还早，我们先去买点酒，然后到杰瑞米的公寓喝。怎么样？”劳拉提议。

"嗯哼，没问题，我那里正好有个客厅。"杰瑞米的眼神飘过每一个人。

"听起来不错。我们可以去7-11超市买酒，比较便宜。"蒂姆也发表了意见。我随即附和。

"事先申明，各位，"保罗插道，"我得回公寓录我的播客，晚一点再找你们集合。"

"什么电台，我能听吗？"我很好奇。

"当然，你把你的手机打开，Podcasts——对，我来输。"

保罗接过手机，按了几下又还给我。我看到了一列他的大头像，粗略扫过，隔几天就有一期音频节目。根据各个标题，可以得知大致是心灵鸡汤一类，比如"为何你必须马上行动""度过了糟糕的一天你该怎么办"，或是"如何面对你的恐惧"，等等。

"谢谢，我回去听。"我向他道谢。

隔壁桌来了四个当地年轻人，保罗说要问一家迟关门的酒吧，便与人搭讪起来。这四人的英文似乎都不好，托马斯反复说了好几遍，他们还是面面相觑，相互窃窃私语。最后，一个带牙套、短头发的女生认真地回复了几句话，在保罗的手机地图上标出一家酒吧。

"OK！非常感谢！"保罗转回身子，颇有成就感，"凌晨3点才关门。一会儿我们就去这里！"

饭后，杰瑞米要来账单，大家都自觉掏钱AA。

"等等……不，爱米，你不需要给这么多。"劳拉认真地找出几张零钱给我，弄得我很不好意思。

"各位，一会儿见！"出了餐厅，保罗甩下一句话，快步走了。

我们沿着宁曼路散步，走向杰瑞米住的第5巷。接下来发生了一件极为尴尬的事——岩子的人字拖崩断了！我停在原地，满脸涨得通红。

"怎么了——"劳拉回过头，"噢，让我看看。"她低下身，接过一只拖鞋，试着将鞋带穿回去。

"不行……那个口子裂开了。"我拿回拖鞋。

杰瑞米和蒂姆也转身走回来。"我们去找一家鞋店。"杰瑞米说。

我光着一只脚向前挪步，查看沿街店铺。眼前就有一家鞋店，我立刻走了进去。

"一千二百泰铢！"劳拉盯着架子上的价格，"这些鞋子太贵了。都是皮质的，我们不需要这种，再去前面找找。"

"我去对面那家7-11超市看看。"杰瑞米大步穿过马路，留下我们三人在鞋店门口等待。

"啊，他是个非常好的人，"劳拉的眼神望向马路对面，深情地说着，仿佛自言自语，"他一直都是这么好。"

嗯，友好的加拿大人……我随着她轻微的点头，又一次想起白求恩，还想起在伊朗内乱时救出美国人质的加拿大大使——他好像有个亚洲妻子。而眼前这个徘徊在便利超市的加拿大男人，一样有着一颗热忱的好心。他可能住在温哥华郊外的某个社区，有一对相爱的父母和两个同样高大的兄弟，他对人热情礼貌，不擅长表现出喜怒哀乐，最喜欢上的课是经济学理论，受到班里男生女生的尊重信任，他很少发火，唯一一次动怒是在他兄弟的婚礼上，全因他那个缺乏安全感的金头发女友——她借着酒醉朝每一个宾客叫嚷"我不认识你吧"，而导火线仅仅是因为他在婚礼上忙得冷落了她。

"瞧见了吗，他的脑袋，他太高了！"劳拉笑道。

我的视线越过马路，向超市的大片玻璃墙里搜寻。一个高高的人头出现在货架上方。

"嗬，是的，我看见了。"我忍不住笑出声。

几分钟后，杰瑞米空手而归。我们继续前行，一路张望。平日里觉得这条街上充满各种精品店，可此时找起一双拖鞋竟如此艰难。劳拉和蒂姆一左一右扶着我的手臂，同样急迫地寻找着，不仅缓解了我的尴尬，还令我有些感动。

"那家店说不定有呢——"蒂姆指着街对面的一家小店，"天哪，那是什么乱七八糟的名字！"

我跟着他们快步穿过马路，抬头看了眼门上招牌。一颗玫红色的猫咪脑袋上戴着一副墨镜，旁边的黄色的蕾丝边上写着"Pink Pvssy"——怪怪的感觉！

"太好了，这里有！价格还不贵，一百二十泰铢。"劳拉在最矮一层的货架上找到了。那里凌乱地摆着几双色彩鲜艳、镶着水钻的凉鞋。

我挑了一双最小的，踩在脚上试了试，大小正合适。

"等等，这个带子有问题。"劳拉拿起一只鞋子，带子上的装饰断了一截。

我和她蹲下，又翻找出几只，不是尺码太大，就是有同样的瑕疵。我一心只想穿上鞋，不太在意。但劳拉再次发挥出了一个大姐的热心与气势，硬是和店员砍掉二十泰铢的价钱，杰瑞米也在一旁帮忙——友好的加拿大人！我生出好感。

走出店铺，脚上重获安全感。这里的7-11超市不少，我们走到杰瑞米公寓附近的一家，买了一瓶威士忌和几种配兑的饮料。

公寓楼的名字是"棕榈泉"，不免使我想起加州沙漠中的496来。清迈的公寓楼似乎都设备齐全，停车场外有保安岗亭，大堂有前台客服，而这里的每层楼内还多了一道玻璃门禁。

劳拉帮我们准备美酒，杰瑞米从卧室内搬出苹果电脑，蒂姆在网上找了几首歌曲视频，开始欢快地跳起舞来。之后的两个多小时，我见识到了蒂姆和劳拉这对活宝，是如何在舞蹈中找寻快乐的。

蒂姆夸张地晃动全身，一时双手反复拍肩，一时扭腰摆臀，一时又迅速蹲下如蛇般起身，表情丰富多彩，动作夸张滑稽，但他却十分认真卖力，沉浸在自己的演绎中。劳拉有过之无不及，她发出大笑的声音，竭力配合蒂姆做好每一个动作，不时用语言和尖叫刺激他更加疯狂。杰瑞米端着酒杯倚靠在沙发扶手上，一边和我碰杯，一边笑看他们表演。

"爱米！你坐在那里干吗？快来跳舞！"蒂姆将我从沙发上拖起，和劳拉一起把我围在中间。"你学着视频里的动作——对，就这样！"他喊道。

我哭笑不得，手脚不听使唤，每个动作都僵硬无趣，我尽量想大胆融入他们，但好像无法放肆地展现自我，像他们那样不顾形象地尽情舞蹈。

"噢！不行不行，你等等——"这个瘦小的男生停住了。他跪在电脑前，翻出那首风行一时的《玛卡雷娜》。

明快熟悉的旋律响起，令人心情愉悦。蒂姆和劳拉会心一笑，将我夹在中间，站成一排，开始了教学模式。

"一只手！另只手！翻手心！放肩上！交叉！抱头！放臀边！伸出来！拍屁股！扭一扭！侧过身！再一遍！"

蒂姆有节奏地喊着，劳拉在一旁做同样的动作。我快笑趴在地上，又跟得手忙脚乱。杰瑞米也认为很好笑，他放下酒杯加入进来。几次下来，我终于能完整地做完一套动作。蒂姆又开始让我模仿更加夸张的动作，我索性干掉半杯酒，抛开所有杂念，和他们一同在这个十平方米的小客厅内尽情跳着。

接近10点，保罗到达公寓楼下。杰瑞米换上一件长袖白衬衫，拖鞋也变成了休闲鞋，十分正式。我们五人一行，打了一辆Uber，前往酒吧。

酒吧内挤满当地人，似乎没有老外的面孔。杰瑞米的个头和衣装——白色衬衫在灯光下很亮眼——在这里格外引人注目，我依旧戴着那顶粉色帽子，遮挡了不少晃眼的射灯。保罗结束工作，全身放松，迅速进入了角色，自我陶醉起来。我们五人，如同一伙怪异的不速之客，闯入了这个当地人的集会场所，周围不断有人投来目光，惹得我浑身不自在。劳拉和蒂姆在座位边待了一会儿，就转移至最前方的舞池区域。等我从洗手间出来时，他们俩已成为众人焦点，尖叫声不断从舞台边传来。我踮起脚，隐约可见劳拉的脑袋在人群中一上一下，头发甩得老高。杰瑞米站着观望了一会儿，便拉着我往前走去。

我插进一道人墙，小心翼翼地避开推搡，最后在一个小小的舞台上看见了劳拉和蒂姆。他们比刚才在公寓时更加癫狂，蒂姆如同上了发条，快速做着上下蹲，劳拉速度慢一些，也拼命起蹲，两人像在进行一场激烈的比赛，引得周围人不断起哄。我回头看了一眼杰瑞米，他正举着手机拍摄，一边向我招手。保罗不知何时也蹿进来，对着劳拉和蒂姆高声呼喊。

我和杰瑞米回到桌边时，付过钱的一瓶洋酒已不见踪影。杰瑞米找来服务生，才知道被他们收走，好不容易又追讨回来。

"爱米，我认为你应该下载一个脸书。"他突然凑过脑袋，对我说。

"啊，好像挺复杂的……"我认为自己在某些方面确实落伍——我连微博账号都没有。

"你之后的旅行一定会交到不少朋友，脸书很有用。"

看着他认真的表情，我说："好吧，我现在下一个。"

于是，杰瑞米成了我脸书上第一个好友，他又立刻帮我加了劳拉、蒂姆和保罗。他真的是一个非常热心的人，前一晚在夜宵店聊天时，他得知我在学经济学，此刻便发来一个视频，关于经济机器如何运转（How the Economic Machine Works by Ray Dalio）。

"这个视频很棒。Ray Dalio 是西方经济学上最聪明的人，他掌管着全世界最大的基金。"他对我说。

"好的，我回去看看，谢谢！"

转眼将近午夜，我向他们告辞。劳拉和蒂姆因为次日要前往拜县，也打算离开，我们五人相互搀扶着走出酒吧。

　　回到岩子家中，是另一番热闹场景。她和珍妮玩起了直播，夹在她们中间的，竟是画着浓妆的安瑟罗！

　　"啊，你终于回来了——"岩子笑得前仰后合，"戴普正在扮演船长呢！六百多人围观，太好笑了。"

　　"……日本女孩很乐意与人打交道，她们有时很和善，有时又很奇怪……嗯，德国女孩呢，她们对待陌生人好像不太开放啊，更加严肃谨慎，也很情绪化，好胜心很强，但也不是全部……中国女孩，啊，我见过不少中国女孩，她们很友好，很令人尊重，和她们沟通时，她们不会很快就对你下判断，她们表现得很平静，所以也不会让你感到紧张，她们能敞开心胸与你交谈……"

　　"网友的问题好多，他们让戴普形容各国的女生。"岩子和我解释。

　　"他还挺能有的放矢嘛。"我笑道。

　　我想起了劳拉。加拿大女孩是我见过最友好的外国女孩，我这么想着。

春节前的女生派对

　　一早醒来，跳入眼帘的又是桌上那株绿萝。一抹清新的绿意，立刻点亮这个美妙的早晨。翻看朋友圈，不少关于川普入住白宫、即将处理移民的信息，令人多了几分烦躁。索性不再摆弄手机，对着窗外伸几个懒腰，和岩子到楼下那家 Larder 咖啡吃早餐。

　　我打开脸书，给劳拉发了信息，感谢与她的相识。她告诉我此刻正坐前往拜县的小巴士上，"还是因为宿醉，我和蒂姆呕吐了好几次，一车的人都用奇怪的眼神看着我们"，她发了一个大笑的表情。杰瑞米两天之后也离开了清迈，到菲律宾开始他新的旅程。保罗则去了柬埔寨。

接下来的一周时间，继续被平凡安乐的小城生活打发了。我们经常到一个漂亮的木屋外喝杧果冰，听大树下的男歌手抱着吉他唱《柠檬树》。好几个傍晚顺着700年体育馆外的小道跑步，却每每都被岩子甩在百米之后。周日就逛逛古城里的夜市，和当地人一起凑个热闹。清迈沙发客的聚会也非常有趣，各个国家的背包客凑在一起，讲述他们旅途中的见闻。云淡风轻的夜晚，Maya商场对面的创意酒吧是个好去处，可以歪着脑袋在树下听音乐——连嘉嘉和珍妮也会过来一起发呆。"好久没见安瑟罗了。"我听见珍妮这么问。"别提了！他爱上了我们的直播平台，每天都在家播一两个小时，也不带我们了。"岩子说着，我笑出声来。某个慵懒的午后，我们躺在青草垫上，看着天上的云朵同乌龟一般缓慢地移动，感叹生活竟然可以过得如此缓慢，时间似乎也有了可以抓取的痕迹。

我也时常一个人迈着闲散的步调，晃悠在这座小城。有一个闷热的傍晚，我走得满头大汗，进了宁曼路上一家理发店。一个面容姣好、身材高挑的年轻女子帮我洗头，一开口却是阴郁的男声。她晃动着吹风机的样子优雅妩媚，轻巧地将我的一撮撮湿发吹干。看着她镜中精致的妆容，自己素淡的脸庞竟显得十分幼稚。还有一次，我心血来潮到Maya商场看电影，选了一部泰国校园鬼片，令我起鸡皮疙瘩的却是大功率开放的空调。观影前半小时的广告充斥着各个品牌的皮卡车，生动体现了当地市场的需求。而电影开场前响起了动情的音乐，全体观众肃然起立，我在莫名其妙的情况下迅速参照他人，对着大屏幕上国王的照片致敬了一分钟。看完电影之后，我想再去一次带胡子大叔的汤粉店，却怎么也找不到了。

迎着小城的日出日落，每一天都在恬淡寡欲中度过，没有争分夺秒，有的只是慢，以及更慢。然而，就是这么多平平淡淡的堆叠，直到离开的前一天，我才发现自己早已习惯了这里的生活，心中有那么多的不舍与留恋。

连嘉嘉说我走之前，再好好地聚一个晚上。此刻，还没到晚饭时间，她已经将摩托车停在了门口，大步跨进岩子的店铺。

"哎！好不容易找了个借口出来，今晚可以玩得晚一些，不醉不归啊！"她一进门便嚷道。

"你今天穿那么性感，要去约会吗？"我称赞起她露肩的半透明罩衫。

"哪能啊，就咱们自个儿玩。"她兴高采烈，"我打算过年的时候去南部的小岛玩，到海边晒晒太阳，把我这块儿、这块儿，这几道白的，都晒啦。"她抬起双手，在前胸和屁股上来回比画，又凑到岩子面前，"你去不去？"

"不去了啊，我家人过年的时候要来。"岩子认真盯着手机，处理微信上的订单。又顺口说了一句，"带你妈去呗。"

"说到我妈，我打算给她报个瑜伽班，到山里修炼两周的那种。"

"嗬！你真厉害，这都能想到。"岩子沉浸在工作中，不再理她。

"怎么样才能晒均匀啊？"我问。

"先在海里游一圈，上岸别擦干，直接晒，晒干之后再到海里游一圈，这样来回晒最快变黑。"连嘉嘉毫不思索地说道，颇有经验的样子。

店里的生意很淡，难得走进一个中国姑娘，漫不经心地在店内转了一圈，结果还是来问路的。那个悠然自得的店员今天也没来上班。连嘉嘉说搜到一家叫"村"的酒吧，要带我们去感受一番。珍妮很快也到了门口，她倚靠在摩托车上，等岩子锁门。

晚饭在Manung酒吧隔壁的烤鸡店解决。小店用了大量的木头隔断装饰，配合木桌木椅，古朴而舒适。菜肴味道正宗、价格实惠，但分量很少，我们五花八门地点了七八盘，还是迅速地一扫而光。烤肉外焦里嫩，沾上酸角汁十分开胃，黄瓜沙拉清香爽口，我们连续点了两份。因为生意很好，几个店员都显得有些火急火燎。

饭后，我们四人骑着两辆摩托车，前往位于15巷的"村"。这是一家开在别墅庭院里的酒吧餐馆，全天供应日料。装修华丽优雅，布局对称方正。走进庭院，一个四方形的泳池置于正中，四个顶角皆是一米高的灰色花岗岩石柱，上方摆放方形玻璃灯罩，四个黄色光源微火闪烁，将冰冷的泳池烘托出悠悠暖意。左右两侧各有一套黑色长形沙发，四张圆形茶几排列整齐。正前方是一个回字形吧台，五米高的灰色花岗岩石柱矗立四角，撑起一块吊顶，一盏宽大的矩形灯罩在中央垂下，一颗颗圆形的小灯泡发出柔和的光芒。整个露天场地绿植环绕，将高端舒适的氛围渲染到极致。

然而，这样的环境之下，酒水的价格却非常亲民。四人围坐在泳池旁，各点了一款鸡尾酒。

"怎么一个客人都没有？"岩子环顾左右，周围只有五六个衣着正式的服务员。

我也觉得奇怪，这样性价比高的地方，为什么如此冷清。

"好像是新开的，知道的人不多。而且，比较其他的廉价酒吧，这里的消费还是稍高了一点。"连嘉嘉拿起手机自拍起来，她的巧克力肤色在灯光映照下分外有光泽。

"珍妮，你们过年回去吗？"我问道。岩子告诉我，她一家人在清迈开了间中餐馆。

"不回去了，而且会很忙，有些人订了年夜饭。"

珍妮回答得简洁明了。她一向给人干练的感觉，我不明白"疯狂的珍妮"从何而来。

"我这几年也都没回去。今年初三初四，我家人会过来。"岩子说。

"我也是，前几年的春节，我都在纽约过的。"连嘉嘉接话。

"你在那里读书吗？"我问道。

"对啊，没劲。"连嘉嘉一屁股坐到岩子边上，与她合照。

"我只去过美西，没去过美东。"我说。

"加州吗？纽约女的多，洛杉矶男的多。在酒吧就很明显了，洛杉矶的酒吧经常是一个女生和一群男生，纽约相反。"

"是吗？不过我在洛杉矶都没有去酒吧。"我说。

在洛杉矶时，被周边人灌输了不少负面信息，总觉得晚上不太安全，尤其是市区，那里的夜生活我未曾敢涉入。然而到了东南亚，这种顾虑烟消云散。

"你房子订了吗？"珍妮问道。

"看得差不多了，应该这几天会订下来。"岩子回答。

岩子说的房，是古城东南方向的一处联排别墅。目前尚未开始建设，四十套卖得只剩下三分之一，订金只需两万泰铢，签合同时交齐十万，开始建设后连续八个月每月交付两万泰铢，明年初交房时再付清余款。按照每月三千元左右的租金回报率，确实是个不错的买卖，但岩子想自己住过去，在清迈有一个正式的家。

"从学校出来，我没上过一天班，都是自己做些杂七杂八的事情挣钱。三年前，我在最抑郁的时候搬到这里，每晚抱着佛牌才敢睡觉。没想到现在却活成了朋友圈中人人羡慕的模样，无所事事不知进取，旅行了二十多个国家，居然还在清迈买了一套房。"岩子自我调侃着。

四款鸡尾酒一一端上，连嘉嘉抱怨她的那杯最为简单，珍妮的酒上燃起了火焰，而我的，调酒师竟然亲自捧着杯子走到桌边，上演了一场烟雾缭绕的视觉盛宴。酒精的效果强烈而迅速，连嘉嘉喋喋不休，珍妮唱起了情歌，岩子也已经两颊发红。空气中的音乐温柔而浪漫，我开始回忆刚到清迈的第一晚，那个唱着《玫瑰人生》，哼着《甜蜜蜜》的夜晚。我还想到了杰瑞米和劳拉，想到了教我跳舞的蒂姆弟弟，还有喊着"我是加拿大人"的快嘴亚洲脸。我记起了戴普口中描述的各国女子，甚至还有烈日之下，他在咖啡店门口的那一丝郁郁寡欢。是啊，欢乐过后，总有淡淡的忧伤，它在某一时刻嬉笑打闹的间隙，不经意地朝我们袭来。

"换下一场！"连嘉嘉喊道，"否则疯狂珍妮要跳下泳池了！"

当桌上只剩下四个空杯时，我们不约而同地想要找一处喧闹之地，好好释放内心的某种压抑。凉爽的晚风拂面，我坐在连嘉嘉背后，珍妮载着岩子，四人沐浴月光，朝四方古城驰骋而去。

这个方方正正的古城，在历史长河上流淌了七百多年，也见证了兰纳泰王朝古国的兴盛与衰亡。如今，大部分城墙已被摧毁，仅留的内城四角和五座城门，与砖墙外环绕着的护城河一道，依旧守护着它曾经的辉煌。古城的白天，在三步一寺、五步一庙中细细品味，而古城的夜，将所有的喧闹都锁在这条人山人海的酒吧街。

穿过清澈的护城河，我们驶向古城东边。马路边的人行道上停了长长一排摩托车，我们锁好车，跨入马路对面一条灯红酒绿的小巷。五十米长的街面上，摇曳着数百个身影，背心短裤、简单的人字拖，一瓶冰啤酒，只需要几个节奏点，就能掀起众人的高潮。两旁的各间酒吧内霓虹闪烁，张张异国面孔进进出出，炙热的空气中擦出多少火花。我们在人群中走散，一个垮着背包的小老外向我搭讪，问我从哪里来，然后歪着脑袋说中国人让这里的交通变得很糟。珍妮从一旁冒出，拉着我走开。四人重逢，摇摇晃晃地挤进了 Zoe in Yellow 酒吧的小门，如同僵尸一般，和 DJ 台下狂热的人群做着同样的动作。半小时不到，我们发现自己难以适应这样的氛围，便回到摩托车上，离开古城。

不知道是怎么飞越过蜿蜒的盘山路，登上了半山腰的观景平台。途中，素贴山的名字一直在我脑海里徘徊——它饱含淡雅脱俗的意味，令我生出莫名之好感。据说它源于一个在此隐居多年的隐士，这更加引发了我内心的向往，只觉得我们应该轻一点、再轻一点地迈进山间，投入它的怀抱。

倚在栏杆前，清迈小城伴着点点灯光，展示出它的宁静和与世无争。连嘉嘉仰着头，在星辰中对比最亮的那一颗。岩子嘴角上扬，珍妮依旧沉静。开阔的大地平铺眼前，那道七百年前遗留下来的古城形状，此刻显现成一个金黄色的方形。我借着它，继而在一条条金色丝带中搜寻，试图找出宁曼路、Maya商场和700年体育场的位置。闭上眼睛，我想念自己在那些地方留下的足迹，而脑海里伴随着道道足迹迁移的，是周遭树林在风中发出的沙沙声响。这个有着上千座寺庙的小城，接纳了多少漂萍的旅人到此疗伤。它倾听每个人的故事，又默默洗去他们的劳顿与哀愁。

或许某一天，我也会在此清清静静地长住下来，细嗅这座泰北玫瑰的芬芳。

无尽的冲突与包容

第四章 曼谷

不携名妓即名僧

　　飞机慢慢滑行上跑道，机舱一阵昏暗，伴随着忽然加大的轰鸣声和加快的震动，飞机进入起飞阶段。我习惯性闭上双眼，紧靠椅背，心里默数秒数，在数到三十五到三十六的那一瞬间，轮子飞离轨道，开始升空。我侧过头，看着窗外的城市，被一条条横七竖八的金黄色马路切成豆腐块，朝远方铺开。车辆、楼房在夜幕的笼罩下如星光点点，一扫白日里的尘杂，显得格外静谧与安详。灰白色的雾气突然从窗外闪过，眼前有种幻觉，仿佛脱离了我所存在的三维世界，在更高维度的空间里俯视这座城市。一条条金黄色的丝带铺展在地表，我有股冲动，想要伸手拉扯那些七横八竖的线条，将它们从平广的大地上抽离出来。

　　周遭只有持续不断的嗡鸣声，豆腐块变得越来越小，飞机越上云层，金黄色的城市在灰白雾气之下依稀可见，机翼上间断闪烁着红色预警灯光，远处一轮皎白的圆月似乎和我在同一个水平面上。直到看不见一丝丝金色的灯火，我才侧回头，向后调整椅背，闭目养神。两个小时的飞行后，伴随着颠簸和微微的失重感，窗外的云层下微光闪烁，另一个被金黄色丝带切割成块的城市开始依稀可见。

　　这一次，我落地曼谷。这次我不是一个人，有美女携伴而行。

　　有诗句"不携名妓即名僧"，是说古代文人墨士游山看水之时，带名妓与名僧最有风味，因名妓可以怡情，名僧可以探讨人生。我经常拿这句话调侃孟唐雨，这位厦大中文系毕业的美女，称她集二者于一身，带她出行，便是携带一本行走的古典诗词文集，随时在美景处锦上添花。

孟唐雨比我大两岁，是我在工作上认识的。毫不夸张地说，这年头能交上纯纯粹粹聊"学术"的朋友确实不多。我们平时难得碰头，见面时必定秉烛夜谈。不论名人八卦、社会动态，还是热门电影、文学名著，她都能引着我从个例谈到一般性，再囊括类别谈到形而上学，最后必定形成一个辩题，我们各持一方，争论到天亮，谁都不肯认输——生活中对话有分歧时，大多很快有人妥协，难得有这样激烈争辩，是可遇不可求的。有时候因工作太累，我懒得说话，她也可以自说自话个把小时，完全不觉辛苦，也不会说到无趣。精彩言论不断从她嘴里冒出，她更是说得越发兴奋激昂、妙语连珠，而且枝节横生，却不忘记本题。原来有一种人是天生喜欢说话的，孟唐雨便是这一种人。

有一天她告诉我她其实一直很想做主持人，而且最近这个想法越来越强烈。一周不到她便毅然从厦门的服装公司辞职，在家待了半年。其间她思考了今后发展的方向，并召集各路朋友前来探讨并给出意见——这非常符合她的性格，在做任何决定之前必然要听听别人的想法。最后，她决定做个北漂，即刻报了中传进修班，开始学习播音主持。唐雨偶尔会给我发她课上的小视频，感叹这个同学的朗读音色很有磁性，那个老师的讲课内容十分精彩——有的视频确实有趣，比如无实物表演，同学的表情动作太夸张了！我去看过她两次，第一次她带我去上她们的发音练习课。二十来个同学，年龄和水平参差不齐，有二十出头的毕业生，有年过三十的地方副台长。老师是央广播音员，将近五十，英姿飒爽。她让同学们一个接一个朗读词汇并纠正。轮到我时，福建人h、f不分，大出洋相。第二次再去时，唐雨刚刚结业，正从学校宿舍搬到附近小区。之后的一年里她陆续地接了些网络综艺的录制，真正开始了北京的事业和生活。她告诉我她是班上唯一一个留下来的。

这确实是一次匆匆忙忙、没有充分准备的随性之旅。大年三十我和唐雨通过电话，鬼使神差地一同买了初八飞往曼谷的机票。关于住宿，我不想障目于豪华酒店与度假中心，而想更真实感受当地的市井生活，所以我建议找一家居民区里的公寓楼，唐雨赞同了这个想法。午夜时分，当我俩步入素万那普国际机场的入境处时，排队等候落地签的队伍并没有想象中的多。二十分钟后，孟唐雨的空白护照上多了一个带翅膀佛像的大印章，这令她心情大好。路过申报通道时，她顿了一下脚步，深吸一口气——我以为她又要诵出诗词，十分傲娇地说了一句：

"姐没什么要申报的，除了我的才华。"

"哟哟哟……才刚迈出国门，就转换西方频道了，你还没走出亚洲呢。"

"不是跟你学的吗，哈哈。"

我们相视而笑，快步走出机场，坐上一辆玫红色出租车，赶往事先订好的班成公寓。

公寓前台的小哥一直在等我们，他说了几句蹩脚英语，微笑递来钥匙。凌晨3点，我和孟唐雨倒在柔软的床垫上，照惯例彻夜聊天，快到6点才入眠。

商业广场与花街柳市

正值2月泰国凉季的尾声——我们赶上了最适合旅游的时候，气温却依旧达到三十二三。一觉睡到午后，户外骄阳似火，人也变得无精打采起来。好在公寓楼挨着街道，出门便是各种小餐馆和超市，十分方便。餐馆的菜单都配有图片，唐雨便挑了几道。吃罢回屋，她如同草丛中的蚱蜢，一会儿从床铺蹦到沙发上翻手机，一会儿又钻进浴室，开始化妆，手机里响着流行歌。最后她顶着大浓妆出来，躺回床上继续看手机。

"走吧，咱们出去转转！"她突然甩掉手机，从床上坐起。

"大姐，要不要睡个午觉再出门啊，你看看现在的太阳。"我正打算翻翻她带来的《人间失格》，"你最近画风大变，我以为你会带《王阳明全集》呢。"

"不知道我涉猎广泛吗。"她一把抽走我手中的书，"我可是第一次出国啊，你是带我来睡觉的吗！都说曼谷遍地美食，走吧！"

"不是才吃回来。"我白了她一眼，"对了，你不是要直播，几点开始？"

"签的是一周一次，每周四。"

唐雨已经起身，在行李箱里翻衣服。对于出门穿什么，她有着严重的选择困难症，必须来回搭配四五次，才能决定。她身材稍胖，每一件衣服却都是紧身收腰款，并且色彩鲜艳，前领低垂。"勒得难受不？"我问过她。她说不难受啊，我这么胖，穿宽松的像孕妇；我又问"领子能不能高点？"她说这样挺好的啊，我一直都这么穿；我最后说"可是大红色也……"她说这个颜色拍照好看。三两次之后，我就不在唐雨的衣着上多嘴，她其他朋友也遭遇了同样失败的劝说——即便是她暗恋的一位"哥哥"也没能将她教化。于是，她就长期大胆放纵地袒露出半个乳房，还抱怨"我讨厌别人只注意到我的胸"。

此刻，她一件红一件绿的在我面前试来试去，嘴上也没闲着，不停描述泰国菜如何美味。虽是网上看来的，经她巧嘴一捧，竟听得我口齿生涎。

班成公寓坐落于通罗——一个较为中心的片区。因为没有确切的目的地，我们打算先向南走两公里，抵达素坤逸大街，然后再沿着这条主干道慢慢探索。

唐雨是个吃货，众多路边摊赚足了她的眼球及钱包。她背着一个双肩大包，穿梭于各个小吃摊，各种美食都买上一二（平均每份小食大概五块人民币），一路兜着吃着，好不惬意。经过一家教授语言的店铺时，也拉我进门咨询，念叨每天来上一小时的泰语课。我说省省吧，两周不够你吃喝玩乐的，还要学泰语，先多背几个英语单词。

泰国人普遍热情友好，沟通起来却没有想象中畅快——他们能说几句英语，但多数情况还得打手势，无法深度交流。之后在乘坐出租车时，我们遇到严重麻烦，只能学习"前进、左拐、右拐"几个泰语单词，同时用手机导航指导司机。

素坤逸大道上乍一看车水马龙，盯住几秒却产生了车辆静止的错觉。之前听说过曼谷是"世界上最大的露天停车场"，果然交通不尽如人意。好在听不见急躁的喇叭声，拥堵也没有导致加塞，一切除了慢，照样井然有序。再一抬头，空中轻轨立于上方，平行于素坤逸大道一路延伸前去。回头看看唐雨，慢悠悠地跟在后面，两手套着七八个塑料袋，一边走一边狼吞虎咽。她突然发现了新大陆，两眼放起光来。

"发现没，路上走的大多是泰国女人和外国男人啊，当地男的不多。"她用牙签叉起塑料袋里的一块莲雾，塞进嘴里。

"哇，超好吃，你也尝一块。"她连连称赞。

我也嚼了一块莲雾，清凉甘甜的程度远远超过国内吃到的，一时心情舒畅，但好久没有这样边走边吃，有些不习惯。继而望去，如唐雨所说，路上不乏西方游客，穿着背心拖鞋，东张西望地走在街上，三三两两皆是男人。还有穿着紧身衣裙的泰妹，浓妆艳抹，摇摇摆摆，有的二十出头，有的四十有余。

"嗯，好吃。不知道有没有注糖水，不过泰国人信佛，应该不会弄虚作假吧。"我说。

　　唐雨虽胖，但在逛街上绝对比我有耐力。我们已在烈日下走了一个小时，她依旧精力充沛，嘴也不停下——吃东西之余还滔滔不绝地聊起网上的攻略。她有个过目不忘的本领，任何复杂故事，只要看过一遍，立刻能十之八九地复述出来，我不得不服。接着又走了一两公里，双脚酸疼，便穿进一条小巷，打算做个足浴。

　　小巷里充斥着众多按摩店，相对一致的价目表摆放门口。几个阿姨坐在一家小店前，笑眯眯地望着我们——更多是唐雨的胸，唐雨也笑嘻嘻地问人家有没有WiFi。得到肯定的回答后，她拉着我一道脱了鞋，光脚走进去。

　　店里除了我们，没有别的客人。按摩阿姨穿着随便，她们端来两杯茶，便去准备热水。唐雨刚连上WiFi，就立刻用上墙壁的插座充电，同时打开一档综艺视频，开始观看。她一刻都不能离开手机，随身携带两块充电宝，依然时刻警惕将电量加到最满。一小时的脚底按摩相当惬意，泰式的手法轻巧，不像国内的技师，非把你捏得哇哇叫，然后再一个个穴位对应，告诉你哪个内脏器官出现劳损。

　　"等会儿是不是要多给小费啊？"唐雨扭过头来，轻声对我说。

　　"给呗，按脚二百五十泰铢，那就给三百咯。"

　　"哇，那么多。"她立刻恢复了学习播音主持练就的好嗓门。

　　"那给张二十的吧，反正不能给硬币啊，记得。"我白了她一眼，继续闭目养神。

　　走出店门，套上凉鞋，双脚不再感觉肿胀，一时竟有了困意。唐雨生气勃勃，不愿回公寓，我们便走回素坤逸大道，照原来方向前行。

　　唐雨一路上不停地拍照，还好只是普通街道，没有多少奇观异景，否则她非得让我给她拍一组写真。

　　终于走到一处大型商场，两幢白色建筑之间有空桥相连，Chanel和Zara等品牌商标赫然在目。较矮的一幢，外墙用巨大玻璃帷幕包裹。较高的一幢造型灵巧，并不是方正齐整的结构，而是相互交错的流线形设计，犹如七八片白色吐司任意叠放，每一层露出各自边角的弧度。

走进商场，一股舒适的香气扑面而来，令人愉悦。略一扫视，各种中高级品牌琳琅满目，闪烁柔和魅惑的光芒。唐雨早有打算，远远看到一处人工服务台，便甩下我大步上前——我猜到她询问餐饮区去了。唐雨英语不好，在寻找美食上却不遗余力。只见她转头冲我傻笑，一手指向一处，朝那里走去。我跟着她乘坐电梯到达六楼，各式餐厅便映入眼前。

走出电梯，脚下的地板变成了缓缓的坡道，螺旋式向上延伸三四层楼，一时间竟模糊了楼层的变化。一间间特色餐厅沿着走道排列而上，泰式、中式、日式、西式一应俱全，每一家都装修豪华、颇具风格。再望中庭，一条螺旋状的绿植映入眼帘，从楼顶倾泻而下，悬挂垂至底层，与螺旋走道相互呼应，又与商场外墙的圆弧造型里外相称，带来和谐的感官体验。

我和唐雨第一次见到这样的商业设计，觉得十分新奇。我们顺着螺旋走道向上，一边挑选餐厅，一边欣赏中庭美景。这样的建筑设计大胆创新，吸引眼球，又惹人逆向思维，琢磨起它的现实问题来。带有弧度的地面突破了常规，建筑成本和运营成本上升。而当空间切割成一间间商铺后，对业态的选择也有了一定要求，需要平坦地面的商家很可能放弃入驻……唐雨一声大吼，打乱了我。她将手机塞给我，一笔一画指导我帮她拍照。我在她的示意下不停取景，拍出她想要的细腰长腿。最终，我不得不提醒说那一家餐厅看着不错，她才放下手机，拉着我走了进去。

随便点几道泰式小菜，又点了两杯果酒，我们望着落地窗外的曼谷城景，开始慢慢品味。没想到唐雨半杯下肚，竟趴在桌上打起瞌睡。我喊了两声，她嗯一下继而呼呼大睡。一人感觉无趣，我掏出手机随意翻看，突然想起好久没用脸书，便将它点开。

杰瑞米的照片一连串跳出来。他正在菲律宾的某个岛上，同行的还有住在当地的一个加拿大朋友。我慢慢浏览照片，他们看上去经历了不少趣事。有一张杰瑞米坐在一位巫师面前算命——配图文字"卦象说我4月份会在菲律宾某个地方碰到一个在银行上班的女孩"，还有一张他们好像站在破破烂烂的巴士车上。相较于他朋友开怀露齿的西式大笑，杰瑞米在照片中的表情都比较平淡，更有中式微笑般的内敛。再翻开劳拉和蒂姆的，他们已经到了万象。保罗发了许多室外直播的视频，看不出来在哪儿。

半小时过去，唐雨终于从梦中苏醒，神情困倦地问我几点了。我说太阳落山，夜生活要开始了，她立刻恢复清醒，直立坐起。眼前鸡尾酒中的冰块早已融化，又变成一满杯，她微微呷了一口，开始补妆。

从商场出来，素坤逸大街换了一副妆容。月色下气温凉爽，周遭一切退去了日间的炽烈，在灯光下变得温和轻柔。车流依旧懒散地拥堵在道路中央，马路两旁熙熙攘攘，行人步履悠闲，观望这座城市的夜间繁华。

唐雨说再往前有个娜娜广场，必须参观一下。我说不就是gogobar（特色酒吧）吗？我们去不合适。她一把拽住我的手臂，说没什么不合适的，就当体验生活，难道你不知道真理都是从社会底层获取的吗？我哭笑不得，那就去见识一下赤裸裸的真理吧。

往前走了一段，麦当劳叔叔的雕像立于路边。它双手合十，扬眉微笑。唐雨在旁边做了同样的动作，让我拍下合照。紧接着，越来越多打扮性感的女郎站在街边，对着往来男人含情脉脉。三个年轻的白人男子走在前面，脖子往站街女的方向扭动。一个女郎伸手抓住最近的男子的手臂，笑眯眯地掐了一下他的屁股，男子犹豫几秒，继续跟两个同伴走了。唐雨看得津津有味，跟在三人后面欣赏好戏——之后的情形也确实没有让她失望。沿路数不尽的女郎都向他们抛出致命魅惑，无一成功。五分钟后，三个小老外向右手边的巷子里一拐，隐没在一条霓虹闪烁、莺歌燕舞的烟花柳巷。

原来，此处才是他们的目的地。小道两旁，一家家酒吧鳞次栉比，招牌上硕大的英文字母发出妖艳光芒。满眼尽是花红酒绿、妙影交错，劲爆的音乐声不绝于耳。头顶之上悬挂众多红色小灯珠，满天星一般布满街道上方。光影模糊下，一群群环肥燕瘦围坐酒吧门口，摆出勾人姿态，风情万种。来往行人络绎不绝，多是外国游客，男男女女皆好奇地到处张望。他们赏玩着这些衣着暴露的舞女，对方也同样抱着审视的态度观察他们，犹如一个相互精细选择的过程。我和唐雨慢步而过，细看之下，这些舞女也并不是各个身姿玲珑、清艳动人——或许还有一些不明性别，然而每一个都媚眼藏春、手脚大胆，极尽全力抓住客人。

"这就是娜娜广场？"

我扭头问唐雨，却见她一脸呆滞，白日的浓妆在霓虹灯照映下，如同素颜。不过，她很快露出笑容，大声对我说，"和网上的照片不太像，管它呢！这里挺有趣的。"

唐雨似乎找准了目标，将我拖进一家酒吧。掀开小门上的布帘，里头春光无限。细长的舞台上竖立着根根钢管，像T台一样从最里延伸出来。七八个舞女排成一列，踩着恨天高，身穿露脐装和超短裙，伴着音律在台上随意摇摆，幽暗的玫红色灯光打在她们赤裸的肌肤上，看不清原本的肤色。舞台一圈排满空椅，或许因为时间尚早，没几个客人。一个穿着白色T恤的年轻服务生走过来，领我们坐到靠墙的红色沙发。沙发对着中央舞台，环绕墙壁一圈，零零散散地坐着两三个白人老头。一个老头搂着舞女坐在他腿上，另外两个老头面无表情地盯着在台上跳舞的女人。耳朵里尽是毫无感情的节拍，我脑海里飘浮着美国大兵们的画面——那是越战期间到此尽情放纵的壮年，一群在枪林弹雨中死里逃生的幸运者。我想象他们驾着吉普，车后斗上装着一箱箱啤酒，扛枪的士兵搂着和顺的妓女，在世界末日里醉生梦死。

"嘿你说，最后面那个年纪都多大了啊，有四十了吧？"唐雨一边翻看着酒水单，一边张望。

"你还操心这个，真当自己来消费啦！"

"我怎么不是来消费的啊——萨瓦底卡，两瓶啤酒。150铢，不贵嘛！"

唐雨对着小服务生点完酒，又认真欣赏起跳舞的女人来。

"你别拍照，要罚款。"我叮嘱她。

一曲结束，台上舞女纷纷脱下外套短裙，露出单薄的内衣内裤，跟着下一曲随意扭动。她们的舞姿极其一般，脸上也无太多表情。我偷偷瞄了一眼沙发上的几个老头——身边都多出了一个舞女，突然觉得这个环境很可笑，自己也特别可笑。门外走进两个年轻的中东人，坐到舞台旁。台上跳舞的人像是突然上了发条，身姿律动地更加热烈，眼睛也有神起来。然而十几分钟后，他们喝完啤酒，直接出门走了。

"你看，从门口数过来第二个女生，长得最漂亮。"唐雨凑在我耳边大声说道。吵闹的音乐并没有盖过她独具穿透力的嗓音，她的声音如同一把利剑，刺得我耳膜发痒。我忍不住压了压耳朵。

"嗯，确实笑容比较美，其他几个都很僵硬。"

"走，我们坐到前面去。"

她拿起啤酒，一屁股坐到了台边的椅子上。十几条大腿近距离展现在眼前，给人一种窒息的压迫。唐雨开怀大笑，她欣赏的那个舞女就在面前，不时弯下腰来向她示好。

"你身上有二十的零钱没，换点给我。"她说。

我把包里的五六张二十块泰铢都掏了出来，眼看她一张张塞进舞女的胸前、网袜里。最后，舞女蹲下身，双手抱住唐雨的脑袋塞进自己挺拔的双乳间。唐雨一声尖叫，脸就这么埋没进去。

"胸是硬的。"她扭过头整理头发，朝我做了个鬼脸。

又换了一曲，酒吧里依旧冷清——她们开始缓缓卸下内衣扣了，我拉着唐雨匆匆离开。

才第一天，班成公寓楼下的保安就认得我们。他远远看见孟唐雨的大红裙，就按开活动门，咧嘴微笑。曼谷的夜不是安静的，游荡的男男女女被无尽欲望包裹，享受这座城带来的神圣与纵逸。欲念在这里变得明目张胆，性与金钱面前暴露出人的本性，恣情于夜生活如同丧失心灵栖所，意志同样消磨殆尽——真理却无处可见。心中五味杂陈，此刻回到绿树成荫的公寓楼下，我才感到一份舒适和宁静。

　　我洗澡出来，唐雨还在镜子前卸妆，久久不吭一声——手机也不唱歌了。二十分钟后，我正想开口，她自言自语道：

　　"杨柳只知伤怨别，杏花应信损娇羞，泪沾魂断轹离忧——"

　　"受什么刺激了？"我问她。

　　"没啊，没什么。"

　　她从双肩包里掏出小半袋水果，似乎是下午在街上吃剩的——我早已习惯。她继续吃起来，说着话。

　　"哎，我发现今天路上的平面广告都挺有创意，给人的视觉感受很舒服。"

　　"泰国的广告设计是很厉害啊，朋友圈里经常转发他们的广告视频。还有本土的服装品牌也不错。"我说。

　　"我刚才查了下今天去的商场，很出名啊，我给你念念——"她凑过来，握着手机叨念，"开发商TheMall集团的Su……这个谁，曾在一个泰国媒体专访中指出，一般的购物中心平均只有百分之十五的绿色空间，然而Em……这家商场却拥有百分之三十至百分之四十的绿色空间。"

　　"嗯哼，不错啊。不过除了中央垂着的螺旋藻，我没见到多少绿。"

　　"说五楼有个超赞的空中花园哪，还有一个泰国最高的人工瀑布。我们怎么都没看到！"她撇下脸。

　　"还不是你奔着餐厅去。明天再去一次呗。"我躺下身，准备休息。

　　"你说为什么现在的人都喜欢去商场呢？"唐雨拿上浴巾走

向浴室，"过年前去了趟广州，听朋友说，当地人的周末时间几乎都在市中心的商场里打发了，其中的一家商场里还开了动物园，里面居然有北极熊！"

"确实啊，我一个朋友开了好几家餐饮店，说只有商场里的挣钱，沿街不好做。"

"你发现没，今天我们走的街巷，既有超级豪华的商场，又有破旧简陋的小店，之间才相隔多远啊！还有这公寓，走出去就是一排破房子，都没有好好规划一下。"

"泰国的土地所有权在私人手里啊，所以这样的混乱不和谐很正常——你快点去洗澡吧！"我说。

唐雨关上浴室门，我也关掉大灯，眯上眼睛。脑海里回味着所见过的各个商业广场。它不仅代表了现代化的经济增长，也改善了中产阶级——大量增加着——的消费习惯，即便它最早起源于欧美，可如今东南亚一些商业中心的规模已经后来居上。过度追求能给经济带来高速增长的建设项目，导致自然环境与公共资源的缺乏日益加剧，所以，有着舒适环境的购物中心自然成为城市人群的公共休闲空间。又不得不想到在国内房地产十分流行的城市综合体（HOPSCA）项目——这个集商务、办公、居住、购物、休闲和娱乐于一体的建筑群，打破了单一的物业，俨然一座小城，在各个城县如雨后春笋般冒出。追溯到世界上第一个城市综合体，便是巴黎的拉德芳斯。先前在巴黎时，我曾在埃菲尔铁塔上远远目睹过它的芳容。而在厦门，也有十几座大大小小的城市综合体，暂不论建成后运营如何，却着实带动了一个区域的核心价值和产业升级。

到了周四，唐雨和我已经在曼谷游荡了两天，暂时没去任何热门景点，就这么随便地沿街走走，也经历不少奇闻趣事。下午3点是唐雨的直播时间，本以为第一次出国的她自然有很多话要说——正如她这两天对我倾诉了各般感受一样。比如走在大街上，她说曼谷这个城市，解除了欧美人对于阳光和性缺失的焦虑；又如那晚在牛仔街，她说她一口气将很多人的人生看了个遍；还有今天一早，她刚睁开眼就说梦到自己是一个长到十六岁都没有走出过一条街的妓女，只能每天看着一个万花筒。我惊奇于她各种奇怪的想法，对于接下来的直播，自然认为她能说得天花乱坠。然而，她只是捧着手机闲扯，内容无关痛痒。半小时后我从浴室出来，她竟讲起了京杭大运河！我偷瞄一眼直播的在线人数，仅仅三千余人。一小时的直播就这样草草结束了，她刚关闭手机，我就没好气。

"怎么又讲回历史去了，还想惨淡收场啊？"

"我不知道说什么呢。"她看上去并不在意。

"说说这里禁赌不禁黄呀，说说这里的男人可以娶好几个老婆呀，美女们都戴着牙套啦，电线杆为什么是方的呀——"我说。

"那电线杆为什么是方的呢？"她一本正经地望着我。

我快要气晕了！

之后她与平台的人讨论近一个小时——关于直播的各种问题及绩效反应。她在频繁的对话中有些心情低落，然而这种情绪在电话结束之后只持续了几分钟。当我们走出班成小区，和露出牙齿的保安打招呼时，孟唐雨已经恢复了她的好心情。是的，有什么好失落呢，我们可是在曼谷。

三人行之食色，性也

一天后，史蒂文来了。

史蒂文就是巴黎球迷群里说他丢了两个行李箱的哥儿们，台北人。我们各自回家后保持着联系，偶尔朋友圈互动一下，知道他喜欢看历史小说，也喜欢四处旅行。聊起时下动态，他颇有独到见解，语言之犀利，让我想到凤凰卫视里操着台湾腔的主持人。早早计划好要来曼谷的他，得知我也在这儿，便订了同个公寓楼，方便结伴出游。史蒂文和唐雨一般大，一米八的高个，也不单薄，却配了一张笑眯眯的脸蛋，眼睛像月牙儿一般，很有台湾偶像剧帅哥的感觉。看过照片后，唐雨对这位即将会师的朋友十分期待。

这天下午，我老远就见到史蒂文那双小眯眼。他拖了一个大箱子，从小区门外大步迈进。我向史蒂文介绍了唐雨，史蒂文很主动地介绍了自己，便转身到前台办理入住手续。

"他长得还挺像梁家辉的嘛！"

"你的大嗓门以为人家听不见？"我朝唐雨使了个眼色。

拿到钥匙后，史蒂文也不着急上楼，拉着我们坐在大厅沙发聊天。他从包里掏出两盒面膜，递给我们。

"对啦！"他嗲嗲地说道，"这是我平时敷的面膜哦，专业医师推荐的，外面商场都没有的卖啦。喏，送给你们用。"

我和唐雨感到意外，又觉得好笑，慌忙中道谢。

"还有这个哦，橄榄油唇膏。我家里好多，也拿几支给你们用。女生的嘴唇要保护好。"

他将这些东西整理好，平均分成两份，分发给我们——唐雨快笑晕过去了。而我觉得，他的双肩包里一定还藏着许多神奇的东西。

和唐雨一样，史蒂文也喜欢说话，不过带有一种八卦的味道——还好声音像从台湾剧中泄出来一般，听着也蛮舒服。唐雨认为他有一股贱兮兮的感觉，很喜欢调侃他。每次凑在一起，我都能听见他们互相拌嘴几个回合。这下倒好，接下来的旅程不会无聊了。

唐雨很快和史蒂文打成一片。一个很大的原因是史蒂文乐于给她拍照，而且技术不错。他还教我们用苹果手机的全景模式拍出影分身——这招收服了唐雨。但他们照样时不时因为某件小事争论，我像听戏一样听着，偶尔也选个立场发表见解，好不有趣。

白天，我们穿梭于曼谷的大街小巷，寻找最地道的美食，观赏最接地气的景色。孟唐雨对路边摊怀有超乎寻常的热情。每一份小食只要二三十泰铢，满足了她保质保量的需求。她最喜欢的是糯米饭，却吃不习惯杧果糯米饭。每次先买一小包米饭，然后到隔壁摊买几串烤猪肉，再到五颜六色的果汁摊上挑一瓶，搭配着一起享受。

史蒂文喜欢虎虾，尤其喜好吃它头部金黄色的脂状物。配上由柠檬、辣椒、大蒜、糖和鱼露调和成的海鲜酱后，膏脂原本的甜味与酱汁融合成一种特殊的味道，入口即化。他还着迷于冬阴功汤面。很多餐馆没有这道菜，但他坚持点一份冬阴功汤，一份炒面，凑在一起吃。后来他在超市里找到了 Ma-Maa 牌冬阴功味的泡面，高兴地买回好多。回到公寓一试，大失所望，把剩下的都送给了我和唐雨。

我不喜欢面条——吃到一半总有晕车的感觉。但我喜欢吃粉，各式各样的米粉都喜欢。花溪牛肉粉，桂林米粉，安溪湖头米粉，客家炒米粉，大部分时间它们取代了米饭，成为我的主食。在曼谷，我偏爱一种绿豆制成的玻璃粉，用它做出来的海鲜沙拉美味可口。一盘凉透了的玻璃粉，拌着小虾和花生仁，再放些葱末、香菜和薄荷叶，又酸又辣，在炎热的天气下特别开胃。而且，为了不剥夺它独特的味道，我只配冰水喝。

而到了晚上，美食变成了美酒。我们沿着素坤逸大道，悠闲地散一会儿步，然后找家舒适的酒吧小酌。多了史蒂文在身边，我们碰到完全不一样的状况。每次走过双手合十的麦当劳叔叔时，我和唐雨便看戏一般，留意起身边的情形。站街女们的目光落在史蒂文的身上，然后渴望与他对视——有的十分大胆地伸手拉他。一些在替演艺吧拉生意的男人也朝我们叫嚷着"乒乓——乒乓"。

唐雨好奇地问那是什么，史蒂文笑而不语。

　　有一次唐雨心血来潮，想回到第一天晚上的酒吧，可等我们走到那条牛仔街，却怎么也想不起那家酒吧的名字。她很执着地撩开好几家酒吧的门帘，探头进去张望，但每一家的内部装修都大体一致。最终她也没能找到那个舞女，这使她一个晚上闷闷不乐。唐雨的情感是炙热的，对于她喜欢的人和事，她会不顾一切地去触碰和感受。她要是喜欢某个人，便会热络地与他交流沟通。不过一旦她对这个人有意见了，也会毫不迟疑地表达出来。在没有得到预期的回应后，她会毫不留恋地与其断交，并不在意保留一条人脉日后再用。她大胆地承认自己心智不成熟，但不打算改变。

　　史蒂文说来曼谷一定要喝鸡尾酒，不仅因为便宜，而且品种纯正，味道正宗。不得不说，作为首都，曼谷的物价比清迈便宜不少，美食一样，酒水也是。我对于洋酒品类没有研究，不过喜欢威士忌的味道多一些，对于伏特加——正当我对着酒单犹疑时，这一对冤家不知什么原因又争论起来。

　　"哼，你不知道泰国人口普查的时候，男女比例是42：46吗？安能辨认是雄雌？祝你好运。"唐雨快嘴一张，说得史蒂文愣在那里。

　　比例多少无从考证，但确实听说过泰国男女占比失调。据说不是因为人妖多，而是喝了湄南河的水造成的，这个说法颇为有趣。再回到伏特加，我首先联想到俄罗斯。记得在哪里看过，中世纪时期，莫斯科公国统治者第一次尝到它的味道时喊"好烫的水"，这大概是伏特加名字的由来。我查了一下，俄语中"伏特加"和"水"是同词根——难怪他们喝起伏特加来猛得如同喝水一般。我没有去过俄罗斯，也没有俄罗斯的朋友，只听一个朋友说起，他在澳门读大学时有个来自圣彼得堡的舍友，同学们都背地里喊他"Angry Russian"（愤怒的俄罗斯人），可能是因为他脾气暴躁吧，现在想想，没准是伏特加喝多了。

高空中的Mojito

　　接下来的日子里，我们便沉溺在酒精的包裹中。史蒂文带来他的两位泰国朋友，路易斯和朱蒂——这两位相互并不认识。路易斯和我一样大，在伦敦留过学，毕业后回曼谷一家国有电信企业工作。朱蒂小我两岁，刚从新加坡回来，正在学习中文。她是个精致小巧的女孩，头发染成棕黄色，烫成大大的波浪卷，睫毛做了嫁接，又长又翘，嘴唇丰润性感，脚踩一双带有防水台的金色高跟鞋。和他们两个当地人在一起，我们绝不会去脱衣舞酒吧。用路易斯的话说，娜娜广场那样的地方只给游客消遣，他说那里的女孩不代表泰国女孩——他们喜欢白色皮肤、受过良好教育的女孩，并且这个产业有太多的不明了，他们倾向于忽视它，平时也不会探讨与之相关的话题。对于路易斯的话，我没有百分百相信，或许这只代表了他这个群体的一种态度。有路易斯和朱蒂带领，我们五人便多次出入于曼谷的空中酒吧。它们位于摩天大楼的顶层，环境优美，装修富有格调，可以喝酒也可以用餐。我不能说它比地面上的某些酒吧高级，也不能说它显得无趣——因为它同样有它的独特，在这里，我一样能看到人生百态。

　　这天晚上，我们相约到素坤逸大街11巷的顶楼吃饭。餐馆的名字叫"Above 11"（在11之上）。关于这个名字，史蒂文执着地认为它一定牵扯着11点之后发生的故事——我和唐雨不置可否。餐馆位于顶楼三十三层，场地不算大，观景也没有做到360度无死角，但氛围极好，音乐充满着欢快的律动，空气中满是悦耳的笑声。7点到达时，这里几乎座无虚席。

"曼谷的老外真多啊！"唐雨感叹。她先是说了一句中文，然后又用不熟练的英文说道。

"虽然泰国是非移民国家，但是很欢迎外国人来养老定居。普通的旅行签证也很容易延长，可以说外国人想在这里待多久，就能待多久。"路易斯说。我在一旁给唐雨翻译。

我想起杰瑞米哥哥告诉我，申请中国签证需要很多文件材料，所以大多数的西方人选择到东南亚旅行。

"不过，现在有很多从缅甸过来的难民，情况很糟糕，他们没有按照正常的程序延长签证。政府正在寻找方案解决这个问题。"路易斯补充。

服务员送来菜单，我点了一杯Mojito，这是我这些天来最喜欢的鸡尾酒——唐雨打趣说，这酒叫"莫激动"。史蒂文要了一杯古风（Old Fashion），威士忌加红糖，一种最普通、最古老的喝法。史蒂文喜欢它的原因很简单，原始、单纯、直接。唐雨来回犹豫，点了一杯空中之吻（Kiss Above the Sky）——她对酒精不感冒，但猎奇心重，每次都会挑选名字奇特的点——我们谁也不知道这是一杯怎样的鸡尾酒。路易斯要了一杯长岛冰茶（Long Island Iced Tea），朱蒂点了椰林飘香（Pina Colada）。另外，每人又随便点了一份食物。

"对于这些西方人来说，曼谷的生活成本很低，非常吸引他们。"路易斯继续说道。他的英文优雅且标准。

"这里的姑娘也很吸引他们啊！"朱蒂微笑着。她说话时喜欢眨眼睛，卷翘的睫毛上下翻动。

"确实，这点无法否认。"路易斯耸了耸肩。或许是留学时养成的习惯，他的肢体动作较为频繁。"泰国人的肤色，很受西方人喜欢。想想看，如果你是一个欧洲小伙，你想用很少的预算找个漂亮的棕色皮肤的女孩，你会去哪儿找？西班牙？墨西哥？NoNoNo……在曼谷，郊区的女孩会很愿意做你的伴侣。她们认为找个外国男朋友是件很特别的事，她们深信，每个老外都很有钱，很容易挖到金子。所以呢，需求和供应相匹配。"

朱蒂不停地眨眼睛，像是一种习惯——或许她嫁接的睫毛使她不舒服。她用食指轻轻撩了一下蓬松的刘海儿，我再次注意到她稍深的皮肤，相比之下，路易斯显得非常白。

"可是，我认为这里的女孩子都很崇尚白皙的肤色呢。我看到街上女孩，喜欢打上比自己肤色更白的粉底，商场的广告也是，都是白脸的明星。"唐雨花了将近一分钟，才用英文表达出自己的观点——史蒂文帮了不少倒忙。

"当然啦！每一个泰国女孩都想变得白一些，男人也是。我也不例外。"路易斯笑道。

"这倒没错。在新加坡，女孩子也更喜欢白白的皮肤。想想看，欧洲人、美国人，他们为什么都想晒黑呢？因为他们本身皮肤是白色的啊！这里的情况也一样，泰国人的肤色较深，所以我们喜欢变白。简单的逻辑就是，我们都想要变成与我们原本不一样的样子。"朱蒂不假思索地说道。

有趣，西方人喜爱东南亚人的肤色，他们乐此不疲地在太阳下烤晒自己，认为拥有这样的肤色是潮流和趋势。对于中国人来说，蜡黄色的皮肤是没有营养、没有休息好的体现，只有穷人、在大太阳下劳苦工作的人，才会染上这样的颜色。

鸡尾酒和餐点端上桌，颜色各异的酒杯和色彩鲜艳的美食令人食欲大开。唐雨立刻拿起手机拍了几张。

"对了，我听说每个泰国的男子都要出家一次，是真的吗？"她切下一块羊排，叉起放进嘴里。

"嗯，是的。"路易斯抿了一口酒，"大多数泰国人这么做。因为他们是佛教徒，他们相信当一名僧人是感谢父母的方式，并且能够祝福父母。不过，泰国有两种佛教，一种是 Theravada（小乘佛教），这种占绝大多数，他们信仰一生至少要当一次僧人。另一种是 Mahayana（大乘佛教），这很少数，但我家里就是信这一种。"

　　我喝了一口Mojito，浓烈的酒精中带着薄荷的香气，沁人心脾。望着一旁璀璨的夜景，是一种居高临下、俯视全城的感官。

　　唐雨在高脚椅上扭动身躯，丰满的胸脯——因为这个她经常成为众人的焦点——搁在高脚桌上。她的身材好像不适应被架在这样的高度上，不过对于栏杆外的夜景，她乐在其中。"对了，这几天在街上我看到好多混血。不知道我看得准不准确，我总感觉他们就是混血，长得就是比普通人好看。"

　　"那你看出来了吗？我也是混血。"路易斯大笑起来，他咽下嘴里的烤土豆，"我爸爸有一半中国血统，我妈妈则是完完全全的中国人。嗯，她是上海人。不过我从小在这里出生、长大，直到大学毕业之后才去过中国。我认为混血很好啊，在泰国，混血让你与众不同。过去十年里，泰国出了很多混血的超级明星，不过大多数混的是西方的血统。"

　　路易斯啜了一口酒，接着说，"我父母教育我的方式，与其他传统的泰国家庭不太一样。据我所知，居住在泰国的中国家庭教育他们的孩子要节俭，因为我们老一代遭受了严重的贫困，他们从中国迁移到泰国时一无所有，到了泰国后开始很努力地做生意、存钱，一切都为了家庭。所以，等到他们赚到了钱，他们总会教育孩子要铭记之前最艰难的日子。但是泰国的家庭就显得比较懒惰，总是觉得上帝会给他们送来有钱人，好让他们结婚，又或者是相信有一天他们能中彩票。他们不知道省钱，每个工作日都外出喝酒，每个月工资不够花到月底。你知道为什么吗？因为他们祖祖辈辈出生在这里。"

　　"是的，这是关键。"朱蒂放下刀叉，夸张地眨眼睛，"他们有土地，所以他们可以把地卖了挣钱。不过，一旦他们卖了，就什么都不剩了。他们也只有地而已，没有足够的钱去盖房子。"

　　"朱蒂，你也是混血吗？"唐雨很认真地问。

　　"是的，我外公外婆是从广东那里过来的。"朱蒂说。

　　"啊，广东什么地方啊？"唐雨追问。

"嗯——叫作，Hainan，你知道吗？"

"海南吗？这是两个地方啊，它不在广东啊。"唐雨叫起来，好像终于有一样是她有权威确认的。

"抱歉，我得回去再问问我妈妈。我记得她是说从广东还是海南的某一个地方……"

我起身到洗手间。这块区域的灯光十分昏暗，洗手间门口竟然有一个小型的树篱迷宫，人一般高，有模有样。还好我不太急，我自顾笑道。我竭力寻找标志，避免走进尴尬的入口。穿过迷宫，一大片落地玻璃闯入眼帘，玻璃前是几个小小的洗手台。我怔了一下，慢慢走向隔间——还好，这里不是透明的外墙！我很好奇男厕所小便器的墙，又是一幅怎样的情景。后来史蒂文和我交流过，他说得很隐晦，只说在方便之时也能望尽人间繁华。

回到座位，路易斯和朱蒂已经离开，到楼顶中央高出半层的吧台去了。音乐声就是从那里传来，我隐约看见一个漂亮的空中酒吧和一个小型的舞池。

唐雨的酒量我深有体会，此刻她正诗意大发，歪歪地倚靠在高脚椅上，口中念念有词。

"我灵魂的每一次微动，都浸透着辛酸的酒浆……你是对的，史蒂文！你这个怪物！"她骂道，又立刻大笑起来，"酒中有——有真理啊！"

我不禁会心一笑，想到第一晚被她拉着去脱衣舞酒吧寻找真理，却寻到一个前来讨酒的"红颜知己"。史蒂文没有接话，只是默默地对着她傻笑。对于一个大散酒兴的女人，需要和她说什么呢，静静地欣赏就好了。他当然想不到，眼前这个着装大胆、无所顾忌的女人，大学一直没有谈过恋爱，即使毕业后的两年记者生涯里也没有交过一个男朋友。之后的三四年，她始终暗恋着一位大哥，一个经营连锁餐饮店、却全年在世界各地参加极限运动的中年离异者。她欣赏他的见识与沉稳的个性，而他也不是拈花惹草之人——尽管她不明白为什么第一次见面时他要送自己一块白玉。

唐雨的声音太大，那副好嗓音洋洋洒洒，足以穿透十米之外。好在音乐很响，周遭的交谈声也此起彼伏，她的随性发挥如同在空气中撒了一把浓烈的催化剂，反倒激起旁人更加肆意的喧闹。放宽视线，好像人人都喝醉了，人人都在摇曳——俨然一副躁动的油画！那色彩浓重的线条流动着，相互融合，模糊了边界。唐雨看上去像是一个尽情玩耍的孩子，满面红光，完全不在意旁人眼光。此时，她的眼里只有这大好的夜景和不可辜负的国外时光。我挺喜欢这样的她。

"史蒂文！知道这是谁写的吗？"她的脸上忽晴忽雨，也是一幅绝妙的画面。

史蒂文，这个高大健壮的老好人！他长了一张俊俏的娃娃脸，当然这只在他笑起来时成立。他在谈话中露出一侧酒窝时，我们就发现他是个好商量的角色。但我们不会知道，他也会在工作中大发脾气，全因那个中年女上司频繁地要求他出差，并且在晚上10点打电话让他回去加班。他会忧郁烦闷地在KTV一角抽烟，因为彼时已经凌晨3点，周围是一群喝啤酒吃烤串的男女朋友，而家里一本曾国藩家书还没有看完，这会耽误他恶补文化课的宏大计划。

不过此时他并不烦闷。"你写的，你写的！"他继续把眼睛笑成一条缝。

我不禁反应过来：啊，我成了灯泡了！

我端起酒杯，说到另一边走走，继而转身离开。踩在木头地板上，脚掌能感觉柔软的弹力。我找了一处人少的角落，倚在玻璃栏杆旁。杯中的Mojito只剩三分之一，翠绿色的薄荷叶漂浮在冰块上，缩成一小片，像一条游累了趴在礁石上休息的美人鱼。我喜欢薄荷叶的味道，含在嘴里吐气如兰。脚尖前方，往下百米，一条条街道犹如沟渠，深邃而污秽。一片片低矮的平房穿插在高楼大厦之间，阴影下掩埋着苦闷和庸俗。这似乎是个最神圣也最污浊的城市，它在光与暗之中冶炼融合，并生产着大量的反义词。

"我在曼谷三年啦。我在联合国工作。"我听见一个男人说。这里确实有联合国机构办事处。

"啊哈，那你一定碰见过很多有趣的事！说来听听。"另一个女人的声音。

我一口气将杯中酒喝完，转回身子，窥视眼前来自世界各国的俊男靓女，似乎人人都在做着无聊的鬼脸，一如在夹缝中生存的小丑，不遗余力地准备着灵魂深处的盛大会演。我淡淡地看着这一切，觉得有些孤独。

> 她那头上的帽子
> 插着黑色翎毛
> 她那飘洒的绸衫
> 有如云衣霓裳
> 她那纤美的手指
> 满是珠宝闪亮——

多么世俗的气味啊，酩酊怪物！让你在她眼里看到了远方！

我的心脏随着音乐的跳动，越来越重。我再次转过身去，面对这一大片星光点点的繁华都市。脚下车水马龙，形形色色的人影恍如镜花水月。抬头仰望夜空，尘世之上，即是天堂。四处都渗透着令人心酸的酒浆，我本是世俗之人，自然沉浸在酒后的幻妙之中。我越过城市，望向那遥远的彼岸。

我捕捉着意外之喜。

一个人来到我的身边。是一个穿着黑衬衫的亚洲男人，手里把玩着一盒扑克。

"青柠角配薄荷。"他开口了，但我不喜欢这样直接而莽撞的开场白。"你知道Mojito的意思吗？"他问。

"不知道。我只知道海明威喜欢喝。"

"可惜他的酒在古巴，不在这儿。"男人笑了起来，"Mojito的意思呢，好比你现在站在高处，往下看……有没有感觉一阵晕眩和恐惧？这种感觉，就叫Mojito。"

"抱歉，我不怕高。"我偷偷瞥一眼脚下，淡淡说道。

"跟我来，我带你去一个地方。"

我认为得体的做法应该是拒绝他的邀请。可男人已经拉着我的手，迅速穿过灯红酒绿和人群，来到了一处安静而优雅之地。这里没有端着酒杯嬉闹的男男女女，也没有穿梭在人群中忙忙碌碌的服务生，只有一个月牙形的吧台，配着三两个高脚凳，仿佛另一个空中酒廊。音乐很轻，蓝调布鲁斯，我觉得刚才强烈跳动的心平静了下来。没有了纷杂的人群，曼谷的城市夜色显得静谧且可爱。我们向吧台走去，两小杯红酒已经立在深色大理石台面上。男人拨出扑克牌，拿捏在手里。恍惚之间，他说了许多话，还把我的手放在牌上。他来回将牌拨弄几次，最后翻出一对红桃国王和王后，微笑地望着我。

雕虫小技！我在心里叹道，却不住惊奇。我尽量按捺欣喜，使它不浮于脸色，只是微微扬起嘴角。

"闭上眼睛，跟着我走。"男人离开高脚椅，牵起我的手朝另一个方向走去。

空气里蔓延着薄荷叶和青柠的味道。我闭上眼睛，跟着音乐的节奏缓慢向前行走。十几秒后，他放开了手。我睁开眼，面前一片空旷，余光中的月牙形吧台若隐若现。男人或许已经绕到了我的身后，但我不敢动。我有一种预感——我低下头，能看见玻璃地板下的整幢摩天大厦！我能看见每一楼的边沿，层层下去，越来越小。我屏息静气，真切感受着晕眩带来的刺激。然后，我迈开脚步，漫步在一百五十米的高空之上！

如痴如醉。

情人节的电音派对

　　一早醒来刷朋友圈，看见饶冰在代购号上发了一条，"明天送女朋友什么礼物好呢？ 200块以内——不如送她一个自由。"大笑之余，猛然发现又到了每年的2月14日。唐雨正在化妆，我问她今天有什么特殊安排，她说晚上一起去酒吧过节，朱蒂会来，路易斯不来。我说去哪一家？她说好像是在RCA，史蒂文挑的。

　　下午我们照旧在素坤逸大街上散步，路过Terminal 21商场时，我打算进去给自己买个礼物。唐雨说干吗费这个闲钱，不如花在吃上，便和史蒂文走向楼上的美食区。

　　对比第一天的豪华商场，Terminal 21品种繁多、价格亲民，更受广大年轻群体的欢迎。与它的名字——21世纪航站楼——一样，这是一家以机场航站楼为主题的大型购物中心，每个楼层的设计都由某个著名城市作为主题，例如巴黎、东京、旧金山、伊斯坦布尔，给人一种在机场内环游世界的绝妙体验——唐雨刚进门便不停拍照。最有趣的是公共洗手间，内部装潢及清洁人员的衣着都与该楼层的主题对应，让人好奇地想要一一观摩。另外，这家商场还入驻了众多泰国当地的时尚品牌。随意走进一家服装店，一款设计独特的鸭舌帽吸引了我，白蓝两个颜色。我拍下照片给唐雨发去，她说蓝的。我便要了蓝色，另外又选了两件颇有亮点的T恤，一同买单。

　　在商场里吃过晚饭，我们到路边等待出租车。连续拦了两辆——在史蒂文喊出"by meter（打表）"时——都一溜烟儿地跑了。等到第三辆时，因为我们讨价还价照样被甩下。最终，史蒂文只对着第四个司机吐出"RCA"，便拉门坐了上去。

RCA这三个字母在曼谷无人不晓，它的全称是"泰国皇家大道"，名字气派，实际却是一条毫不起眼的街道。不过，这条几百米长的街道两旁汇集了大小不一、风格各异的酒吧和夜总会，是当地中产阶级常去的夜生活之地。听路易斯说，十来年里，这里的夜店起起伏伏，不知改头换面多少次。

半个多小时后，出租车停在Route66酒吧门口。史蒂文说这是RCA 最出名的一家酒吧，我不由联想起美国的66号公路，这条公路一直延伸至美丽的圣莫妮卡海滩，几个月前，我还曾在那里的沙滩见过一位长得像露丝的美国姑娘。

大门外已经聚集了不少衣着亮丽的年轻男女。手里的纸袋显得麻烦，我索性扔掉纸袋，戴上那顶蓝色鸭舌帽，两件T恤塞进唐雨的大包。几位安检人员在铁门旁检查证件，好在我们提前做了准备，即刻掏出护照递上去。这一举动给了我莫名的感觉，似乎即将进入某个神秘之地，一个我从未踏入过的禁地，这种感觉比起第一天自由出入脱衣舞酒吧更为奇特。进门后，每人又在入口处付了三百泰铢的门票，方才向里走去。

一个长条形的露天演绎吧首先出现，小型舞台架在二十米外的顶端，电子屏幕上播放着抽象的图形，台上无人表演。台下整齐摆放数十张桌椅，零散地坐着些人——似乎是从内场出来透气的，一排黄色灯箱立在场边，营造出高档优雅的氛围。

剧烈的音乐声从室内传来，我们走进一扇小门，立刻步入电闪雷鸣。几根幽蓝的光线在人群上空闪射，霎时间变幻成鲜红色。LED大屏幕前摇晃着打碟身影，一个腿脚麻利的服务生领着我们走向最靠近屏幕的位置。此时客人只来了四分之一，但每一桌座椅都摆放紧密，走动起来略显困难。我们的桌位紧临舞台，坐上高脚凳，抬头即可看见满脸络腮胡子的外国DJ。仔细观察四周，多数亚洲面孔，目之所及的两个老外就站在唐雨邻桌。不锈钢玻璃桌台很小，只有两本杂志那么大，最大限度满足了场内的容纳人数。门票包含了等值的酒水，我们随意点了三杯，唐雨不胜酒力，选了汽水饮料。等到三杯上桌，唐雨不含酒精的杯子明显与我们的不同。旁边的老外注意到这个细节，摆出不屑的表情，又相互交谈些什么，搭配不友好的手势。这些动作被我一一看在眼里，顿时对他们的印象极差，示意唐雨和史蒂文换了位置。

　　或许是情人节的原因，10点不到，场里便人山人海。我们前方两米之宽的通道，此刻被挤得水泄不通。疯狂的人群面向舞台，高举双手来回摆动，仿佛虔诚地向台上的DJ祭祀。他们连成了一块整体，跟随强有力的音乐节奏一上一下，一前一后，排山倒海般向我们压来。我尚有的一平方米空间早被击破，无法坐稳，只得站起来将椅子挪到桌下。再看唐雨，她被这阵势推得摇摇晃晃，只好又同史蒂文换回位置。史蒂文个头高大，在来回挤压下朝我无奈地傻笑。而隔壁桌的两个老外，早已和旁边的一群美女喝成一片。再看我身后一桌男女——仅从面相上看不出是否本地人士，其中一个女生喝得晃晃悠悠，脑袋低垂，身体的摆动也跟不上节拍，靠近我的一个高瘦男生，长得白白净净，我和他对望一眼，扭回头来。

　　唐雨拉我去洗手间。其间穿过另一间舞厅，乐队正在台上演唱，曲风类似流行摇滚，台下客人却稀稀疏疏，与刚才的区域形成鲜明对比。洗手间里有清洁阿姨，专门站在水池边发放纸巾，我和唐雨正在疑惑要不要给小费，看见别人拿了就走，也有样学样。出来之后，又到外面的露天场休息。

　　"我发现我欣赏不来这种音乐啊，史蒂文说这个叫，叫什么来着？"唐雨坐在我对面，用手托着下巴。

　　"EDM，电音舞曲。其实我也第一次听说。在国内没怎么接触，没想到曼谷很流行。"

　　"我看史蒂文也不太喜欢啊？看来我们都老了，跟不上年轻时尚了。"

　　"哈哈，那你就把它想成老年迪斯科呗。"我说。

　　唐雨说的，我也颇有同感。这种超强刺激的音乐，不在我的欣赏范畴，但它总有火的原因，我打算回去好好百度一下。

　　"嘿，爱米，珍妮弗！"

　　朱蒂的高跟鞋嗒嗒地响。她脸上的妆容很完美，卷曲的头发整齐而有光泽。

　　"你们坐在这里干什么？进去吧！"

　　她微笑地拉起我们的手，走进魔幻世界般的电音场。朱蒂很享受这里的音乐，她轻松地放下包包和手机，身体摇摆起来。

　　突然响起熟悉的旋律。终于有一首听过的曲子了，虽然叫不上名字，但久违的快感涌上新心头。再看唐雨和史蒂文，也露出欣喜的表情，全身扭动起来。看来，相较震耳欲裂的快节奏而言，我们三个在行云流水般的旋律中更能找到共鸣。镭射灯疯狂移动，在一张张面孔中来回扫射，好在我戴上了帽子，眼睛并不觉得难受。场内的氛围达到高潮，四处都是贴身热舞的画面，人群中发出声声尖叫，酒精和热情释放到顶端。

　　突然"轰"的一下，我身后那桌发出了巨大的声响。小腿似乎有液体溅上，转头一看，那个早已喝晕的姑娘仰面倒地，就躺在我的脚边。一旁两个男人迅速弯腰搀扶，服务生也过来清洁地上残渍。

　　"对不起对不起！"有人说话。

　　"没事没事。"我回答。

　　情急之下也不记得是谁先说的中文。

　　"你是中国人？"那个高瘦的男生惊奇地看了我一眼。

　　"对。你们也是？"

　　"是的。"

　　短暂交流一阵，得知瘦高个叫沈科，从北京过来旅游，同桌的男人都是长居曼谷的中国人，另外两三个女生是才认识几天的泰国人。因为同在北京，唐雨也愉快地和他聊了几句。现场音乐嘈杂，言语交流在此刻成为负担，我们相互加了微信，便不再说话。之后两桌人偶尔碰杯几次，简短说上几句。只是一个身材偏胖的男生行为高调，跳起舞来姿势十分可笑，他还告诉我们过两天要去芭提雅参加电音节。

"嘿，你们要不要一块儿来芭提雅啊？我在海边有个大别墅——"他有一口浓重的北方腔调。

我和唐雨面面相觑，史蒂文也一脸尴尬。朱蒂听不甚懂，自顾自舞。将近12点，我们与沈科一桌道别，出门离开。

朱蒂邀我们再去通罗区的酒吧，说有几个朋友在那里聚会。唐雨说想回去休息，史蒂文也说困了，朱蒂眨巴着眼睛望着我，长长的睫毛如同大扇子，分散了我的注意力。

"爱米，我们去吧！两点就关门了，去玩一会儿。"她的眼神让人无法拒绝。

于是，出租车先把我和朱蒂放在了DND酒吧的门口，再载着唐雨和史蒂文回了公寓。

一下车，朱蒂随处指了指几家夜店告诉我，周围有很多不错的餐厅和酒吧。"当地有钱的年轻人都喜欢来这里玩。"她说。我和唐雨住在通罗区一周了，竟没想到，附近就有这么多吃喝玩乐的地方。

DND门口站着许多年轻男女，环视一圈，这里的感觉又和RCA不太一样，游客似乎更少，聚集的皆是当地年轻时尚一族。

朱蒂带着我在场子里钻来钻去，最终停在三个泰国男生身旁。伊登是朱蒂在新加坡认识的，另外两个是他带来的朋友，几个人的岁数大概都在二十五以内。我挺好奇，情人节怎么大家都单着，观察四周，大多是一桌男人、一桌女人，或是一群人中掺杂个别异性。也是，一对对的都另寻节目去了，今夜的酒吧是给单身人士狂欢的。桌上放着一瓶洋酒，还剩半瓶有余。伊登往我的杯子里倒了一些，加了几块冰。酒过三巡，发现曼谷人喝酒也同国内一样，碰了就是干杯。

"嘿，我和朱蒂周末去芭提雅的Maya音乐节，还有一些朋友，你来吗？"他摇晃着杯中的冰块问我。

"不了。我和朋友还有别的安排，就待在曼谷。"我说。

伊登的英文很溜，如同母语，但没想到他说起中文来也很地道——估计也有华人血统。他相貌普通，口才上却极有天赋，自称是个魔术师，随身带了一副扑克和几枚硬币，喝酒时露了几手，看不出破绽。他性格活泼好动，有时严肃，有时无厘头，颇有些电影《宿醉》里周先生的风格。

朱蒂的包包就挂在酒桌下方，别桌的美女们也都如此随意，根本不担心小摸小偷的行为发生。想起第一次到曼谷酒吧时，唐雨问服务生WiFi密码，当时音乐轰鸣，双方又语言障碍，大概听懂了"WiFi"一词，服务生立刻拿起唐雨的手机掉头就走，很快消失在人头攒动中。唐雨整个人都傻了，然而两分钟后，手机完好送回，网络也连上了。

"爱米，你看那个戴帽子的男生，帅吗？"

朱蒂凑在我耳边问道。

"嗯，还不错。"

"我看得出来，他是中泰混血。"

"这你能看得出来？"

"当然！我还能看出是混韩国的还是混日本的。"

朱蒂一边舞动着，一边大胆地盯着那个方向。

"我现在喜欢一个日本人。我给你看照片。"

她打开手机，翻出一张照片给我看——那个男生留着金黄色的长头发。

"挺可爱的。他住在曼谷？"我问。

"是的，我们在曼谷认识的，不过他刚回国了，下个月再来。"

酒吧内气氛愈来愈烈，我左边一桌浓妆艳抹的美女，露着大腿。右前方一桌俊男，各个鼻梁挺拔，多半也是混血。两桌相隔十米有余，不影响他们之间眉目传情。一个男生作为代表，走到女生那桌，与其中一个交头接耳。相互留了联系方式后，又立刻转身回去。伊登和他的朋友不知去向，朱蒂自我陶醉。她喝了一大口酒，靠近我说话。

"我不喜欢欧洲男人，也不喜欢澳洲的，还有美国的——他们都不会付房贷！泰国男人会付，日本的也会，中国的……"

音乐声很吵，听不清朱蒂的胡言乱语。

"你知道吗，我爸爸破产了……我们才从新加坡回来……我得找一个有钱人。"

一点过了一刻，伊登的一个朋友回到桌边。我便问朱蒂要不要回家，她抓起桌下的包包，和我一起走出DND。将她送上出租车后，我也打了一辆车回公寓。

回到房间，唐雨已经睡着，我全身乏力，脑袋也晕乎乎的。

Whatsapp弹出了朱蒂的信息。

"爱米，你回去了吗？伊登那个家伙怪我把你拐跑了，还说我在背后说他坏话。"

下方是她和伊登聊天记录的截图。

我轻轻笑出声，这种感觉犹如学生时代的再现。当时玩在一起的小伙伴，说起话来总是肆无忌惮，毫无逻辑，却也真切。而现在听到的，要么一板一眼，要么信口开河，多是套路。再接着，同桌、死党、欣喜和失恋、友谊中争吵、第一次去的网吧和酒吧……一幕幕映在脑海。我躺在回忆中，缓缓入睡。

牵手在考山路

一觉醒来，孟唐雨已经化好妆，在镜子前徘徊。她穿着一条鲜黄色连衣裙，腰下还绣着一只大蝴蝶。

"咦，之前没有蝴蝶啊？"我问她。

"这里破了个小洞，我就在淘宝买了只蝴蝶。怎么样，很协调吧？"她个人非常满意。

"你自己缝的？破了就别穿了啊！"

"那怎么行！这是我最喜欢的裙子啊！"

朋友们公认，唐雨是一个自带笑点的人。很多时候，她和大家都不在一个频道上，但和她在一起的感觉，特别真实地贴近生活。

她又脱下这件，换上另外一件，来回琢磨。她抱怨来曼谷吃得太多，导致身形臃肿。最终她还是穿上了那件带着蝴蝶的黄裙子。

"我和史蒂文去大皇宫，你不去就自己玩啊！"她在镜子前试了一下墨镜，又将它扣在头上。

孟唐雨第一次出国，热衷于曼谷的各个景点。我大多不去，还好有史蒂文陪她，他们时常拌嘴，出游时也颇有乐趣。这样，我也可以享受一个人待在公寓的时光——到顶楼游一会儿泳，看一会儿书。书还是那本《人间失格》，唐雨似乎只是随手扔了一本在旅行箱里，翻看之后发现不对她胃口。

"一个家庭优越，却天生敏感的天才。从小惧怕人多的环境，却一直伪装成讨好的角色。他不是主观的恶人，只是给不了周围人温情。"她掷地有声地说，"我还是更喜欢王朔的京痞。我喜欢笑对人生，不喜欢没事找事的人。"

"你就是太健康、太乐观了。要不你也是一代哲学家。"我逗她。

她手机里正放着《刚好遇见你》。这几天她频繁播放，起床洗漱时听，化妆卸妆也听，神曲般的旋律让我备受煎熬。我十分佩服唐雨对于文学独到的见解，另一方面，又对她衣着的眼光以及音乐的品位不敢恭维。我一直认为人的各项审美都是相对平均的，但在唐雨这里，这个看法被彻底打破。她天性对文学敏感，很容易有所领悟，但她不擅长的或不在意的，受周围人影响较深——而周围又是她喜欢和信任的人，以至于这种影响达到了根深蒂固的程度。不过，在某个方面有没有天赋，她的态度很豁达，不像有些人为自己的平凡感到焦虑，还有些人为自己的聪慧加以苦恼。

打开手机，两条未读短信。竟是沈科发来的，第一条是个夸张滑稽的表情，第二条是"我们去芭提雅了，回曼谷再一起玩！"

我想起那个喝醉倒地的女孩——他说是在当地刚认识的，还有他的胖子朋友——酒量大口气也大。一桌人都奇奇怪怪，只有他一个还算正常。二十出头的邻家男孩，一身干净白衬衫，戴着眼镜斯斯文文。他说去芭提雅参加 Maya 电音节，似乎是个盛大的活动，朱蒂和伊登也要去。我想了想，回复："你喜欢 EDM 吗？我不太能听懂。"

唐雨出门了。我泡了史蒂文买来的方便面，冬阴功的味道弥漫整个房间。吃完后我换上泳衣，夹着书，将手机留在房里，上楼游泳。

顶楼阳光很好，下午两点的太阳照得人睁不开眼。游泳的人不多，有一对白人夫妇带着一个小婴儿在池里玩耍，婴儿撑着爸爸的手，一点都不害怕，不停用手拍打水花。我一直很佩服敢训练幼童下水的父母，没有救生圈，只靠父母的双手托着。我在棕榈泉时见过这样的情景：一个年轻妈妈教一岁多的女儿把头浸到泳池里憋气，另一个四五岁的儿子在边上跳水——我当时吃惊极了。泳池边摆了一排藤椅，一个戴墨镜的白人老头和身边坐着的泰国女孩聊天。这些人见我走进泳池，都非常友好地对我微笑。我很感慨这几天碰见的人，他们丝毫不吝啬自己的笑容，随时对陌生人展露善意。微笑本该是一份社会契约，是每一个人在集体生活中必备的责任，它不仅能省去不必要的麻烦，还能解决很多问题。

我一一和他们打过招呼，挑了张躺椅放随身物品。走到泳池边撩了撩水花，水异常冰凉，并没有被太阳照暖。我暂时没有下水的勇气，便回到椅子上，躺下看书。

　　翻翻手中的书，大量记叙和对话，像是作者自己的故事。我记得唐雨说过，"我回想不起书里讲了什么，只记得那种细碎的、极度消极的情绪。"

　　我的眼神在书本和风景间交替徘徊。白纸黑字给了我一个虚幻的世界，而耳边伴随水花的嬉戏声又把我拉回现实。我开始不按顺序阅读书上的文字，眼神回来时，定格在哪一行，便读那一段。我觉得在这样的环境下阅读很轻松，很随意。水里还有个年轻的亚洲男孩。他蛙泳的速度很快，青春张力与一旁的白人老头形成鲜明对比。身边的躺椅上放了一条浴巾，我认定这是那个男孩的——我突然很期待一会儿能与他聊上几句。眼神离开书本，被他牵引，直至他起身上岸，向我走来。

　　"嘿。"我先发制人。

　　"嘿。"他轻描淡写。

　　我一点儿都没有失望。这是一个小麦色皮肤、高高瘦瘦的大男孩，湿漉漉的中长发扎在脑后。我认为他来自东南亚某个地方，不过精致的五官和挺拔的鼻子令我无法判断。自从在朱蒂和路易斯那里听来不少混血的故事，我也喜欢揣摩起别人的长相来。这一刻，我不需要交谈，眼前是一个谁见了都会喜欢的男孩，一个从日本漫画里走出来的花样美男。

　　"你不下水游一会儿吗？"他过了一会儿才说话。

　　"水太冰了。"

　　"Ok。"还是那样轻描淡写。他拿起矿泉水瓶饮了一口，又下到泳池。

　　我不再盯着他，而是回到《人间失格》。我也不再受耳边声响的打扰，认认真真看完了一大章节。

　　亚洲男孩又回到躺椅旁。他躺下休息，闭上眼睛。我继续看书。

　　"嘿，你去过考山路吗？"他突然扭过头，向我开口。

　　"没有……但我听说过，好像很热闹。"我努力回忆起唐雨的攻略。好像是一个背包客的聚集地，一条短短的街道，布满了廉价旅馆、文身店、小饭馆、酒吧和各种小商店。

"我很喜欢那里，去过好几次。"他咧嘴笑起来，露出两颗小小的虎牙。我突然觉得，这样一张俊俏的脸上，就应该有这样的虎牙相配！

"我晚上打算再去一次，你有兴趣的话，可以一起。"他说。

"我还有两个朋友，可以叫上他们吗？"我很乐意再见到这个美少年，但他有些内向，我想带上叽叽喳喳的唐雨和史蒂文会更加有趣。另外，我想让他们也见一见，美好的人和物应该一起欣赏。

"为什么不呢？"他又露出可爱的虎牙。他擦干身上的水珠，套上一件灰色T恤。"我没有带手机，不过我们可以在一楼大厅集合，6点怎么样？"

"没问题。"我说。

他留下一个灿烂笑容，往电梯口走去。

"对了，我叫盖里。"

他又转过身，冲我一笑。不夸张地说，这幕比起偶像片来毫不逊色。

一个小时前，我还渴望能与之交谈，一个小时后，他竟然邀我同行。我突然觉得曼谷这个地方实在有趣，但几秒过后，又觉得可笑——我竟然答应一个陌生少年的邀请，还擅自替唐雨和史蒂文做了主！我甚至连他是哪国人都不知道。盖里的英文发音很好，清脆平滑，不是美式或者英式。我觉得光听他说话就是一件非常舒服的事，可惜他一次性说话不多。他的性格与他的外表一样，内敛忧郁。唐雨和我讨论过，即便人不可貌相，大多数人仍然会情不自禁地被外表出众的人所吸引。唐雨认为因美感带来的愉悦是无可厚非的，她说欣赏漂亮的人可以陶冶情操。这一刻，我觉得自己思想肤浅，却简单明了、十分受用。我已然没了看书或是游泳的兴致，立刻起身回房，给唐雨发信息。

5点不到，唐雨回来了。我问她大皇宫感觉如何，她说金碧辉煌。我说没啦？她说没了啊！我说这不像你风格啊，平时思绪泛滥的。她说更多的是吸收，而非感受。她说更想听我的描述，关于如何邂逅一位美男。我说她八卦，她却振振有词。

"人本来就是在八卦中发育成长的啊，八卦有助于稳定和发展。"

我大概描述了盖里的外貌，却不尽满意，认为这些词汇不及形容他的十分之一。有时候，语言显得软弱无力，竟然不如一张照片来得真实。

再看手机，沈科回了一条信息。

"EDM主要是走节拍，前奏、中间部分、再到高潮。高潮点有八个大拍，曲风很多不同，有兴趣你可以听听Hardwill或者ZED。每个DJ的曲风都不一样，而且有的人会唱歌，有的不会。"

"那晚Route66里放的就是吗？"我回复。

"66是土嗨，土嗨和EDM是两个层次。我更喜欢它隔壁的Onyx酒吧。"

"在我听来，可能都差不多。"

"我喜欢EDM还有一个原因。喜欢它的群体都是高颜值，而且很时尚。"沈科又发了一个搞笑的表情。

我反复看了几遍，不甚了了，便想有空再百度一下吧。

晚上6点，四人在大厅会合。

盖里的头发干了，黑亮光泽。他的发型很有趣，左耳边编着一条食指长的小辫，右边头发自然飘逸地放下，后脑中部扎了一个丸子——像是从某个原始部落走出来的人物。我莫名其妙地想到了少年派。

唐雨本还不信我的描述，觉得我太过轻易使用了一些神圣词汇，可见到盖里本人，她竟开始随便英译这些美丽的单词了。

"You——like——flower boy！"她对着盖里大声赞美道。

她真是勇气可嘉——我想只有我一人明白她的原意。史蒂文几秒之后似乎懂了，猛地笑出声。盖里也跟着傻笑，显得很不好意思。

"你们笑什么，花样美男不是这样翻译的吗？流星花园的F4就是flower的意思啊！"

"怪我们没文化喽？"史蒂文呛了一句。

两人在出租车里抬杠。盖里坐在副驾驶，他听不懂中文，我也看不到他的表情。公寓距离考山路将近二十公里，一路上唐雨发挥了所学英文的最大潜能，还是无法完整表达出她的意思。口齿伶俐和满腹学识此刻都无用武之地，但她没有受挫，毫不害羞地发挥八卦本能。

"Where are you from?"这句她说得很好。

"我来自澳大利亚。事实上，我出生在缅甸，九岁的时候才和父母到达澳大利亚。"

"米——阿——买？"唐雨显然没有听懂缅甸的单词——她甚至联想到了迈阿密。

"对，Myanmar，也叫Burma。"盖里说。

"原来他是缅甸人。"唐雨用中文说道，然后继续问，"那你还是学生吗？"

"是的，我在悉尼读书，护理专业。"

唐雨问我nursing是护士吗？我和史蒂文都怔了一下。男孩子学习看护，似乎不太普遍，或许在澳洲情况不一样。

"今年毕业了，不过之后我打算继续学习医药专业。"盖里补充道。

我重新审视盖里。学习护理和医药专业的男生，应该有着不错的记忆力、平和的性格、又或者……敏感的性格？

"你长那么帅，学校里的女同学一定都很喜欢你吧？"唐雨像是个给女儿相亲的阿姨！史蒂文给我使了个眼色。

"事实上，我高中读的是男子学校。"盖里显得不好意思。

"那你一定有许多女朋友吧？"唐雨穷追猛打。好在她蹩脚的英语和超乎寻常的热情使得她的唐突并不显得很没礼貌——至少盖里的耐心回答表明他并没有被冒犯。

"我去年才谈第一次恋爱……不太好的经历。她是一个德国女孩，现在在日本教书。"

盖里继续用他清脆的嗓音回答，但我嗅到空气里不寻常的气息。有一种尴尬的氛围，连呼吸都能感觉到。之后是短时间的沉静，接着唐雨又跳到其他琐碎问题。

半个多小时后，我们抵达了传奇的考山路。两百来米长的街道，规模如同国内县城的夜市。硬件设施极其简陋，却因为有着来自全世界的游客，形成了不一样的味道。网上说它是背包客的天堂，除了便宜，它还有别样的风情。两边低矮的楼房大多用作了青年旅舍，一楼的店铺作为酒吧和餐馆，或是其他各式商店，街上又是遍地的小摊小贩。放眼望去，吃饭的、喝酒的、按摩的、编头发的、文身的，形形色色，应有尽有。各种小吃也看得人眼花缭乱，满街炊烟袅袅，十里飘香。行人皆是衣着随意，一件棉布背心，脚踩一双拖鞋，慢悠悠地来回闲逛。这里的酒吧又是另一种风格，所有店铺门板都被掀开，店内情景一览无余，如果不是劲爆的音乐和翩翩起舞的客人，看上去不过是一个敞开的餐馆。长条形的餐桌椅，三两好友举杯言欢，更多的是随性和放松，而不是颓废的买醉之地，或者带有目的性的社交场所。

一个孙悟空打扮的街头艺人奔向我们，我们三个都躲开了，盖里却直直地站在那里，唐雨一把将他拉走。

"你来过这里好多次，应该知道，那种合影是要钱的呀。"唐雨对他说。盖里只是害羞地笑笑。

因为盖里来过多次，我们便让他挑选酒吧。他前后看看，选中一家。穿坐在门口的客人，跨上两个台阶，我们坐在靠墙的位置。高出一层的视野确实很好，街道景色一览无余。

唐雨翻看酒水单，点了一杯水果饮料。史蒂文和我点了啤酒。

"你怎么不点'莫激动'啦！"唐雨朝我挤眉弄眼。

"威士忌加可乐，Johnny Walker。"盖里看也没看就点了。

"这里吃的都是些什么啊？我还是去外面买点小吃回来。"唐雨放下菜单朝外走去，史蒂文也跟着一道。

盖里坐在我对面，安静看着门外。有些人如果不笑，表情会变得十分严肃，但盖里面无表情的时候，依然是柔和的。

"你是第一次来曼谷吗？"我问他。

"不，我每年放假都会来。"他转过头看我，微微一笑。

"看来你很喜欢这个城市。"

"我也说不清楚。在这里，有的时候我很快乐，有的时候很愤怒，有的时候我也感到压抑和悲伤。"他脆脆地说道。

我看着盖里的脸——即使他笑着，我也感受到淡淡的、柔和的忧郁。我一直觉得自己算个悲观主义者，至少是个思想积极的悲观主义者，但是盖里，有一种与生俱来的悲哀。我喜欢看他的脸，以及他任何一个细微的表情变化。年轻、俊美，使得他的一切都充满可观性，他的动态，天真自然，他的静态，同样生动别致，这些都值得琢磨。但我想象不出这个亚裔男孩在悉尼某所男子高中留着短寸头的样子，他在这个年龄阶段经历了一些人生变故，内心开始改变青少年只为自己打算的习惯，愈发珍惜家中的成员，尽管行动上却表现得依旧漠不关心——他那个相差十余岁的亲妹妹也和他有着很深的代沟。他开始在东南亚的几个城市徘徊，不过他最喜欢的还是曼谷，或许因为有几个亲戚在这里吧。他暂时还不想回缅甸去，爷爷奶奶那里的亲戚也不认识了。他也不明白为什么自己一直不喜欢用脸书，偶尔打开看看，里面只有几张和高中死党的合照，照片中的几人都留着短寸，深蓝色西装校服上打着领带。他其实是很友善的，但他从不主动添加别人，也只有八个好友关注了他。

"我五年前来过泰国，不过是跟团游，几个城市安排得很紧凑，每天坐着大巴车在景点之间穿梭。上车睡觉，下车拍照，已经忘了什么感触了。不过这次感觉完全不同，我能理解你所说的，也很佩服你一个人旅行。"我喝了一口酒，清凉的感觉很好。

"曼谷是个大城市，城中心非常国际化，我可以吃个英式早餐，午饭尝泰国菜，下午吃一些墨西哥点心，晚上再去一家意大利餐馆。但是周边地区却很传统。"盖里语气平淡，却令人触动。我很喜欢他散发出来独特的气息。

"你一般去哪里吃饭？"我接着问。

"我喜欢去 Terminal 21，那里的点心不错。"

我想起了那家商场四五楼的美食区，旧金山主题，红色的金门大桥从楼层间穿过。

"这里的外国人太多了，我一分钟见到的，比我在国内一年见到的还多。"我笑笑。

"欧洲的老年人们喜欢曼谷的悠闲生活，年轻人则来这里寻找疯狂派对。你能看见有钱的白人老头孤单地坐在街边喝咖啡，也能看到贫穷的泰国小孩在路上快乐地玩耍。"

我没有看见形单影只的老外，只看到他们挽着泰国姑娘的肩膀。路易斯说这里没有移民政策，但签证却能无限延续，以至于越来越多欧美发达国家的人在这里长期逗留。这里对于他们来说，如同人间天堂。

我看着盖里侧脸的双眼皮——他侧着头望向考山路上欢快跳舞的人群，长长的睫毛，头发遮住了耳朵，颇像一个俊俏的亚洲女孩。似乎至美之人，面容中会略带些异性的特质，这也是为什么我看盖里，常常引出性别上的错觉。好在他的皮肤健康黝黑，否则过于柔美。我希望这一刻就这样安静坐着，没有任何人打扰。

"你喜欢我的老鼠尾巴（rat-tail）吗？"他突然冒出一句。

"什么？"

"就是我的小辫子啊！"他露出小虎牙，"因为你一直在注意我的小辫子。"盖里抬起手，用食指和大拇指捏着那撮头发。

"噢，是的。你的辫子很有趣。"我说。

"前几天我在这里编了一条。不过今天这个是我自己编的，有些难看。"他翘起嘴。看得出他很在意他的头发。

"不会，很好看。不过你们学校允许男生留长发吗？"我问。

"学校没有规定，还是不太好……3月回学校，我会把它剪掉。"

他脖上戴了一条很长的项链，坠到胸前，吊着一把金属的类似斧子造型的小东西。不知道为什么，他身上总有吸引我的东西，皆带有古老元素。

"盖里，你戴的这个是什么？造型挺特别。"

"这个吗？"他低下脑袋，抓着胸前的项链。"是我一个叔叔给我的，上个月他去世前给我的。"

"噢，对不起……我很抱歉。"

"对了，你喜欢猫还是狗？"他顿了几秒，突然问我。

"呃……这个，应该是狗吧。虽然两种我都没有养过。"

"我喜欢猫。"他说。

唐雨买了各种小吃回来，七七八八套了许多塑料袋。她将它们一一打开，摆在桌上。

"尝一下这个烤肉，很好吃。刚才看见好多炸虫子，史蒂文还说要吃。"

"明明是你要买好不好！"史蒂文反驳。

唐雨不理会他，继续说道，"刚才我们看见好几个人妖——你知道吗，ladyboy。"

她转向盖里。盖里笑了一下，"是的，这里有很多。有的还是店铺老板。"

"她还问我是不是！我说，你看着觉得像的，就一定是啦。"史蒂文咬着一串烤肉。

"你不吃吗？"唐雨问道。

"不用，我前面有吃一点了。"盖里害羞地笑。他双手放在桌下，继续扭头看外面的景色。

音乐一曲接一曲，多是耳熟能详的欧美流行曲。不知何时，史蒂文和盖里身后一块五六平方米的小空地上出现了两个跳舞的金发女人，不一会儿又多了两三个老外。这几个人越跳越疯狂，不仅自我陶醉，还极尽全力召集其他客人起身共舞。

"——Why you gotta be so rude?（你为什么要如此无礼）"

全场的人跟随歌词共同唱着，喊叫着，坐着喝酒的人纷纷站起，伴着音乐点头晃脑。路人也被感染了，纷纷侧目驻立。这里本是一处绝佳的观景地，现在倒成了过往行人眼中的一幕舞台演出。

一个拎着啤酒跳舞的男人向史蒂文和盖里招手示意，史蒂文笑嘻嘻地摆了摆手，盖里也不好意思地扭过头来。男人又热情地朝我和唐雨叫喊，让我们过去跳舞。唐雨不拒绝也不接受，一个劲地大笑。男人和另一个金发女人绕过来，拽着我和唐雨就往舞池中心走，史蒂文和盖里也起身跟着，拥挤在这方寸之地。刚开始我们还觉尴尬，渐渐融入后开始自由摆动。唐雨更是找到感觉，面向大街，和那两个金发女人跳得不亦乐乎。恍惚之间，台阶下的人群也舞成一片，延伸至大街……

"爱米你看，1976——那是我妈妈出生的年份。"

我扭过头，街对面一间店铺的招牌上，挂着这几个数字。我脑里计算着，盖里二十二岁，1995年生，她妈妈1976年出生——也就是说，她妈妈在十九岁时生的他！

"我爸爸是缅甸人，我妈妈是中国人，嗯……一个叫广西的地方。她十九岁认识我爸爸，可是她父母不允许他们在一起，所以我妈跟着我爸私奔到了缅甸。"

我看着盖里，想象一对年轻人如何从广西私奔到缅甸。那该是一个浪漫又惊心动魄的故事吧。十九岁，多么青春的年纪啊！那时的我在做什么？好像也有心仪的人，也有叛逆和数不尽的烦恼，这一切，如同盏盏孔明灯，随风飘逝，幻灭坠落在某个地方。

盖里拉着我的手走下台阶，融入舞动的人海中。他站在我面前，灵巧地跳动着。我低头看他的脚尖，是一种独特而美妙的舞步，快速频繁地切换。他脸上洋溢着热切的笑容，不再带有任何的阴郁，两颗虎牙放肆展露着。我牵着他的手，学着他的舞步，和他一起唱熟悉的歌词。

"Why you gotta be so rude?（你为什么要如此无礼）——I'm gonna marry her anyway（无论如何我都是要娶她的）——"

环视周遭，街上每个人都在忘情狂舞。我们面对面，相互拉着双手，就像小时候玩耍的孩子，伴着音乐跳跃、转圈……

一夜尽兴。回到公寓，我们在电梯间分手，互道晚安。喝得微醺，我竟忘了留下盖里的联系方式。

第二天睡醒，我立刻前往泳池，直到傍晚都没有见到盖里的身影。我想到前台打听消息，又想去 Terminal 21 的餐饮区尝试与他邂逅，但我很快打消了这些念头。一天之间，内心的惆怅久久不散。

我应该再也见不到那个缅甸大男孩了。

数学家的"黑天鹅理论"

人生三件事，读书、旅行、与智者聊天。当年读书是任务，同窗留不住，现在书籍和书友都成为繁忙生活中的奢侈品。这段时间，我有孟唐雨和她带来的书，穿梭在这个不断给人惊喜的城市，还有偶尔蹦出毁三观言论的史蒂文相伴，倒也满足。结束了一天的游玩，我们仨儿会聚在一起，瞎掰白天所看到的人和事。唐雨眉飞色舞地说这叫秉烛话奇事，谈笑有"红"儒。而睡前的幸福在于抛开白天所有纷扰，安静地做一个思想者。

而今夜在我眼前的，是早已跳得乐开花的孟唐雨和史蒂文，还有一位金头发的老外。

他就坐在我的斜对面，一米不到的距离。我只能看到他的侧脸，高高的鼻梁在灯光下像一个不规则的艺术品。我知道他喝的是什么，绿色Mojito，和我的一样——不像缅甸男孩，喜欢威士忌加可乐。他的脸让我想起年轻时期的詹姆斯·斯派德，而他的眼神——那不是一双炯炯有神的眼睛，而是一种天生的从高处俯视的沉默的眼神——让我想起《飘》里的台词："坦白说，亲爱的，我不在乎。"

我们在希拉里酒吧。破天荒地，我们今天都想听一场现场演出。Route66里有乐队的场子，但我们想找个新鲜的。唐雨在网上找到了希拉里，就在娜娜广场附近，还说这里有一支乐队很出名，叫破冰。在选择去哪儿这方面，史蒂文永远没有异议。我无所谓去哪儿，心里闷得不痛快，因为那个缅甸男孩。男人的外表只具有短暂的魅力，但他的不辞而别占据了更长久的吸引力。

唐雨和史蒂文早就发现我的异样。唐雨说佛家七苦，你现在是苦于求不得。史蒂文说你这不是求不得，是爱别离。我说你们俩说的都不正确。然后唐雨说完全正确的话就是废话。

沈科发了许多芭提雅的照片来，电音节明天才开始，他们踩了一天马路。画面是白天的街道，充斥着拉面一般的电线，比楼房还矮。放大看电线杆，果真是方形的——网上说是为了避免蛇往上爬。我说在大别墅里玩得还行吧，他说屁别墅，住的酒店。又发了一张饼子，说泰国的煎饼真心的难吃，好怀念卫龙。我说卫龙是什么，他说你们不吃辣条的吗？我说你真厉害，在泰国还能找到难吃的东西，不像我这个朋友——我指的是饶冰，在美食中乐不思蜀了。他说你这个朋友说你在国内可乖了，不去酒吧的，我看你那晚还会蹦迪呀，新手都不好意思摇的。我说这叫入乡随俗、不由自主，喝两杯你也能蹦。他说我不是夸你，我刚开始去夜店时就是僵尸，不像你，完全蹦得还可以。他接着说其实我喜欢的是 EDM，喜欢就入坑了，音乐节经常参加。我说你清醒的时候也喜欢吗？他说喜欢啊，洗澡的时候都在听。我说那要当心肥皂别掉。

酒吧的音乐很吵，乐队正在演唱《敲天堂之门》。乐队不是网上推荐的破冰，但唐雨似乎发现了新大陆，双眼死死盯住台上那个手臂印有文身的主唱。她满面桃花，朝我大声喊：

"鱼——快看快看，他像不像天佑？"

天佑是孟唐雨近期暗恋的一个男生——除了她那位"铁打"的大哥，她不乏"流水"的暗恋对象。我没有见过他，只是经常在唐雨的朋友圈里看到。我对唐雨笑笑，我根本不需要回答。

史蒂文此刻像个呆子，他并不太习惯这样吵闹的环境。可谁叫他性格好呢，见我不想说话，唐雨也顾不上他，便自己喝啤酒，脑袋和腿和着节拍抖动，看着很是好笑。

几首歌过后，酒吧变得拥挤，现场气氛越来越好。舞台前三五平方米的小舞池里挤满了跳舞的客人。这种氛围下，任何人都可以接受与陌生人共舞，他们疯狂地搂抱在一起，乐曲结束后各自离开或一起喝一杯。不时有人挥着一千泰铢向台上的乐队点歌。"天佑"用两个手指轻轻夹起钞票，合掌弯腰感谢，把钱夹在鼓手的话筒架上。唐雨和史蒂文已经离开椅子，往舞池走了。我点了第二杯 Mojito。

邻桌那位年轻的"詹姆斯·斯派德"安静地坐着。之前他身边站着一个高个子同伴，现在不见踪影，换成几个本地男女。有一瞬间，他和我对视，冷漠的眼神让我觉得不舒服。我以为在曼谷见到的陌生人都会相互微笑，并不是。

然而十分钟后，他端着那杯 Mojito，坐到了唐雨的椅子上。

"你好，介意我在这里坐一会儿吗？"

他就坐在我正对面，侧脸变成了正脸。我可以认真端详他的五官了，的确很像詹姆斯·斯派德。可那副冷漠，让我对他提不起兴致。

"可……可以。"我说。猜不出他下一句话，如果这只是一个普通的搭讪——抱歉，我没心情——我会冷冰冰地将他赶走。

"我叫罗宾，我会说一点中文。"他再次开口，居然是流畅的中文。

"抱歉打扰你。"他用中文接下去说。这一句，我能听出不标准来。"我看见你们在说中文。我想过来和你们聊几句。我知道你们是中国人。"他本来严肃的脸露出微笑，眼神还是一样冷淡。

罗宾会说中文，让我感觉亲切许多。我透过他看到舞池里的史蒂文，他已经完全放开，摇摆的动作协调了许多。唐雨居然站在舞台上，抓着"天佑"的手听他唱歌！我哑然失笑，很好，你们开心就好。收回眼神，望着眼前这个不算难看的陌生人——好吧，我就和他聊聊。

五分钟前，罗宾还坐在邻桌，十分钟后，我已经了解到他不少信息。三十岁，法国人，数学专业硕士，现在在台北一家保险机构做精算师，喜欢数字和哲学，工作之余学习汉语。当然，我们是用英语交流，我希望沟通更加顺畅，而不是大量的时间等他查单词。周围很吵，我们的对话像在叫喊——我们胡乱聊着，我告诉他我喜欢希区柯克，他告诉我最近在看《黑天鹅》，我们还交换了彼此的星座和生日。

我突然想到什么，打开手机记事本，把我们的生日输了进去：

19890419

19870312

2017

"看，我们的生日相减，正好是今年的数字。"我对自己的小聪明很得意——还故作随意的样子。罗宾终于睁大那双懒洋洋的眼睛，显出一丝惊奇，这让我感觉很好。

我觉得用手机打出各自想要表达的内容会是一个不错的方式，因为我实在不想继续和罗宾对喊。罗宾表示赞成，他也习惯"斯文"点聊天。于是我们在那串数字下面继续打字——直到现在，那些英文对话还躺在我的手机记事本里。

我：你说的"黑天鹅"，是娜塔丽·波特曼演的那部电影吗？

罗宾：不，是纳西姆·塔勒布的书。它讲述了不可预测的事件，它一旦发生，会有很大的影响。

我：某种程度上，不可预期也是好事，我欢迎新鲜的东西出现。比方说，今晚我的朋友本是为了另一支乐队而来……不过你看，她似乎非常喜欢现在台上的这支乐队。

罗宾：同意。我喜欢塔勒布的想法，数学只是一个工具，而你独立的思考能在很多情况下提供更好的见解，尤其是在那些最重要的和意想不到的情况下。另外，如果我们认为我们可以预测所有的事情，那么，乐趣又在哪里？

我：我想到我们中国有很多这样的古话，祸兮福所致，福兮祸所依。未雨绸缪、乐极生悲。似乎中国人很想要掌控这种无法预期，也许这也是中国人爱把钱存在银行的原因吧。古人教了我们很多如何处理不期而至的方法。兵来将挡、水来土掩，船到桥头自然直。

罗宾：人类想要尝试预测事物，这是自然，也很有帮助。但是，我们需要意识到控制它的限度，保持一种谦虚的态度。在我的工作中，我也必须要知道，什么时候不应该只运用数学。另外，在法语里，我不记得有什么关于应付不可预测性的说法。不过，有一句话是这样的：今天的一个比明天的两个好。

我：同意。即使我们能预测未来，我们仍然无法控制惯性。那些不可预测的事情，同样也是必然发生的事。质量越大，惯性越大，所以整个社会所有人，都不可能改变原有的惯性和事件发展必然的轨迹。如同科幻电影中的主人公，想通过时光机改变历史，却屡屡失败。

我放下手机，我们相视而笑，同时吐出一个词——"蝴蝶效应"。

在酒精作用下，我们放肆地聊着，直到唐雨和史蒂文跳累了回来。我把罗宾介绍给他们。史蒂文很高兴遇到台北的"老乡"，他临时教了罗宾几句闽南话。

突然，"天佑"转向我们，举着麦克风说道，"接下来，我要唱一首歌，送给来自中国的几位朋友。"

唐雨尖叫起来，我和史蒂文一齐欢呼。罗宾大概听懂了，也跟着鼓掌。全场安静，目光几乎都投射而来。音乐响起，是张惠妹的《听海》。悠扬的歌声中，我们听得如痴如醉，罗宾看着我，眼神中多了温柔。

乐队下场，换成了快节奏的电子音乐，舞池里的人越集越多，整个希拉里酒吧就快炸了。和罗宾的思维交换让我的大脑极度兴奋。现在，我需要起身放松一下。我抓着唐雨的手，奔向舞池。

不可思议的四面佛

次日中午，我和唐雨才醒。史蒂文打来电话，说在外面转悠，一会儿给我们带午餐。他总是起得很早，做杂物事也勤快，所以每次他和唐雨吵嘴，我都吃人嘴软地帮他说几句话。

手机上有几条未读信息，是昨晚沈科发的。

"咱俩应该都是火系星座。我是狮子。"

我回了一条，"我是白羊。"

罗宾此时也发来信息。

"我在参观郑王庙。来了才发现，这里正在局部维修。"

随附一张照片。照片上的塔状建筑很气派，外立面密密麻麻地布着维修用的脚手架。罗宾穿着深色的衬衣和长裤，露齿微笑，与昨晚较为严肃的状态很不一样。

　　我回复："依旧很壮观。"

　　罗宾很快发来一个链接，点开后，是郑王庙夜景灯光的照片。

　　没等我回复，他的信息又来了："我明早飞回台北。如果你愿意的话，今晚我们可以找个相对安静的酒吧聊天，比如阿莫罗萨酒吧或者月亮酒吧？9点左右。"

　　一分钟不到，他发来两个链接，分别是两家酒吧的介绍。数学家的严谨！我心里叹道。两家酒吧我都去过，月亮吧在悦榕庄酒店61层顶楼，外观像一艘迎向月亮的巨船，视野很好，可以看见金光点点的全城风景。阿莫罗萨在阿伦公馆的四楼，可以看到湄南河对岸的郑王庙。

　　"两家都行，9点半可以。"

　　过了一会儿，罗宾回复："我对比了一下，选择阿莫罗萨。晚上见！"

　　阿莫罗萨是西班牙语"爱"的意思。我又想起盖里的话，"我可以吃个英式早餐，下午吃一些墨西哥点心，晚上再去一家意大利餐馆。"

　　我再次去了楼顶泳池，依旧失望而归。回来时，唐雨在房里显得闷闷不乐，我问她怎么了，她说和天佑吵了一架，准备断交。我毫不惊奇，这不是第一次听她说与某人断交，而且每一次都是她第一时间主动告诉我。孟唐雨的感情来得炙热，退去时也异常迅速，不带任何妥协。正常人喜欢一个人的时候，他的任何行为举止都是聪明智慧的，油腔滑调都令人着迷，而失去爱慕的热情之后，会发现他的一切都自相矛盾。可唐雨的情况不同，她大多不会退去她的热情，而是对方的行为没有到达她的预期，或令她大失所望。她说，她喜欢某个人一定基于对方喜欢她的基础之上，她不会忍让，更不会在对方冷下来时百般示好。

　　不一会儿，史蒂文拎着午餐回来。

　　"你们是21号走吗？"他问道，同时嫌弃地看着四周，"哇，你们女生都不整理的哦？"

"嗯，下周一，你提前一天吧。你没事的话可以帮我们整整啊。"唐雨打开塑料袋，是她喜欢的糯米饭。

"那今天都周五了啦，我们要不要去Big C附近买点东西啊？"他说。

"好啊，那里有很多商场。"我又提了一句，"四面佛好像也在附近。"

"噢对对对，一定要去的，有求必应。"唐雨十分激动，嘴里的米饭还没有咽下去。

"你真要去拜？到时候要来跳舞还愿的哦。"我打趣道。

史蒂文也在一旁笑道："是啊，要跳得越香艳越好。"

"那怎么了啊，要真能实现就来呗。"唐雨不以为然。

一直听说四面佛极其灵验，不仅在泰国人心中地位崇高，关乎国运，大量华人信徒为了许愿还愿也多次往返于此，还有不少香港明星年年都来祭拜。关于这尊佛的起源，据说在20世纪中期，附近的建筑工地总发生意外事故，于是请来四面佛神，此后再无事故发生，神坛也一直保留至今。我想起五年前那次泰国游，是和肖尔雯报的旅行团。团里有个单独来的姐姐，与我们相处不错——我们到现在都保持联系。当时她特地去寺庙里请了一个佛牌，之后几年又间歇地请过多个。问她感觉如何，她只说得看在哪儿请、谁加持过，有请过很灵的，也有一点效果都没有的，还劝我们最好不要买佛牌，规矩多，神明的东西虽然很快灵验，但易请难送，想要索取就必有代价。

"我上网看了，四面佛正规的叫法是四面神，民间对梵天的俗称。它是创造宇宙之神，掌握人间一切事务。四尊佛面分别代表事业、爱情、健康与财运……那我一会儿可以求四个愿望喽？"乘坐轻轨的时候，唐雨娓娓道来。

"你许多少个愿都行啊，记得来跳舞就好。"史蒂文笑道。

"拜托，还愿又不是只有一种方式。再说了，附近也有专门的乐队和舞蹈队服务，可以雇他们来表演啊！"

"好好好，祝你大红大紫。"史蒂文笑嘻嘻地说。

车厢里好些穿着校服的学生，都和我们在同一站下车。走出轻轨，下了天桥，没多久便到了热闹的十字路口，人群络绎不绝地涌进拐角处一扇铁门。

"啊，原来四面佛这么小！"唐雨一惊，喊出声来。

走进铁门，只见一尊金碧辉煌的佛像——大约只有半人多高——被供奉在精美的神龛之内。佛像有四面、八耳、八臂、八手，东南西北同一面孔，同一姿态，而手中所执之物却各有不同，令旗、佛经、法螺、权杖等各有内涵。四个方位的神台上青烟袅袅、鲜花堆积如山，神台外立有一米多高的铁栅栏，同样挂满串串黄花。众人在栏杆外手持香火、跪拜祈福。

"你们真不拜啊？"唐雨扭过头。

"不啦不啦，万一实现还要来还愿，好麻烦的。你去吧！"

史蒂文朝她摆摆手，我也默不作声。唐雨便一个人买来祭品，包括十二炷香、一支蜡烛、四串鲜花。接着她从正面开始上烛，顺时针依次环绕神像叩拜，每面佛像上香三炷、献花一串。唐雨一边祭拜着，一边小心翼翼地穿行在众多持香人群中，生怕不小心被烫伤皮肤。最后在角落里的净水池里冲洗双手。

史蒂文与我虽然不拜，也虔诚站着，双目凝视神龛，心中默念什么。眼前的四面佛也不是20世纪原本的那尊了，2006年时就有一名精神病患者在深夜狂砸四面佛，工匠花了两个月才将碎片重新黏合、上漆、涂覆金箔，还重新制作了新的神龛。2015年的时候，神像的下巴、面部、手臂、手指等部位又在爆炸案中损坏，半个月后才修复完毕。

离开四面佛，史蒂文逗唐雨，你刚拜完佛祖，一会儿只能吃青菜了——受到了唐雨一阵白眼。我们打算先购物，再找个商场吃饭。附近一带是个大商圈，许多百货门口都摆着各种展会，暹罗广场也在附近——想起大学时宿舍四人一起看过《暹罗之恋》，一起哭得稀里哗啦。可是，离电影拍摄已十年之久，当年场景早已不复存在了吧。

宽敞的步行道上熙熙攘攘，人群自动分成两个方向行走。左前方一个熟悉的身影闯入我的视野，小麦色皮肤、俊俏长相，高高的个头十分显眼。我难以克制狂乱的心跳，那是盖里，他面向我们而来……然而他的手，牵着另一个亚洲女孩。我一言不发，双腿惯性地向前走着。唐雨轻声叫了一声，她和史蒂文都看到了，他们直直地盯着盖里——盖里微微回以微笑，没有露出虎牙。没有人停下脚步，或改变原有的行走轨道。步行道太宽了，我们在相隔五六米的位置交叉而过，连对方的气息都未嗅到。我似乎面无表情，只感觉自己愚蠢至极。史蒂文在一旁嘟囔，真不知道他哪里长得好看，又黑又瘦，像个缅甸难民！唐雨扑哧笑出声。我白了他俩一眼，快步向前走去。

如同罗宾的说"黑天鹅"，这也是一个不可预期。它激起了我情绪的巨大波动。

我闭上眼，脑袋很重，里面像有一个旋涡，随同音乐节奏扩散得越来越大。我感到身体在晃，再睁开眼时，世界已经旋转了九十度。我的脑袋搁在桌上，音乐继续环绕在耳边，我听不清歌词了——我们又来到了希拉里酒吧。眼前有道朦胧的光束，一会儿幽蓝，一会儿鲜红。酒杯就在眼皮前，透明液体映着众人的影子。我看见唐雨和史蒂文，他们在舞池里摇摆，成为一群人的中心。我拿起手机，离零点还差两分钟。我看到了罗宾发来的信息：

"1）如果你有机会，我极度建议你到阿莫罗萨喝一杯，它很值得。"

"2）我很高兴昨天认识你，尽管它很短暂。你激起我很多灵感，我喜欢你思考的方式以及你如何将你的想法与那些概念联系起来。"

"3）如果你接下来到访台北，请随时与我联系。"

"4）或者，谁知道呢，也许我们会在另一段旅途中遇见。"

我一跃而起，被罗宾的逻辑和理智打动。可怜的数学家啊！对不起。我放了他的鸽子，他却如此平静。

漫画屋的午夜座谈

朱蒂从芭提雅回来了，我便约她和路易斯来公寓楼游泳。沈科也说傍晚回来，约我吃夜宵，还说最近旅游部长准备整顿芭提雅的色情行业——我只当是笑话听了。史蒂文是午夜的航班，此时跟着唐雨去往乍都乍周末市场。我便独自在公寓等候朱蒂和路易斯。

我带朱蒂到同层的公共洗手间换衣服，她说她动作慢一点，让我先去泳池。路易斯远远躲在墙角的阴影下，说不想把自己晒黑。或许因为他有四分之三的中国血统，他的肤色确实比大多数当地人要白。而朱蒂，有着小麦色的健康肌肤——但我们绝不敢这么夸她。

半小时后，朱蒂才穿着橘色比基尼、拎着包包进入泳池。她的妆容依旧保持得很完美，原本披下的长发扎起马尾。在女人的日常装扮方面，我和唐雨始终做不到精致的边角，我们首先没有太好的品位，其次又不勤快——唐雨的妆容始终没有干净过，不是眼线沾到下眼皮，就是口红超出唇线，而我连防晒霜都懒得用。

朱蒂先在池边试了试水，下水活动了两分钟，又上来躺在椅上自拍。路易斯勉强跳出阴影，帮我们拍了好些合照。

"爱米，你有脸书吗，我加你。"朱蒂说。

"有的，不过我很少用。"我打开手机。

"这是我。"她在我手机上输入了她的脸书账号。

"你没用自己的名字吗？我以为脸书上用的都是真名呢。"我说。

"因为我的前男友啊！一个澳洲人。他老是来烦我，我不想再让他找到。"

"噢——"我若有所思。

"我再也不找澳洲的男生了，可怕！超级强烈的占有欲。你知道吗，他总是觉得自己很有钱，可以买到一切。他对我很严格，经常检查我的手机，自己却和各种女生调情。"朱蒂向我述说。她列举了前男友的种种劣迹——我有些心不在焉。等她停下来，我问道：

"朱蒂，我有个问题。一个澳洲的男生，学护理专业，正常吗？"

"咦？我有很多澳洲的朋友，让我想想……我认为不正常。怎么了？"

"我碰到一个澳洲人，我们一起在考山路玩，第二天他便消失了……"我将大部分的过程都告诉了朱蒂，除了在四面佛之后的巧遇。

"太不正常了……扎小辫子的男孩，行为也怪怪的……我的澳洲朋友们也没有说过什么护理专业的事情，他说不定有精神洁癖呢！嗯嗯，他一定有心理问题，和我前男友一样！"她一本正经地说。

朱蒂下午有中文课，只待了一会儿就走了。走前她同样在洗手间里整理了半个多小时，才满意离开。路易斯说约了附近的朋友，也跟着走了。不一会儿，史蒂文一个人来到泳池。唐雨不见踪影，我问怎么了。他说只是开个玩笑，她就显得很生气的样子。

"你们吵什么架啊？"回到房间，我问唐雨。

"你问他。"她简短地回答。我很少见她蹙眉。

孟唐雨很擅长延续话题——她可以把无聊的东西讲上个把小时，看来现在她是真的没有心情说话。我记得她曾问我，你认为我是不是太过自我了？我说每个人都是自我的。她说你觉得我为什么喜欢被众人关注？我想了想，因为你喜欢当主持人啊！你自己说的。唐雨笑了，她说不是，因为我自卑。我笑得更大声，你若自卑，世上便再无自卑之人，你是站在三万人面前演讲都不害怕的人啊——一年前，唐雨带我在京郊的龙庆峡蹦极，我跳完，她却死活不跳，我说你若跳了，今后脱口秀的观众再多你都不会紧张，她说三万人我都不怕，就怕跳这个。所以我说我才自卑，我害怕在众人关注下犯错、被人指责，而你，敢于展示自我、毫不在意他人眼光。但是，我无法理解唐雨的自卑，如同她无法理解我的一样。

晚上10点，史蒂文过来和我们告别。他一如既往带着月牙般的笑眼，露出不太美观的牙齿。我一直认为那是吃了太多槟榔造成的，这只是我的个人猜测罢了——我在保留某个人的记忆时，总是喜欢偷偷带着一点自己的遐想。原来的史蒂文，我只知道他是一个被偷走了两个日默瓦箱子的台湾男生，而眼前的史蒂文，我们疯狂地在这个城市生活了十来天，一同经历了从未有过的刺激与感受——可我们又彼此多了解了多少呢？唐雨在一旁收拾采购回来的物件，眼皮也不抬一下，嘴里吐出拜拜两字，我说我下楼送送，她只是嗯了一声。史蒂文显得并不在意，向我挤挤眉，和我一道坐电梯下楼。我不打算问他事情始末，出租车就在门口，没有时间敞开心扉——无关痛痒地说几句又有什么意思。此刻我也有烦心之事，但我更想找个人坐下来畅快地聊聊。

送走了史蒂文，我和唐雨二人无言。她一改平日里的多话，默不作声地收拾着明天的行李。而我，也有一种无以言表的情绪，脑海里不断涌现着那个告诉我喜欢猫甚于狗的缅甸男孩。

到了11点，沈科的信息来了。他说刚从芭提雅回来，有点儿心塞，需要聊天。我一怔，难道心烦也会隔空传染吗！看看唐雨，早已呼呼大睡。我对沈科说你到通罗区来吧，我们找个咖啡馆聊聊。

当我下到一楼大厅时，这个二十四岁的男生正坐在沙发上发呆——此番场景让我联想起几天前盖里坐着这里等我们的一幕。他依旧穿着那件白色衬衫，干净整洁。他站起身来，我只能抬头看他。这是我第一次仔细观察他的脸，清瘦而白净，戴着一副金属边框眼镜，圆形的镜片很可爱。他舒展开表情，一脸腼腆。

"怎么了，芭提雅之行不太满意？"我问。

"有点累吧这几天。"他笑得尴尬。

"那随便走走吧，看看附近有没有还在营业的咖啡屋。"

接近午夜，街巷里安安静静，只有几盏昏暗的路灯。我们没有特意走向外街的酒吧，只是随意地散步。不远处的拐角亮着招牌，似乎是一家日式咖啡馆。走近一看，门外的灯箱印着二十四小时营业，我们上前推开木门。

一个女孩在前台站起，温柔地用日语打招呼，双手奉上一张价目表，印的皆是日文，价格从180泰铢至230泰铢不等，大概能明白是按照小时收费。每一项内容却不甚理解。女孩听不懂英文，无法沟通，便领着我们走过一条通道，绕到屏风后面参观。

一排排书架顶天立地、纵横交错，占据了室内的大半空间。书架之间仅仅相隔一米多宽，每一排都挂有数字标签，并标明"秋田书店""小学馆""集英社"等字样。再看书架的每一层，漫画的书脊整齐有序、系列分明。每一色系便是一部漫画，少则十本，多则三四十本，按顺序从左到右依次排列，无一重复。粗粗算来，这一个小小的咖啡馆里竟有好几万本各不相同的漫画书。我看过的纸质版漫画只有《哆啦A梦》和《乱马1/2》，还能清晰记得翻开它们的味道。一面墙边摆放着简易吧台和几张休闲桌椅，吧台上摆着咖啡机、杯具和一些糕点零食，给人舒适之感。女孩再领我们上到二楼。此处摆有沙发，还有二三十个独立封闭的阅读间，每一间里是容纳一人大小的榻榻米，配有小桌、台灯、床垫和毯子，有些类似胶囊公寓。我瞬间爱上这种闲适氛围——

在楼下冲一杯咖啡，找本感兴趣的漫画书，惬意看上几个小时，可以坐着看，也可以躺着看，看累了就小憩一会儿，醒了继续看。难怪24小时不停歇营业。这样的咖啡屋或许在日本很流行，不知道厦门有没有。可惜的是，此时除了我和沈科，屋内没有一个客人。或许曼谷的年轻人们更加喜爱在酒吧里消遣夜生活吧。

我们回到一楼，向女孩比画手势，示意我们要坐在吧台旁。女孩夸张地点点头，转身回到前台。我泡好两杯咖啡，又取了几块巧克力威化，坐到沈科对面。

"不找本漫画看看？"我问。空空的咖啡馆里，只有我们两人，安静得连呼吸声都能听见。

"不了，和你说说话吧。出来十几天了，就是想找个人好好说话。"他的声音很轻，适合这样一个午夜。

"好。"我也正想找人说话，曼谷的最后一夜注定难眠。

"要不要听听我这几天的故事？"沈科喝了一口咖啡，轻轻放下杯子。

我从靠背上坐起，往前倾了倾身子，"洗耳恭听。"

他又端起咖啡杯抿了一口，开始说起来。

"其实这次，我是和一个女孩来的。她叫思思，是农业大学大二的学生，我们在年前的北京电音节上认识。年后我辞职了，心情比较复杂，就想出来玩。正好思思说要去泰国，我就想着一起来吧。这是我第一次出国，思思不是，她刚去斯里兰卡玩了一个星期，我想跟她出来应该挺有意思的。但是她又说她男朋友也要来，我说那我就不去了，她说没关系，一起来吧。后来不知道为什么，她男朋友不来了，只剩下我们两个来了。"

沈科双手捧着咖啡杯，调整坐姿继续说下去。

"第一天我们去了娜娜广场。思思对什么都好奇，性格像男孩一样。走到二楼时，有个泰国女孩坐在门外，长得特别好看。她一直看着我，一开始我很害羞，后来我和思思一起过去喝了会儿酒，走之前留了那个女孩的Line（一种社交软件），知道她叫莫琪。接着我们又到处参观。有个带着猫咪耳朵的女孩站在楼梯边，思思过去摸她的脸，问我要不要在这里也喝一杯，我说再看看吧，我们就走上了四楼。后来，我们进了一间酒吧，思思花了三千块人民币撞钟，请酒吧里所有的女孩喝酒。她很享受那种全场欢呼的感觉。

"后来，我在一个泰国旅游群里认识了雷胖子，就是那天晚上你见到的。他其实也刚来泰国，打算在这里长住。之后我们就一起玩了，他又带了四五个当地的华人朋友，都是在这里住了好几年的。"

我当然记得那个雷胖子，还有他那句"我在芭提雅有一幢大别墅，来玩啊"。

"思思没有和你们一起玩吗？"我问。

"有啊，不过后来我不想跟她玩了。她有点儿磨叽，老是没有时间观念，出去玩的时候都要等她很久。再加上雷胖子他们经常去援交吧，思思就没有参加了。不过Maya电音节是一块儿的，她还和一个新加坡女孩蹦迪去了。"

我想到朱蒂和伊登。他们那时也在电音节上，朱蒂还给我发了不少现场照片，伊登和一群浓妆艳抹的泰妹相互搂抱，做着鬼脸——我想他一定也带着魔术牌去了。

"有一天我们在RCA，莫琪也想来，雷胖子的朋友听说后，告诉我娜娜广场二楼的都是人妖，我就没让她来了。RCA的酒吧两点关门，之后我们又去了一个开到四五点的援交吧。在那儿，只要拿一百泰铢给服务员，他就会帮你选一个女孩，带你过去和她见面。我就这样认识了皮塔。当服务员带我到她面前时，皮塔马上抱住了我，她很可爱，一直说喜欢我。后来我和雷胖子的一个朋友，带了皮塔和她的朋友法娅，一起坐出租车走了。在车上，雷胖子的朋友对法娅说了不尊敬的话，法娅很气愤，说要下车回学校，皮塔也就跟着走了。之后我越来越不想跟雷胖子他们玩了，感觉这班人素质都有点儿低，只喜欢各种方式找美女。我和他们没办法交流。"

沈科喝完一杯咖啡，问我还续不续。我摆摆手，他便自己到吧台处又冲了一杯。我想着他所说的"不尊敬的话"——记得网上有不少关于曼谷红灯区的攻略帖，老司机描述了在脱衣舞酒吧、按摩泰浴等各个场所的风月经历，包括如何先套近乎、如何谈价格。你必须赞美她们、夸她们漂亮温柔、说喜欢她们，即便只是交易，也要把戏做得文雅漂亮。可还是有些男人，简单粗暴、缺乏情趣，毫无逢场作戏的套路——这也就是沈科说的，不是一类人罢了。

"你饿吗？我看菜单上好像还有餐饮服务。不过现在厨师都下班了，只能随便吃点零食。"

"没关系，我不饿。"我说。

沈科坐下，继续向我道来。我被他这些天的故事吸引了，眼前这个乖巧白净的男孩在他的叙述中变得立体生动。

"第二天我问皮塔出来吗，她说不出来，要考试。结果当天晚上我又在那家援交吧遇见了她。我说你为什么要骗我啊，她就抱着我说我不再骗你了。她说她闺密不让她来见我，因为我那个朋友太糟糕，没有素质。"

他很认真地讲着他的经历，细长的眼睛在镜片后依旧清澈。"其实我印象最深的是和雷胖子睡过觉的一个女孩。她特别爱学习，每次我讲中文和英文时，她都会记下来。见到她第二天她就来找我，问我要不要她。我说我不用，她说自己读书缺钱。我当时就给了她五千泰铢。后来我问她愿不愿意来中国玩，我包机票。她说她想来，但估计这辈子都过不去了。我说为什么，她说她没有机会办护照。现在我也搞不清楚她说的是真是假。我觉得她们有的在骗，有的在说真话。你觉得我是不是特傻？不过，我也不在乎是不是被骗，我想知道她们的世界是怎么样的。也不过是几百块钱的事，不像国内的女孩，能骗得你倾家荡产。还有皮塔，她给我的感觉很真实、很可爱。她见我第一面的时候就上来抱我，然后一直盯着旁边卖花儿的看。二十泰铢一朵，我买了十朵，她特别开心。我也很满足，像在国内花两万块买了个奢侈包包一样。"

我没有说话。我拆了一个巧克力威化，或许因为天气太热，口感变得软腻。沈科也停下来，似乎想让我接话。

"芭提雅碰到了什么好玩的事吗？"我问道。

"有啊。我们路过一条红灯区时，看见了非常漂亮的人妖。我们找她喝酒，她教我们玩翻盘游戏，还说我很厉害，因为从来没有人能翻过全部的。有一种吃鹅肉的感觉，哈哈……"他的笑声拉得很长。

"鹅？"我不解。

"鸡知道吗？鸭呢？那鹅知道了吧？"

他连续笑了很久，特别像一个充满童真的孩子。我也跟着哈哈大笑起来。

"你不知道，像我这样出来一次，是很奢侈的，所以必定要去各个地方看最多的东西。我感觉，有些东西我在国内不敢尝试，到了国外，就变得非常愿意去试，感觉像开发了另外一种人格。"他一边吃巧克力威化，一边说道，"另外，我感觉在一起旅行是最容易看清一个人的。有些人在花钱方面不地道，太算计，连AA制的钱都不出。还有些人什么都不管，让你操劳一切，你得当妈一样照顾着。如果是一对情侣出来，就很容易看出对方是否会替你考虑了。"

"嗯，相处之道是门哲学。怎么样，第一次出国，是不是觉得这世界好大，与你彻底不同的人好多？"

"是啊，看到了很多不同的文化，感悟很深。曼谷太杂了，四处混血，而且随便什么人都能进来。我还是比较保守的……就像给小猫小狗喜欢配纯种一样，我们也喜欢精英来，而不是来一些乞丐和破产人士——哎呀，这么说好像有些不人道。"沈科勉强笑笑，仰面喝了一大口咖啡，又剥开一根威化。

我看着眼前这个比我小三四岁的年轻人，他说他保守，我又何尝不是。我们都属于毕业之后才走出国门的群体。大学时期学习英美文学，开始大量接触欧美文化，那种震撼，那种刺激，以为是穿透骨髓的，可当自己切实地进入那个社会时，我们所接受的二十多年的中式教育还是将我们挡在了这些真实冲击之后，我们深深地捍卫着自己固有的传统价值体系。而身边一些更不常走出国门的同龄人，常认为我是一个思想激进的人，或拿女权主义来开我玩笑——我不免自嘲，我不过是个落俗中庸的普通青年罢了。

对于曼谷的混杂，我多少有着和沈科同样的感受，不过我学会了它的包容。"存在即是真理，有些东西一直在那里的，不必太过质疑，接受它就是了。"我淡淡地说道。

"或许去的地方多了，就更加平常心，看东西带着一种造物主的眼光了。"

"瞎说！谁敢标榜自己是上帝。"我瞪了他一眼。

"啊，随口说的呗。"他赶忙解释。

我想起了一件事，对沈科说道，"有一次，我和几个来自不同国家的旅人在一起聊天。其中一个法国人问我，认不认为我们被禁止使用脸书等一些国外传媒工具很不好。我当时就反驳他了，我认为这很符合目前的国情。他表示无法理解，或许认为我很闭塞吧。不过当时一个德国人站在我的立场，认为我某些观点是对的。"

"啊！你说的这方面……我同样支持我们自己的政策。你说，我们两个是不是很朽啊？"沈科望着我笑道。

他接着说，"你知道新媒体的三个用户群吗，一快手，二知乎，这是两个对比，三今日头条，泛泛的。快手去年融了很多钱，它的用户群体喜欢看吃饭能吃多少汉堡包、裤裆里面塞鞭炮、吃各种奇怪东西的技能，他们喜欢新奇的点，喜欢炫耀和表现，找存在感。我之前在一家针对房地产的互联网公司工作，我们做了自己的APP，把所有房源放进去，人工智能去清洗筛选，用户浏览时产生大数据报表。几点几分看了什么房子、房价走势、用户行为等，我之前就做这个的，数据分析师。"

"哟，开始讲工作了。看来心情好点了啊！"我开他的玩笑。他提到快手，我想到叶甜的小男朋友——他似乎很热衷于那些恶搞视频。

"哈哈，给你讲讲我大学时候的创业史啊。我大二就不上课了，开始做互联网，做微信公众号平台，做我们当地所有高校的自媒体联盟，相当于所有大学生的门户。求职、二手交易、新闻资讯、校内趣事都有，是一个'综合性的大学生服务平台'。那时候学校里两万多人都关注了我的平台，流量很大，厉害的时候一个月能挣十几万元。可惜啊，有段时间我视网膜脱落，休息了一阵，公司交给另一个合伙人经营。结果两个月就倒闭了。后来我就到北京了，因为觉得跟老家那些人吧，思维统一不了，不在一个频道上。北京人做事做到百分之三百都不满意，而我们那儿只做到百分之五十就满足了。"

"你是哪儿的呢？"我问。

"呼和浩特啊，没和你说过？我们那儿草原特别茂盛，一望无际，骑马可以去任何地方。星星就在眼前，和天的距离特别近。下次你来的话带你玩啊！"他的眼睛在镜片后放光。

"那你会骑马？"我问。

"一般啊，我骑得不快。"

正聊得起劲，沈科的手机响了。他打开手机，扶了扶镜框。

"皮塔说要来找我。"他盯着屏幕说。

"现在吗？"我看看时间，凌晨两点。"你去呗。不早了，我也要回去睡觉了。"我打了一个哈欠。

沈科想了想，"那我先送你回去。"

一觉睡醒，唐雨恢复了往常的性格，跟随手机里的神曲大声哼唱。我问她知不知道我昨晚出去了，她说不知道啊，你去哪儿了。我笑笑，说去听一个失足少年讲故事。

去机场的出租车上，我又好好看了这座城市最后一眼。我总觉得曼谷的白天和黑夜相差太多。我和唐雨曾在大太阳下又走到了第一晚去的牛仔街，我们都不敢相信自己的眼睛，面前这条破旧肮脏的街道就是那疯狂的一夜吗？后来抱着好奇的心思又去到娜娜广场，甚至有一种人去楼空的凄凉，还差点找不到希拉里酒吧。感觉被欺骗了，唐雨不由得感叹"繁华一夜终成幻影"。

到达机场，丝丝留恋。想起小时候每次放寒暑假，都是前几天最高兴，之后便在难过中迎来假期的尾声——总想回到第一天再过一次。长大以后，就觉得每次经历都是独一无二的版本，无须再来一次了。唐雨叹道，啊，我人生中第一次出国就此结束！我笑她，你还记得刚到时，是如何傲娇地在申报通道前说的那句话吗？

沈科发来信息，又令我大吃一惊。

"昨晚皮塔带着法娅一起来找我。法娅失恋了，一直在哭，后来在我床上睡着了。我和皮塔聊了一夜，她告诉我她为什么做这个。她说自己在读大学，家里还有读书的弟弟，所以她妈妈让她出来做兼职。我知道，这几天我们看到的那些灯红酒绿，那些妖媚和笑容，都只是曼谷为了迎合我们强装出来的。我们没有看到它真正的样子。"

我一时不知如何回复，回想我们十几个小时前的深夜对话，宛如梦境。

游梭于山海之间

第五章　宿务—长滩岛—爱妮岛

短暂的停留

　　4月头一天，我登上前往宿务的飞机。出发前肖尔雯再三和我确认了回程时间——她的婚礼定在5月初。我说我错过了一场盛大的求婚，婚礼是绝不能错过的。

　　两个多小时的航行，飞机开始下降。我侧靠小窗俯首，身下是一片巨大的湛蓝色大海，满满铺在整个地表，稀散的云朵像被撕开的棉花糖，慢慢向后移动，它们很低很低，几乎挨着海平面。依稀可见几艘轮船点缀在海上，后面拖着V字形的两条白线。我在海面上搜索着，发现了更有趣的东西——数个暗白色小点聚成一圈，周遭水花溅起，像是某种海洋动物。我听见后座传来"快看，那是海豚吗"，看来不只有我一人发现。它们吸引我的目光向后拉去，我看见这里一群，那里一群，水中到处散布着嬉戏的小白点。不远处就是海岸线，海水开始变成湖蓝、蓝绿，最后是翡翠般的绿色，珊瑚礁在海底层层叠叠，拼凑出绚烂的海面色彩，美到让人窒息。越过海岸线，是一大片墨绿色地表，五颜六色的小矮房积木一般镶嵌其中，不规则的黄色马路平躺着，犹如一条条细长柔软的绸带。

　　米娜已经在机场出口等我了，她身材纤瘦，皮肤黝黑，打扮颇为时尚。我在绿洲小区订了一套公寓，她是房东。坐上米娜的小车，两个十五六岁的女孩礼貌地和我打招呼，一个是她女儿，一个是她女儿的同学。开往绿洲小区的途中，我和米娜愉快地交谈。她的英文不错，谈吐优雅而风趣。她三年前买下绿洲小区一套单身公寓，因全家人都在迪拜，房子长期无人打理。

两个月前她带女儿回国读书，将公寓短期出租，而我，成了她第一个房客。

出发前我仔细看过地图，宿务主岛呈一条狭长状，南北长约二百二十公里——接近于福州至厦门直线距离，而东西最宽处仅有四十公里，所以，整个宿务主岛形同一把尖尖的匕首。周边散布着众多碎片式的岛屿，它们的面积差异极大，有的大出主岛好几倍，有的不及主岛百分之一。机场位于东南边的马克坦小岛上，与主岛相隔不过几百米——颇有点厦门本岛与大陆板块的意思。但当米娜的车子开过一条简陋的桥梁时，我不是沉醉于眼前的碧海蓝天，而是回味起厦门那几座雄伟壮观的跨海大桥来。

我抬头仰视窗外，蓝天白云，爽快清新，然而低下视线，画面却不干净明快。道路狭小不平、尘土飞扬，车辆又络绎不绝、秩序混乱，十几公里的路程开了近一个小时。米娜刚回菲律宾不久，似乎还不习惯，言语间夹杂着抱怨和对比。沿途风景也不算养眼，遍地低矮破落的房子和不成形的绿化，即便开进市区，也未感受到现代化的气息。

米娜开过一条主街，绕进一个老旧居民区。巷子七拐八弯，她身子向前，不停转动方向盘。曲曲折折，最终柳暗花明，抵达宽敞漂亮的绿洲小区。小区是近几年新建的，大门很显气派，保安亭两侧划分车辆出入口，内有七八幢六层楼高的现代化公寓楼，备有公共泳池和健身房，如同一个功能健全的休闲度假村。米娜的公寓位于五楼，三十多平方米的空间功能齐全，软装温馨而舒适，唯一的缺憾是少了WiFi。

"我上个月就申请了网络，可你知道吗，这里的做事效率太低了！在迪拜，两天内就有人上门安装。在这里，我都不知道还要等多久！"

米娜无奈摆摆手。她很耐心地教我使用电视、空调、开水壶和一些厨房用具，继而又交代了其他注意事项，我一一听她讲完。

"饿了吧？我送你去 Ayala 商场。宿务城里没什么好玩的，只有商场舒服些！你先去那儿吃点东西。"

我放好行李，随身带一个小包，跟着米娜她们出门了。

"你住在附近吗？"在车里时，我问米娜。

"不，我住在马克坦岛，机场那里。不过我每天都要过来市区一次。"

马克坦岛，这个让航海家麦哲伦英年早逝的地方，有着深厚的历史性意义。16世纪初，他横渡太平洋最早登上宿务岛，完成航海史上一次壮举——登岛时他必定想不到一个月内将殒命于此。他用天主教大力推开殖民侵略的时候，战死在马克坦岛的拉普拉普酋长手下。这两个人物的纪念碑一同被立在了马克坦岛上，一个是菲律宾最早的民族英雄，一个是世界最早的环球航行者——矛盾的祭奠摆在一起。之后麦哲伦的船队继续完成首次环球航行，证明了地球是圆的，而菲律宾也开始了长达三百多年的殖民时期。

"今天麻烦你来接我了。"我继续问，"市区这里有海滩吗？"

"这附近都是些码头，你得去远一点的海岛玩。比如薄荷岛，或者北边的班塔延岛，要坐船去。如果不想坐船，就去南边的奥斯陆，三四个小时的车程，那里的浅海有鲸鲨，还可以去山上的瀑布。"

我知道薄荷岛，两个月前杰瑞米还在那里。它是宿务东南面一个椭圆形的大岛，距离马克坦岛七十公里，面积却是马克坦岛的七十倍大。那里有上千座漂亮的巧克力山，还有巴掌尺寸的大眼猴。我对杰瑞米的照片印象深刻，看到巧克力山时，叹道"哪来这么多巨型坟头"！而大眼猴像极了漫画《犬夜叉》里的跳蚤爷爷。再说北边的班塔延岛，大小和马克坦岛差不多，如果去那儿，需先坐三个多小时大巴，再坐一小时船。奥斯洛布似乎最为简便，但来回也得耗费一天——至少要住一个晚上了。来菲律宾只匆匆买了首程的直达航班，接下来的行程也没计划好，索性先在宿务城里逗留两天，之后再找个小岛吧。

"马克坦岛有什么玩的吗？"我接着问。

"那里无非是几个酒店度假村，不如去我刚才说的那几个地方。"米娜灵活地转动方向盘，脑后马尾来回甩动，"对了，晚上你可以去布塞山看夜景。"

道路依旧很堵，十五分钟后到达Ayala商场。米娜说和女儿还有事，先离开了。

我问过米娜当地有什么好吃的，她竟把我带到当地最豪华的商场。不过印象中除了杧果干，确实没有出名的菲律宾菜。难怪国内随处可见泰国餐馆、越南餐馆，就是见不到一家菲律宾餐馆。逃离室外的炎热，Ayala确实是个不错的避暑之地，这里布局清爽，氛围舒适，一楼有环绕花园一圈的各国餐馆，顶楼还有各色酒吧和咖啡屋。我打算在这里休息一会儿，傍晚再去布塞山顶。

来自摩洛哥的故事

"世界上有那么多的城镇，城镇中有那么多的酒馆，她却偏偏走进了我的酒馆。"

第二天起床，我在Uber上叫了辆车，准备到Ayala商场吃早午饭。前一晚从布塞山顶下来，我找了一家路边餐馆，腼腆的小服务生给我推荐两道特色菜，一道类似国内的红烧猪肉，另一道吓了我一跳，黑乎乎如同一把弯曲的大砍刀，比盘子还大，吃起来又咸又熏——查过手机翻译，竟是吞拿鱼的下巴。白米饭中加入油炸蒜丁，倒还不错。回到绿洲小区，我消化两个多小时才入睡。所以，今天我不太想继续吃当地菜了。

十分钟后，一辆银色丰田轿车开进小区。车主是个漂亮的菲律宾女人，口红饱满，粉底匀称，身穿白衬衫和过膝裙，英文流利标准，像个办公室白领。我问她当地人都喜欢去哪里度假，她给了我一些不错的建议。抵达Ayala花了十五分钟，七十八比索，大约十元人民币——在宿务使用Uber十分方便，否则我得走到特定路线上去等花花绿绿的吉普尼。吉普尼是当地一种造型奇特的公交车，它由美国大兵废弃的吉普车改装而成，后面拖着长长的车斗，无门无窗，时常能看到车上坐满，车尾还挂着两三个人。虽然车内简陋破旧，车身却满是色彩缤纷、图案夸张的喷漆，每一辆都有不同花样——似乎也体现着当地人的审美。之后我坐过一次，乘坐的人都不怎么说话，上下车时打着手势暗号，而我恰好坐在最靠近车头的位置，只能不断接过后面传递来的车费，转交给司机。

在一楼花园吃了顿泰国菜后，我到楼上电影院观看最新上映的《攻壳机动队》，没有看过漫画原版，我全程迷糊——斯嘉丽的完美身材也足够欣赏了。电影之后，我又走到商场顶楼的"Social"酒馆看书。

"社交"虽是一家酒馆，但白天它是一家氛围优雅的意式餐厅——一条长吧台搁在门边，门外还有一片舒适的露天沙发座。我同昨天一样，坐在窗边的位置，可以欣赏露天花园的景观和喷泉。

叫作里托的热情店员又为我递上菜单。和昨天一样，他露出牙齿喊我"ma'am"（女士），并问我这一天过得如何。初到异地，这种重复的感觉令我倍感亲切。我点了一份三明治，又问里托能不能给我倒一小壶开水——为了泡从国内带来的春茶，他很有礼貌地回答没问题。

重复的事件又多了一样：那个下巴尖瘦、身形瘦小的外国男孩又坐在了相邻的沙发上！他和昨天一样，盯着眼前的笔记本电脑，两手敲击键盘，黑色鸭舌帽遮住大半个脸。昨天我来时，他已经在了，我走时，他依旧认真打字。我们两人有谁起身到洗手间时，会有一个短暂的眼神触碰，他友好朝我微笑，窄脸在帽檐下显得腼腆。从长相上我很难判断他的国籍，眉头浓黑，留一小撮胡髭，有点阿拉伯人的味道。此时，我莫名高兴于见到这个熟悉的陌生人，而他也注意到我，瞪大眼睛露出笑容。

当我将开水倒进茶杯时，他再次转头过来，盯着玻璃杯中的茶叶，望着它们向上升起，又缓缓落下。有一股力量推动我侧身，吐出一句英文。

"嘿，你想不想尝尝中国的绿茶？"

"噢——"他似乎感到意外，微微一怔后眉眼化开，慌忙中抬起半身，立刻又坐回去，继而迅速站起，一边点头一边回答，"好的……我很荣幸。"

然后我知道了他的名字——海地。

他盖上电脑坐到我对面。里托拿来一个空杯，我抓了把茶叶放进杯中，倒进开水。海地双手捧杯，小心翼翼地抿了一口，腼腆的表情完全舒展开，说这是他第一次喝到这样的茶。

接下来的交谈十分愉快。海地比我小四岁，三个月前从摩洛哥来到宿务。他说话的语气极其温柔，也很有礼貌，始终保持一副舒适善意的表情，眼睛清澈而明亮，眼神里透着一股真诚。他说英语的节奏很慢，一字一句娓娓道来。尽管语调有些奇怪，音也发得很重，但每个词都念得格外清晰，反倒突显出他的认真程度。在我说话的时候，他会睁大眼睛，专注地望着我，使我觉得备受尊重。他的故乡——摩洛哥，是一个令我充满好奇的国度，对它的许多认知来自电影《卡萨布兰卡》。而海地，成了我第一个近距离接触的穆斯林。

"这段时间你有去哪里游玩吗？我刚刚来两天，想听听你的建议。"我说。

"噢……我几乎都待在宿务城里，只去过一次奥斯陆，还有卡瓦山瀑布。"

"去奥斯陆看鲸鲨吗？"我问。

"噢，是的。不过，说实话……"他微微迟疑一下。

"怎么了？"

"当我清晨六点坐着螃蟹船出海，等着船员给鲸鲨喂食的时候，我觉得我不应该来……"他深情地说道，"我机械地跳下大海，缩进水里，小水母一直咬我，我感到手臂、大腿一阵阵刺痛……然后我看见了一个漂亮的庞然大物！它是多么壮观，全身闪着一粒粒耀眼的光芒。可它的周围环绕着一双双人类的腿……它张开扁扁的大嘴，安静地从我身边游走……我身边的一个船员拼命地将我按下水的深处，因为另一个配合拍照的船员需要给我拍照……当我回到客栈时，老板将照片拷进我的手机，我看着那俨然'与鲸鲨共舞'的画面，我觉得自己的姿态可笑而滑稽……"

海地间断地说着。最终他停顿几秒，"我是说，我不应该去破坏它们的生活。"

我想到劳拉脸书里的一张照片——她和蒂姆在拜县给一只小象洗澡。她在文字中说道"我不会去骑象，或许之后我也不会来看它们。"

我们畅聊了将近一个小时。接着，我提出一个问题。

"海地，我看到你一直坐在那里打字……你是在写些什么吗？"

他耸起肩膀吸了一口气，缓缓吐出，"是的爱米，我正在写一个故事。"

"一个故事？是什么样的故事？"我来了兴致。

"你想听吗？我很乐意给你讲讲这个故事。"他斜靠着椅子扶手，显得有些弱不胜衣。

我让里托加了热水，做好听故事的准备。我有预感，这会是一个深刻的故事。

他开始讲了。

"路易莎是一个漂亮的韩裔瑞典女孩，而且，她的性格非常敏感。是孤儿，三个月大的时候，一对瑞典夫妇在首尔领养了她，一同被领养的还有个一岁大的男婴。两个韩国弃婴被带到瑞典的龙讷比，在那里一直生活了十九年。"海地喝了一口茶，慢慢说下去。

"这一年她已经十九岁了，父母和哥哥对她很好。她还有个摩洛哥男朋友，他们在网上相恋了六个月。但路易莎从一开始便谎报了身份，因为她想更好地和阿曼沟通，敏感的性格让她缺乏自信。她告诉阿曼，自己居住在阿富汗，母亲是韩国人，父亲是阿富汗人，自己同阿曼一样，也是穆斯林。六个月后，路易莎打算与阿曼见面，她买了机票，飞到阿曼所在的城市非斯。"

海地突然轻声笑笑，问我还想不想继续听下去，我说当然，我很想知道后来发生了什么。他便继续讲下去。

"这一对年轻恋人在非斯愉快地相处了两个月，便迅速结婚了……"

"就结婚了？"我很诧异。

"是的，因为他们认为彼此相爱。"他说。

"可是，阿曼知道路易莎的真实身份吗？"我觉得自己跳脱了听者角色，开始着急起来。

"嗯，在婚礼上知道的。因为她的父母和哥哥都来了。"

"这么晚才知道？所以说，如果他们秘密结婚的话，阿曼就一直蒙在鼓里？"我猜测。

"嗯……我想，是的吧……"海地的语速变慢了，似乎还未撰写好整个故事。

我意识到自己过于激动了，赶紧克制住言语，让他说下去。

"婚礼举办前，路易莎坦白了自己的身世，包括从小被领养的事实。但阿曼并不在意，他深陷热恋之中，包容了她所有的谎言。他们最终还是结婚了，婚后的阿曼和路易莎在非斯住了一个月，又飞到龙纳比住了几个月。"

里托看见开水尽了，体贴地过来加水。桌上的三明治还有两块，海地却非常客气，说自己已经吃得很饱了。

"婚后的一两个月内，生活十分美好。但到了龙纳比之后，敏感的路易莎开始展露出性格上的缺陷。"海地双手紧握杯子，喝了一口茶水后，他继续握着。

"路易莎还在念书，白天她去学校，阿曼便一个人在新城市里探索。对于阿曼在当地认识的新朋友，只要是女性，路易莎会严格翻阅每一条信息，并打电话过去询问。但是路易莎对于自己的男性朋友，交往起来却异常开放。"

我忍不住问："阿曼多大年纪？"

"二十二岁。比路易莎大三岁。"

"他们开始不断争吵，每天都吵得不可开交。一开始，路易莎只是言语上的威胁，到后来，她开始用小刀在自己身上划出浅浅的伤口，或者用脑袋去撞衣柜。阿曼和她的家人都拦不住她，反而会遭到攻击。"

"她精神出了问题吗？"我问。

"是的，她开始不去学校，坐在家里，突然就爆发了。她乱发脾气，摔坏所有家具，越来越厉害地自残，我只能每天在家里照顾她……"

"等一下，你说……你？"我打断他。

"噢，阿曼……抱歉。后面的一年，又发生了好多事情。我正在写这一部分的内容。"

海地似乎结束了他的故事，身子向后靠，将杯子从桌上拿走，捧在手里。

"那么，结尾想好了吗？"我很好奇。

他垂下眼皮，"是的，想好了。"

接着他犹豫了几秒钟，嘴角微微张开，缓缓吐出几个字，

"他离开了摩洛哥，来到宿务……"

随着我的表情变化，他望着我的眼睛说道，"是的爱米。阿曼，是我。"

我的脸好像僵硬了一会儿。几秒钟内，我飞速地回顾整个故事——以及我是否表现出负面主观的回应，然后我结结巴巴地说：

"海地，我，我很抱歉……"我一时语塞，竟不知如何用英语表达此刻心情。我不敢相信它发生在这个弱小文静、一脸善意的男孩身上。我真的希望这只是海地笔下的故事，或者，别人的故事。

"我有过一段艰难的时期。现在我离开了那个地方，我在这里等待。"

这个二十四岁的年轻人回到舒展的状态，似乎这真的只是别人的故事。内心说不出的郁闷，它如同一股氮气，憋在我肺里，吸收不了，也吐不出来。不要随意猜想一个陌生人的故事，它远比你想象的更加复杂与出乎意料。如果故事是真实的，那么海地几个月前还处在纠缠之中。此刻他逃离了那个国度，是在这里短暂的疗伤，还是……心里有很多疑问，但我问不出口。我也不知道如何安慰海地，他看上去已然释怀，不需要任何人安慰。他说他在等待，我不明白在等待什么。

突然想起一句话，便转述给他：

"谁走近你的生命，是命运决定。而谁停留下来，却由你自己决定。"

"噢，是的。谢谢……"他还是习惯性地礼貌回应，不管内心是如何想法。

"我的国家有这样一句话：你要善待那些伤害你的人，直到你的善战胜了他们的恶。我们不需要知道未来怎样，也不要妄想去改变它，否则我们的生命会失去意义。生命本来就充满神

秘的色彩。"和海地分别之前，他说了这样一句话。

　　海地没能够改变他的"路易莎"，所以他逃离了。或许他也没想过改变，这源自于他所信仰的理念。世界上有那么多善的人，为什么要继续把精力花在那个让你感受到恶的人身上呢？若是世上评论善恶的形态只是四种——损人利己、损人不利己、利人利己、损己利人，那么绝对的损己利人只是圣人做的，这是宗教所宣扬的，好比佛教的割肉饲鹰，好比基督教《圣经》说的别人打了你的左脸，你要把右脸也凑过去给他打。而损人不利己，需要强大的仇恨作为基础，才能有同归于尽的决心。路易莎，这个女孩，她在伤害海地的时候，如果并不能让自己从中感受愉悦，那她必然也是痛苦的。一开始的海地，似乎只能拿着阿Q的精神胜利法麻痹自己，只要精神思想能得到安慰，自身受到的损害便会消失。他逃离了摩洛哥，却并没有真正解脱出来，只能期盼着他所遭到的恶会被善所战胜。

　　我想起电影《卡萨布兰卡》开篇时的旁白：等待，等待……

坡上的小山庄

　　保罗去了缅甸，每天在脸书上直播。吉姆因经济原因——他花光了所有闲钱——回到伦敦，没能继续和劳拉逗留在东南亚。杰瑞米又去了巴厘岛，他已经第三次折返，看得出他对那个地方情有独钟。劳拉此时正在菲律宾南部的棉兰老岛玩得不亦乐乎，皮肤看上去深了几个色号。从脸书上看她是一个社交达人，每张照片下都附上了密密麻麻的见闻和心得，上百条评论也一一回复。我喜欢浏览她的内容，俨然一部小岛历险记，在丛林里徒步、在珊瑚礁中潜水、骑着小摩托在村庄里转悠——每张照片都拍得别出心裁。她喜欢高空跳水，在瀑布上跳，在海边礁石上跳，慢镜头抓拍下的动作优美而刺激。她同时尝遍当地稀奇古怪的食物，比如有一种叫作"Balut"的东西，它是个鸭蛋，却是个孵化了十几天的鸭蛋。吃的时候先在蛋壳上敲开一个小洞，把里面的汁液一饮而尽，然后剥掉蛋壳吃黏糊糊的胚胎——你还能看见成型的羽毛和骨头！劳拉还吃了鸡头、鸡肠、猪脑、猪舌、牛鞭和牛睾丸汤，对她来说都是不小的挑战。和劳拉一同游玩的，是之前出现在杰瑞米照片中的加拿大人，我顺便也关注了他的脸书。这个二十九岁的年轻人已经在菲律宾居住三年，发布了大量生活视频，脸书上有六十多万粉丝。这一次，劳拉成了他的客串嘉宾。

这几天我看见许多"流浪者"式的外国旅行者，他们穿着极尽简朴的衣裤，背着高出头顶一截的帆布包，脚踩胶鞋，就开始了探索奇幻的漫游。相较之下我自叹不如，我不敢像他们那样，随便寻一处荒岛，去练就野外生存的本领，我只能拉着我的20寸登机箱，揣着现金和信用卡，找一处供给充足的度假胜地。但我同样渴望着，某天也来一次冲动的冒险。

这天下午，我在绿洲小区的泳池边晒太阳——我已经面向阳光半僵地躺了一个多小时，仿佛害了一场大病。多少和这几天的伙食有些关系，但更多是对于下一站的茫然。事先没有做好周密计划的随性之旅并非全都新鲜刺激，还不尽人意地生出烦闷。手机地图上满是支离破碎的图形，七千多个大大小小的岛屿挑衅地晃动——我盯着南部的棉兰老岛眼都花了！猛然跃起打开劳拉的脸书，最新照片上，她绑着两个麻花辫，正随着瀑布的浪花一跳而下，附文，"埃莉诺·罗斯福说：'每天都去做一件让你感到害怕的事'。"劳拉的笑容很灿烂，我却犹豫半天，想想南部的动乱，最终打消了棉兰老岛的念头。我询问过不少当地人关于他们热衷的旅游目的地，得出以下几个选项：

宿务南边的薄荷岛，杰瑞米离开清迈后就去了那儿，他也极力向我推荐；

宿务北部的班塔延岛，相对较近，米娜推荐；

菲中部的长滩岛，商业氛围浓烈，国际游客多；

菲西部的巴拉望群岛，较远，交通不便，未过度开发，在当地人心目中排名第一。

正当我来回画着地图时，老妈的微信来了，一条关于薄荷岛武装冲突的新闻，发生时间是几小时前。我一怔，一是感叹她的心有灵犀，二是惊愕于内容。这位操心的母亲，自从我踏出国门，她也加强了对于世界时事的关注——通常消息比我还灵通。这样一来，薄荷岛便在我的备选中被删除了。

其实我不太喜欢非常有名气的地方，总觉得那里充斥着人满为患的游客和过度开发的商业——但最终我没能免俗。抱着好奇的念头，我选择了国际排名最前的长滩岛。这是个形似一只肉骨头的可爱小岛，面积不到厦门岛的十分之一。放大地图，小岛西侧是一条长达四公里的白色沙滩，这就是它中文名的由来吧。

从宿务机场出发，一小时内便到了离长滩岛最近的机场。走下飞机，摆渡巴士竟穿过一个村庄，才抵达机场大厅。

门口的小空地上聚集了接客的当地人，我慢慢挪动脚步，目光在他们手中的一张张名牌上扫视。很快，我在一张白纸上看到了我的名字，以及"阿马法达山庄"几个英文字母。举着它的是一个瘦小黝黑的中年男子，他穿着一件宽大的红色背心，一条大裤头，四肢细长，眼睛很大——几乎占了脸部的一半空间，额上印刻几道深深的横纹。我想，这就是艾林大叔了。

"哈啰，我是爱米。"

"哈啰，爱米！"他顿时笑容满面，挤出更深的皱纹。他话音快速且语调高昂，动作敏捷充满活力，一把抓过我的行李箱往外走，我只得加快脚步紧紧跟着。

艾林大叔和海伦阿姨是阿马法达山庄的经营者，岛上一对土生土长的老夫妇。当我在网上找到这座欧式风格的建筑时，我已经被它种满植物的花园、温馨和谐的住客合照、摆放着藤椅的露天长廊以及住在这里的一只棕毛狗和三只暹罗猫吸引了。这是一个小小的山庄民宿，所有的摆设都简单淳朴、清雅别致，并且因为我住的时间超过一个星期，海伦阿姨给了我百分之十五的优惠。

艾林大叔带我坐上一辆电动三轮车。道路坑坑洼洼，行李箱在车底的木板上跳跃摩擦，发出吱吱响声，我只得双手稳住箱子。十分钟不到，抵达码头。艾林大叔指导我在不同窗口交了三项费用——上岛费一百比索、环境保护费七十五比索以及船票二十五比索。艾林大叔是本地人，只需买一张船票。他带我快步穿过码头，上了一条螃蟹船。窄小的船舱里坐着十几个菲律宾人，同样带着大大小小的行李，分辨不出是岛民还是游客。螃蟹船在海上行驶了十来分钟，便抵达长滩岛的码头。

踏上小岛，我还未抬头看一眼青山绿树，艾林大叔便急匆匆地领我穿过马路，走向一个车站。这里聚集了十几辆小巧的电动三轮车，还有几个拎着小桶贩卖的本地女人。

"艾林大叔，那是什么？"我指着桶里一个个白色塑料袋。

"新鲜的椰子，你想吃吗？"他睁着圆眼问我。

"好，买两袋！"

我把钱塞给艾林大叔，他不同意我请客，最终在我的坚持下接受，一个劲儿道谢。椰子汁很好喝，袋里还有削好的一片片椰肉，清香柔嫩。

我们登上一辆三轮车。几分钟的颠簸后，驶入繁华地段。道旁的行人多起来，来往小车络绎不绝。不一会儿，我们停靠在一座小山丘脚下。

"就在前面了，走一分钟。"艾林大叔说话时都带着大大的笑容，五十多岁的身体十分健朗，走起快步来完全不喘。他几次要帮我提行李箱，都被我拒绝了。

然而，滑溜溜的万向轮更适合于飞机场，而不是小岛的山路。山坡较缓，没有台阶，是一条稍微经过整修的水泥路，坡道的宽度可容一辆汽车开过——不过这座小岛上似乎没有四轮汽车，两旁有成片小树林。沿着山坡步行三四十米，便是环绕于山林之中的阿马法达。大门用一根根暗黄色的竹子搭建而成，艾林大叔一把推开半扇竹门，立刻传来清脆的狗吠声。庭院开阔整洁，高大的树木营造了大片阴凉，一只棕毛小狗从十米开外的别墅门庭跑来，刚到脚边又立刻转身跑回门庭。

门庭摆放有一组竹沙发，一个两岁男童靠在沙发边玩耍。艾林大叔喊了一声"亚当"，男童慢悠悠扭过头来，小嘴半张。艾林大叔说这是他的小儿子，我有些吃惊，不仅因为年龄差距，还因为男孩白皙的皮肤——原来当地人生下来时与我们的肤色无异。很快，一个中年女人和一个年轻女孩走出别墅。女人四十多岁，个头比艾林大叔高出一截。她身形骨感，皮肤暗黄，高耸的颧骨上是一副金丝框眼镜，头发染成黄色，显得干枯毛躁，靠近头皮处新长了几寸黑发。女孩二十岁不到，浓眉大眼，黑色长发扎成一个马尾，她略微腼腆，微笑地望着我。两人都穿着休闲白色上衣和大短裤。

"爱米，你来了！"

女人精神很好，眼睛大而有神，脸上的皱纹并没有体现出衰老的味道。我想，这就是海伦阿姨了。

"你的房间在那一幢楼，玲会带你过去。"她说。

我朝这个叫玲的女孩子笑笑，又望向海伦阿姨手指的方向。那是另一幢小楼，需要穿过一个花园。楼房共有三层，类似开放式筒子楼，楼梯在最左侧，可以清楚地看见每一层楼都有两个房间，房间外是一条长长的露天走廊，起到了阳台的作用。

海伦阿姨转过身，又朝别墅门内一指，"有什么事尽管来找我，我一般都在里头。"

我朝别墅里匆匆一瞥，门边有一套桌椅，桌上放置台式电脑和一些零散物品，应该是海伦阿姨的办公桌了。

"您好女士，请跟我来。"玲的声音很好听。她提起我的行李箱，走在前面带路。我们穿过花园里的小道，又走过长长的露天走廊，到达一扇门前。

"这幢楼是专门给短租的客人住的。"玲打开房门，将钥匙递给我。

门边的走廊上摆有两张木椅和一张小茶几，一套移动晾衣竿正好位于阳光照射之下。走廊外便是花园的草坪，绿树红花映衬出美丽的风景。从这里能清楚地能看到别墅门庭。

"女士，您先休息一会儿。有事就找我，我都在那幢房子里。"

若不是在宿务时已经习惯这样的称呼，我或许会很尴尬。

"谢谢你，你可以直接喊我爱米。"关上门前，我对她说。

"好的，女士。"玲的声音非常温柔。

我睡了一个午觉，精神很好。房内空间不大，醒来时温度过冷。我关上空调，打开房门。一只黑猫迅速穿过走廊，跳向花园。我四处张望一下，玲正蹲在别墅的墙边锄草。

"玲，这里有洗衣机吗？"我趴在走廊的栏杆上，对她大声说道。

"女士，我们没有洗衣机。这里的洗衣店不太多，出门走十几分钟有一家，我可以带您去，不过外面洗得都不好。"玲小步朝我跑来。

"那你们在哪里洗呢？"

"女士，那边有个水龙头，有洗衣盆。"她指向花园角落的一处水泥地。

"好的，我知道了。记得叫我爱米就可以了。"

"好的，女士。明天早上我会准备好早餐，在那幢房子的餐厅吃。"玲微笑地对我说。

热闹的早餐会

"早上好，女士。"

当我穿过花园时，玲正蹲在墙角的水泥地上，给那只棕毛小狗洗澡。小狗的两只后腿支在塑料盆里，前腿搭在玲的手掌里，浑身沾满泡泡，黏糊糊身子显得娇小可怜。

"早上好，玲。"我蹲下来，靠近大大的塑料盆。

"它叫布朗，是个酷酷的小男生。"玲扭过头，一边给小狗搓澡，"您准备吃早餐了吗？女士。"

我看着布朗，布朗也直直盯着我，舌头不时舔着嘴边的泡沫。我昨天见过它几面，确实不是一只活泼的小狗，老爱趴在门庭的竹椅上。倒是另外几只猫咪，显得特别好动，喜欢黏人。

"您走进大门，穿过厨房，就能看见一个露天长廊，餐厅在那里。梅丽会帮您准备好早餐的。"玲一只手指着别墅的方向，一只手托着布朗。

"好的，我一会儿再过来。"

我走进别墅。一条细长的走道，左边通向楼梯，右边通向厨房。靠近楼梯的位置是昨天看到的办公桌椅——海伦阿姨不在。正前方是另一扇门，门虚掩着，可以看见里面是个带客厅的套房。我向右转进厨房，厨房空间很大，一头是长长的L形灶台，另一头是张大尺寸的长方形餐桌，高度到达胸部的位置，配有十几把高脚椅。

"早上好，女士。"

灶台前一个体形稍胖的女孩子转向我。她的年纪和玲差不多，皮肤略黑，单眼皮，没有玲那么清秀，声音也更加粗硬。来到菲律宾这段时间，我目光所触及的当地男女，皆是双眼皮大眼睛，像她这样的单眼皮倒是第一次看到。不过，和艾林大叔、海伦阿姨和玲一样，这个女孩也有着同样宽厚的嘴唇。

"早上好，你是梅丽吗？你可以叫我爱米。"

"您想现在吃早餐吗？"她下巴微缩，抬着眼睛望着我。

"是的，麻烦你了。"我对她说，然后朝推拉门走去。

我推开一面玻璃，树木环绕的长廊映入眼帘。这就是玲说的长廊了，我在网上看过照片，实景更加静谧优美：一条长约二十米，宽约四米的半露天长廊在厨房外铺展开去，靠近厨房门的一头摆放一张长方形竹餐桌，两端各摆一张竹椅，两侧各摆四张竹椅，餐桌上铺着干净的白色桌布，中央摆放纸巾盒、调味罐和鲜花瓶。长廊另一头是一套竹制沙发茶几，与门庭外的那套无异。地面铺满雪白色瓷砖，一米高的木栏杆将长廊外的花园隔开。我非常自然坐在了摆有餐垫和刀叉的餐桌一端，开始欣赏充满自然气息的陈设。

正当我陶醉于清晨美景时，推拉门里走出一个漂亮的白人女子。她有着浅金色的头发和玫瑰色的皮肤，长发在脑后绾成一个髻，轻柔的蓝色吊带长裙衬出高挑身形。她向我打了声招呼，显得风度优雅。

"早上好，我叫爱米，从中国来的。"我回道。

"我叫安娜，瑞典来的。"她面带微笑，在我一侧坐下。"我已经在这里一周了。"

安娜的声音细得像蚊子叫，我竖起耳朵才能听清。她的眼睛很漂亮，如同菲律宾海水一般的蓝绿，嘴唇呈现薄扁的M形，优美得无可挑剔。

"早上好，女士们。"一个高瘦的男子潇洒进入餐厅。

"嘿，尼古拉斯，昨晚睡得好吗？"安娜扭头朝向他，"这是中国来的爱米。"

"你好爱米。我叫尼古拉斯，来自以色列。"说话间，他拉开安娜身边的椅子坐下。

尼古拉斯皮肤幽白，双眼深邃迷人。如果说安娜的蓝色虹膜偏绿的话，那么尼古拉斯的蓝眼睛里便带了一点灰色的调调。他眼神里自然而然有着一股柔和与忧郁，两侧眼角微微下落——这是我见过的最温柔的眼睛，让我想起《那个杀手不太冷》中的杀手里昂。如果单看眼睛的话，我会认为那是一双美丽的女人的眼睛。

紧随其后的，是另一个高大壮硕的白人男子。他从我身后绕过，坐在我另一侧的位置上。

"可汉，这是爱米，从中国来的。"安娜向可汉介绍我。我向她笑笑，又转向左边的可汉微笑。

"你好。我叫可汉，来自法罗群岛。"

他三十出头，声音低沉而有磁性，淡黄色短发，两颊和下巴周围充满灰白色胡楂。他脸上透出淡淡的红，肩膀两侧出现了晒伤后的脱皮。在他说话前，我便从他的长相中猜测出他与安娜一样来自北欧。

"尼古拉斯，我查了你说的'水翼双体船'，很有趣。"他说道。

"是吗？我知道你会感兴趣的。我一直很想将我的船改造成那样。"尼古拉斯扬起嘴角。

"那是什么船？"安娜看了一眼可汉，又扭过头朝向尼古拉斯。

"嗯，它可以悬浮在水面之上，因为与水的阻力减少了，所以速度很快。"尼古拉斯答道。

"你是说，能在……水上飞行？"安娜瞪大眼睛。

"呵呵，是的。而且只需要靠风。"可汉补充道。

安娜挑起眉毛，摇摇头，"啊，这个我无法相信。"

他们三个愉快地聊着。安娜举止优美，表情只在细微之中变化。尼古拉斯风趣幽默，同时温文尔雅。可汉显得沉闷，但能很好地掌握沉默和发言的时机。我跟不上他们说话的节奏，加上座位的尴尬，只能左右扭动脖子，像是开会中聆听下属发言的领导。好在梅丽很快端上了早餐盘，每人单独一份，包含两个三明治和一杯橙汁——梅丽在培根和煎蛋里放的盐太多了！这是三个蓝眼睛和一个黑眼睛的早餐，我从未觉得自己如此特殊。

"爱米，我饭后要去海边，你和我一起去吗？"

早餐快结束时，安娜对我说。

"好啊，我昨天还没有出门呢！"我愉快地答应了。

"你们呢，也一起去吗？"安娜转过头。

"抱歉，我得坐船去趟纳巴斯，过去看一个工厂。"尼古拉斯将杯中的果汁一饮而尽。

"噢，我也去不了。昨天在海边认识了一个当地人，他约我今天骑摩托车环岛。祝你们玩得开心！"可汉向我投来微笑。

我们四人走出别墅大门，朝花园走去。他们都和我一样，住在旁边的副楼里。玲已经给布朗洗好了澡，花园里空空无人。可汉和尼古拉斯往楼上走去。安娜就住在我的隔壁，我们相约半小时后出发海边。

出了阿马法达的大门一直走向坡底，便到了岛上唯一的主干道——昨天下午我便在这里下的车。马路不太宽敞，却不停有摩托车、三轮车载着游客穿梭而过。安娜带我径直穿过马路，走进一条垂直小道。

小道通往海边，两边是大大小小的旅馆。炙热的阳光下，是同样热情的当地人，他们三五成群蹲坐路旁，脑袋追随我们移动，露出整排牙齿大喊"Hello Ma'am"（女士好）。即便你没有望向他们，他们依旧习惯性露齿微笑，依旧热情地尊呼你为女士。沿途看见不少韩国游客，身着长袖遮阳服，帽子墨镜齐全，两条腿白得泛光。走到小道尽头，再穿过两座房屋的幽暗间隙，一大片蓝天绿水跳入眼帘，梦境一般。

一大片细白的沙子铺展向大海，穿着鲜艳比基尼和沙滩裤的男男女女跳动在画面的各个角落，目光两侧是延伸而去的商业街。我们无心闲逛，大步跨过一家按摩摊，朝海滩奔去。

"爱米你看！这里的海是不是很漂亮？"安娜望着我，双颊的点点雀斑格外分明，一对珍珠耳坠在粉红色的耳朵下摇晃，"不过你要下海游泳的话，那些黏糊糊的水草会让你发疯的！"

这是一片碧蓝色的大海，近处是浅浅的绿，远处是幽幽的蓝。我扫过整片海域，各色螃蟹船和小帆船漂浮海面，一些人在浅海里嬉戏玩耍，一切都传递出一种生机勃勃。脚下是洁白柔滑的沙子，细腻得如同粉末一般。

沙滩上的阴凉处很少，我们的皮肤暴露在火辣阳光之下，偶尔走过高大的椰子树，能在投下的小片阴影里感受到一丝凉意。不过，炎热的画面却一点也不沉闷，商业街的音乐欢快活泼，身材健美的老外不时擦肩而过，油润的皮肤呈现出漂亮的线条。安娜那条渐变色长裙在阳光下光彩耀目，蓝色本代表忧郁，但轻盈的蓝却清爽宜人，将她玫瑰色肌肤衬托得十分美妙。

行至一处人少之地，我们租了两张沙滩椅。她从挎包里掏出一瓶小罐，倒出透明液体在手心，开始往身上涂抹。

"你要涂一些吗？"她将小罐递给我，"椰子油，我在这里的商店买的。"

清香之味扑鼻而来。我双手来回搓了几下，将掌心的椰子油均匀涂开，抹在身上。

一个小瘦孩拎着篮筐走来，身上肮脏的T恤显得他更黑了。

"女士，要这个吗？只要二百比索。"

"不，谢谢，我们不需要。"

我还没看清筐里的东西，安娜已经温柔地拒绝了他。

"你只要在沙滩坐上十分钟，就会有卖水果的、卖珍珠贝壳首饰的、编小辫子的当地人过来。"她平静地说道。

"对了，你觉得尼古拉斯怎么样？"她又问。

"嗯？还不错啊……挺绅士的。"我想不到别的形容词。

她微微翘起嘴角，"我爸爸提醒过我，所以我一直对这些男生们很谨慎。"

我承认这句话出乎我的意料，但安娜确实是个温柔娴静的女子。她出生在斯德歌尔摩郊区的一个镇上，是那里最漂亮的几个女生之一，她或许上了一所女子学校——整个学校的学生还没有我们一个年段的多，平时她喜欢将卷翘的长发披着，从而显得更加成熟妩媚，当地许多年轻人爱慕她，但她不愿答应任何人的追求，她还有个同样美丽的妹妹，本来应该和她一起来东南亚的，但为了应付该死的考试，所以没有来成。

"你想什么呢？我的意思是……我并不是说他在追我，我只是说……"她轻声细语地说道。

"我认为你应该好好享受菲律宾的美，如果遇见了很喜欢的人，就和他一同享受美景。"我脱口而出。

"啊……谢谢。"她笑着，扭头去望向大海。

之后的半小时里，十多个当地人前来售卖，有六七岁的小孩，也有成年男女。当第三个编发的阿姨过来时，我心动了，但安娜再次开口拒绝，我也作罢。她躺在一边，在闭目养神与拒绝销售之间转换，似乎周边并没有值得一看的男人或男孩。一个小时后，我们又在商业街随意闲逛，晚饭后才回到阿马法达山庄。

我7点多就醒了。本以为是最早起床的，可走进厨房就看见好几个身影。玲和梅丽在做早餐，一个白人女子也在灶台边忙碌。她从微波炉里取出碟子，将面饼一样的东西切开，装在塑料盒里——似乎是在准备外出的食物。我向她们打了招呼，朝推拉门外走去。

餐桌边坐着四个男人，其中一个是可汉，另外三个没有见过。长廊的另一头，一对白人小姐弟在沙发边玩耍。我走向餐桌，一个中年男人正积极地发表观点，他坐姿笔直，一手抓着三明治，一手来回比画。

"……人们不喜欢容忍风险，但对于投资者来说，定量的风险是可以接受的。我最近买了点比特币、以太币还有一些其他的加密货币。昨天已经涨到了六倍，但今天早上又降回到四倍。不过，我还是很相信它的，而且我也不在意它是不是会涨到五万、十万，或者五十万。当然，也有可能变为零——"男人放下手里的三明治，"我没法知道，因为这项技术太新了。但我相信它有潜力对商业做出一场全面改革，所以我会把钱一直放在那儿。我预测整个世界经济将在未来二十年经历一个戏剧性变化，对于大多数人来说是一个艰难时期，但同样有很多机会。说不定我是幸运的那一个——噢，也说不定我哪天就会被这块小小的三明治给噎死……"

男人滔滔不绝地讲着，眼神按次序落在众人脸上，一个也不跳过。其他人似乎也不想插话，一边吃着早餐，一边安静地听着。我在他斜对面坐下时朝他点了点头，示意他不要被我打断。男人回以微笑，没有停止说话。可汉就坐在我旁边，他小声地和我打招呼，并询问我昨天在海边玩得如何。我用"not bad"两个词简短回答之后，他也没有再和我对话。最后，男人完成了所有论述，把头转向我。

"早上好！我叫杰夫，见到你很愉快。"他朝我说道。他大概四十岁以内，头发比较稀疏。

"早上好，我叫爱米，从中国来的。"我对他说，同时看了看其他人。

"我是麦克，加拿大人。"

这是坐得离我最远的中年男子，标准的白人特征，身材有些发福。他面前的几个餐盘和果汁杯都空了，我猜测他是那两个小孩的父亲，而厨房里的女人应该是他的妻子。

"嘿，请叫我莱恩。同样来自加拿大。"

　　坐在我对面的年轻人开口说道。他的头发深黑，肤色也偏黄。他应该只比我早到一会儿，早餐盘还没有端来。

　　"我来自美国蒙大拿州，不过自从川普当选总统，我就告诉别人我来自加拿大了！"杰夫耸耸肩，做了一个幽默的表情——嘴里还嚼着三明治。

　　"哦！是的，太糟糕了。"麦克瞪大眼睛，"我和我妻子说过，在他任职期间，我们再也不去美国了。"

　　众人笑笑，没有人接话。我便说道："我只去过加州。不过我知道蒙大拿州，和加拿大挨着边。"

　　"噢是的。这是个很大的州，并且大部分地区没有人，加拿大也有很多荒无人烟的土地。所以从我父亲家开车到最近的一个加拿大城市，大概要花六个小时。"杰夫吞下最后一口三明治，重新坐直身子。"我们那里有很多马、野牛、麋鹿、熊和其他野生动物。当然还有很多牛仔，我祖父九十五岁了还在骑马。"

　　杰夫继续说下去——他好像喜欢长篇大论。"有一个著名的历史事件就发生在我父亲家的农场边。当时有一群印第安人试图逃亡加拿大，美国陆军一直追击他们，最后追到我们家附近。有个人叫作约瑟夫酋长，他在投降时发表了一场非常动人的演讲，他说'从现在太阳升起的地方开始，我将不再战斗'。那时候他们离加拿大边境只有四十英里的距离，就是我父亲现在住的地方。他们离自由多么近啊！"

　　"啊是的，我也知道这个故事，那是一百多年前的事了。当时军队骑着马追赶他们，而他们仅靠双腿逃亡了数百英里。他们交战了数次，那群印第安人都能够不断击退军队……一群坚强的人们。"麦克接着说道。

　　厨房里的白人女子走出来。我这才看清她的长相，四十多岁，鼻子高挺，嘴唇薄薄两片，柔软的棕色短发显得干练又不失妩媚。她走到麦克身边，一只手搭在他的肩上。

　　"都准备好了，可以出发了吗？"她的声音很中性。

　　这对夫妇转身叫两个孩子过来，和我们道别离开。杰夫紧跟着也走了，只剩下我、可汉和莱恩。

　　不一会儿，安娜走进门廊，她的脸色似乎很不好。

　　"各位早上好。尼古拉斯还没有起床吗？"她细声细语。

　　"他一早吃过东西就匆匆出门了。"可汉答道，"他这几天都忙着去纳巴斯的工厂。"

　　安娜微微皱了下眉，"什么工厂？怎么，他想在这里做生意吗？"

　　"好像是去看什么船舶配件吧。你还好吗？"可汉认真地盯着安娜惨白的脸。

　　"我的城市出事了……有一辆货车，冲向了人群。"安娜用微小的声音说道，"昨天晚上发生的。太可怕了……这本是一座多么安静的城市。"

　　"真的吗？我还没有看新闻。这太糟糕了！噢天哪，听到这个消息我很难……这个月太多事发生了。"可汉低下眼睛，微微摇头，"月初是圣彼得堡的地铁爆炸，然后又是薄荷岛——"

　　安娜的小脸露出怒气，"是的，我差一点就去了薄荷岛……"

　　"他们杀了三名政府军士兵和一名警察，还有几名武装分子死亡。"莱恩严肃地说。

　　我也感受到气氛的沉重，面对面的交谈让我无法置身事外。已过半月的海岛生活看似离尘世很远，却又比我在家时更能体会到某一地区发生灾难时的痛苦。

　　回房后我打开电视，同时浏览手机新闻——斯德歌尔摩的灾祸时间就在十二个小时之前。电视信号很差，画面模糊不清，好几个台都在转播现任总统富有激情的演讲。我转了一圈，关掉电视。

　　午睡中听到吉他的声响。简短、停顿、重复。我打开房门，花园里的椅子上，莱恩正抱着吉他坐在那里。

　　"我不知道你是个音乐家。"

　　我走过去，在另一张椅子坐下。莱恩抬头朝我笑笑。他身形小巧，但手臂还挺壮实。

　　"只是业余爱好。这不是我的吉他，是瑟琳纳的。"

　　"瑟琳娜是谁？"我问。

　　"艾林夫妇的女儿，你还没见过她吧？她只有周末回来这里。"莱恩随意拨动着琴弦，弹出简单优美的旋律。

　　"我还没见过她。你在这住了很久吗？"我问。

　　"一个月了。我打算再待一段时间，我喜欢这里。"他低下头，指尖在弦间滑动。

　　"你刚才弹的那一段，很好听。"

　　"呵呵，我在试着给我写的歌词谱曲，有了一些灵感。"他抬头微笑，有些不好意思。

　　桌上放着一张纸，上面密密麻麻写有大段英文。两只黑猫蹿到我的脚边，发出轻轻的叫声，又慢慢走开。

　　"太棒了。我可以看看你写的歌词吗？"我对莱恩说。

　　"当然，如果你想看的话。"

　　莱恩把纸张递给我。他的字迹工整，没有涂改的痕迹，应该是重新誊抄过的。

　　一团火在心中燃烧，令我血液沸腾
　　要知道如何启程，你必须为了一个梦想放弃另一个梦想
　　当所到之处变得狭小之时，真正勇敢的人知道怎样选择
　　当你将心交与某人时，你应知道它终将冰凉
　　未来无人知晓，你如何为未知的人生作出计划
　　任何事都可能溜走，即使没有人愿意接受
　　一团火在心中燃烧，令我血液沸腾
　　要知道如何启程，就要遵行前一个梦想。

　　空中飘起绵柔小雨，他怀抱吉他继续哼唱，我坐在旁边凝视

歌词。两只黑猫在草坪上舔理皮毛，布朗依旧趴在门庭，脑袋朝着山庄大门一动不动。午后的阳光似乎变得温柔了一些，雨声、歌声和闲散的思绪融为一体。

"两个月前写的。那时候我在曼谷，度过了一段非常沮丧的时光。"

"两个月前我也在曼谷。"我对他说。

"真的吗？我在那里住了四五年了，我以前是一个幼儿园的英语老师。"

"那很好啊，我想孩子们都很喜欢你吧。"

"是的，他们都很乖巧。特别是一个小女孩，每次都要我抱，不肯让我把她放下。"

莱恩掏出手机，给我看一个视频。视频里胖乎乎的泰国小女孩，正黏着他做游戏。

"很可爱。那你很久没有回加拿大了吧？现在那里应该很冷。"

"是的。"他平淡地说，"事实上，我出生在叙利亚，十几岁的时候才到的加拿大。"

有些国家，我从来没有去过，这辈子也可能不会踏上它的土地，我了解它的方式，只能来源于那里的人和网络。可此时如果莱恩不主动提起，我是不会过多谈论的——我把握不住交谈的节奏，或许因为我们还太生疏，又或许因为氛围太过恬淡美好，不应该有一些深痛的回忆来打乱。

还好莱恩的琴声没有停下，我就这么安静地听着。两只绿眼睛的黑猫跑走了，又来了另外一只蓝眼睛的短毛灰猫，它面无表情地盯着我看，然后张大了嘴，像是打了个哈欠。我突然想起了一句台词，"有些鸟是注定不会被牢笼束缚的，因为它们的羽毛太过美丽。"

转眼一周过去，阿马法达虽是一家民宿，但这段日子里住客们都很稳定，没有人离开，也没有新的人进来。我最初以为房子是艾林夫妇的，可有一次在厨房的墙壁上看见一张合照，是一个白人男子和他的三个成年女儿。梅丽告诉我，他是阿马法达的主人，一个法国人。因为菲律宾的土地不能卖给外国人，他便用艾林夫妇的名义买下了这块地，建起山庄，交给夫妇两人管理，他每年则过来度假个把月——别墅一楼的大套间就是给他回来时住的。

我住的副楼有三层，每层两个房门（从开放式走廊上的房门可以看出），总共六间客房——顶楼的两间内部打通，可作套房使用。别墅楼里看不见格局，不过大概知道里面的居住情况。我将两幢楼的住户列了名单：

安娜，二十七岁，来自瑞典斯德歌尔摩，学生，住在我隔壁的房间。

尼古拉斯，二十九岁，来自以色列埃拉特，犹太人，曾当过三年兵，住在我楼上的房间。

可汉，三十一岁，来自法罗群岛，航海员，住在安娜楼上的房间。

麦克一家四口，来自加拿大，带了一对儿女，住在别墅二楼。

杰森，四十岁左右，来自美国人蒙大拿州，物理学硕士研究员，住在别墅二楼。

莱恩，二十五岁，来自加拿大，叙利亚人，稍显沉默的青年，住在别墅三楼。

秀原和她男朋友，韩国人，三十岁左右，住在别墅三楼，已经住了一年。

艾林夫妇和两岁的亚当，住在副楼地下室。

玲和梅丽，十八岁左右，住在附近的当地人村落。

我很快就习惯了阿马法达山庄的生活，远离海边的喧闹，我和一群新朋友住在这个安静的小山坡上，四周花草树木环绕，还有几只从不相互追逐打闹的小猫小猫狗相伴。每天清晨我们共同分享早餐间的谈话，饭后则各自忙碌。有时我和安娜组成的小圈子——尼古拉斯、可汉和莱恩不固定加入——一同到海边吃饭。玲和梅丽也会带我到周边村落观光，尝当地人做的零食——高兴的是她们不再喊我女士。而大多数时间我自己在岛上转悠，"我爱群居，也爱独处"，在这里我把它实践得很到位。我孤身一人来到这个可爱的小岛，我认为这种"孤独"是对自由真正的享受。

夕阳下的跳跃

午饭后，我坐在二号海滩晒太阳。四公里长的白沙滩上，从北至南依次有三个海滩，阿马法达山庄离二号滩最近，这片区域也最为热闹。目之所及，餐饮店、按摩店和手工艺品店鳞次栉比，来自世界各地的游客穿梭其间。几个当地小黑孩在我前方做沙碉，我小憩一会儿儿，睁眼时整个沙雕已经完成，刻着"Boracay APR 12"（长滩岛，4月12日）。

各色皮肤、各种体型在我眼前飘过，俊俏健美的比比皆是，轻衣暴露，很难不引人注目。这座海岛似乎已将年老的游客筛选了出去，放眼望去都较为年轻，与曼谷所见大不同。既然人的本能倾向于喜爱健康、力量、形态和相貌的美，我也就大胆地欣赏起这道人形风景来。我看到好多躺在沙滩上晒太阳的西方人，他们千里迢迢来到东南亚，晒出一身漂亮铜色。而我们确实不太接受来自太阳的光芒，晒伤之外，主流审美还是一白遮三丑，似乎白就代表富贵，黑就是劳碌命。其实几百年前的欧洲人，也是疯狂追求像油画中人物一样白皙的肌肤，现在风水轮流转，小麦色成为了潮流主打。对于这种热衷，我抱着好奇之心询问过一些老外，有的说白色看上去不健康，晒黑能遮盖皮肤上的瑕疵；有的说有钱人才有时间到海边晒太阳，这是一种社会身份的辨识。此时我凝视面前铺在沙滩上的各色皮囊，冒出一个怪异想法——这是不是一种不由自主地趋于消除人种间巨大差异的方式？打个比方，一只黑天鹅在白天鹅群中很容易被猎人注意，而白天鹅在鸭群中也觉得自己处境尴尬。人的身形五官较难改变，但晒黑确是几天之内就能达到的，也就是说，当某个环境下白人比例越来越少，深色皮肤的人越来越多时，像应激的草履虫一般往中心肤色趋同的情形就出现了。

　　接着，我又情不自禁被一些长相差异极大的情侣吸引。中西方人对于审美的标准存在差异，欣赏跨国跨种族的情侣便成为我坐在海边的一项趣事。有个脑筋急转弯，问穷人与富人在什么地方没有区别，答澡堂。在菲律宾这样一个穷开心的国家，眼前又是一个荷尔蒙膨发的热带海岛，人人都沉浸于自然怀抱，巴不得褪去最后一片遮羞布投身于阳光大海之中，这时候异性间的选择似乎也变得更原始和本能。也就是说，我面前这些拥搂在一起的情侣，他们认为面前的另一半绝对美的，而是什么造就了他们对于一些外人看起来完全不算美的部分的接纳呢？他们彼此的外表相距甚远——两人站在一起很不协调，为什么匹配在了一起？

　　关于伴侣的选择，叔本华做过精彩论述：每个人都会在其对象身上特别要求自身欠缺的优点，甚至与自身缺陷恰成相反对照的那些缺陷在他的眼里也被看作是美的；一个在某一方面相当完美的人虽然不会喜爱和追求异性在这一方面的缺陷，但他对异性身上这方面的欠缺会比其他人更能迁就和接受。也就是说，矮小瘦弱的女人会倾心于高大强壮的男人，鼻子扁平的人对鹰钩鼻子情有独钟，身材、手脚异常高挑、纤细的人甚至会认为过于矮短、敦实的异性也是一种美。并且，相比于小个子女人，高个女人更能接收小个子男人，而皮肤白皙的男人也不会反感对方暗黄的脸色，这也能解释为何一个男人会爱上一个明显丑陋的女人。

另外还有一点非常有趣，叔本华认为白色皮肤对于人来说是非自然的，人的自然肤色是黑色，或者褐色，最早没有白人这一人种，只是因为他们迁移到北方之后，经过千万年时间，皮肤褪成了白色，因此，大自然在人的性爱中会争取回归属于人的原型的黑色头发和褐色眼睛。按其原意，金黄色头发的人一般都会喜欢发色黝黑或者棕色的异性，但后者却很少喜欢前者这样"金发、蓝眼睛"的变种。但是，现实社会好像并不如此，这应该是源自于文明社会中的货币因素，以及殖民时期白人的扩张——人们容易对于掌握自己命运的主体萌生出爱慕与崇拜，所以我们所见到的后者喜欢前者的"特例"更多，这非人的自然本能。不过，几百年来"金发碧眼"的人种比例确实一直加速降低，倒也符合"大自然的回归"一说。

我突然间意识到有一个大大的相机在不远处对着我。我扭动脖子，相机背后是一个黑黑瘦瘦的大耳朵年轻人。他发现我在盯着他，放下相机朝我走来。

"抱歉打扰你，我只是在拍一些风景，你恰好在镜头里。"

他穿了一件深蓝色Polo衫，年纪看上去和我差不多，眼睛很大，又厚又宽的嘴唇说不上好看或难看，标准的当地人长相，扁平的英语发音。

"没关系，我不介意。"我说。

他半蹲在我面前的沙子上，我感觉有些奇怪。

"我叫丹。"他一脸嬉笑，"我猜你是中国人，尽管我没有看到一些应有特征。"

"我叫爱米。"我好奇道，"你说的应有特征是什么？"

"喏！看到那几个拍照的女生吗？"丹指向远处，"长裙、大檐草帽，韩国人……瞧，旁边几个穿长袖的，也是韩国人，他们喜欢包裹得严严实实——看那边！太阳伞、墨镜，一定是中国人……还有那个，哈哈，穿衬衫的男人，也是中国人。欧美人就穿得很少，到处暴露。"

丹笑嘻嘻又认真地说道。不远处几个老外已经平躺在沙滩上很久了，十几分钟便翻一次身子，其中一个女人趴着，解掉了比基尼的后带。原来比基尼不只为了性感，更为晒匀。我扭转好几个方向，扫视这些抹着油、躺在烈日下不断翻转的男女，突然感到莫名的滑稽——"我始终不懈地在努力做到不要嘲笑人类的行为，不要感叹它们，不要憎恶它们，而只是理解它们。"

"上周我在宿务，当地人以为我是韩国人。还有那边商业街的小贩，刚才也用韩语和我打招呼。"

"因为他们没有去过中国！"丹的一句中文吓到我。他用回英语，"我喜欢中国，我去过上海和北京。而且韩国女孩的妆很厚，脸很白。你的脸不白。"

我对他增加了好感——对于在异国他乡遇见接触过中国的人，我或多或少都更愿意与之交流，或者说，我不能对喜欢我的祖国的人表现得过于冷淡。

"我明年还想再去一次中国。所以我今年要好好工作，多赚点钱。"他说话喜欢把尾音拖得很长，有点娘娘腔。

"我猜你是摄影师。"我盯着他的相机。

"是的，我也帮一些旅行社做宣传片。"

丹坐到我旁边，给我看相机里的照片。人物景色都有，还有一些欧美人的写真。

"我有一个航拍仪，花了我好几万比索，下次给你看。"他很开心。

过后，丹问我有没有去过小岛北部的普卡海滩。我说没有，他便邀请我去那里看日落。

"那里的海滩和这里不一样。"他神秘兮兮。

"我有几个邻居，可以约他们一起吗？"我问。

"没问题，我喜欢交朋友！"他咧开厚嘴唇，两只大耳郭向外开着。

我给安娜和可汉发了信息。尼古拉斯一周都往纳巴斯的工厂跑，晚饭时间才回来，所以我没有问他。莱恩这几天在赶谱子，我也没有叫他。安娜和可汉很快就答应了，他们都没有去过普卡海滩。我和丹便在阿马法达山庄的坡下等他们。

"我给你讲个故事啊，"丹用他细长的手臂撑着他的小摩托，"之前我在家楼下开了一个网吧。有一次，这里的一个小混混居然偷走我的手机，卖给一家手机维修店。但修理店正好是我朋友开的，他认出手机告诉了我。我立刻知道那个小混混是谁，就骑车去了他们的聚集地，叫他老大把他找出来——哼，他们也只敢偷当地人，不敢偷游客的。"

"你胆子真大啊！"丹讲故事的样子很好笑，而他扁扁的拖音增加了滑稽感。

"哈哈——他们当时想打我。我就一个人，但我一点都不怕。后来那个老大把手机还给我了。"丹很得意，"所以，我是这个岛上最坏的人——"

马路斜对面的Jollibee（菲律宾规模最大的餐饮连锁店）开业，门口铺着大片红地毯，招牌的蜜蜂人偶立在门口，敲锣打鼓热闹非凡。

"难怪一大早麦当劳门口吵吵闹闹的，原来是和Jollibee竞争！"

"是吗？"我觉得有点意思，都说长滩岛的商业氛围浓厚，如此可见一斑。

"我不喜欢我们菲律宾人的眼睛，太大了。"丹抬起两只胳膊，拉长自己的两只眼角。"我喜欢你们中国人的眼睛，又细又长。"

我盯着他的鬼脸，"你在这座小岛出生吗？"

"对呀，我一直住在这里。2000年开始，整座小岛开始四处建造。那个时候我才十几岁，突然就看见非常多的外国人，虽然之前就有不少，但后来一年比一年多，小岛的房子也越盖越多。我不知道那是种什么感觉，自己的小岛变样了……不过我喜欢游客，我得靠他们赚钱。"他语气平淡。

安娜从坡上下来了。很快，可汉也骑着摩托车从街那边过来。我坐上丹的摩托，安娜坐在可汉后面，四人向北边启程。

我们绕过一个平缓的山头，两边是淳朴的村庄。好些当地人朝丹打招呼，丹一一按响喇叭回复。接近目的地的时候，看见一个大型度假酒店——丹告诉我他能偷偷潜进酒店背后的私人海滩。

二十分钟抵达普卡海滩。大片山丘将这块海滩包围在内，我们只能从一个窄小的路口进入。路口处有一家小卖部，空地上停着十几辆摩托车，我们也将车停在这里。

跨下石阶，细滑的沙子溜进我的脚趾尖。安娜轻声尖叫，我也不由发出一声惊叹。眼前的画面太美了，各种色彩干净得一尘不染，蓝天白云像是在交汇融合，又像是云朵被拉扯成薄丝，覆盖着整个天幕。相比拥挤不堪的二号海滩，这里游人的密度恰到好处，没有星罗棋布的商店，也没有四处兜售的小贩。这是一片安静且宁静的海滩，唯一动态的是波澜起伏的浪花。

一伙当地人在玩沙滩排球，丹走过去与他们打招呼。男人们裸露上半身，皮肤晒成深巧克力色，其中最胖的男子小辫朝天，耳上戴着白色的软毛耳环，两条腿膝盖下方各绑一条串满贝壳的链子，恰好卡在小腿肚上一圈较细的位置，即使奔跑跳跃也不会滑动。他们十分友好，朝我们露出两排牙齿。安娜和可汉立刻加入他们的排球队，我和丹坐在旁边的竹凳上，等待夕阳西下。

"爱米！你的脑袋，往大海转一点。对！"丹跑到我身后，举起相机。

"嗯，再转过去一点……太多了，回来一点——"他不停地指挥我，自己也挪来挪去。

　　我面朝大海。此时，太阳并不在我的正前方，而在左手方向。丹蹲在我右手边，拍出逆光下我的侧影。

　　"啊，我的大老板又来信息了！"铃声响起，丹放下相机拿起电话。

　　"你摄影工作的……"我问他。

　　"不，是民宿的业务。下次我带你参观，我们那里住了很多中国客人，我喜欢租给中国人，喜欢和他们打交道。我在学习中文。"他把手机塞回口袋。

　　"你老板已经很宽容了，让你接摄影的活儿，还让你失踪一个下午。"

　　"哼，总有一天我会把他给炒了！给我太多工作，我要累死了——"丹拖着尾音，嬉皮笑脸。

　　太阳越来越低，它在四周灰白与橙黄渐变的环绕下，慢慢向海平面沉下去。停靠在岸边的一艘螃蟹船成了画面中最深色的物体，在自然中尽情展示出它精细雕刻出的轮廓。

　　"我得过去跳一下。"我站起来，朝海水走去。

　　"什么？"丹举着相机跟在后面。

　　"我想跳跃！"

　　我甩掉拖鞋，任凭两脚浸在水里，然后望向晚霞。眼前的色彩像油画里的一般，我开始用尽全身力气，奋力向上弹跳。丹蹲在我背后，抓拍下我到达最高点的每一个姿势。

　　太阳完全落下。回到阿马法达的小坡下，丹向我们告辞。

　　"我回去了，否则大老板会杀了我的——"

　　尼古拉斯碰巧从纳巴斯回来，便和我们前往二号海滩吃晚饭。商业街上的餐馆我们吃过很多家，我却没有一家喜欢，海鲜的做法比不上厦门的美味，蔬菜的选择很少，肉类多为炸过。有一次我点了份空心菜，炒出来竟是黑色的。最终我们都认可阿马法达山庄里的早餐最为可口。

　　我们挑了一个露天位置，矮脚桌摆在沙滩上，桌上放着蜡烛灯。我坐在软垫上向后靠，双脚插进冰凉的沙中。一个年轻女孩怀抱吉他，在小舞台上唱英文歌，浑厚的嗓音与稚嫩的脸庞不太匹配。歌曲是近期很火的《We don't talk any more》（我们不再说话），从清迈的小餐馆里到曼谷的天空酒吧，我都能听到这欢快跳跃的乐曲。我记得第一次听到这首歌，是两个泰国女歌手的现场演唱，她们一个弹电子琴，一个弹吉他，我第一时间便喜欢上了——相较于如泣如诉的旋律我更喜欢这种用轻快的节奏哼唱失恋。尼古拉斯心事重重的样子，安娜把菜单递给他，他才回过神来。

　　"工厂那里不顺利吗？"安娜问道。

　　"不是的。我刚才好像出现了幻觉……"尼古拉斯用力地眨眼睛，"我看见那个台上有个洞……还有那个唱歌的女孩……啊，我刚才把她看成了男人！"

　　我们三个同时望着尼古拉斯，白皙的脸上表情麻木。

　　"你是不是中暑了？"我问。

　　"我想你脱水了。"可汉说道，"我前两周也出现过这个情况，我当时头晕目眩。"

　　"我没事。"他端起杯子，猛喝了一口水。

　　"你会没事的，"安娜温柔地说，"但是别点啤酒了。"

　　晚饭后我们往北边散步。安娜和尼古拉斯走在前面。安娜的脚掌浸没在海水中，蓝布长裙随着她轻盈的步伐摆动。她不时侧过脸与尼古拉斯交谈，我能看见她上扬的嘴角和弯弯的眼眉。

　　可汉走在我旁边。这个来自法罗群岛的男人高大壮硕，我不由想起被称为"维京人"的北欧海盗。刚认识他的那个早晨，我便查了有关法罗群岛的信息。网上介绍不多，大概知道它位于挪威和冰岛之间，属于丹麦的海外自治领地，面积只有一千四百平方公里——小到在地球仪上都找不到，算下来相当于十个厦门岛那么大。搜索到的图片多是绿色山峦海岛面貌，没有一幢高楼，只在山野间稀疏地点缀着几个矮小木屋，那房子如同小孩们画出的画一般，三角形房顶，田字形窗户，有的漆成红色，有的漆成青色。冷冰冰的青山碧海之间，是超脱现实的美景，俨然世外桃源。

"可汉，你第一次到东南亚吗？"我率先问道。这个木讷的男人半天不说一句话。

"对，我正好放假。"他语音沙哑且带有顿挫。

"之后还去别的地方吗？"他尽量缓下脚步，与我平齐。

"不，我得回去工作。"

"我在网上看了你们国家的照片，很漂亮。"

"嗯……我的国家太小了，我相信很多人都不知道它。只有五万人口，不过是个非常非常安全的国家，几乎没有犯罪的存在。"

"你们也是按照省和县来划分区域吗？"

"不，我们共有十八个岛屿，每个岛屿再分为若干个村落。我住的岛比较小，只有五个村落。"

"挺有趣的，我想你们每天都有鱼肉吃。"

"我们还捕鲸、吃鲸肉……嗯，这点不太受欧洲其他国家欢迎。不过这个习俗有几百年的历史了。"

"我只吃过鲨鱼肉，味道特别腥。"我大学时有个广西的舍友，和她去湄洲岛游玩时吃过小鲨鱼，一条十元钱。

"嗯……我从来没吃过鲨鱼。"

"你们那里有中国人住吗？"我想无所不在的同胞们一定开发到那儿了。

"几乎没有看到，但还是有一些中国游客……也有一家中国餐馆，应该是个中国人开的。还有间日本寿司店，是个泰国人开的。噢对了，我在报纸上看到过，有三百多个亚洲人住在我们国家，是来自泰国和菲律宾的女性，她们大多都嫁给了当地男人。"

"看来你们国家男人比女人多呢。"

"嗯，哈哈，确实是的。"他一板一眼的脸终于放松了。

我们继续在沿着海滩散步。可汉不太主动，都是我说一句他回一句。不过对于我的问题，他显得很耐心，所以我接着聊下去。

"你们国家说的是什么语言呢？"

"我们的母语是法罗语，第二语言是丹麦语，英语是第三语言——噢……不对，英语第二，丹麦语第三……抱歉，我也记不得了。在船上的时候，我还会说挪威语，所以我能说四门语言。"

"我想起北欧海盗了，你告诉过我你是个航海员。"我说。

"我们那确实有维京人博物馆。他们最早来自于挪威、瑞典和丹麦，后来也到法罗群岛殖民定居。"

"所以你大部分时间在海上工作吗？"

"嗯，确切地说，我是在海上的一艘紧急救援船只上工作，它属于丹麦。我们的任务是保证海上油井的安全。"

"你们船上有多少人？"

"八个。我们经过专业的消防训练，以及如何帮那些靠近油井平台的船只改航。而我的工作主要是保持程序的最新状态和进行相关的救生演练，以便于我们随时都有能力挽救生命。"

"所以说你们是海上的救生员啦。"

"嗯……这么说来，算是吧。"

他像是想起了什么，从口袋里掏出手机给我看照片。那是一艘造型独特的船只，整个船身漆成橘色，一块白底处印着"RESCUE ZONE"（救援区）几个黑色字母。我脑海中闪过2010年的墨西哥湾油井爆炸事件，海上浓烟滚滚的画面仍旧深刻。

"嘿，你们走得太慢了！"尼古拉斯转身朝我们喊道。他已经恢复了体力。

我和可汉相视笑笑，同时加快步伐。空气中的风很温柔，我不需要一直整理头发。脚下的沙子也异常温柔，退去了日间的灼热，它们轻轻迎接着我的脚掌落下——在抬起的瞬间又悄悄滑下。我们沿着海岸线一路向北，走过一处点着蜡烛的沙雕，小型城堡在烛光摇曳下静谧而温馨。我望向左方的大海深处，海面平静得如沉睡一般。右方的商业街却迎来了一天之中热闹的顶峰，灯光平行着海岸线延伸而去，两端看不见尽头，裹着五颜六色衣料的人们在灯火通明间来回穿行寻觅。他们中有多少人不是为了观光或游乐，只是从早到晚流连于这条白沙滩。在他们居住的繁华都市中能享受到的，这个小岛同样能满足到，甚至更有风情。这样的夜色很美，这种美是自然与尘世的结合。我的两侧安置着两个世界，它们和谐共生，似乎并没有划分得泾渭分明。而我，正好在其间十米宽窄的地带行走，两个色调渲染于两侧的余光中。我两边都没有迈出去一步，只愿停留在沙滩，我如此贴近自然，又身处红尘之中。

已经走到一号沙滩。人渐渐少了，音乐也减轻许多，我可以听见安娜在前方撩动水花。不远处高耸一块石壁，中央的大洞恰好能容纳一人穿过。透过洞眼，北方山上的白色十字架清晰可见。

"爱米，你抬头看看。"可汉轻声说。

我抬头仰望，繁星点点可见。夜空之外还有什么，是不是也有一群喜欢群居的生物，徘徊在茫茫大海边上，仰望着另一片星空。这样的情景我看不到，即使能够望到，那也是遥远的时空之前发生的景象。如霍金所说，我们不会知道这一刻发生在宇宙中更远处的事，我们所看到的从很远星系上来的光，是在几百万年之前发出的，所以当我们看宇宙时，是在看它的过去。回忆十天前，我想象不到会遇见来自遥远北欧的朋友——现在我同样没法预测明天的事。

安娜和尼古拉斯已经双双跳入黑色的海水中，朝我们大声呼喊。安娜那细蚊般的声音也尖厉地划破夜空。我从未走进夜晚的大海，对我来说，它是危险的，具有邪恶力量的，白天我尚未敢投入它的怀抱，此时我更没有勇气去感受它的气息。

"来吧，水很舒服。"

可汉向我招手，他的小腿肚已经浸没在水中。

我朝四周望望，又看看他们三人。可汉一直展开手掌望着我，他那双蓝色眼睛变成了灰色，带着柔和与期待。

我滑下拖鞋朝海里走去。水没有想象中冰凉，温暖地包裹我的双脚、大腿、腰部及全身。衣服浸透，脚底是黏糊糊的水草，我感受到无与伦比的轻松。我弓起身子，展开双臂向更深处游去。

"哈啰爱米，你这几天在这个纬度过得怎么样？"

当我走到长廊上时，只有杰夫一个人坐在这里。

"早上好，杰夫。我昨晚刚从十一空间回来。"我笑着说，"其他人呢？都吃过早餐了吗？"

"啊是啊，他们都哪儿去了！"他装模作样，"麦克一家半小时前离开了，艾林送他们去坐船。"

"对了，安娜昨天下午去曼谷了，转机回瑞典。"我在杰夫身旁坐下，"我今天下午也要走了。"

杰夫似乎有点吃惊，"真的吗？难怪我没见着她——你接下来去哪儿？要回中国？"

"我去马尼拉，之后可能去巴拉望。"

梅丽端来他的餐盘，"杰夫教授，您的早餐。"她笑着说。

"嘿，梅丽，别叫我教授！"杰夫扭转他光亮的脑门儿，"这就像是对一个普通士兵喊首领。不过如果你愿意的话，你可以叫我杰夫博士，因为今年我就要升博士学位了。"

"好的，杰夫博士。"梅丽没法忍住不笑。

杰夫开始享用他的早餐，我也打开手机浏览新闻。

"你在看什么有趣的东西？"他事事关心。

"噢，新闻上说法国大选，勒庞会不会是下一个黑天鹅。"我回答。

　　"啊！这个问题——"这个物理学研究员立刻来了兴致，"黑天鹅吗？嗯，大多数人不明白生活是多么微妙和混乱，大多数人陷入一个可控制和可预测的幻觉。我很庆幸我没有这种幻觉，生活是完全不可控制的！"

　　庆幸，梅丽适时地端来了我的早餐盘。杰夫打开话匣子后，我可以只管吃三明治，用不着接话了。

　　"在物理学中我们有'海森堡不确定性原理'，在量子力学发展之前，人们认为宇宙是确定性的。尽管爱因斯坦对量子力学的发展做出了贡献，他还是不喜欢它，他说'上帝不玩骰子'。在旧时代里，我要是说宇宙是不确定性的，一定会有人拿起啤酒瓶给我脑袋一下子，然后我就会说'喏，瞧吧，我告诉你了，这也是不确定性的，我没法预测到你会给我这一下子。'然后我到医院去修理我的头，正好碰到一个变节的外科医生，他逃离了他的祖国阿根廷，因为他参与了一个叛乱组织，他试图说服我帮他开发一种武器系统来控制资本家。但是他没有料到我的家人在他的反叛组织袭击中被杀害了。所以我告诉他，我会帮他建造这个武器系统。但是我故意让它没法运行。突然间，场景闪回酒吧，我决定不去告诉那个人关于宇宙是不是确定性的了。最好不要开始，我对自己说。而所有的东西都只是我自己的想象，它们从未发生过。"

　　当他话音落下时，我已经吃完了整块三明治，喝光了一杯橙汁。

　　"噢，对了！"他像被叮了一下，突然从椅子上坐直，"我最近在读一本有趣的书，叫作《物理学之道》（The Tao of Physics）。关于物理学和东方神秘宗教哲学的，有兴趣你可以看看。你知道吗，你们中国古代的一些思想对我有极大的魔力……阴和阳、无序、有序——爱米，你明白我在说什么吗？"

　　"当然。"我擦擦嘴，笑着说，"我会把它当作我今天的家庭作业，杰夫博士。"

早餐后杰夫出门了——他每天早饭后都往外跑。我坐在门庭的藤椅上休息，莱恩在一旁弹吉他，他的谱曲有很大的进展。艾林大叔从码头回来了，他盘着一只腿坐在单人椅上，亚当在他面前摇晃地走来走去。布朗趴在瓷砖地上，依旧懒洋洋地望着山庄竹门。气温很高，一丝风也没有，汗珠从体内集结而出，铆足了劲，在某个瞬间顺着脸颊、腋窝滑下——像虫子爬过——也带走适量体热。

"艾林大叔，这几天节假没有带孩子出去玩吗？"我问道。

在宿务时Uber司机们告诉我，耶稣受难日到复活节这几天，菲律宾全国放假，很多人会一家外出旅行。

"对呀，放假一个星期。"他换了一条腿盘着，"但是我没有护照呀。"

"你们办护照很难吗？"

"是呀，要钱，要证明这个证明那个——我没钱呀。"

玲从别墅里出来。她穿起拖鞋准备往外走。

"爱米，我要去给大家买Halo-Halo，你一起去吗？"她问。

"去。"我转身对莱恩说，"也给你带一杯。"

Halo-Halo是当地很流行的一种冰饮，这个名字很有趣，叫起来像"你好—你好"。玲说它是"混合"的意思，就是把冰块剁碎了，倒上糖水搅拌，再加上椰肉、水果等七七八八的配料，有点像我们吃的刨冰。

走出阿马法达大门，沿着水泥路上坡，坡度变得越来越缓，脚下的路也不知不觉变成了凹凸不平的泥土路——这条路我跟玲走过一次，当时我们到另一头的山脚下散步。沿路建了几幢小房子，大概也是民宿，但没有看见游客，只有几个小孩子蹲在路旁玩耍。五分钟不到，就到达山丘的最顶端，玲却不打算继续向前下坡。

"你能走这样的山路吗？我们要下到那边的村庄去。"

她指指树林中的缝隙，转身带我进入一条偏僻山道。道路崎岖狭窄，几只脚掌的宽度，表面还夹杂石块和树根，是经过长时间踩踏而成的一条小路。玲敏捷地在前面带路，紫红色人字拖在眼前跳跃。

"玲，你们办护照很难吗？"我问道。

"我不知道啊，我没有护照。好像要准备一些重要的材料。"她一边走一边说，"爱米，你下午就要走了吗？"

"对啊。我下次还会来的，继续住在阿马法达，找你们玩。"

"下次……下次我可能不在这里了。"她转过头看了我一眼。

"你是说——不在阿马法达了吗？"

"我可能要离开长滩岛，因为这里离我家太远了。我家在达沃，你知道这个地方吗？在棉兰老岛的南部，很远的，要坐飞机。"

"对游客来说，棉兰老岛好像不太安全，是吗？"

"达沃很安全，但是棉兰老岛的其他地方不太安全。我们那里也有很多游客，只是没有长滩岛那么多。"玲踏出最后一块坡地，跨上村庄的马路，转回来伸手接应我。

"我脸书上有个加拿大人，"我牵着玲的手臂跳上马路，"他好像在棉兰老岛住了很久。"

我打出手机，给玲看杰瑞米朋友的照片。

"哦！我知道他！他住在棉兰老岛，在整个岛上游荡。他拍了很多视频，我们那里的人都知道他！"

马路一直向远处延伸，两边是民房和大片田地，偶尔能见到一家简陋的小卖部。

"我原来还以为你住在这里呢。"我对她说。

"我住在我表弟家里，就在前面那个村子里。我得回达沃休息一两个月，不停地工作对我来说太累了。之后我应该会再找一份工作，我想去呼叫中心当话务员，只要接电话的那种。"

"很合适，我觉得你的声音很好听。"我说。

我喜欢听玲说话，我认为每个人说起母语和非母语来音色上是有差别的，由于对第二语言的生疏，说起它来声音多少会更细腻温柔——或粗犷硬利。另外，对于同我说母语以外的语言——陌生的方言或外语——的人，我需要更多时间来记住他们的声音，而对于一个和我说中文的陌生人，我很容易能辨认他的声音。

　　我们在路边一个简易竹棚里买了六杯 Halo-Halo。摊主是个十几岁的小姑娘，一撮厚密的刘海儿染成金黄色。冰沙用一次性塑料杯装着，连盖子也没有，原路提回时洒出好多。艾林大叔从厨房里取出一个小碗，倒了点出来给布朗舔。

　　下午，我收拾好行李和大家一一告别。除了杰夫和尼古拉斯，其他人都在，可汉还给了我一个个大大的拥抱。艾林大叔说要送我去码头，被我拒绝了，因为丹说要来送我，这时候他的摩托车在门口突突响。

　　丹又开始嘻嘻哈哈抱怨工作很忙，说他一个人做了三份——除了摄影和民宿管理，他还在朋友的小诊所帮忙——可他的老板还一直施加压力。这时我才知道，他口里野蛮的"大老板"就是他的父亲。

　　"爱米，你这么快就要走了，我还有好多地方没带你去呢。蜘蛛屋、蝙蝠洞，还有满月派对……"

　　"我等你来中国找我玩啊！"我对他说。

　　"你别把我的微信删了啊！"他龇着牙齿。

　　"哈哈，你别忘了好好学习中文。"

　　临行前，丹送给我一条漂亮的手工项链，坠子是淡黄色的象牙形状，绳链上串满贝壳。我接过项链，直接将它戴在脖上。

　　踏上螃蟹船的甲板，所有的留恋与不舍瞬间涌起。我不顾后面上船的人，转身回头。

　　"别忘了我啊，爱米！我是长得像猴子的丹！"

　　丹在码头上挥舞着手臂。我快要哭了。

大海啊，水手之歌

离开长滩岛后，我到马尼拉短暂地停留一天，作为到下站的中转，顺便拜访一位在当地做生意的中国朋友。朋友夫妇两年前到菲经商，往返于厦门与马尼拉之间。这里的生活平静惬意，他们买了一套高层公寓，雇了一个月薪七百元的菲佣，偶尔还会到当地大型赌场里怡情一把。恰逢这个天主教国家的圣周假日，马尼拉街头空荡无人，商场超市也没有开门，我便待在朋友家玩耍。屋里聚集了一群共事的同伴，皆是来自闽南地区的年轻人。重新回到同胞堆里的感觉很好，我又吃到了可口的家常菜，又可以毫无障碍地说话聊天了。

朋友家的电视机柜上立着几本书，我随手拨了拨，几个字跳跃出来：以色列、尤瓦尔·赫拉。我想起尼古拉斯，这个我唯一认识的以色列人——此刻他应该还在纳巴斯的船具工厂间徘徊。我撩动食指，将那本书轻轻抽出，黑色封面上印着"未来简史"四个白色大字。翻开首页，三行来自作者的手写英文跃然纸上：

"当面对这个混乱世界的终极问题时，我们需要中国读者贡献他们的智慧。"

半天时间，充分体现了"书非借不能读也"。我坐在阳台上，将整本书翻阅完大半。以前读书总是带着一种功利的态度，抱着"我必须知道"的目的而去看一本书——这样刻意买来的书一直很难读完。现在我更加钟爱于因缘而现的书，例如某天我去一个地方，恰好有这么一本书，它很随意地出现在眼前，安静地躺在那里，我会拾起它——以便我能长期占有它——并一口气将它读完。

临行前，朋友又给我拿来一本，是同作者的《人类简史》。我便带着它，开始了菲律宾的最后一段旅途。

我一直没有做攻略的习惯，认为命运会安排你去邂逅哪些城市。在宿务时每打一辆Uber，我都会问司机一个问题，"你们当地人假期都去哪里旅游"，然后我听到了这个地方。我一下子喜欢上了它的名字，应该是个小小的安静的，充满了浪漫气息的岛屿吧，接着我打开谷歌地图，找到了菲律宾西部狭长的巴拉望群岛。在巴拉望的中北部，我看到了爱妮岛。

能买到爱妮岛的机票亦实属缘分。圣周里人人举家出行，票务紧张，前往爱妮岛的又是二三十人座位的小飞机。如果没能在AirSwift网站上买到机票，我只能飞到巴拉望中部的公主港，再坐五个小时的面包车北上——那样的话，懒于奔波的我或许会另寻目的地。然而命运确实安排我邂逅了这座小岛，在长滩岛连续几天查询无票后，网站又临时跳出余票。于是，凌晨5点，我冒雨前往马尼拉机场，登上了飞往爱妮岛的小飞机。

飞机确实很小，除了随身手包，行李皆需托运。一个多小时后，小飞机降落在一块平地，四周青山环绕，荒无人烟。没有接客的摆渡车，也没有航站楼和到达大厅，一行人下了飞机，步行数十米，到达一处由木头搭盖的接待凉棚。三个黑瘦阿婆站成一排，高唱当地民歌欢迎我们到来。凉棚下摆放木桌，果汁点心放置桌上，一曲结束，游客们纷纷鼓掌致谢，坐下休息。将近半小时，拖行李的车辆才缓缓驶到棚外，由一名工作人员件件交付行李。

我领好行李箱往外走，脚下是没有修整的土路。出口的栏杆外只停着几辆摩托车和小三轮，没有人手举名牌接客，画面略显冷清。身边乘坐同架飞机的皆是欧美游客，背着半人高的登山包前行，只有我一个亚洲人拖曳行李箱。在菲律宾小岛的穿梭旅程中，我深刻体会到不应该带着笨重的行李箱而来。这里七千多个岛屿，只有少数几个海岛上有机场，其他都需要坐螃蟹船才能到达，即便岛上有机场，路况和交通工具也不完善，双肩包才是最好的选择。轮子滚动于崎岖小道，在静谧山野中发出烦人的噪声。我有些不好意思，便拎起箱子挪步到路旁，等尼克来接我。

美国人尼克是民宿房东，三年前来爱妮岛时爱上了这里，便一直住下，租了几间民房转租给游客。这次旅行我见到不少从西方来定居的游子，不由得感叹世上不同人的不同生活，有的人大半辈子的时间待在同一座城市，每天的活动范围不超过五公里，而有的人二十出头，就已经在世界各地旅居，选择自己所喜爱的生活方式了。是哪些因素导致了这一现象，我脑海里先跳出"家庭"二字。

尼克骑着一辆小摩托，在我认出他前，他先认出了我。他抬起手掌停在我面前，我自然地伸出手与他击掌。他个头矮小，皮肤晒得棕黄，戴了一副太阳眼镜，脑袋和发型好似子弹头。此时8点过半，我能看出他仍带有一丝倦意。

"哈啰，爱米。旅途愉快吗？"他拎起我的登机箱，放在摩托车前方的踏板上。

"麻烦你了，这么早来接我。"我一脚跨上后座。

"没关系，我那里不好找。"老美口音，说话随和且不修边幅。

还没骑到五分钟，一根栏杆挡在了我们面前，一个当地工作人员招手示意。

"怎么了？"我问道。

"前面是跑道，飞机起飞前这里会拦路。"尼克掉转车头，将车停到一处树荫下，准备在这里等。

"其他车也往这里走吗？"我从包里拿出鸭舌帽戴上。

"这里抄近路。从另一条路出去得绕一圈。"他一只手臂撑着树干，点了一支烟。

　　我们随意闲聊。尼克讲了三年前怎么来的菲律宾，怎么在几个岛上转悠后最终选择爱妮岛。他还告诉我他刚开了一家小酒馆，邀请我这几天过去参观。

　　十几分钟后栏杆升起。我们顺着山路向南行驶，两边的山林郁郁葱葱。穿过一个小镇，沿海岸的礁石路又行驶一公里的路程，终于抵达一个绿林环绕小村庄。尼克租的两间平房便在村里。这一片村庄紧挨大海却没有海滩，反倒更加清静。

　　摩托车开进一个小院，两间平房树木环绕。尼克打开一间门，简单地介绍了注意事项，提醒我出门前一定要关掉电灯和空调，还告诉我他住在相邻村子，需要找他就打电话。他匆匆将钥匙递交给我，自己骑摩托车回去补觉了。

　　我坐在床沿，打量这个四四方方、装饰简陋的房间，前方墙上挂着一面穿衣镜，镜子一边是大门一边是窗户，透过窗子看到阳台和小院。左边墙前有张笨重的长方形木桌，当我把行李箱放在桌上时，蚂蚁排成的一条长线正沿着桌子的缝隙移动。屋内宽敞明亮，却因缺乏装饰而显得单调冷清，唯一的电器是一台造型奇特的空调。大白天里我突然感到一种孤单，长时间的旅行以来我第一次有了这种感觉：我正处于一个完全陌生的地方。

　　我害怕这种言不明的感觉，我想要立刻投身于美妙的大自然中。我抓起小包，逃离了这个空荡的屋子。此时9点1刻，我根本想不到一个小时之后我就遇上了克拉克。他出现的时间太快，以至于我还没有时间慢慢探索这座原始小岛，就在他的带领下见到了最为美妙的地方。

　　院子对面有一家窗口式小卖部，里面只有简单的矿泉水、方便面和一些膨化零食。小卖部旁连着几户人家，一个朴素的女人走出来，礼貌地问我要买什么。我向她打了招呼，示意我住在对面，晚一点再来买东西。沿着村里的土路往镇上走，阳光灼烧在皮肤上，有一种火辣辣的疼。小路两旁是零散的农家，有时好几户连成一排，有时大片是树林。岛上的小镇在一公里以外，我打算先在这村子里找点吃的，然后去到镇上找家旅行社报名跳岛一日游。周边有数十个形态各异的漂亮小岛，我可以跟着船只在这些岛屿间遨游，彻底感受这一带珊瑚礁和石灰石山岩构成的绝美风光。走过百米左右，一块木牌立在泥墙外，上方用彩色粉笔写着几道菜名。我停住脚步，转身走进了墙边一条小道。小道穿过两三间民房，通向海边，尽头处是一家半露天式小餐馆，台阶上铺着木地板，台阶下摆放了几双拖鞋。我也甩下拖鞋，光脚踏了进去。

"您好，女士。"

一个黝黑的男服务生迎上来。餐馆里一个客人也没有。眼前是一片碧绿的礁湖，几只螃蟹船停在浅水上，两三座山岩挡住了更加旷阔的海平面，反倒形成一处幽秘景致。我在桌边坐下，接过服务生递来的菜单——上面只写了四行字，随手指了一个。

"我们还有果汁。女士，您要吗？"

"杧果有吗？要这个。"我说道，一边打开手机，"这里有WiFi吗？"

"有的——是这个，不过信号不太好。"服务生输好密码，转身走了。

餐馆离礁湖不过几米距离，没有沙滩连接，岸上全是石块。餐馆两边被树林遮挡，也看不见更远海岸线的情形。WiFi的信号确实不好，一阵风飘来，似乎强了些，又一阵风飘来，便立刻降到一格。十几分钟后，服务生端上一份配着炸鸡肉的大蒜米饭，想想看，好像很久没有吃到绿叶蔬菜了。菲律宾当地的食物不太符合我的口味，食物大多油炸——半个多月来最美味的一餐竟是Ayala商场里的泰国菜。

烈日直晒，我打算乘摩托车前往小镇，可土路上一辆过往车辆都没有。走到一处空地，越过稀疏的草坪便是刚才那一大片礁湖海域。转过身，小路另一侧是几间并排村屋，一个八九岁的小女孩正站在那里直视着我。

耳边的轰鸣声加大，一辆摩托车从道路前方驶来，缓缓停下，我立刻上前询问是否接载。驾车的中年人似乎听不懂英语，他朝那个小女孩喊了几句，女孩应和一声，扭头进屋，中年人也继续骑往村里，剩我一人在小道上发愣。很快，一个头上裹着围巾的年轻人走了出来。

"您好，有什么事吗？"

年轻人走过来，带着友好。他与我一般高，上唇蓄了长髭，皮肤通黑，两条浓眉末梢上翘，一条墨绿色围巾裹在头上，造型如同加勒比海盗中的杰克船长。他明显只有二十岁左右，脸上却带了股不属于这个年纪的沧桑。

"啊，我是想问——这里有没有车到镇里去的？"

"你要去镇里？"他的眼睛在烈日直射下挤成两条粗线。

"对，我想出海玩。镇里有当地的旅行团吧？"

"出海？"他盯着我，眉梢动了一下，"我正好要带两个朋友出海，你可以一起来，只要500比索。看到了吗，我的船就在那。"

他朝海域的方向指指，正是我刚才看见螃蟹船的位置。

"你开船吗？"我问他。

"是的，我开船！"他露出一排小黄牙，眯着眼睛。"我叫克拉克。"他伸出手。

"我叫爱米。"我和他握手——手茧很厚。

我迅速地考虑了几秒，决定跟克拉克的船出海。包里只有一张1000元比索，我递给克拉克后，他又转身拿给小女孩，让她到对面的小卖部换钱。

"这是你妹妹吗？"我问道。

"对，她叫里莎。我还有个弟弟，和我们一起出海。"

克拉克回屋里拿了一个蓝色防水袋，领我穿过那片稀疏草地。里莎在背后的村屋前望着我们，见我回头还摇了摇双手。

走到草地尽头，再下一个堆满石块的小坡，双脚就触碰到了海水。水被阳光晒过，温度正好，轻柔地浸没我的脚踝。我抬起头，三只蓝白相间的螃蟹船泊在不远处，背景是一座座低矮山岩，它们矗立水面，挡住了更远的视线，仿佛这里只是个风平浪静的内湖，而不是连着一望无际的大海。

"爱米，把你的小包和手机给我。"

克拉克打开防水袋，将手机和脱掉的上衣扔进去，又把我的物品塞好，然后拉紧、封上，举过肩膀。"走吧，我们到那艘船上去。"

我紧跟克拉克，踩着拖鞋在水里走。脚底是凹凸不平的石块和滑腻的海草，我走得小心翼翼。海水没过小腿，然后是膝盖、大腿和腰部。克拉克速度很快，快要接近小船，我还落后一截。海水慢慢淹过胸部，我踮起脚，一只脚没有控制好，人字拖滑出水面，我抓着它索性往前游去。克拉克没有游泳，他将防水袋举过头顶，慢慢前移，在海水即将漫过他的脖子时，我们同时到达了船边的木梯。克拉克让我先爬上船，然后把防水袋递给我，也爬上来。

船上很简陋，看上去有些年头，两边各有一排半米高的木板，可以坐下休息。

"爱妮岛的名字是什么意思？"我坐在船板上，欣赏环绕周围的礁石山。

"El Nido——是巢的意思。鸟巢，知道吗？"克拉克开始整理船上一些琐碎的东西，他的动作干练娴熟，像一个颇有经验的水手。

两个光膀子的少年出现在岸边的石坡上，他们穿着颜色鲜艳的大裤头，其中一个手里顶着一口大锅。他们一边嬉戏打闹，一边踩着水朝我们走来。走到水中央时，竟停下来，掏出锅里的米饭吃了起来。

"嘿！你们两个小鬼！给我过来！"克拉克朝他们大喊。

两个十四五岁的少年上了船，尴尬地笑。一个径直走到船尾，将锅塞进船舵下方的木箱，又走回来，二人在我面前忸忸怩怩。

"过来！帮忙发动马达！"克拉克像船老大一般发号施令。

他甩下一捆脏得发黑的粗麻绳，弯腰掀开脚下一块甲板，推出半米宽的空隙，然后趴下，抓起麻绳伸进甲板下方，在发动机上绕了几圈。接着，他又开双腿回到弯腰的姿势，双手握紧麻绳，如同拔河一般，身旁的两个少年也弓着腰，握住后端的麻绳。克拉克一声令下，六只手臂同时向上猛拉，绳索从甲板下方挣脱而出，然而发动机一声不响。三人甩甩手臂，无奈地哑笑。克拉克又再一次趴下，将绳索绕在发动机上，重复同一套动作。二十分钟过去，甲板下依旧安安静静，克拉克只能一次又一次趴下、起身、抽拉。我从未见过这样人力原始地发动马达，坐在一旁看得精疲力竭，但三人并不气馁，稍稍休息过后，又继续发动。

另一个少年不知何时从水中冒出，顺着一只"蟹腿"跳上甲板，咧开嘴笑。他长了一张瘦长的脸，头上一顶深蓝色鸭舌帽，胸前挂着一条半宝石吊坠。他和克拉克聊了几句，也加入他们一起工作。十分钟后依旧没有成功，克拉克失望地坐在船沿，一句话不吭，另外两个少年手叉着腰站在一旁交头接耳，还有一个最矮的抱着桅杆荡起了秋千。我叹口气，也想放弃了。

"你的两个朋友，是他们吗？"我先开了口。

"不是，她们在另一个海滩上等我们。那个小鬼是我弟弟，叫阿诺。"克拉克指着那个挂在桅杆上的少年。

"船还能发动吗？"我问。

"能！"

克拉克站起来，重新将头探进甲板内，三个少年也乖乖环绕在他身边。

终于，一声震天响的轰鸣声从船底传来，小水手们都欢呼雀跃，克拉克也深深呼了一口气。长脸少年一个箭步飞到船尾，操起舵盘。螃蟹船立刻掉转船身，穿过两座礁岩之间，朝广阔的海域驶去。

二十分钟后，小船接近一片海岸。沙滩很窄，背后是茂密高大的椰子林，一片民房建在林间，为数不多的游客躺在沙滩椅上晒太阳。

"阿诺，你去买点柴油来。"

克拉克从口袋里掏出几张纸币，塞了一张递给阿诺。阿诺便从船尾摸出一个塑料桶，第一个跳下船。

两女一男从岸上走来，靠近小船。克拉克蹲在船头，接应一个棕发女子上船，接着是一个金发女子，怀里抱着一只狗，最后上船的是个当地男人，年纪和克拉克不相上下，头戴一顶彩色的毛线圆顶帽，又长又粗的脏辫披在肩上。相互打招呼后，名叫阿曼达的棕发女子靠着船头的前桅站立，叫作夏洛特的金发女子和她的当地男友坐到了我斜对面。或许因为等待的时间太长，又或许因为我这名不速之客，两女子似乎不太开心，始终带着一股法式傲气。脏辫男人更显沉默，上船后便一言不发，只是无时无刻紧黏着夏洛特。叫作波尼的小狗一头钻进座椅下方后，也不再露面。

"这是我的两个法国朋友，她们在这里住了两个多月。"克拉克悄声对我说，然后走到船头和阿曼达攀谈。

不一会儿，阿诺拎着半桶油回来了。这一次发动马达，小水手们只一次便成功了。

螃蟹船载着我们在海上前进，如同一只翱翔的大鸟。六支向外伸出的竹支架绑着两条横栏，平稳地浮于海上，不停撩动起漂亮的水花。我们穿梭于各个岛屿之间，有时进入一片半封闭式的幽静水域，在四周苍翠覆盖的石壁和山岩间随波荡漾；有时驶向蔚蓝无边的大海，恣意徜徉在海平面反射出的点点光斑之中；有时我们朝一处隐蔽的沙滩靠拢，水手们便蹿到岸上的树林里奔跑打闹、比赛爬树；有时我们在蓝绿递进、层次分明的礁湖中停留，跳入清澈见底的水里嬉戏浮游、沐浴阳光。

　　在一望无际的海上前行令我怡然自得。阿曼达弯膝站在船头，一手叉腰一手紧握前桅，犹如一个意气风发的领航者，任凭海风迎面拍打。克拉克双臂向后支撑，仰坐在她的旁边。夏洛特搂着男友站在船桅边，个头高出了他半个脑袋。男人裸露黝黑的上身，体形小巧但肌肉结实，那顶彩色针织帽在烈日下显得格格不入，脏辫一条条垂在后背，辫尾穿着形状各异的贝壳。阿诺和另一个少年在船顶玩耍，夏洛特和男友也沿着木梯爬上去了，他们两人坐在边沿，四条腿从船顶吊下，脚踝系着几条贝壳编带。我走向船尾，长脸少年笑得羞涩，指指手中的舵盘，向后移了一步。我明白他的意思，便大胆接过方向盘，站在操控者的位置上。驾船的感觉无比奇妙与快乐，我稍稍移动手掌，整艘船便偏移了方向。尽兴过后，长脸少年接过船舵，将船停在大海中央。紧接着，一场好戏上演了。

　　阿诺率先从船顶跳下，直入海中。他还未探出脑袋，另一个小水手也弯曲膝盖，跳了下去。"咚"的一声水花四溅，两个脑袋从海里先后浮出，他们张嘴大笑，抱着"蟹腿"爬了上来，敏捷地顺着竹支架走回船舱。之后，阿曼达、克拉克和长脸少年也纷纷加入跳水队伍。阿曼达体形肥大，她落水时扬起了大片水花。夏洛特和男友手牵着手，一同从船顶跳下。一跳过后，他们愈发兴奋，爬上船后又继续投入水中，落水的声音此起彼伏，如同一首别样的交响曲，在广阔的海上演绎。

　　"爱米！该你跳啦！"克拉克朝我招手。

　　"不不不……"我摆摆手。

　　但我很快后悔了，即使我不会踩水，我也想放肆尝试一把。只要一浮上来，我就迅速抱住蟹腿……我这么想着，毫不犹豫地从船尾跳入海里。那一刻的感觉，是如此地解放自我。

　　尽情之后，长脸少年继续驾船前行。克拉克不知从哪里变出半瓶洋酒和一瓶可乐，混合倒在一次性塑料杯中，分给我们。

几个少年如品尝胜利品一般激动，大口大口地喝。我抿了一口，温热的味道在此环境下倒有独特之处。

螃蟹船驶向蛇岛。说是岛，其实是一条两百多米的细长浅滩，头尾连接了两座岛屿，如同一条长蛇在海里蜿蜒。浅滩上是细白的沙粒，两侧是梦幻般的海水，在正午的光线下闪烁着忽蓝忽绿的色彩，令人心醉神迷。脚下的沙滩时而宽敞，时而隐没水中，似乎随时会被两边的海潮吞没。身边不停有游客来回走动，戏水玩乐，波尼也不知什么时候四条腿窜到我面前，顺着"沙蛇"朝尽头的小岛奔去。

返回停船点时，我已走得精疲力竭。眼前四五只螃蟹船挨个儿停靠，我竟分辨不出哪一只才是我们的船，便随意坐上其中一条"蟹腿"休息，双脚踢着水花。

"哈，爱米，这不是我的船。"克拉克回来了，朝我大喊。

"对不起，我没认出你的船。"我从竹架上跳下。

克拉克走到一只船边，指着船身上漆着的"Midnight Sun"几个红字。

"噢！这是你船的名字吗？"我问。

"是的，午夜太阳——这个名字来自挪威。"他挑起眉毛，骄傲地笑着。

返航途中，太阳藏了起来，大片乌云笼罩在我们上方，天空一下子暗得可怕。忽然间，瓢泼大雨噼里啪啦砸向大海，砸向我们的小船，空气中的温度越来越低。波尼不见踪影，估计躲进长椅下的某个角落。我开始全身发抖，拿了两件泡沫救生衣围在身上，其他人也都穿上救生衣取暖。大家一声不吭，同时望着前方，期待海岸的出现。我回头看了一眼克拉克，雨水打在他严峻的脸庞和身上，他眉头压低，双唇紧闭，手握船舵挺拔地立在船尾，控制小船在暴风雨中平稳前行。

送走了阿曼达他们，克拉克又掉转船头，驶回村庄的方向。雨越来越大，我彻底感受到了在热带小岛上冻到瑟瑟发抖的滋味。经过一处山岩峭壁，一艘皮划艇在海浪中起起伏伏，两个西方人正在奋力划桨，这一幕惊险而壮烈。我又向后看克拉克，他也穿上了救生衣御寒，勉强挤出一丝笑容，给我放心的感觉。

熟悉的海岸线终于出现在视野中，跳进海水后的感觉竟是如此温暖。我整个人蜷缩在水下，躲避着海面上的冰冷风雨。

"谢谢你克拉克，带我们顺利返回。"我抬起头，面对正在锚泊的船老大——我的声音微小颤抖。

"哈哈！我的名字在我们的语言中，是超人的意思呢！"他大声吼道。

在雨中奔跑着回到小屋，我立刻换了身干净衣服。一路玩得起劲，并未感到紫外线如何侵蚀皮肤，而此时身上火辣辣的，手掌贴在腰间，还能感受到太阳的余温。转向镜子，四肢又晒出了更深的色号。冲完澡后感到疲惫不堪，便匆匆擦干头发，倒头入睡。

梦中被一阵五音不全的歌声吵醒。一看时间，已经晚上8点。头发全干，窗外雨也停了。我洗好衣物，晒在门外的晾衣竿上，又到对面小卖部里买了一些矿泉水和零食。原来歌声来自这里，几户村民正在门外举办家庭卡拉OK，由于版权原因，小彩电上播着十分久远的视频，但大人小孩环坐在一起的画面却和谐温馨。

走回小院，除了我房里的那盏灯，皆一片黑暗，看来只有我一个人住在这里。房内没有WiFi，手机的信号也弱，待在这里有一种被隔离的感觉。而此时已经入夜，我不想在村里转悠，索性看一会儿书，早早入睡。

五彩编发

　　一觉无梦，阳光透过窗帘，醒来时满头是汗，原来不知什么时候停电了。昨天出海晒掉一层皮，今天我不想做特殊的安排，只打算到镇里走走。我夹着《人类简史》出门，在院里我还特意看了几眼隔壁房间，门口没有晾晒衣物，看来确实是空房了。

　　我又来到礁湖旁的餐馆，依旧是昨天那个男服务生，依旧无一个客人。他一眼认出了我，嘴咧得特别大。我不满意昨天的食物，便换了一道点。他点点头，又问我是不是中国人，能不能帮他写几句日常口语，当我肯定之后，他笑得更加开心，立刻到吧台拿了纸笔。我写下几句诸如"早上好""您要吃点什么""欢迎光临"的话，还标注了拼音。

　　无线网络还是很糟糕，昨天出海的照片根本传不出去。手机没有信号，倒给了我安心阅读的机会。我面朝大海，打开书本，连续看了一个多小时，又继续点了一份午餐。之后陆陆续续来了几个外国客人，除了一个是一家三口，其他都带着当地的女朋友。我看着对面空荡荡的座椅，生出几分寂寞。再望着眼前色彩分明的礁湖，突然回想起长滩岛上的编发来，明天就是自己的生日了，何不编一个留作纪念？

　　饭后，我沿着土路往镇上走，到达草地时我又看见了克拉克的妹妹。她坐在家门前的木栏上发呆。

　　"里莎，还记得我吗？"我朝她招了招手。

　　"嗯！我认得你，你叫爱米。"她露出了一排小小的牙齿。

　　"你哥哥呢？"我走到她面前。一个年轻女人蹲在另一间屋外，给一个两三岁的男童洗澡。男童光着身子站在大脸盆里，一点儿都不调皮。

"我哥哥在船上呢，他今天要给船身涂新漆。"里莎用流利的英文回答我，她的眉毛和克拉克一样浓密上翘。

"你今天要去哪里呢？"她笑嘻嘻地问我。

"你知道小镇上有地方编头发吗？我想去做个漂亮的发型。"我指着我的脑袋。

"什么编发？我不知道这里有编发呢。"她瞪大眼睛，半张着嘴。

"就是用五颜六色的线，缠在头上编辫子。我在长滩岛看到的。"

我打开手机，翻出在长滩岛拍的照片给她看。

"啊，我知道啦！我不确定镇上有没有……不过，有线的话，我也能编的。"里莎总是乐呵呵的，带着她这年纪本就有的无忧无虑。

"那你要和我一起去镇里吗？我们可以去买些彩色的绳子来。"

"好呀！等等，我叫上妮亚一起去！"

里莎往隔壁房里跑去，拉出一个和她差不多高的小女孩。两人高兴地手挽手，和我一同前往小镇。

"里莎，你现在在读书吗？"我望了一眼身边的两个小姑娘，简单的T恤和拖鞋，长发随意扎在脑后。

"有哇，我在公主港读书，现在放假啦。"

里莎露出整齐的小白牙。我很喜欢她的笑容，灿烂得如同爱妮岛的阳光。

"你为什么要编头发呢？你的头发很好看了。"她挑起眉毛问我，眼神像极了克拉克。

"因为明天是我的生日，我想给自己弄个好玩的发型。"

"啊，生日快乐！"两个可爱的小女孩欢呼起来。

我们说笑着抵达了海边小镇。这里比村庄热闹许多，也有很多晒成棕色的老外。里莎和妮亚带我走遍一家家小超市，问了一个又一个店老板，都没能找到彩色的丝线，沿路也没有任何编发的小摊。绕遍整个小镇后，我有些灰心了。

“还是没有，他们只有卖彩色的橡皮筋。”走出一家小超市，里莎噘嘴看着我。

“那算了吧。”我对她说。

“我去那家店里看看！”她眼睛一亮，牵着我走进街对面的纪念品商店，开始四处搜寻。

“爱米你快过来看。”里莎在一个角落里朝我招手。

我向她走去。她正站在一面首饰墙前，手里攒着一条用各色彩线编织而成的手环。我突然想起夏洛特从船顶吊下的脚——她的脚踝上就戴着这个！里莎眨巴着大眼睛，我立刻明白了她的意思，真是个机灵的小天使！

“你是想把它拆开吗？太麻烦了。”

“没问题的，就用它吧！”她笑嘻嘻地看着我。

我买了五条手环，又回到街对面的超市买了一包彩色橡皮筋。里莎像一个负责的小助手，认真将它们收好，放在口袋里，然后又拿出两条手环，和妮亚一人一条，一边走一边开始拆线。

走回村里时，克拉克已经从船上回来了。他拿掉了头上的围巾，黑色短发显得清爽年轻。他坐在屋前的三轮车上抽烟，远远朝我们大喊，“嘿，你们到哪儿去了？”

“我们去镇上了。”我答道。

里莎甩甩手中的线，用当地话和克拉克说了几句。

“噢，是吗？生日快乐，爱米。”克拉克从三轮车上跳下，盯着我的头发，“看来你们没有完成任务。”

“我们找到了一些彩色的线，里莎和妮亚帮我编。”我对他说。

里莎摊开手里的线，杂乱的线团已经整理好了，紫色、绿色、黄色、红色，这个可爱的小家伙！

"哈哈，这是什么？"克拉克放声大笑起来。

里莎取来小板凳，让我坐在屋外的阳台上，我便脱下鞋踩上木板坐下。早上见到的那个年轻女人也走过来，说要帮我一起编。于是，她们三人在我的脑袋上操弄起来。阳台墙面上挂着一台小彩电，播放着菲律宾的歌唱选秀节目，嘉宾无论男女，脸都异常白皙，五官也比当地人更为立体，节目间还穿插着奇幻神话剧的宣传广告。阿诺不知什么时候趴在栏杆上，克拉克和里莎的奶奶也从屋内出来，她叫克拉克到对面的小卖部买来几包速溶咖啡，冲了一杯给我，自己也喝了一杯。

里莎递给我镜子，我可以看到她们如何妙手生花，将线裹在头发里，编出一条艳丽的彩辫。镜中寡淡的脸，开始富有个性了。

"嘿，我突然想起来了！"克拉克转身进屋，拿出几捆毛线。橙色、绿色、黄色，带着荧光的鲜艳。

"哇，太好了。"里莎和妮亚都欢呼起来。

里莎取来剪刀，将毛线剪成一段一段。材料充足了，我便让她们两个也编起彩辫。于是，年轻女人和妮亚帮我编，同时我又帮里莎编，里莎编完又帮妮亚编。当我们三个顶着满头彩色的辫子时，克拉克拍下了难忘的一刻，照片中的我和她们一样，咧嘴大笑，露出满满的牙齿，这几日晒黑的皮肤在阳光下泛出光芒——我被这两个可爱的小天使左拥右簇，头上是相同的彩色编发，俨然一个当地小妹。

"走吧！我带你去一个海滩。"克拉克起身，戴上一顶黑色洋基队棒球帽向外走。

我向大家告别，顶着五颜六色的头发坐上克拉克的摩托车。我们一路向南，穿过小镇，继续往海边驶去，最终停在一个山崖的路旁。几十辆摩托车停放此处，我跟着克拉克，穿进旁边的绿荫小道，走下几级石阶，广阔的海滩映入眼帘。

这一段时间见过很多的海滩，有的喧闹，有的荒凉，有的金光闪耀，有的阴郁绵长。而身前这处景象，犹如开天辟地前的混沌未凿，又另有一股浑厚之力熏得人如梦如醉。金色的光线来自于层层叠叠的云团之后，过滤得只剩下轻柔与温存，一时间拨云见日，阳光从海的那一面直射而来，炫目中显现五彩光芒。我似乎看不清海上的色泽，只见几座大山高耸于水天之间，使得这一片辽阔的水域更加厚定沉稳。

"我每天傍晚都会来这里等待日落。它提醒我，不管一天有多么艰难，都会有一个美丽的结尾。"

克拉克侧过头，温柔地说。夕阳在他黝黑的脸上铺上一层淡淡的金晕，他身上的每一寸肌肤，都烙上了阳光的印记。这一片海滩上还有不少来看日落的同行者，却没有造成拥挤的压迫感。

"你喜欢大海吗？"他问我。

"对……是的。"我竟说得结结巴巴。

我喜欢大海。厦门也有大海，每天早晨推开窗户我便能看到蔚蓝的海面，闲暇之余，我还会到厦大白城的海滩休闲散心。有了大海的城市，赋予了我们更多的深情和爱恋。但不知道为什么，在克拉克面前，我不敢理直气壮地表明这种喜爱，对于他刻在骨子里的热爱与情怀，我这种略为平淡的情感很难脱口而出。而前面的海，又是完全不同的陌生的海，我也不知道克拉克口中的大海，是不是我所理解的那一片大海。

"我爱这里，我会一直待在这里，与大海为伴。"他一字一句地说，"我属于这里。"

克拉克微微昂起头迎着大海，眉毛压得很低，眼睛形成一条深邃的缝。我朝后坐了坐，他窄小而厚实的后背展现在我眼前，每一道线条都是海岛上的劳作赋予他的。他一动不动地注视着远方，在宁静中等待夕阳缓缓落下。我不知道他此刻在想些什么，他可能在想存在的意义，也可能是在冥想，将心、意、灵完全专注在原始之初，或许他什么都没有想。

我也闭上眼，想要开始静想一会儿。然而我的脑海里出现了一片大海，我望见海浪静悄悄地来，又静悄悄地去，一只叫作"午夜太阳"的螃蟹船平稳地泊在水上。在我今后的记忆中，这个与海岛融为一体的水手，这个风雨无阻的船老大，将深深地和爱妮岛连在一起。我睁开眼，克拉克依旧这么坐着，与海上的几座大山一起，和着霞光组成一道暖色的剪影。这幅画面深深地震撼了我，一幅两百万年来人类祖先迁徙图毫无防备地跳出，它来自于《人类简史》。这几天除了海岛间的游乐，我还沉浸于这本线装书里的启示，富有智慧的以色列作家在一页页纸中引领我去探索生命的高远与沧桑。当大海阻隔了祖先们前行的道路时，他们是否也经常坐在海边，望着日升日落，猜测着大海群山之外的世界，思考着自我及宇宙的构成？面对神秘莫测的大自然，他们尝试与各种物质沟通，与牛羊对话，向草木祈祷。在远古的泛灵论下，世间万物皆有灵魂，人类只不过是借住在岛上的一种动物，同生长在这里的一花一木、一虫一鸟毫无区别。

一时间，我陷入了对宗教神灵的杂乱思考中，直到克拉克喊了我一声，我才回过神来。

回到村里，克拉克邀请我到他家吃饭，我客气地推辞了，说晚饭后再来玩。之后，我到礁湖边的餐馆吃晚饭，又碰上爱学中文的服务生。借着微弱的信号，我还收到了尼克的信息。

"这两天玩得如何？我看了你的注册资料，明天是你的生日？"

我回复："玩得挺好。是的。"

"明晚来我的酒吧，我帮你庆祝。"

我十分感激尼克的热情，爽快答应了，并告知他我将带上几个新认识的当地朋友。

晚饭后，我拿出行李箱中一包早春绿茶，带到克拉克家。当我到时，克拉克正端着一盘米饭站在门口吃，盘子里还有些咖啡色的配菜——这些天我看到的当地人的饭菜，颜色形状都不太美观。里莎和阿诺也从屋里出来，我们便坐在门口的阳台上品茶聊天。不停有人聚集过来，妮亚、帮我编头发的女人和她的小孩，以及喜欢喝咖啡的奶奶都来了，还有好些没见过的邻居。里莎用热水瓶烧了一大壶水，又七七八八地从屋里拼凑出十几个杯子，摆在桌上，我一一抓了茶叶放入杯中。长时间的旅行，绿叶尖儿泛了黄，但冲出来依旧香飘四溢。村民们捧着形状各异的杯子姿势不一——有的倚在门边，有的靠在摩托车上，还有的直接蹲在地上，女人抱着小男孩坐在老奶奶身边，里莎和妮亚趴在栏杆上，阿诺则坐在三轮车的侧斗上，画面淳朴而生动——但相同的是，他们都小心翼翼地在杯壁啜上一口，乐呵呵地笑，反而令我不好意思。

当晚，我在期待中入睡。我很好奇，这个在海岛上度过的生日，会不会特别令我难忘？

小岛上的生日

凌晨，肖尔雯给我发了段视频。她一身洁白婚纱，坐在家中的钢琴前，弹了完整版《梦中的婚礼》，说是送给我的生日礼物。镜头只拍摄出她的背影，长长的裙摆盖住整个钢琴凳，拖在地上。这一次，琴声欢快而跳跃。

起床后我才看到视频，立刻给她回复。

肖尔雯问："在菲律宾玩得乐不思蜀了？"

我说："要晒成黑妹了。"

"多久没穿高跟鞋了，想不想念那酸爽？"她发来一个撩手指的表情。

"只爱人字拖。"我回答。

是啊，现在日日混迹海滩，任凭海沙包裹我的双脚，每一粒沙子、每一滴海水都有它们的温度，我可以在上面很舒适地畅游与奔跑。确实，这半年多的时间，家中那些修身套裙、尖头高跟鞋都已落满灰尘，真皮包包也在厦门的梅雨天气中生霉变硬。然而它们对于现在的我来说，比不上多晒出一寸小麦色肌肤来得欢欣雀跃。想起杰瑞米给我发过一份中国人对于奢侈品的市场调研报告，又想起第一次见面时他穿的背心短裤，我似乎在欺骗自己说，我也能过上轻衣少食的极简生活了。然而事实是我不能、也不敢像杰瑞米那样迫切地想要在巴厘岛或者哪个深山绿林里住上几年，体验隐居修行的日子。对待梭罗在瓦尔登湖畔独居两年，自给自足、挑战个人界限的实践，我只能将它收藏心底，作为自己无上崇高的一个念想，我终究要回到之前的生活，回归对首饰衣着的眷恋，以及白色肌肤的崇尚中去。

"你去考个潜水证呗。"肖尔雯告诉我。

"我好像不适应水下，之前在海南潜了一次，耳朵受不了。"

"亏你还叫'鱼'呢！我打算今年放暑假的时候，找个海岛考证去。"

接着，她又向我确认了一遍，"下周就回来了吧？别错过我的婚礼啊！"

"知道啦！美丽的新娘。"

克拉克和我约好早上10点在他家门口集合，说是带我参观一片漂亮的海滩，顺便拜访他的一个朋友。出门前，我又看了一眼头上的五彩编发，心情瞬间也彩色起来。当我走到他家门口时，一辆高大的跨骑摩托车停在路旁。

"早上好！"我四处张望，没看见里莎。

"怎么样？我刚从镇上租来的。"克拉克从阳台走出，跨上一个小腰包，"走吧！今天要到三十公里外去。"

　　他戴上他的洋基队鸭舌帽，双手扶着车把跨上摩托，一只脚踮着。因为他个子较矮，摩托车倾斜得厉害。我也迅速跨上车，一脚撑在地上。他将钥匙插入车头的锁孔一拧，蹬了两脚启动器，配合手柄转动，一阵急促的轰鸣声响起。车子直立起，朝前方加速开动。

　　我们一路向北，途中经过好几处村庄。有时两边是广阔的农田，有时穿过大片青葱的树林，偶尔绕过一个山头，还能越过山林看见深蓝的海湾。路况时好时坏，刚经过一段平整的水泥路，紧接着又是崎岖不平的乡间土道。克拉克驾着摩托车极速前行，如风一般飘逸与自由。我们似乎在追赶太阳，目之所及皆镀着金灿灿的光芒。风猛烈地扑在我脸上，我却任凭它肆意吹打，烈日照得我睁不开眼，我却同这里的每寸土地一样享受着它的沐浴。我惬意地坐在后座，看着摇曳生姿的树枝一晃而过，有种我见青山多妩媚，料青山见我也如是的绝佳心情。这种感觉让我飘飘然，阳光、清风、树叶和泥路上的尘土，似乎都渗透进我的皮肤与血管之中，散发出这座岛屿的芬芳。

　　一个小时后，克拉克从水泥路上拐进一片葱郁树林。颠簸了一两分钟，我们驶出一片开阔海岸。海滩上的人寥寥无几，海浪谱出浑厚的音律。克拉克把摩托车停靠在一棵树下，带我走向不远处的一间木屋。

　　这是一幢背靠青山、面朝大海的小木屋，屋外是一个宽敞的遮阳台，一个年轻女人抱着男童坐在那里。木屋的门墙一侧挂着几排售卖的泳衣泳裤，另一侧木柜上摆放饮料零食。木屋边的栅栏边立着几块色彩鲜艳的冲浪板。一个年轻男人从一旁的树林中走出，看见我们，满脸笑容。女人见闻后也立刻起身，笑吟吟地迎接我们。

　　男人和克拉克寒暄几句，带我们走进树林。一处空地上烧着炭火，几根竹竿支起烤架，穿过一大块捆绑的乳猪肉，金黄色的猪皮表面冒出粒粒焦脆的小泡。

"哇哦！"克拉克叫起来，"爱米，今天有大餐了。"

男人咧开嘴，他蹲下来，慢慢转动竹竿，让炭火的温度均匀渗入猪肉。翻转到背面时，厚厚的肥肉里露出几条绿色枝干。

"这里面是什么？"我问。

"一些植物……"克拉克解释道。

男人也说了几个词语，我都没有听懂，只闻到一股香气扑面而来，胃里早已有了感觉。我死死盯着整捆猪肉，不由自主地伸出手，握住另一端的竹竿开始翻动。

"还早呢！我们先去冲浪！"克拉克喊道。

冲浪——这两个字比美味的食物更加令我激动。这是一项我从未尝试过的运动，我立刻扔掉竹竿，留下年轻男人一人料理烤猪，跟着克拉克奔往海边。

克拉克选了一块翠绿色的冲浪板给我——那板比我人还高！——自己也抱起一块往海里走去。在我看来，冲浪是一项危险的运动，即便只在齐胸深度的浅海里冲冲，都能让我呛不少海水。它与跳伞、潜水一样，需要专业设备和教练指导，可手里这块光溜溜的冲浪板，除了沉重以外，更像个漂亮的拍照道具，似乎没有更多的技术内涵了。我反复打量它的前后——或许就是因为它的简单，所以更需要冲浪者的自身技巧。

走到海边，克拉克放下冲浪板，将板上一条绳索末端的魔术粘带扣在脚踝上。我也照着他的样子绑好脚绳。这样一来，我和冲浪板就算紧紧地连在一起了。

克拉克推着板朝海水深处走去。此时浪花较小，但频率高，用来练习绰绰有余。他一直走到海水没过胸的位置，扶着浪板望向远处，突然间他一个转身跨上浪板，在微微的摇晃中向前俯身，我原以为他要趴到板上，只见他双手夹肘，撑起浪板的同时双膝向前，一阵浪将他推向高处，他弓起身子，脚掌一前一后稳稳踩着，双手瞬间从板上移开，逐渐直起身子，膝盖弯曲，踏着浪板迅速冲向海滩，即将到达时，他从板上跳下，双手抓住了浪板。

"爱米！来试试。"他转过头，眯着眼看我。

"好！"我应和着，跟着他一同往深处走去。

"就从这里，你爬到板上去。"

到达海水齐胸处，克拉克帮我稳住浪板。我尝试好几次才勉强跨上板去，其间还掀翻过浪板，差点滑入水中。然而上板之后才是真正的考验，我小心翼翼地俯下身子，在板面上来回挪动，尽力寻找最佳位置。

"往后趴一点，太靠前了！"克拉克拍拍我的后背，"对，就在这个位置，板的前端要露出来——腿，并直！"

我哭笑不得。为了保持平衡，我不得不弯曲双腿，夹住冲浪板的边沿，以防从板上滑下。但克拉克让我两腿伸直，放在板的中线。我只得使出全身力量，拼命将自己粘在板上。

"好，两只手向后划水，练习平衡的感觉。"他说道。

我趴在板上，两只手小幅度地划动水花朝海滩移动。或许是过于关注平衡了，总觉得海水的一丝丝荡漾都会把我的冲浪板打翻。

"差不多深度时就从板上下来，否则沙滩会破坏板底——"克拉克在后面朝我大喊。

我不停地练习划水，在深水处与海滩边来来回回。克拉克离我几十米远，也在反复练习冲浪。过了一会儿，他眯着眼走过来。

"等下一个浪来，你试一下感觉。"

于是，克拉克在后面帮我看浪，我趴在板上保持平衡，内心既兴奋又紧张。

"准备好——"

克拉克一声令下，我似乎能察觉一大片海浪朝我汹涌而来。紧接着，他适时地推了一下板。

"头抬起，朝前看！别盯着板子！"

我感到一股巨大的力量向我推进，好像海浪所有的能量都集中于我身下的冲浪板，飞快地将我抛向制高点。但这种飞翔的喜悦才持续了几秒，我便失去平衡落入海浪里，原本只到腰部以下的浅水已经涨到两米多深，我喝了一大口海水。浪花迅速退去，我挣扎着站起，抱住冲浪板，隐形眼镜刺激得厉害，对刚才的恐惧还耿耿于怀。

我本想上岸缓和一下，突然记起劳拉发在脸书的那句话——"每天都去做一件让你感到害怕的事"，立刻拥有百倍勇气。我抓起冲浪板，掉头朝海里走去。之后的反复练习，我愈发从中得到趣味，一次浪过后又乐此不疲地返回大海，等待下一个浪花，完全不顾呛了多少口海水。直到男主人在小木屋外朝我们摇手大喊，我和克拉克才走上海滩。

当我离开海水，皮肤暴露在酷热之中，才发现已在烈日下暴晒了一个多钟头。冲浪耗费了大量体力，此刻的我饥肠辘辘。我双手抱起冲浪板，向小屋跑去。或许是因为极度兴奋，我在奔跑中竟达到痴笑癫狂的状态，最终精疲力竭，冲浪板也变得沉重，我不得不拖着它前进。

年轻夫妇已将碗筷摆好，一大盆白米饭摆在桌上，男主人将外焦里白的猪肉片片切下，摆入盘中，其余还有几道深色的菜，虽不太好看，却是朴实的村味。我和克拉克到屋后的水缸边清洗双手，克拉克拿走了我的手机，在一旁摄像，说是要将我这次的生日记录下来。

年轻夫妇让我先夹一块肉，我客气地尝了一片。柔韧的肥肉在齿间滑动，淡淡草香下竟没有肉腥味，也不特别咸，更多是肉原本的滋味。记得在清迈时，岩子说泰国的猪肉没有膻味的。平时很少吃肥腻的猪肉，但今天特殊，又是原生态烤出的，我便多吃了几块。

"看日落之前，我带你去那附近的飞索玩。"克拉克捧着一盘米饭，边吃边说。

"飞索？"

"就是沿着索道，从一座山飞到另一座山上。"

午饭过后，女人收拾桌子，男人抱着男童和克拉克聊天。我坐在一旁的塑料椅上，听不懂他们的语言，呼呼睡去半个多小时。醒来时已满头大汗。

"还去冲浪吗？"我问克拉克。

"你的皮肤晒伤了知道吗？今天不能再去海里了。"他起身对我说，"走，去和我另一个朋友打声招呼就走。"

沿着海滩继续向前，几百米后到达另一处木屋。一家三口在屋外休息，两棵椰子树间拉了一张吊床，一个年轻白人躺在上面，怀抱一个混血男婴，身边一个当地女人是他的妻子。简短招呼后，克拉克和年轻人聊了一会儿，道别离开。

"波兰人，两年前因为冲浪到了爱妮岛，之后就住在这儿了。"克拉克告诉我。

回到木屋，克拉克和他的夫妇朋友道别。男主人从架上取下两条沙滩裤，装在塑料袋里递给克拉克，克拉克再三推脱，最终还是收下了。为了感谢他们的接待，我留下两千比索，但夫妇俩只肯收下一半。

回程的途中，风景依旧亮丽。但老天又和我们开了一次玩笑。顷刻之间，大雨落下，狂风扑向我们，整个大地变得阴沉，日食一般。道路两边的树木张牙舞爪，每一寸土地开始散出冰冷气息。我蜷在克拉克身后，紧紧撑住摩托车后杆，无暇顾及披在脸上的湿发。摩托车颠簸厉害，我的胃中开始有了不适的感觉，脑袋也越来越茫然。挂在摩托车手柄上的塑料袋摇摇晃晃，被雨水砸出噼里啪啦的响声。暴雨越来越大，偶尔经过的小卖部前站满避雨的过客，路上没有同行者了，但面前这个坚毅的船老大，继续前行。

十几分钟后，天气变得更加可怕，劈打在身上的暴雨达到无法承受的重量。经过又一个小卖部时，克拉克刹了车。

果然，美好的东西不会单独而来，它同时也带来了灾祸。

而且，祸不单行。胃里一阵翻江倒海，大脑神经也受到了刺激，让我不断感到恶心，有一股要将胃中之物全部吐出的冲动。这种难受的感觉超过了湿冷，我不顾大雨，冲到树干边，开始呕吐起来。克拉克买来纸巾和水，小卖部门前避雨的人也纷纷望向我，一定觉得这个编着彩辫的人狼狈不堪吧，我觉得自己吐得面目全非了。

二十分钟后，雨变小了，我们继续赶路。途中三四次停在路边，都是因为忍不住呕吐。克拉克眉头紧锁，我也不知道发生什么，只是一想起中午的烤肉味，便引发干呕。飞锁和日落肯定都去不了了，我只想赶快回到房间，躺在床上休息。

克拉克送我到小院时，雨已经停了，我连回头道别都来不及，便钻进屋子。头上的编发早已乱七八糟，我没有精力一一拆开，便胡乱将它们扎成一把。相比胃里的难受，脑中感觉的恶心更加强烈，我不断地到卫生间呕吐，不断地喝水，却无济于事。我的第一感觉是食物中毒，树林里的原始烤肉并不适合我……但其他人吃了都没事，难道是因为喝多了海水，海里的脏东西和重金属在胃里起了反应？还是因为暴晒后下雨着了凉，又或许是因为……大脑不停旋转，我感觉有一片笼罩着我的黑暗，正在变得越来越深……

不知过了多久，我在痛苦中醒来，好像胡乱做了一些梦。我感觉自己好了些，起床到院里呼吸了新鲜空气。头上的编发又湿又紧，还沾了些许呕吐物，我靠在水池前将它们一一拆掉。然而几分钟后，我又将之前大口灌进的水全部吐了出来，更加强烈的不适将我袭倒，我已经控制不住身体了，我必须到医院去。

我挣扎着走出院子，小卖部旁依旧唱着卡拉OK。我弓着身子撑住木栏，将我能表达的全都表达了出来。一个村民似乎听懂了，他骑上摩托车，把我载到克拉克家门口。

"克拉克——"我滑下摩托车，竭尽全力朝屋内大喊。

"啊，爱米，你怎么了？我哥哥出去了。"里莎和阿诺跑出来，瞪大眼睛望着我。

"给他打电话，说我去镇上……医院……"

我回到摩托车上，村民继续载着我朝镇里驶去。阿诺骑上门口的三轮车，跟在后面，里莎坐在侧斗上，给克拉克打电话。

几分钟后，摩托车在路边停下。我跨下几节台阶，踉跄地走进了镇里唯一一家诊所的门。一个漂亮高挑的女护士领我到一间小小的病房。

"我好像食物中毒了……"当一个胖胖的女医生坐在我面前时，我这么说。

她检查了一下，很确定地告诉我，"脱水了，要挂瓶。"

"不不不……我不挂瓶。"我立刻拒绝。

她盯着我，又低头写单子，"那就开药吃吧。不要再喝白水了。"她匆匆写好了单子，起身就要离开病房。

"但是，医生，我非常难受……我明天会好吧？"我接过单子，拦住了她。我感到自己难受得随时会休克过去。

可她只是平静地说："先去拿药吃了。"

我跟着走出房间，到前台取药。克拉克正好进门。

"怎么了？"他十分吃惊。

"非常难受……里莎呢？"

"我让他们回去了。"他拿走我手里的药单。

我将口袋里的所有零钱都给了他，让他去取药，然后回到刚才的病房，侧卧在小床上。对面一间病房的门开着，一对年轻老外坐在里面打吊瓶。突然想到尼克还在酒吧等我，便打开手机给他发了信息。

"医生怎么说？"尼克迅速回复。

"说是脱水，但我觉得自己食物中毒了。"

"医生当然不会说是食物中毒，那样的话性质很严重，在当地算事故。你先吃药，看看有没有见效。"

克拉克拿着一个矿泉水瓶和一包药，快步走进房间。他打开一盒药片，取了几粒扔进矿泉水里，来回摇晃水瓶，瓶中的液体立刻变成淡黄色。

"喝这个。还有这两种药，各吃一片。"

我睁开眼睛。"我感觉我要死了。"

"放心吧，你死不了。"他紧锁眉头。

"谢谢……"我勉强挤出一丝笑容，起身喝了一大口微甜的水。

我继续闭上眼，等待药效发挥。之后又到洗手间吐了两回。二十分钟后，那个高挑的护士进来，"你不能继续待在这里。"她这么说，"我们的病房不够了，还有病人要进来。"我难受地不愿挪动身体——更加害怕的是回到村里依旧没有好转，但即使我说要加付床费她也坚持要我离开。

回到尼克的小屋，我两眼发黑倒在床上，心里想的只有一件事——希望明天能安好地醒来。

当我再次睁开眼睛时，我很庆幸我的意识是清醒的。我迅速感受了一下全身，依旧有微微的头疼和胃部不适，我深呼吸了几口，慢慢起身下床。

桌上散着几袋用纸张包裹的药片，矿泉水瓶里还剩一半黄色液体——桌缝里还是成群结队的蚂蚁。洗手间的地上散落着五颜六色的毛线，镜中的脸庞暗淡无光。该洗头了，头发上一定打了许多结，我得轻轻地将它们拉扯开，我也不在意喷头里冰冷的水。高高的窗户外洒进阳光，蓝天白云下的树枝也算一幅漂亮的景色。我面对镜子努力地笑了笑，昨天发生的一切，那些美好的与糟糕的，都是一次珍贵的纪念，它们点亮了我二十八岁的生日，也将永远保留在我的记忆中。

我喜欢上了一个人旅行。整个4月，我"独自"穿行在太平洋上的小岛间。加上引号是因为旅途中遇到的新朋友让我一刻也不感到孤单。我流连于碧海蓝天之间，也在连续的出海中晒掉了一层皮；尝试过一些不敢挑战的运动，也摔得连睡觉都不好翻身；我在这里度过了"二十八岁"生日，却因脱水进了诊所。而当我抛开世俗纷乱，沉浸于苍茫云海间，世界上各个角落发生的灾难又通过刚刚认识的旅人之口接踵而来，不同于从手机上获取新闻，这些在你面前带有个人情感的转述更加扰人心思，令我无时无刻不惦念着安全与健康。

很多人问我为什么旅行，我也一直在思考这个问题。算了算，从去年6月到现在，我已经间歇地去了多个地方，并且没有要停下来的意思。有时候想，我是不是想要逃离什么？又或是在追求什么？还是说只是慵懒到不想改变这样无拘无束的状态而已？或者是要等到银行账户里积蓄的旅行经费耗光为止？这个问题在我从巴黎回来之后便有朋友问起，我开始自省，慢慢感受到了心态上的变化。我不仅仅是为了再次做一回惊奇不已的孩子，去满足一颗不断冒险的心，去跳脱出一个舒适而熟悉的环境，去感受生命回归于自然的简朴——我更是为了人而旅行，与当地不同的人交谈，学习他们口中的语言，倾听他们眼里的世界，感受他们表现出的不同民族的文化，我希望在有限的时间和精力里，像当地人一样，在一个地方生活……

是的，没有这些当地的朋友，我的旅行还有什么意义？直到我坐在回马尼拉的小飞机上，眼前还闪现着临别前里莎和克拉克的面孔。

"爱米，你身体已经没事了吧？"里莎抬起头对我说。

"你还会再来吗？"她对我眨眼睛。

"爱米，你还会回来的吧？"那个如风一般自由的船老大也望着我。

……

我不知道今后这里会变成怎样，等我下一次来时，它还能不能保留着同样美好自然的景象。但很多年后这些东西重新回到我的脑海时，它们依旧会是现在这般纯净、清澈的模样。

　　我如同一只在外游荡了很久的鱼，终于要回家了。

遇见，从此山见水巷

第六章　岘港

假日海滩之家

有位诗人说"城市会跟随着你"，意思是到过某一个美妙的城市之后，你会一直想着它。我心里也有这样一个城市。

我之所以知道岘港，源于若干年前游玩澳门所见。当时出租车门上赫然印着"人生必去的五十个地方之一"，背景是幅滨海美景。我一贯不太相信这样的广告，然而多年后的今天，我恰好想到越南走走，岘港便首先浮现在了脑中。

我在网上找到一家海边民宿，就在假日海滩附近，环境舒适，没有老城区的杂吵，价格和室内装修我也很满意。民宿的名字挺西洋化，叫"伊丽莎白"。与房东的沟通也颇为有趣，当我询问是否有客房可租时，他回复："朋友，你是友善之人吗？我们只接待友善的客人。"我不禁一笑，立刻订了这个地方。

至于签证，只一天时间淘宝的旅行社便帮我做好了落地签批文。飞机抵达岘港后，我在机场签证窗口递上批文、两张照片及二十五美金——不费一句言语，三分钟后便领到了我的越南签证。这是张粉红色的小纸，写着逗留期限一个月。

这真是一次轻松快速的入境。晚上9点，我走出岘港机场，环顾四周，等候车辆的人并不多，还有工作人员站在路旁服务，一切都显得安全有序。侧身便看见汇丰银行的自助取款机，顿时想起在宿务机场，米娜带我绕了半圈都没找到取款机，不由得感叹。我插进银行卡，该取多少合适？隐约记得三千三百的汇率，便按了个最大的数字——三百万。机子推出六张钞票，上面一串零惹得晃眼，不由觉得好笑，我成百万富翁了。

"您好，要去哪儿？"一位穿工作服的年轻人主动问我。

"我要到假日海滩。"

"好的——假日海滩！"他举起手，朝远处一辆出租车大喊。

出租车迅速开到身旁，司机麻利地接过行李，塞进后备箱。我向小帅哥挥手感谢，钻进车厢。

车子很快穿进城中心，街上的摩托车游龙般穿梭不息，马路两旁充斥着大小不一的餐饮店，里里外外坐满客人，好一幅热闹的城市夜景图。司机一个转弯，驶入江滨，又一幅迷人景致迎面而来，灯火通明的游轮、一座座五彩缤纷的跨江大桥，还有在滨江闲庭信步的游人……啊，想起我美丽的厦门岛来——我也时常坐在夜晚的轮渡边，欣赏城市睡眼惺忪的灯彩。

一座金黄色的大桥出现，车子快速驶向桥面。我好像看见一条巨大的龙尾从上方飘过，紧接着长长的龙身蜿蜒成三个拱形，立于双向车道之间。即便从小浸染于中国龙的文化，我也是第一次看到如此直观的龙形大桥。霎时间金黄的巨龙又披上宝蓝的色彩，变幻夺目，将不远处另一座大桥衬得黯然失色。随着龙头的挨近，车子穿过龙桥，进入海滨大道。

周遭的行人车辆渐渐少了，我摇下车窗，湿润的空气拍打在脸上。眼前是一条绵延数十公里的海岸线，沙滩十分宽敞，看上去比长滩岛的宽出两倍，海上的浪花也更加汹涌，不像长滩岛的沿海，平静得像一面镜子。海滨大道另一侧是各种装修豪华的餐馆和酒店，还有不少正在搭建的高楼，绿色的防护网、黄色的起重机械，无不体现当地旅游业和房地产业的勃勃生机。如果说上个月我游走在古朴的东南亚小岛上，那么现在，我来到了一个现代化十足的滨海小城。

十分钟后，出租车停靠在一幢白色小洋楼前，大门上钉着"伊丽莎白"的小木牌。计价器的数字大得吓人，我掏出钞票，竟惊奇地发现司机拿着小本本在算账！他写得很认真，似乎还加了其他费用。我第一次见到如此场景，觉得好笑。接过本子数数，总共六位数，我捏出一张越南盾比较着，顿时觉得头疼。

"六美金。"司机见我半天没有反应，比着手势说。

我选择付了美金。

伊丽莎白的大门半开着。这是扇双开式白色铁门，宽敞得能容纳一辆汽车通过，门内有个小院。一个皮肤黝黑的小个子男孩笑着跑出来，嘴角边带一个酒窝。

"爱米，你来了！我是鸣。"他拎起我的行李箱就往里走。

鸣是我的网上对接人，其实他并不是房东，而是民宿管理公司"伊丽莎白"的员工。岘港近几年旅游业发展得很好，进而旅游房产的开发十分盛行，周边行业也随之兴盛，"伊丽莎白"便是一家结合民宿管理和旅游开发的新型公司，在越南各地都有托管的民宅和公寓。鸣长得像年轻的张智霖，尤其笑起来时露出的一侧酒窝。他非常热情，表现得颇有职业素养，英语说得很好，以至于我认为他是有着多年经验的专业人士。后来才知道，他刚满二十，去年才在父亲的介绍下加入伊丽莎白。

院子是露天的，大小可以停放两辆车。地面由大理石铺盖，四周摆放着高矮不一的树木花卉，整洁有序，令人赏心悦目。院角还有一个长条吊椅，在盆栽的簇拥下颇有情调。我顺着吊椅抬头仰望，小洋楼的外墙干净崭新，看来这是一个刚修建好的民宿，我对自己的选择很是满意。

"爱米，你可以把鞋脱在门边。"

一扇玻璃推拉门将院子和客厅隔开。我走进客厅，在沙发坐下。茶几上一盘巧克力和一杯橙汁显然是为我准备的，我满心感激。墙上挂着一个小黑板，上面用彩笔写着几个英文字母："Welcome Aimee from China"（欢迎中国来的爱米）。心中一颤，竟有种莫名的感动，这是我到达陌生城市的第一天——我好像比住了五星级酒店还要高兴。我看到鸣咧嘴笑了，我也冲他微小，表示很喜欢这样的欢迎方式。

鸣打开他的笔记本电脑，为我简单介绍周边的旅游景点，告诉我如果需要的话，他们也提供导游服务。

"走，看看你的房间。那是我们这里最好的房间！"

鸣拎起我的行李箱往楼梯上走。伊丽莎白共有四个楼层，一楼除了客厅和厨房，还有两个单间；二楼有四个单间；三、四楼各有两个套间。每层楼梯间都装有摄像头，走廊尽头配有洗衣机和烘干机——除了没有电梯，我挑不出哪里不够好。鸣给我留了顶层的套间，带客厅厨房，卧室外还有一个观景阳台，面向大海。我明白了鸣的话，最高的楼层、最好的景色，果真是最好的房间。入住的顺利让我更快喜爱上这个城市。

"我住一楼，有事的话可以来问我。还有，阿姨每天早上都会帮你打扫房间！"

鸣笑嘻嘻地跑下楼。我打开行李箱，将一件件衣服挂进衣柜，衣架不够，明天再找鸣拿吧。走进浴室，喷头水量很大，热水出得也快，顿时缓解全身疲劳。躺在柔软的床上，被单散发出的清香令人舒心，我看着洁白的天花板以及中央吊着的一盏欧式小灯，想起几天前肖尔雯的婚礼。舞台旁的大屏幕在播放求婚场景，陆子林单膝跪地，周围朋友高呼"答应他答应他"……又立刻切换至她弹奏《梦中的婚礼》那幕，尔雯背对着我，一席拖地白纱，黑发散下，手指在键盘上左右来回，欢快而跳跃……

次日一早，我睡到自然醒。拉开窗帘，阳光正好。我在阳台上放空了一阵，享受着"面朝大海，春暖花开"的惬意，耳边几乎能听见浪花的声响。海滩上三三两两，已经有了活跃的气氛。我喜欢这样的海滩，有人，但不多，有商店，但不杂乱，和长滩岛或爱妮岛上见到的确实不同。近处是一幢幢矮小民房，当地居民踩着拖鞋，在这幢房子前走走，又在那处门店前停停，很有烟火气息，我不由得想即刻出门，找一处农家小舍，好好吃顿早餐。

罗宾终于回了消息。

还在爱妮岛时，巴黎香榭丽舍大街上发生了枪击案。我给饶冰和老邓发去慰问时，也顺便给罗宾发了几条信息：

"最近好吗？"

"还在台北吗？"

"最近很多贵国新闻，大选之际，都在猜测勒庞会不会是下一只黑天鹅。另外，刚学习到了'灰犀牛'一词。"

"我现在正在菲律宾的一座小岛上给你发信息。"

我连续发送四条，他都没有回复。两天后再打开whatspp，信息显示对方已读。可是一周过去，罗宾依旧沉默。直到今早，我才看见他的一连串回信。

"你好爱米，抱歉回复晚了。"

"1）我刚离开办公室，此时是凌晨1点。"

"2）我这一两个月都非常忙，之后有几段密集的商务旅行，因为我需要报告一些最新研究。5月27日至6月9日在法国，6月15日至6月20日在印度，7月24日至7月28日再到印度，7月31日至8月3日在越南。我正在大量学习印度保险业务的知识，因为我考虑八月份开始到印度工作。另外，我将于7月底在河内大学做一个简短的演讲。"

"3）确实有这样的迹象，因为很多人猜想她会造成众多麻烦。MLP的政党确实在逐年进步，但我认为她不会成功。谢谢你推荐的《灰犀牛》，我上网买了一本，阅后告诉你。"

"4）祝你在菲律宾玩得愉快，期待看到你拍的照片。"

我哭笑不得，此般延迟回复似乎并不代表他的轻视——而是过于郑重地对待了。曼谷酒吧里那个一脸严肃、逻辑清晰的男人又浮现眼前。我没有他如此慎重的态度，便随便发了几张在爱妮岛拍的照片过去。

洗漱完毕，我换上一条吊带长裙，戴上鸭舌帽匆匆下楼。鸣坐在客厅的沙发上操作电脑。厨房里走出一个扎马尾辫的女孩，她身形小巧但不瘦弱，看上去比鸣还小几岁。女孩睁着大眼睛看我，用一口生涩的英语打招呼。

"你是那位中国来的客人吗？欢迎你！"她笑起来真可爱！

"早上好，爱米！昨晚睡得好吗？"鸣也起身朝我走来。

不等我回答，女孩已经拉起我的手，朝厨房里走。

"来和我们一起吃饭吧！阿姨在炒菜，我等会儿还要做奶茶，你必须尝尝！"

我年纪比他们大出许多，却被这样的热情弄得不知所措。

"我叫芳——在越南语中，是云朵的意思。"女孩满面笑容，宽厚的眉尾弯弯向下，被好些杂毛簇拥，但不影响天然的漂亮。她的英文确实不太好，看得出很努力在表达。

另一位打扮入时的阿姨走进来，她是这幢小洋楼的主人，也是芳的妈妈。她不会说英语，却很喜欢和我聊天，一直用手势伴着越南语——鸣在旁边翻译，她告诉我这些青菜都是从会安古镇的菜地里摘回来的，还告诉我这幢房子上个月才装修好，她在当地有好几块土地，都准备盖成民宿，因为不懂管理，所有事务都交给鸣和他的公司打理。我认为这是一种很好的模式，但没想到能在越南的一个小城看到。

"我好像没有看到其他客人。"吃饭的时候，我问鸣。

"这周只有你一个客人。下周会有一对西班牙夫妇来，嗯……还有一个德国人。"

"伊丽莎白的名字有什么由来吗？为什么不是一个更加当地特色的名字呢？"我问。

"这是我们老板女朋友的名字——"鸣哈哈大笑，"他是美国人，两年前和他女朋友来到岘港，之后成立这家公司，用他女朋友的名字命名。"

"原来如此，一个浪漫的开始。"我想起爱妮岛上的尼克，还有长滩岛上那张挂在阿马法达厨房里的照片。这些来自欧美国家的旅人，千里迢迢落在东南亚的某个角落，旅行之外因缘巧合地在当地扎下了根，买了房产、开了店甚至和当地人结婚生子，比起我们这些撒手归去的旅客，多了又何止是一丝缘分。

饭后，芳开始做奶茶。她将红茶倒进锅里煮开，然后用滤网把茶叶滤掉，接着将蜂蜜和温好的牛奶倒进茶水里搅拌，动作娴熟。芳的肤色和她妈妈一样白净，体形虽小，却有张圆鼓鼓的小脸和一双肉乎乎的手臂，像几团白白的云朵。我看着她，想起孩提时期一个叫露露的邻居，她是个活泼好动的小妹妹，总喜欢黏着我玩，十几年过去杳无音信。我羡慕那些竹马之交、总角之好，有时候我想自己是不是太过轻易地放弃一些朋友了，以至于他们在我的世界里蒸发不见——也可能我本来就不是一个善于拉扯关系网的人吧。我曾和唐雨争论，如果社交软件发明得早一些，那些儿时玩伴或许就能一直保留在手机里了，即便不常联系，也能一直相互关注，共同成长。唐雨毫不客气地否决了我，她说你没听过邓巴数字吗，我们灵长类动物的大脑限制着我们有能力保持的社交注意力范围不超过一百五十人，朋友圈并不是越大越好，有些人在你的生命中变得疏远，甚至不知不觉地消失，都是一种必然，这些是由情感、记忆力、联系频次等所决定的，而不仅仅靠社交工具掌控。唐雨说她前阵子回老家时，见到了中学时期的死党，不自觉地重新加以审视，对方一些行为习惯——之前在她眼里习以为常——现在令她难以接受，至于思想观念，也无法深度交流。失望之余，唐雨觉得也在情理之中。

"芳，你的手链好漂亮，我有一条蓝色的。"

芳圆滚滚的左腕上戴着一条粉红色潘多拉手链，串着两个琉璃珠子和一个桃心吊坠。

"这个呀？是我男朋友送给我的。"她摸摸手链，笑吟吟地说。

"真贴心。你们是同学吗？"

"不，他和家人住在美国，去年春节回来时我们才认识。"芳一边说，一边将做好的奶茶倒进杯里给我。她自己也捧着杯子喝，嘴唇周围一圈细小的绒毛纷纷立着。

"现在通信很方便，距离不是问题。"我尝了一口奶茶，浓香甘甜，和国内喝到的有些不同。

"我们都还小呢,我没有想太多我们的未来。不过我计划明年去加拿大读书,先学习英文,然后学习酒店管理。家里有些房产,我想学了之后回来帮忙打理。"

芳说得很笃定,不像一个十六七岁的小女生喜欢狂热讨论男朋友,并沉浸于分享他们的热恋故事、星座配对或是小吵小闹中,而是清晰地告诉我她将来的计划以及要面对的事实。我对于芳敞开心扉很是欣赏,想想自己,有时候面对熟悉的朋友尚且不能畅所欲言——是因为对于未来的不确定性呢,还是因为害怕双方的关系太熟悉了,对方会不假思索地提出相反意见,而令自己更加犹豫不决?

"嗯,奶茶很好喝,和我在中国喝过的不太一样。"

"真的吗?我加了一些炼奶和玫瑰。"芳咯咯地笑。

刚住下来几天惬意无比,小洋楼里没有别的客人,我像是包下了伊丽莎白。鸣每天都在,如同我的小管家。大多数时间他在电脑前忙碌,说是自学IT技术,以后想成为网络开发人员。我很喜欢鸣那双灵活明亮的大眼睛,能感受到它透露出来的光芒是充满求知欲的,似乎他无时无刻不在思考、接受并学习新的东西。鸣骄傲地向我展示手机里的远程监控,是小洋楼里几个摄像头的画面,他说都是自己安置连接的。芳大多时间住在伊丽莎白,周末才回爸妈家住,她说在这里能多和外国客人交流,提高英语水平。我每天会花一个小时和她聊天,她的语速较慢,回忆某个单词时会皱起鼻子、噘起嘴、眼珠上翻,还不让我提醒。等到下午1点,她就骑上踏板小摩托,到韩江边的老城区上英语课,直到晚上八九点才回来。有时下课后她会载我去城里唱卡拉OK,她很喜欢唱一些由中文歌曲改编的流行歌,《孤单北半球》《忘情水》《情深深雨蒙蒙》这些老歌她都知道。芳的妈妈偶尔也来玩,带着芳四岁大的弟弟,一见到我便噼里啪啦地说越南话,让芳和鸣翻译,大多是你的裙子很漂亮啦,今天要去哪里玩之类。

鸣也教我几句越南语，但我认为实在太难了，不仅有六个音调，发音也很费力，像嘴里含了一口水，舌头不知往哪里放。我好不容易才学会"你好"（Xin chào）和"你好吗"（Bạn có khoẻ không）——二者念起来完全不同。鸣告诉我，越南很早以前是使用汉字的，后来被法国殖民，才改成了这样一堆奇奇怪怪的拉丁字母。

这里的白沙滩绵延近三十公里，我喜欢睡醒后直接到海边吃早午饭。洗漱完毕，换好泳衣，再披上一件轻薄长款外衫，夹一本书，塞少量越南盾在手机壳里——鸣教我的，然后戴上墨镜出门，步行到最近的假日海滩，租一张躺椅，点一个椰子，静静享受海边的煦日和风。我每天都能见到那只绿色簸箕船，孤零零地摆在沙滩上无人理睬——我很好奇这种形状如何划着它前行。很快，黑皮肤的小伙会把新鲜椰子送来。椰子顶被平切掉一大块，透明的椰汁清澈可见，一只吸管、一个小勺，足够我品味这当地最可口的果实。小勺是用来挖椰肉的，有的椰肉肉质很硬，挖起来困难，嚼起来口感也很涩；有的椰肉薄薄一层，挖起来带点椰壳，塞进嘴里像一层软塌塌的布丁；如果是顶好的椰子，肉质厚且富有弹性，挖着不费劲儿，一口气能挖一大片，吃起来清香柔嫩，口齿留香。躺一会儿后，我会到海里游泳，海浪不断，分分钟就有小浪打来，溅一脸咸水。

在你做好一个旅行计划并付诸行动时，你会遇见很多城市。有的城市，是你游玩一个国家的第一站，接下来你走马观花地游览第二个、第三个，最终你觉得这些城市都差不多；有的城市，是你行程里的中间一站，因为靠近路线中心，它起到了承上启下的交通衔接作用；还有的城市，很幸运地成为了你的最后一站，你在这里放慢疲惫的步伐，回顾之前种种游历，然后将纪念品装满口袋，轻松离开这个国家。而岘港，替代了其他任何一个越南城市对我的吸引力，我命运般投入它的怀抱，便不想再挪动奔波的脚步。

　　我打算懒懒地度过这一个月，而不是每天穿梭于各个旅游景点之间，做到此一游的旅客。但潜意识推动着我，让我在这个不大不小的城市里，寻找并发现那些等待我的火花。

　　此时的伊丽莎白，真的像一个临时的"家"了。

海边日出与牛肉河粉

　　杰瑞米给我推荐了《怪奇物语》（Stranger Things），一部充斥诡异空间的科幻惊悚美剧，颇符合我的胃口。竟一夜未眠，看到凌晨四点。起身顿感骨头酸疼、前胸贴后背。我好久没有这种又饿又困又兴奋的感觉了，上一次还是和孟唐雨在曼谷秉烛夜谈之时。我走到阳台上，大海、沙滩、街道，一切都笼罩在夜色中，遥远的地平线看不见踪影，黑得海天一线。我突然生出一股冲动，立刻换了衣服下楼。

　　伊丽莎白的大门紧闭着。我轻轻推动门闩，拉开铁门，避免发出噪声。我还特地向上方的摄像头招了招手——鸣若是半夜听到声响，会首先查看手机监控。

　　街道一片寂静，只有昏暗的高脚路灯陪伴我。我喜欢夜未央的时候，仿佛世上的一切都停止脚步，只有我走在了时间的前头。多年以来，我未曾见过清晨的日出。记得中学时，一群同学凌晨爬上校园后山，在欢歌笑语和嬉戏打闹中迎来了一次平凡的日出，日出景色已然忘却，同学们的笑脸却依旧在目。

　　通往海滩的路程似乎比往常缩短了一些，很快就走到海边。周围环境显得陌生，平日里张开的沙滩伞全部收起，老老实实被绑在粗壮的伞柄上，躺椅被九十度翻转，侧立于沙上，海滩也没了热度，潮湿冰凉。我盘腿坐下，10点钟方向的远处，山茶半岛上巨大的白色观音像此时不见身影，四周一个人也没有，只有我熟悉的簸箕船。没了阳光的照耀，黑色的海水只剩下一片冷漠。茫茫的大海啊，此刻你在缅怀那些过往的历史吗？当年你只是旁观法国远征军在这片港口登陆，百年之后你依旧没有阻止另一批入侵者上岸的步伐，你只是静静地望着，像众人静静望着你一样。万籁俱寂，耳旁只有海浪哗哗拍岸，仿佛讲述着它几个世纪经历的纷扰。

打开手机，"天气"显示日出时间5点23分，湿度百分之七十六，降雨概率百分之五十，日均温度最低25℃，最高33℃——多么精确的一组数字！且不论它们准确与否，在这样一个悠闲的海滨早晨，任何科学数字都将带上浪漫的情调。科学家说，太阳发出的光需要八分钟才能到达地球表面，我踢走拖鞋，任冰凉海沙包裹我的脚踝，我坐在这里，等待从一亿五千万公里之外照射来的温暖。

天已破晓，我却好像错过了太阳。茫茫天空只是由黑转灰，再到白，始终朦胧一片，没有一轮红日从海平面爬起，也没有霞光浸染那轻舒漫卷的云朵。海风吹乱头发，我伸出手指不停地把头发像后拢，毫不在意要留一条分割线。看看手机，已经6点3分，海滩上开始有人赤脚跑步，我只得带着失望，起身离开。

睡回笼觉前，我决定先填饱肚子。伊丽莎白附近的餐馆尚未开门，我只得继续往远离海滩的方向走。

民房变得越来越紧密，各家各户大门紧闭，路上看不到一个行人。奇怪的是，我心里一点儿也不害怕，仿佛这是一条我很熟悉的街巷。走了十余分钟，始终未找到一家小吃店，肚子越饿，我越是执着地往前走。一家装修简陋的健身房在路边显现，灯还未开，已有七八个当地人在做器械锻炼——我有些不可思议，这个场面不太符合我对于这座闲适小城的认知。我像抓到救命稻草，忙向离我最近的一位问路，但这个举哑铃的大哥显然听不懂，我只好用手在脸上比画着。他终于明白了，睁大双眼连连点头，告诉我往前走两个路口，左拐，就有一家小吃店。我千恩万谢地离开。

我几乎是小跑着到达这家小店，等候日出和漫无目的的寻找几乎耗费了我所有能量，一个明确的坐标便给我极大动力。说是小店，家门口的小吃摊更加确切——这户人家刚刚打开家门，把炉台和桌椅往外搬，灶台边摆着河粉和牛肉，我点了一碗，蹲坐在越南典型的矮桌旁，眼巴巴地望着老板娘在滚烫的锅里操勺。

一碗热气腾腾的河粉端了过来。鲜牛肉、薄荷叶、嫩豆芽和葱花末满满铺在粉上，我挤了几个青柠角，又撒了把红色的辣椒碎，汤汁快要溢出来。汤看上去清澈，喝起来却浓郁满满，这简直是我吃到过最美味的一碗牛肉粉！那股酸辣鲜香的味道至今回想起来令我馋涎欲滴、余味无穷。如果一道美食会让你迷恋上一座城，那么这碗牛肉河粉便撒给我一把浓烈的情感。我吃完一碗还不过瘾，又叫了一份。老板娘很实在，特地多加了量。之后三三两两又有当地人过来吃粉，他们都好奇并面带微笑地看着我。此刻我已是心满意足，一扫之前的失落和疲惫，醉于这座民风淳朴的滨海小城带来的意外之喜中。

我散着步回伊丽莎白，整个人精神抖擞，步伐轻快。街上行人车辆渐渐多起来，我穿过一个十字路口，看见一家漂亮的咖啡店。店的名字叫维纳斯，露天花园中央有个小水池，四周种满一圈绿植，一套套白色桌椅围绕水塘整齐摆放，三两桌客人坐着喝咖啡聊天——竟清一色的男人。后来我问过鸣这个问题，他告诉我越南的男人普遍更加悠闲，而女人通常只在周末的时候才有空去咖啡馆。

我坐在水池边，点了一杯红豆冰咖啡，开始注视十字路口的人来人往。一只白色长毛小狗跑来我的脚边磨蹭，我和它玩了一会儿。也不知道坐了多久，一阵强烈困意袭来，眼前的十字路口逐渐模糊。看看手机，8点了。我付好账，起身往伊丽莎白走。

　　然而这是个多事的早晨，走到伊丽莎白的大门口，我才发现忘带钥匙。白色大门紧锁着，敲门后无人应答，我只好克制睡意，继续在附近徘徊。

　　漫步一圈才发现，伊丽莎白周边还有许多私人空地。地面已经铲平，杂草丛生，看来地主还没有开始盖房的计划。也有几块地处于建设中，四处竖立钢筋体。我走到一处百来平方米的建筑工地前，两三个工人正在脚手架上砌墙。砖头与我见过的有些不同，不是实心的，而是两端各有六个小圆洞，排成两行，像极了麻将中的六筒。还未被砌上墙的红色砖头一块块叠堆，远远望去有上千小洞，密密麻麻，看得我浑身一颤，困意也减轻许多。我被一个手脚娴熟的砌砖工人吸引了，他戴着灰色鸭舌帽，站在高高的脚手架上，阳光从他头顶上方倾泻而下。他弯下腰，左手从脚边的砖头堆里掂起一块，像歌手抛话筒似的将砖头轻轻一抛，稳稳抓在掌中，右手的小铲顺手在水泥盆中铲起一坨水泥，平铺在墙砖上，来回三两下，左手迅速盖上砖头，右手的铲刀立即将砖头底部挤压出的水泥刮开，任凭多余的泥浆飞洒脚底。整套动作十秒不到，我的眼神竟被这样简单重复的动作勾住，呆坐在路边的石墩上盯着。转眼已过半个小时。

　　再次回到伊丽莎白，已经9点1刻。大门开了半个，鸣正在院里摆弄着他的摩托车，看见我，一脸诧异。

　　"爱米——你什么时候出门的？"

　　"一次很失望的日出。我去补觉了！"我快速甩掉了脚上的拖鞋，还不等鸣说话，飞一般奔上了楼。

　　下午两点，我醒了。疲倦尚未消除，肚子又开始咕咕叫，早上两碗河粉已在梦中被消化得一点不剩。来岘港三四天了，每次都是到海边餐馆吃饭，半夜只能吃鸣准备的小饼干充饥。想想要在这里住一个月，还是采购些食物回来比较靠谱，套间里有厨房，锅碗瓢盆一应俱全。

芳去上英语课，鸣站在大门边，看另一个越南男人在门上安装智能锁——客厅里还坐着一个年轻男孩。

"你要出门吗？马上就装好了，你等几分钟，我把感应卡片给你。"鸣一脸兴奋。

"之前的钥匙不用了吗？"

"全换啦，以后只用一张小卡，很方便。"

在我看来，铁锁和卡锁没多大区别——都得带钥匙或卡出门，可鸣总是对一切新科技感兴趣。说不定不久后，他还要换个指纹锁，再把伊丽莎白里里外外都装上智能化。

"那是我朋友——豹，你快过来！"鸣对我说，"他是个很出名的文身师。"

男孩从客厅里出来，腼腆地露出小白牙。他戴着一个圆形的金丝框眼镜，头发整齐光亮地扎在脑后。他个头和鸣差不多，皮肤却异常白皙细腻，五官非常漂亮，有香港明星的气质。低下目光，只见他双手手臂上分别文有一大朵荷花和一个复杂的几何图形，两只手腕都戴着三四个金属手环，十根指头上纹了各不相同的英文字母和图形，其中几根指头戴有复古戒指。我被这个造型吸引住，半天才反应过来。简短交流几句，发现他的英文还不及鸣的十分之一，沟通起来有些麻烦。

"装好了——爱米，你来试试！"

鸣塞给我一张白色的小卡片，把我关在门外。我傻乎乎地拿着它靠近门锁，却没有任何反应。然后我看见鸣垂头丧气地开了门，不由觉得好笑。

"好啦，你慢慢装。我先去超市，一个小时就回来。"

一辆出租车远远停在路边，鸣朝它大喊，车子迅速开过来。我坐上车，朝鸣挥挥手。

Big C是一家很大的连锁百货超市，在曼谷时我和唐雨也去过。岘港的这家位于老城区。第一晚出机场时匆匆一瞥后，今天算是第一次参观城区。可惜这里白天没什么景色可言，更多是低矮方正的建筑和人文风光。交通有些繁乱，摩托车大军穿梭在街头巷尾，没有海风的吹拂，空气似乎也更闷热一些。路旁小推车上干硬的法棍面包、近百年历史的法式教堂，四处大大小小的咖啡馆以及在露天并排坐着——慵懒中带一点讲究——喝咖啡的当地人，无不是那一代殖民者留下的痕迹。城里仅有的几幢高楼都聚于韩江边，几乎都是酒店，最高的那一幢楼顶挂着Novotel的招牌。再次经过龙桥时，我还是被金灿灿的巨龙震撼了。

Big C里很热闹。此时不是周末，也不是晚上，来购物的人却不少，越南姑娘的古筝演奏增添不少氛围。货架上的商品品类繁多、陈列有序，和国内超市并无太大区别。让我驻足了好一会儿的是咖啡货架，几十种咖啡品牌占满整好几个货架，可惜我平时不太崇尚咖啡文化，否则定会买上几样，带回去好好品尝。之后，我每隔三五天便来此采购一次食物，还饶有兴致地做了一份列表。

一周的支出具体如下：

品名	单价（越南盾）	金额/周（人民币）
大米	20000/千克	10元
米粉	20000/包	5元
菠菜	15000/捆	14元
空心菜	5000/捆	5元
土豆	20000/千克	18元
番茄	20000/千克	18元
柠檬	20000/千克	10元
洋葱	30000/千克	6元
牛肉	200000/千克	100元

品名	单价（越南盾）	金额/周（人民币）
猪肉	50000/千克	40 元
橄榄油	60000/百毫升	18 元
咖啡	200000/千克	6 元
椰子	10000/个	21 元
香蕉	15000/串	5 元
菠萝	10000/个	6 元
一周合计	282 元	

加上其他时候在餐馆里的消费，越南的生活成本并没有想象中那么便宜——应该说岘港这座城市的物价要高出越南其他城市。习惯了屋里的厨房，大部分时间我会自己做饭，偶尔也邀请鸣和芳尝尝我炒的中国菜。有时嘴馋，就出门吃最爱的河粉和春卷。春卷是没有炸过的，用又软又薄的米皮包裹着生菜、米粉、虾肉或者猪肉，蘸上酱汁吃起来滑嫩可口。还有一种长方形的"粽子"，芳带我吃过，剥开后里面是类似香肠的东西，肉质和味道好极了，带有粽叶的清香。

就这样，每天睡到自然醒，拖着还未完全舒展开的身体来到海滩，沐浴大半天初夏的阳光，把一天大部分时光花在海滩上。我想就这样淡淡地消磨一个月吧。而我对于岘港的感情，大大超出了东南亚的其他地方，或许是因为它和厦门有些许共性：滨海城市；规模适中；同样都是早期的古商埠港口和经商要道；厦门有五座跨海大桥，岘港也有五座跨江大桥；并且，当地的物价都不低。

杰瑞米从日本发来Messenger。

"爱米，在越南玩得如何？"

"岘港好棒，你应该来看看。"

"暂时不去了，我决定到巴厘岛居住一段时间。"

"不回加拿大了吗？"

"下周回去一趟，之后就搬到巴厘岛。"

我知道杰瑞米对于巴厘岛的热爱，否则不会半年时间去了三次，但我没想到这个程度强烈超越了旅行的目的。岩子和我说过，到一个地方旅行与到一个地方生活，是截然不同的。当你旅行时，你的心情是轻松的、愉悦的，这个地方的每一处景色在你眼里都是一道美丽的风景线，你会暂时忘却原本生活里的烦闷琐事、那些看似永远干不完的工作以及家庭里没完没了的争吵与唠叨，而沉醉于当下的世外桃源中。但当你长期居住下来，那些异域美景终究会变为平面与黑白，当初对你热情关照的当地人会在你眼里撕去纯朴善良的标签，并不是他们不再对你热情关照了，而是你开始争论油盐酱醋的价格。好比我来岘港，待十天半月是种享受，若真的长期生活于此，也会厌烦和生腻的——颇有点恋爱与结婚的关系。但是，巴厘岛这样一个天堂般的地方，我不知道杰瑞米会在那里住多久，这个银行业出来的游子能否在小岛上找到他真正想要的东西呢？

咖啡馆里的"乌托邦"

越南的咖啡文化早在殖民时期就已形成，岘港遍地都是大大小小的咖啡馆——或许这也是当地没有星巴克的缘故。我让芳推荐一家老城区的咖啡馆，她想也没想就带我去了"空"（Cộng）。这是韩江江畔一家看似普通的咖啡店，墨绿色的门面在整条商业街并不显眼，以至于后来我单独去时不经意路过了才回头寻找，只有晚饭时间，店门外的矮凳上密密麻麻坐满了客人，我才能一眼认出这个地方。鸣曾兴冲冲地告诉我这个名字以及背后的含义：Cộng代表共产，这个名字纪念了内战时期的越南，当时北方得到苏联的支持并追随共产党，美国则出兵帮助南越的共和国，1975年4月30日南北统一后，再无内战、再无共和。或许，这一抹历史的印记也是"空"吸引众多客人的原因吧。

我在鸣的"历史课"上开了小差，脑海闪现出一幅画面。一张漂亮的越南女人的面孔，柔情、妩媚、眼神诉说着哀伤，两个西方男人站在她身旁，一位英国老人和一位美国青年。那是越战时期的故事，也是一个三角恋的故事——殖民统治下争夺一个女人被演绎得如同争夺一个国家！这个与西贡一样神秘、充满东方魅力的女人希望被拯救，却注定无法被外人拯救，那么一个国家就可以吗？年老的英国记者昭示着欧洲殖民时代的没落，来自美国的年轻人代表一股新的入侵力量——但这个怀揣理想主义的第三者拯救不了这个国家也同样拯救不了美丽的越南姑娘。每个人都陷入一个困局，相互影响制约，如同片首老记者的那段独白：

　　我说不出为何我会爱上越南，因为沉溺于声色，还是因为这里的一切，颜色、气味，甚至雨水……只要你来到越南，你能立刻明白很多事，剩下的你得自己去经历。这里的气息，是你最先体会到的，似乎要吞噬你的灵魂。还有酷热，让你的衬衣立刻湿透，令你几乎忘记自己的名字，以及自己为何来此。到了夜晚，凉风习习，美丽的河畔，令人忘却曾经发生过的战争。枪声变成焰火，只有享乐最重要。

《沉静的美国人》

那是1952年的西贡。

走进"空"，两层空间里，复古气息装饰残楼，那个时代的主题呼之欲出。墨绿色水泥墙上挂着怀旧街景的老照片，吧台上摆设转盘电话机和白底搪瓷茶缸，洗手间的门钩着铁栓，座椅上还能看到东北红绿相间的花布抱枕。年轻的服务员穿着军绿色T恤在楼梯上下奔走，像一个个整装待发的士兵。坐在这样的环境下，往昔如梦，仿佛回到那个时光。

大多数时间里一楼坐满了人，这里似乎成了韩国人的旅游景点，耳边不断有韩语袭来。韩国妹子们带着风格一致的妆容，在喝咖啡的间隙不停摆拍照片。到目前为止，我没见着一个中国老乡——不禁感叹岘港的中国人都去哪儿了？

菜单是手工装订的，一张张淡褐色牛皮纸上用彩色水笔写着各种饮料和点心，几十种咖啡饮品配上精美的手工绘图，令人难以选择。每次我都会先点一杯越南独特的炼奶冰咖啡，对着短吸管往圆形玻璃杯里轻轻一吸，一股冰爽浓甜的咖啡冲入口中，三两下就能喝光。然后再点上一杯招牌椰奶咖啡。两杯过后意犹未尽，我会再挑一杯新的尝试。

我坐在一张有趣的桌前喝咖啡。这是一张方方正正的书桌，木头桌面被掀走了，由一大块透明玻璃替代，方大的抽屉里堆满几十本60年代的书籍。一本本发黄的旧书在玻璃下历历在目，却无法伸手触碰，犹如那些陈旧的历史，恍如隔日，却也打破不了时间的流逝。

桌面上一本牛皮纸装订的笔记本引起我的注意。封面上，一个短发松卷的越南女孩一手捧着报纸，一手拿着夸张的巨型喇叭，正在宣读报上的内容。我轻轻翻开，里面记录了许多顾客的心情随笔，各国的文字和图画印在上面，每一页都生动有趣，像是在讲述一个美妙的故事。突然，一行娟秀的中文字迹吸引了我。

在咖啡店遇见一位我见过的最美的越南女人。

2016 年 4 月 28 日于岘港

思绪被下方的日期带回一年前。时间轴上的我起早贪黑在日复一日的工作中，周一就将当周所有工作排满，电脑、文件袋、会议室、客户，家与公司两点一线。那时的我还想不到，一个月后我即将离开这个环境，步入人生中一个奇妙阶段。我抬起头，窗外的韩江静静平躺在两块土地之间，水流仿佛没有速度，但它如同人生之河缓缓流淌，永不停息……

这个周六傍晚，我又独自来到"空"。服务员递上菜单，我照例点了炼奶咖啡和椰奶咖啡。这是一张由老式缝纫机改造的桌子，保留了台面和脚下的踏板，抽走了机器部分——这里的每张桌子都被改得富有个性！我想起小时候在外婆家也见过一台缝纫机，它被枣红色的灯芯绒布罩着，从来都没人使用。

环视周遭，抹着桃色口红的韩国女生们占了大部分位置。她们愉悦地聊天，说话的人和聆听的人脸上表情皆十分丰富：说得人眉飞色舞，仿佛在讲述天方夜谭，听的人聚精会神、杏眼圆睁、挑起眉毛，时而用力地点头，时而保持着O的口型。仅凭这一点，也很容易将她们与其他国家的亚洲女生分辨出来。

最后，我的目光落到隔壁桌一个戴眼镜的男生身上。他缩在角落，毫不起眼，桌上摆着一个空杯。吸引我的是他手里的书，一本尺寸小于普通书籍、牛皮纸封面的小书，我有一种熟悉的感觉。我伸长脖子，努力想确认书面上的字。我看到了心里预期的那两个字——我们。

我动了一下，生出激动。一来证明他是中国人，或至少能说中文；二来我看过这本书，自然对他有一种巧遇知音的好感。

"你好。你也是中国人吗？"我主动向他打招呼。

"对啊，你也是啊！"他抬起头，带着广粤口音。

"你也是来旅游的吧，这里中国人好像不多。"我不确定他是否有兴致与我聊一会儿天，毕竟我打扰了他的阅读。

"对啊。对很多中国人来说，岘港这个城市可能还比较陌生吧。不过对于欧美人来说，这里不输东南亚的各大知名海岛。"他放下书，反扣在桌上。"我原来只知道这里是个港口，没想到太美了。昨天我去了巴拿山，山顶有个很大的法式城堡，可以坐缆车上去。"

"我也第一次来，不过旅游景点我还没去。"我说。

他翻出手机里的照片，一张张向我展示介绍。角度的选择、色彩的调整皆带有艺术感，每一张都美得像画册里的一样。

"天哪，你拍了这么漂亮的照片！"我赞叹不已，"这个变形金刚是？好几张都有拍到。"

"我的吉祥物，出来旅游的时候都带着它。"他笑着说，"对了，你有时间一定要去会安古镇，打车半小时就到了，最好晚上去——你看，这是我在秋盆河边拍的。这个卖灯的小女孩太可爱了，当时有好多游人拿镜头拍她，她一点也不紧张。"

照片上，一个穿牛仔夹克的小女孩微笑地望着镜头，露出几颗小白牙，齐眉刘海儿下一双圆溜溜的大眼睛透着天真，下弯的眼角让人无比爱怜。她双手捧着一盏河灯，微弱的烛光在黑暗中照向她的脖子和下巴，一条银制的佛像项链也在光影中射出光泽。河对岸商业街的流光溢彩倒映在河面，形成一道绚烂的背景，却没有这张平凡的小脸蛋来的生动迷人。我一瞬间便爱上了这个小天使，多么纯真的笑容啊！那是能融化任何坚硬无比的心的笑容。后来，我要来了这张照片。

"难道你是摄影师？"我问。

"呵，业余爱好而已。"

两杯咖啡端来，我将其中一杯移到他面前。他反复拒绝，最后还是不好意思地接受了。

"对了，"我说道，"你这本书我看过。"

"哈哈，有缘。"他显得毫不惊讶。

我们交流了各自的观点。

喝完咖啡，看看手机，8点50分。鸣提醒过我，9点钟要记得到河边，龙桥会喷火三次、喷水三次。我问这个眼前叫苏沉的男生是否有兴趣，他表示愿一同前往。

走出"空"，在来回穿梭的摩托车和小汽车中穿过马路，我们踏上江畔宽阔的步行道。越往龙桥方向走，越多聚集了前来观看的游人。一群越南阿姨在小广场上翩翩起舞，熟悉的感觉令我愉悦放松。我和苏沉倚在栏杆上，欣赏两岸的璀璨灯火，任凭微风吹拂脸庞。百米之外的龙桥变换着色彩，巨大的龙头朝向对岸。

"你知道龙眼睛是桃心形吗？"苏沉问我。

"真的？我没注意到。你还真有摄影师的观察入微。"

"刚来时就觉得奇怪，为什么龙尾巴在城区这边。后来知道了……"苏沉扶了扶镜框。

"因为龙头朝向大海，龙回大海——"我俩相视而笑。

"对了，你怎么找到这个城市的？"我问。

"我有个朋友，在皇冠酒店做事。"

"这里的酒店也招中国人？"

"不……你知道它有赌场吧，我朋友做网上的……"

突然"轰"的一声，一团耀眼的火焰从龙头处迅速喷出，在空气中形成一个椭圆的火球，江面上也倒映出一片红光。火光淡灭，留下的浓烟还未散去，熊熊火焰再次从龙头喷出，重新照耀黑夜布景。龙身依旧变换颜色，由红转黄，由紫转蓝。只听鸣说总共喷火三次，却没想到每次都喷出好几团，虽未细数，也有多达二十来团火焰被喷出。随着最后几抹灰烟慢慢消散，灯光转为绿色，一股水柱从龙嘴喷涌而出，强有力地射出数十米外，化作大片水汽从空中抛洒而下。整个过程十余分钟，人群中连连发出惊叹，好不壮观。

"我明天就回佛山了。"苏沉重新站立好，"很高兴在最后一个晚上，还能遇见你。"

他微笑着，镜片映着龙桥上的光，镜片后眼里闪烁温柔。这副神情，完全不同于刚才在"空"里严肃辩论的面孔。这是理性与感性之间的转换吗？还是只是情随境迁？处理问题时，人人都希望能迅速地在感性与理性之间转换，独立思考而不受感情左右，但人是复杂动物，二者之间本就无法完全隔开，怎能仅仅将他的某个时态划分为理性或是感性呢？孟唐雨说过，人类有一种简化的能力，为的是更方便地传递信息。例如，味道有上百种，我们却归纳出"酸甜苦辣咸"五种味觉；色彩有千千万，但"赤橙黄绿青蓝紫"就足够指代。我们创造出最为简单的概念，来概括世间的复杂内容，所以时常想要追寻真正内涵时，也只可意会不可言传了。

"走吧，我们到小酒吧里喝一杯。"苏沉指着马路对面的几家酒馆对我说。

"到那家Golden Pine吧，我当地的朋友推荐过。"

鸣在我的手机备忘录上写过几个出名的酒吧，但因孤身一人，我都还没有去过，这下有人陪我了。

Golden Pine是一家两层楼的小酒吧。店内空间狭小，大部分客人聚在门外的高脚桌椅旁。音乐放得响亮，角落里一个时尚的越南姑娘正在打碟，大多是欧美流行舞曲，响起韩国音乐时，便惹来在场的韩国姑娘们一阵尖叫。二楼的台球桌占据了大半空间，几个老外趴在空窗台边俯看楼下的景色。

几杯酒下肚，人越来越多，门外已无空位，屋内也挤满跳舞的人。当地人与外国人混成一片，但远没有曼谷的考山路那样疯狂。吞云吐雾的人很多，不单是香烟，还有我在巴黎吸过的水烟，一桌人围着一壶轮流过瘾。还有几个男男女女，手上抓着气球往嘴里送，每次吸一小口，一个气球可以吸上好一会儿。

"你看，那是什么？"我向苏沉送去一个眼神。

"不知道啊，我去问问。"

他似乎喝多了，想也没想直奔而去。只见他笑嘻嘻地与人攀谈，很快和整桌人打成一片，几分钟后才慢吞吞地回来。

"笑气，Lauging Gas。"他告诉我。

"吸了能让人发笑吗？"我问。

"哈哈，你想试试？"

"没兴趣，这种奇怪的东西！"

"那个女生——"他指引我往那桌的角落看，"是云南人，刚才和我说的中文。她来这里十几年了。"

"你真厉害，能当侦探了。"

"我去英国留学前很内向的，待了几年脸皮就厚了，现在随便拉上一人就能闲聊。"苏沉哈哈大笑。

11点过后，街上行人车辆少了，只剩几辆出租车停靠在马路对面，司机们站在车边，望着酒吧里的狂欢。不停地有人穿过马路，买回几个装满笑气的气球。跳舞的俊男靓女开始向外转移，到更宽敞的马路边展现身姿。

回到伊丽莎白已是午夜时分，院里亮着一盏夜灯，我知道，一定是鸣给我留的。我不知道的是，几个小时前，一个高大健硕的德国男人提着行李走进伊丽莎白，他带着回归者般的笑容，给了鸣和芳一个大大的拥抱。

古镇情迷

第二天醒来，已是下午1点。下到一楼时，客厅里传来愉悦的交谈声。一个英俊孔武的外国男人转过身，他五官端正，体形结实，浓密的黑发整齐地梳向后方，露出饱满宽大的额头，皮肤晒成深色，眉头锁紧的同时面带微笑，略显克制而与众不同。站在他身边的鸣，个头只达到他的胸膛，芳则像是个小巧玲珑的孩子。

"爱米，你今天起得好晚，昨晚很迟回来吧。"鸣转向我，露出酒窝。

"我昨晚去看龙桥了，然后在附近喝了一杯。Golden Pine，你推荐的。"我说。

"呀，你去喝酒啦？下次记得叫上我们！"芳笑嘻嘻地说。

"你尝了笑气吗？"鸣皱起眉头，"别试，它上次差点要了我的命！"

"怎么了，你什么时候吸的？"芳一脸关心。

"去年。我那时心脏跳得很快，又重又快。直到我躺下，我都能听见它的声音……"

"你好，我叫西达尔。"

男人走过来，主动和我打招呼。他炯炯有神地盯着我，黑色玛瑙般的眼睛带着一丝精锐，脸上的胡须刮得很干净，下巴当中一道竖沟清晰可见，两排整齐的板牙在铜色皮肤衬托下异常洁白，棱角分明的脸庞让我想起了古希腊雕塑。

"我从慕尼黑过来，很高兴见到你。我知道，你是从中国来的。"他的声音浑厚纯净。

"你好，我叫爱米。"我握着他的大手，感到一股力道。

"西达尔是我的老朋友。他昨晚刚到，你那时候还没有回来——"鸣在一旁很高兴，"噢对了，你饿了吗？我们刚才吃过午饭了，厨房里还有些吃的。"

"不用啦，谢谢。我今天到海边去吃。"我戴上鸭舌帽和墨镜，踩上门边的拖鞋就往外走。

我沿着海边散步，马路对面一幢高楼今天落成，大门口挂着横幅，铺着红毯，两侧排列彩色迎宾花篮。没有酒店的招牌，这应该是座高档公寓楼——红色条幅上或许写的是"欢迎业主"。鸣告诉过我，岘港这几年房价涨得飞快，尤其沿海与沿江一带，五十来平方米的高层公寓能卖到十几万美金，海边的别墅则要三五百万美金，相当于每平方米近十万人民币。而相隔一条马路，便是伊丽莎白附近大片的老旧民房,这样的对比不得不令人感叹,也难怪越来越多的当地人要将祖宅改建成旅店了。

回到伊丽莎白,芳妈妈的红色奔驰停在门口。西达尔和鸣还在客厅交谈,芳去上英语课了,她的弟弟正坐在院里玩耍。

鸣一个劲儿向我招手,让我坐到沙发上去。"爱米,你终于回来了!我们正说到明天去会安的事呢。"

巧了,昨晚苏沉提起的地方。

"你们有什么计划吗?"我问。

"伊丽莎白在会安也有管理一幢民宿,我明早要过去和团队做些交流。骑摩托车大概半个多小时,我可以载西达尔,芳可以载你。不过西达尔说他的个头太大了,怕把我的小摩托坐坏。"

鸣咯咯地笑着,西达尔也转动眼珠做鬼脸,双手在身上比画,那模样还挺好笑——看来他并不是个过分严肃的人。

"是的,我建议坐出租车过去,费用我来付。爱米,如果你还没去过会安的话,可以和我们一起,不然你要后悔的。"西达尔还是那副滑稽的表情。

"我还没有去过——好吧,我和你们一起。坐出租车吧,费用我出一半。对了,芳明天不用上课吗?"我问鸣。

"明天周日没有课。她也经常跟我去会安和团队碰头,学些民宿管理的事情。"鸣很高兴我答应地这么干脆,"不过,费用我们四人平摊,就这么说定了!"

次日早晨,天气很好。我下楼的时候,西达尔和鸣已在客厅等我了,没有看见芳。西达尔穿了一件深蓝色T恤,下身一条白色中裤,脚上是黑色便士乐福鞋,显得休闲干练。头发用发膏梳理过,整齐而有光泽。

"爱米,要吃点米粉吗?我们都吃过早饭了。"鸣问我。

"我也吃过了。芳去哪儿了?"

"她妈妈昨天把她接回去住了，现在赶过来。"

不一会儿，芳推着她紫红色的小摩托进了院子。她粉色的安全帽小巧可爱，背后还有个小缺口，是留着搁马尾辫用的。

一行四人上了出租车。沿着海岸线向南，滨海大道上畅通无阻，沿途经过几家大型度假村和五星级酒店。鸣指着一座宫殿般气势磅礴的米黄色建筑说，那是当地唯一一家具有正规赌场的酒店，中国商人开的，里面住的百分之九十以上都是中国客人，除了工作人员不允许当地人进入。我记得苏沉说，他的朋友在这里做事。二十分钟后，车子拐进一条乡间小道，大片的农田令我仿佛置身于江南的鱼米水乡。戴着斗笠的农民在稻田间弯腰，一两头水牛悠闲地行走于阡陌，呆呆望向前方。小孩子们赶着小狗在路上奔跑玩闹，看见出租车适时避让，乖巧地靠在路旁，朝我们打招呼。不一会儿，车子停在一幢绿树环绕的白色别墅前，另一家伊丽莎白到了。

确切地说，是三幢别墅。在结构上拼接得天衣无缝，四周栽满高大植物，屋内不用空调也十分凉爽。接待客厅舒适整洁，工作人员都和鸣一样年轻活跃。院子里，几个外国住客躺在露天游泳池旁晒太阳。径直往别墅背后走去，一片花园挨着水塘，没有奇花异草，却令人心旷神怡，椰子树间挂着吊床，几张长竹椅懒懒地躺在草地上，水塘的对岸是刚才那片翠绿的稻田。要不是鸣他们在，此刻我一定欢快地尖叫起来。我太喜欢这里了，简直具备"世外桃源"的所有条件：曲径通幽，绿水红花，土地平旷，屋舍俨然，有良田美池桑竹之属，男女耕作田间，孩童嬉笑打闹，鸡犬相闻，人人怡然自乐。我也想有朝一日，在这好好住上一阵，不知有汉，不谈魏晋。

"鸣，我不回去了，我要搬到这里来住。"我笑着说。

"哈哈，随时欢迎！你们别走远啦，这里离古镇还有一段距离，等我们开完会一起过去。"鸣说完，往院旁的一个小门走去。

"门口有自行车可以骑！"芳跟着走了。

对于接下来要和西达尔独处，我有些尴尬。不过我认为他表面粗犷，却应该是个平和的人。

"你想待在这里，还是去骑自行车？"他先开口了。

"呃……我不会骑自行车。"

"真的？"他睁大眼睛，"中国人不都会骑自行车吗？"

"我的平衡感不太好。"我说。想想二十多年来与自行车的擦肩而过，小学时住在学校边上；中学时期都乘坐公交车——那时候同学间也不流行骑单车，我压根儿没学过；大学时两个舍友一左一右扶着教我也愣没学会。现在城市里都玩起共享单车了，我还是不好意思在大街上学习。

"哈哈，我可以教你。我外甥四岁不到，一天就被我教会了。来吧！"西达尔兴致冲冲。他轻轻地拍拍我的肩膀，让我和他一起往外走。

别墅外并排摆放着七八辆自行车。西达尔试了试手把，又压压刹车，最终推出一辆，牵到我身边。

"走，我们到前面那条小路上练习。"他向我挥挥手。

小路是刚才乘出租车来的那条，道路不宽也不平坦，好在是泥土路，即便摔倒也不会过分严重。西达尔根本没有要示范的意思，直接把车扔给我。但他是个认真的老师，讲起姿势要领时非常耐心。

"你必须帮我稳住车头。"我摇摇晃晃地抓着车把。

"你得自己掌握车头，否则你学不会。"

"不——我肯定会摔倒的！"我喊道。

"看着我的眼睛。"西达尔盯着我的脸，眼神十分笃定，"不要轻易停下来，只有不停向前，你才不会摔倒。"

我被他说服了。我曾多次在梦中娴熟地骑行，还从几十层高的台阶一跃而下，两个轮子完美着地，那感觉如风一般美好，直到醒后还觉得真实。是啊，我必须抛开杂念大胆向前，才能稳住车身保持平衡。人生如是，只有坚持不懈地前进，才能心安神定，稳若泰山。我很庆幸有这个高大强壮的男人在身旁，我必须乘此机会尝试一把，不能浪费了绝好的学习机会。

四周田园风光无限，我却无心欣赏，两眼直勾勾盯着车把，脚踩踏板，上半身一动不动。"头抬起来，看前方！"西达尔在后面喊。我从伊丽莎白门口骑到小道的尽头，再从尽头往回骑。西达尔的教学方式很有效——我也不想在国际友人前丢脸，几个来回之后，我能在西达尔放手之后继续骑一小段了。不过我还是没有学会自己上车，如果他一开始没帮我稳住车身，我会立刻摔倒。

"不错，再练习一会儿，就能自己上车了。"

西达尔对我的表现很满意，而他沉稳自若的眼神对我也是种激励。他浓眉间的两道竖纹令他多了几分英俊，也显示出认真严谨的生活态度。

"谢谢你，西达尔。"

我的感谢是真心实意的。我总认为生活中不需要这两个轮子的小器械——自己也没有学生时期富有激情了，如果今天没有狠下心学习，我可能到了三十岁还不会骑车。

鸣在远处喊我们。他已经叫了一辆出租车，准备前往古镇。

十分钟后，我已身处另一个更为热闹繁忙的世外桃源。一条小河轻柔地穿过小镇，充满诗意和韵味的会安古镇如画般出现在我眼前。三角形的屋顶，黄色外墙的老房子，透出当地人的自然审美与生活情调。藤蔓和紫红色杜鹃花装点着屋檐，茂密植物与房屋相生相伴，如此和谐。闭上眼睛，缓慢地呼吸，似乎能闻到空气中淡淡的越南沉香。

悠悠漫步于石板路，沿街到处是小商店，丝绸、木雕、泥塑、剪纸、漆画等各种手工艺品店鳞次栉比，看得人眼花缭乱。戴斗笠的大娘坐在路边的塑料椅上，贩卖簸箕篮里的水果和小吃。裁缝铺子数不胜数，店门口展示着做工精细的西装与礼服，若是我一人到此，或许会走进一家店里，选上几款轻柔布料，做一身飘逸的奥黛。五颜六色、形状各异的灯笼挂满大街小巷，来自西方的游客坐在咖啡店门口的小矮凳上喝咖啡，想象几个世纪前这座古商埠的繁华。几个穿白色奥黛的当地姑娘姗姗而来，经过我们身旁，莞尔一笑，害羞地压低脸盘。

走走停停之间，不时有拍摄结婚照的新人在镜头下甜蜜微笑，或是相拥于街头，或是依靠在小船上，给古镇增添了另一道风景。相比国内流行的大裙摆婚纱，我看到的新娘都身穿白色或是红色蕾丝质的奥黛，小巧的立领，贴臂的长袖，上下遮得严严实实，但身材玲珑有致，保守中不失女人味。新郎则皆着深色西装。

西达尔的脚步迈得很大，即便他特意放慢步伐，鸣也要快步才能跟上。我和芳沿路边走边看，落在后面，他们俩时不时要停下脚步等我们。西达尔身躯高大，走在古镇的街巷上格外显眼，我们成了他身边的三个小矮人。我想起小时候看《格列佛游记》里的小人国历险，忍不住发笑。

"爱米，你笑什么呢？"鸣回头看我，"那边是你们的华人会馆。"

我朝鸣指的方向看去，一座绿瓦红椽的牌楼傲然矗立街旁。走近再看，匾额上分明写着"福建会馆"四个红色大字，顿感亲切。再往里走，一条小道通往天井，四处摆放盆栽花卉。到此参观的游人络绎不绝，在一座巨大的山门下出出入入。山门雄伟气派，飞檐翘角，上下悬挂双层匾额，正面为"金山寺"与"福建会馆"，背面为"天后宫"与"惠我同仁"。正殿正中供奉妈祖天后，两侧供奉千里眼与顺风耳，房顶挂满塔状红色盘香，垂悬而下。后殿则供奉早期从福建迁居到此的六姓族长牌位。

沿街道继续走，中华会馆、潮州会馆、广肇会馆等映入眼帘，雕梁画栋，碧瓦朱颜，琉璃彩龙栩栩如生。一座座中式建筑保持着传统风貌，映射出几百年来华人漂洋过海、到此繁衍生息的生活景象。行走间，我竟有种身在异乡如故乡的幻影。

西达尔他们一路随行，我反成了导游，讲解着我并不十分熟知的建筑与历史。

再次走回秋盆河，已是傍晚时分。游人开始涌进两岸各式各样的餐馆，河边的小吃摊位上更是熙熙攘攘，香气四溢，令人忍不住上前张望。一大盘鲜嫩的烤肉串，取一根配上豆芽、生菜、黄瓜丝还有一些奇怪的叶子，裹进白色米皮里一卷，抽出木签，抓起肉卷蘸点枣红色酱料，塞进嘴里，嚼得生津。见此美味，四人即刻坐下大饱口福。

夕阳西下，晚霞倒映水面。秋盆河变得温柔多情，古镇也宛如一个少女，披上了更加灵动活跃的色彩。华灯初上，两畔商业街上游人摩肩接踵，淹没在灯笼的海洋中。河上漂着盏盏河灯，那河灯并不十分精美，只是用彩纸折成一个小槽的形状，再放进点燃的小蜡烛，却恰如其分地点缀了小镇的古朴。我漫步河畔，试图在卖水灯的当地人中寻找苏沉照片里的小女孩，却无缘再见到那张可爱面孔。

"我们去坐船吧！去年我们可没有坐过！"芳叫起来。

你们？去年？我没问出口。跟着他们一人买了一个水灯，踏上尖头小木船——我已经记不得上一次像这样泛舟而行是何时何地。西达尔和我面对面而坐，各有心事，芳和鸣倒是乐不可支，叽叽喳喳用越南话聊个没完。小船驶向河心，鸣说他第一次在秋盆河上放水灯，芳兴奋地要许个大愿望。我望着西达尔俊朗的侧脸，他把手中的蓝色河灯轻轻放上水面，紧闭的嘴角舒展了一些。四盏河灯带着我们各自的思念与情感，缓缓漂去向远处。我呼出一口气，微微向后仰，眼神抛向万丈高空，颗颗星辰布满夜幕，有明有暗。此刻，两岸灯火已然无暇顾及，专注的，只有一颗沉静的心。

"爱米，你的眼睛，是灰色的？"西达尔打破了我的沉静。

"不，是黑色的，只是戴了隐形眼镜。"

"黑色很美，你不需要戴这个东西。"他眉宇间自然而然的两道竖线更加深了，"下次看看你原本的眼珠。"

我尴尬地笑笑。美瞳是在曼谷买的，唐雨拉着我一人买了一副——平时我喜欢戴透明的。我有些后悔今天戴上美瞳了。西达尔很有亲和力，但即便他笑出两排大板牙，那粗线条的面庞和眉心竖线还是让我生怯。

船桨温柔地划过河水，发出悦耳且湿润的声音。我们坐在小船上看风景，看风景的人在岸上看我们。其他船载着游人来来回回，好似一面镜子，演绎着相同的故事，又似人生路上的各色路人，在不经意间飘过。周遭人声鼎沸，宛如交响曲正在进行。还是躺下吧。我们四人不再说话，各自找到最舒服的姿势。芳靠在我身旁轻轻呼吸，我望着眼前一大块柔美的幕布，悄悄闭上眼睛。

做一个旅行视频

我的睡眠时间越来越长，几乎要午后才起。昨晚好像做了个梦，独自坐着小船在黑暗与寂静中前行。醒来后有些淡淡的感伤，好在阳台上海风撩拨，即刻扫清我的阴郁。把脸洗净，我望着镜中的黑眼睛，发了几秒钟的呆，继续带上框架。

手机上蹦出朱蒂的几条信息。

"你在吗？"

"最近好吗？"

"我很想你呢！"

我打字道："我现在在越南。"

"越南很好玩，对吗？"

"海滩很美。你还在上中文课吗？"我回复。

"没有啊，我现在在学习会计。"

朱蒂噼里啪啦发来好几条信息。

"我最近喜欢上两个韩国人。"

"其中一个不太会说英文。另一个太忙，我们的空闲时间凑不到一起。"

"你呢，在旅行中有遇见自己喜欢的人吗？"

我顿感尴尬。"我？没有。"

我没有朱蒂的大胆，喜欢和讨厌的人，可以无所顾忌地说出来。

"对了，问你个问题啊！这几张照片，你最喜欢哪个？"

她发来八张照片，皆是女孩的嘴唇，涂着各色唇彩。我选了个橘色。

"第六个吧，感觉最适合你。"我发过去。

"谢谢啦，想你！"

朱蒂的几条短信让我想到史蒂文。自从曼谷一别，我们还没有联系过。我打开他和唐雨的三人聊天群。

"史蒂文哥哥呢？"我配了挑逗的表情。

他发一个表情，是个小男孩在打架子鼓。

"在台北吗？"我问。

"我刚从日本回来呀！过两天还要去韩国。"

"你偷偷摸摸地去，是想逃掉礼物吗？"唐雨跳了出来。

"哪有偷偷摸摸，国内不是反日反韩嘛！"史蒂文回复。

唐雨给我私信。她说和天佑和好了，我不感到震惊——就像当初她说他们断交一样。不过当她说自己已经一周没出家门，一个月没接活儿时，我还是好好地说教了她一通。想想自己也闲散着，羞愧后继而问她要不要来越南找我。她回了一句没钱，也就没有下文。

鸣不见踪影，芳说他去机场接客人了。我抬头看到客厅的小黑板，上面用彩笔写着"Welcome Mr. &Mrs. Santiago From Spain"（欢迎西班牙来的圣提阿果夫妇）。

"芳，西达尔和你们之前就认识吗？"

我在沙发上坐下。芳正在一旁翻看课本。

"对呀！他去年在岘港待过几个月，不过他住在江边的Novotel酒店——当时这里还没盖好呢。鸣和他在海滩打排球时认识的，然后我们就经常在一起玩。他人很好哇！"

"原来是这样。"我说。

Novotel，韩江边上那幢高楼，整个岘港的制高点。鸣给我推荐过那里顶楼的天空酒吧，不过我在曼谷去过太多次，并不感兴趣。

"早上好，爱米。"

西达尔从楼上下来，衣着整齐，他的脑袋几乎要碰到楼梯顶了。

"我的奥地利朋友明天过来。我在想，如果你有空的话——你有空和我一起去接机吗？"他问我。

"OK，我和你一起去。"我竟一口气答应了。

"Good，明晚7点左右，我们在楼下见。芳，你要是早回来，也和我们一起去。我朋友不太会说英语，你们两个在一块儿，应该能交流得很好。"

他一本正经开着玩笑，惹得芳哈哈大笑。

"我下周要考试，正打算找个陪练呢。"

我对于这种西式玩笑不是很受用，但十分认可这样的方式。他无时无刻不表达出一种善意，尽可能地给周围人带来更多快乐。确实，他每次出现，简短的几句话和几个手势，都能让周围人笑得很开心。

"对面那家餐馆不错，牛肉粉很好吃，值得一试！"西达尔抛下一句话，出门了。这个高大的男人身上有一股沉稳的气息，给予我们厚重的信任感。

"对面有家餐馆吗？"芳瞪大眼睛望着我。

"不知道。一起去吗？"

"我吃过啦！马上要去上课了。"

"我去看看。"

穿过伊丽莎白门前的马路，几家房门紧闭，只有一户人家的白色铁门大开着，应该是这里了。我轻轻迈进院子，踏上台阶，推开一扇玻璃小门。里面干净整洁，摆了六七张桌子，墙角的工作台后坐着两个男人，微笑地迎接我。如果西达尔不告诉我，我永远不会走进来，门口没有任何招牌，看起来不过是间普通民宅。我好奇他是怎么发现这家餐馆的，他个头高大，观察却更加细微。

"你好，想吃点什么？"

那个秀气的白人男子走来为我点餐。他二十出头，白 T 恤上印着"Kiều"——应该是这家店的名字了。T 恤好像是当地最常见的工作服，鸣每天都穿着印有"伊丽莎白"的蓝色 T 恤，而"空"的服务员穿军绿色的。

菜单只是简单的一张卡纸，六种套餐和几种小食，图文并茂。

"我要一个牛肉米粉套餐，谢谢！"我记得西达尔的话。

"好的，请稍等。"

他声音很轻，收起菜单离开。来到东南亚后我有个习惯，喜欢猜测所看到的陌生人的国籍。尽管这是件很难的事，我还是认为他是一名法国人，或者英国人——反正不像德国人。

工作台那还有个年纪稍大的男子。他浓眉大眼，黄皮肤，棕色头发，有张圆润但有气魄的脸，我第一时间想到年轻时的周润发。不过他的脸颊有西方人的味道，像是欧亚混血。几分钟后，他朝我走来。

"你好，我叫艾伦，是这里的店主。可以问问你是如何知道我们家餐馆的吗？"

他的眼神很友善，圆脸带着笑，可我还是感受到一种浓厚的男性气质，和西达尔的一样。

"是一个德国朋友告诉我的。事实上，我们都住在对面那幢房子里。"我说。

"噢——我知道了。"他转动大大的眼珠，笑起来，"我早上在门口碰见他，他帮我修葺了栅栏，很好的人。"

"门口为什么没有招牌呢？还是说，你们只接待熟人？"我问。

"不，我们对外接待。不过餐厅上个月才装修好。"艾伦喜欢比画手势，"我们做了一个展架，马上就好了，明天应该能摆出去。你是从中国过来旅游的吧？"

"是的，你是哪里人呢？"

"猜猜？"

艾伦歪着头笑。他的脸的确很有魅力，我对他基因的来源地十分好奇。但之前社交中多次经验告诉我，我猜错的概率大于百分之九十九。

"估唔咕到啊？"

没等我开口，他竟说了一句粤语。

"啊，你是中国人？"我大吃一惊。

"哈哈——我在香港出生长大，父亲是法国人，母亲是越南华侨。"艾伦解释道。

"你来岘港很久了吗？"

"我之前在香港做房地产，去年才过来做生意。这是我母亲的房子。"

难怪长成这般模样！我暗自想道。混血的组合太多，猜对如同奇迹。陌生人的故事远比我能想到的更加奇特复杂。不过下一次这样的交流会，我或许能参考艾伦的例子。对于我，艾伦倒是猜得很准，当然了，他在香港生活了那么久——不像在泰国和菲律宾，当地人常误以为我是韩国人。前阵子我老想一个问题，人在社交中为什么总喜欢问对方来自哪里？难道只是像简简单单地讨论天气一般，选了个保险且可以延续的话题？在国内的工作生活中，我们经常相互交流祖籍和居住地，大多抱有大大小小的目的性。然而到了国际旅行中的社交场合，大多数人只是一面之缘，很多时候询问的人心里已经有了答案，只是想确认自己的猜测是否正确罢了。我好像也是如此，抱有一种游戏心态，喜欢根据外貌、行为、言语等猜测对方的国别，得知结果后给人贴标签，通过进一步观察沟通，验证是否和印象中一致。无趣吗？肤浅吗？可是大家都乐此不疲地重复这个游戏——人人都喜欢做预判。法国人？你怎么不傲娇呢。德国人？那怎么有点不正经！美国人？不说粗话吗。英国人？会基情四射吗。若难得听到一个从未听闻的国家或地区，便无比兴奋，脑袋里飞速扫过整张世界地图，逐步缩小范围、定位。我还碰见过多次这样的情况：我说我是中国人，对方继续问中国的南方还是北方，我说东南区域。再问哪个城市，我说福建省厦门市，对方还是没有反应，我说就在台湾对面，他们噢一声恍然大悟。

白人小哥把我的套餐端来，一碗很大份的汤粉，搭配两个油炸春卷和一杯红茶。春卷的口味倒和中国吃到的无异，汤粉也不错，可我还是忍不住怀念起那天清晨的牛肉河粉。

"好了，您慢用。欢迎常来。"艾伦转身离开。

漫长的午后，我到假日海滩散步。天气晴朗，海滩上游客不多——似乎天天如此。我喜欢这样的密度，和长滩岛相比简直是两个画风。也许是因为这片沙滩太长了，三十公里处处美景，游人分散成好几个去处。不远处几个越南小伙正在玩沙滩排球，个个奔跑跳跃，挥动双臂，倒让我想起了西达尔，他和鸣就是这么认识的吧？

走走停停，风中散出浪漫的气息。大草坪上，一对白衣新人清新迷人，几十张白色木椅整齐排成两块，四个伴娘穿着紫色礼服，手捧一束黄色小花。我呆呆坐在沙滩边，看完了整个过程。

好不烦琐的一场婚礼！我的同龄人中，有多少人想要这样的婚礼。简简单单，一片草地一片海，三两至亲好友，几句誓言跳支舞，回家洗洗就睡。我在加州一号公路上曾天马行空幻想过，有一天我要穿着洁白婚纱，重新驰骋在这段最美海岸线上……夕阳西下，敞篷野马跑车后飘着长长的裙摆。可笑的是，当我沉浸在这样的罗曼蒂克时，我的车子正行驶在午夜月色下，陡峭山崖上的个个急弯开得我手心冒汗，脚掌悬在刹车旁，公路外黑得什么都看不见，四周并无风景可言。

回到伊丽莎白，鸣已经回来了，见到我便叫嚷起来。

"爱米，这下热闹了！刚来了一对西班牙夫妇，明天西达尔的朋友也要来。下周的焰火节又有新客人要来……我变得很忙很忙啦！"

鸣欢天喜地，小小的个子好像有着无限能量。我高兴不起来，习惯了只有我一个客人，一下子来那么多人，感觉空间要被占用了。不仅是公共走道、小院里的吊椅、洗衣房，所有我习惯的资源都要与人共享，连鸣和芳都会被其他人占用时间——习惯是件可怕的东西！

第二天的接机很顺利。马太是西达尔的老朋友，一个胖乎乎的奥地利人。他的眼睛硕大无比，看着你时闪闪发光，一副睫毛又浓又翘，鹰钩鼻下方留了一小撮胡子。他的英文不好，我和西达尔交谈时，他便用那双大眼睛望着我们，好像在吸收讯息一般。而他与西达尔说德语时，我也像个傻子一样在旁边发呆。似乎人在接触过多不熟悉的声音来源时，就会昏昏欲睡，因为大脑不够处理这些陌生的信息。例如小婴儿在安静的家中大哭大闹，抱到喧闹的街上反而很快睡着；不喜欢交响乐的人在音乐厅很容易犯困；学英语时听外台广播也经常打盹。

"爱米，明天中午过来吃饭。鸣，你和芳也一起来。"

回到伊丽莎白，西达尔对我们说。

"OK。"我们同声说道。

次日中午，我走下三楼。西达尔的房门开着，里面飘出快节奏的音乐声。马太的房门也打开，他在房里一边讲电话，一边挥舞手臂来回踱步，语言急促而硬朗。我一直认为德语是种难听的语言，带有一种气势汹汹的命令感，但马太的奥地利德语却稍显柔和。

我轻敲西达尔的房门，走进去。空气里飘着洋葱味——还有一首异域风情的歌曲。旋律悠扬、节奏轻快、伴有清脆的铃鼓和灵动的弦乐，歌词听不出是哪种语言，颇有印度舞曲的感觉，但带着一股高昂且哀伤的情调。

"早上好，爱米！"

他朝我微笑，脸上多了胡茬儿，平时整齐梳向后方的头发自然地堆束在额前，显得亲切温柔。

西达尔的房间正好处于我房间的正下方，里面的格局摆设几乎和我的一模一样。开放式厨房，一张长方形餐桌，卧室外通着阳台，唯一不同的是客厅旁多了一块区域，摆放一套办公桌椅——四楼此处正是走廊的公共洗衣间，桌上摆有一台笔记本电脑和一个专业录音筒，几本书籍整齐在旁，其中一本好像是字典，还有两本英文版的《战争与和平》以及《丧钟为谁而鸣》。

没有见到鸣和芳。西达尔在厨房忙碌，身体跟随音乐律动，他粗壮的手臂握着细长的菜刀，显得很好笑。我觉得切菜是件很辛苦的事，令我脖子僵硬、手臂酸痛，但西达尔操刀的样子如同拈着绣花针般轻松。他左手握着一颗紫色洋葱，右手娴熟地将洋葱切成丝段。

"准备了什么？"我盯着厨房的案台。几个鱼肉罐头、各种蔬菜，锅里还煮了几个没有剥皮的土豆。

"吞拿鱼沙拉、烤饼……"

"这是什么？"我拿起一块米黄色的硬块物，凑到鼻尖，一股酸臭味冲入鼻腔。

"很老的奶酪——别闻，我们不闻奶酪。"他摆摆手，"这是三十个月的。"

"对了，我想请你帮个忙。"他清洗双手，"我需要一些关于上海的网络资料，你能帮我找找吗？"

"当然，我很乐意。你想要什么样的资料。"

西达尔走到办公桌前，打开苹果电脑的 imovie，这是一个视频制作软件。上海街头跳出来，视频整体剪辑过，拼接流畅，背景音乐搭配协调。旁白声是西达尔的，字幕是看不懂的语言。

"这是你做的吗？"我对他有些刮目相看。

"对，我有空会做一些旅行视频。这是去年到上海时拍的，打算这段时间整理出来。"他拉动视频进度条，跳到某个位置，"这里，我想加入高楼平地而起的特效画面。我在谷歌上没有搜到，你能用国内的网站帮我找找吗？"

"没问题，很快就好。"我想找一些浦东面貌日新月异的视频，这经常出现在新闻或纪录片上。

"记得保留一下出处，网络照片和视频都要花钱买版权。"他提醒我。

"应该没有关系吧，又不是用来盈利……"我有些不可思议。

"不行，使用之前我要联系版权所有人。"他说得斩钉截铁。

"那做一个视频还得花钱啊！"

"是的，所以最好都用自己拍摄的。"

我在网上输入关键字，将搜到的视频一一审核。

"视频的配音也是你的吗？这是什么语言，听着不像德语。"我朝厨房喊道。

"这是库尔德斯坦的一种方言，我学习了两年。"他背对着我说。

库尔——德斯坦？我默默重复，这应该是我第一次听到。脑海里迅速扫过世界地图，最后集中在模糊的中亚到西亚一带。哈萨克斯坦、乌兹别克斯坦……应该在它们的附近吧——屋里这首歌说不定也是库尔德斯坦民歌。

"可是，你为什么要学这种方言呢？"我问。

"我是库尔德人，九岁才随家人迁到德国。"西达尔转身倚靠案台，"我的民族还处于战争的纷乱中。"

　　我们不再说话。我安静地把视频看完。我离开电脑，开始摆放餐具。芳和鸣一前一后进来，马太手里抱着瓶酒，手里还拎着袋子，也跟在后面。

　　"哇，好香啊！你做了什么？"芳走到灶边，"你做的是煎蛋饼吗？"

　　"还有牛排，我喜欢！"鸣笑嘻嘻地说。

　　马太一边将手里的酒打开，一边对着西达尔嘀嘀咕咕。

　　"噢！我朋友特地从奥地利带来的酒，非常好的威士忌！"西达尔向我们解释，"他还给你们带了瑞士的巧克力！"

　　我们向马太道谢，他眨着大眼睛，表情十分有趣。

　　"我想做一个岘港的视频，你能教我吗？"

　　用餐时，我问西达尔。他半张脸的胡楂儿特别引人注目——我不由自主地盯着，感觉像换了个人。

　　"没问题。"他一下子就答应了。

　　"你看了视频吗？很棒是不是？"鸣瞪大眼睛问我。

　　"三四天时间来得及做完吗？"我继续问，"这周末是母亲节，我想做给我妈妈看。她嫌我发给她的照片不够多。"

　　"我一会儿就教你吧，你试试看！"

　　西达尔喝了一口酒，对我说。

　　之后几天，西达尔带马太游览各处景点。他曾发信息邀请我一起，被我拒绝了，离母亲节还有四天，我必须争分夺秒。他很耐心地教了我如何制作视频，还将录音器材借给了我。我大致拟好提纲，便出门拍摄素材，其他时间都在电脑前剪辑。其间搜索了一些有关库尔德斯坦的信息，稍微了解了这个西亚最古老民族的多灾多难。有一两次我趴在阳台上放松眼睛，便看到海滩上熟悉的身影，他跑了一段，到一张沙滩椅旁休息，相邻另一张椅子上则躺着他的奥地利朋友。

焰火下的"革命恋人"

星期天一早，我便将这份母亲节礼物发了出去。昨晚通宵赶工，终于在午夜时分将整个视频完整做好，所有画面皆用手机拍摄，又撰写了一些文字，自己录音。老妈十分欣喜，说她看了好几遍。老爸问这个配音是谁的，让我哭笑不得，我说怎么连亲生女儿的声音都听不出。之后，我给西达尔发了一条信息，感谢他教我制作视频。

"下午一起去海边吗？"他回复。

"好的，现在有大把空闲时间了。"我告诉他。

放下手机，本打算睡个回笼觉，闭上眼睛却毫无困意。随意翻找了一部电影来看，是以尼日利亚内战为背景的《半轮黄日》，殖民主义和种族阶级对普通人的冲击下，依旧交织出动人的故事。我很喜欢电影里的"革命恋人"一词，充满着热血沸腾的爱情，似乎不掺杂这个时代的物质纷扰，在那个背景下，连吵架都变成了一种金属的强烈燃烧，炙热的情感在争论中流动升华，直至最终到达共鸣而爆裂。之前我认为"灵魂伴侣"算是两性关系中极为升华的一个辞藻，然而"革命恋人"似乎更令我动容。这个年代，总有人怀疑爱的本质，所以才有那么多的人在艺术故事中找寻那一抹清澈的爱情吧。一时竟然想起孟唐雨招牌式的大红裙，我问过她为什么喜欢穿大红色，她说有思想的女性喜欢红色，而火热的思想必然要投入革命当中去。

马太有些恍恍惚惚，我和他在语言上交流障碍，所以就各自默躺在沙滩椅上欣赏风景。我弯起一只腿，手掌习惯性包住膝盖上，轻微抚摩能感到骨头间嘎吱地摩擦。两个月时间的阳光照耀，膝盖没有酸痛过，这让我舒了一口气。西达尔的手机放在一边，响着暴躁的音乐，缓解了过于安静的氛围。不一会儿，他从海里起来，朝我们走来，轮廓越来越清晰起来，海水贴附在他浓密的体毛上。

"怎么了？"他走到我的身边。

"没什么，我只是在想，你为什么老是皱着眉头呢？"我的眼神转移到他的胡茬儿，我喜欢他蓄起胡子的感觉。

"噢？哈哈，我知道。不过我常常注意不到。"他递给我一个白色的小贝壳，在我和马太中间的椅子上躺下，沐着日光浴。

"这是什么？"我接过来问道。

我打开手掌，将这个圆形的贝壳放在手心。一朵整齐对称的五瓣花印在贝壳上，如同香港区旗，花瓣分内外两层，线条由一个个细密的小孔组成，精致无比。

"手工艺品？"我问。

"不，它是自然的。"西达尔简短地回答。

我将信将疑，把它装进小包。

"你手机里放的是什么歌？"我问。

"Mein Herz Brennt."

"什么意思呢？"我想他是在说德语吧。

"《我心燃烧》。德国战车乐队的歌。"

我问西达尔，马太是不是有什么心事。他哈哈大笑，说马太喜欢上了旁边度假村的一位越南姑娘，但俩人似乎都不太会英文，每次见面只相互微笑。我偷笑了一下，想起曼谷满大街搂着姑娘的老外，而眼前这个男人竟如此害羞。我突然想到一个主意。

"你问问马太，要不要帮他写张纸条，传给那个姑娘？"我对西达尔说。

西达尔做了个奇怪的表情，似乎觉得这方法可行，立刻扭过

头告诉马太。马太似乎很喜欢这个法子，朝我伸出大拇指。我便
向服务员借来了纸笔，开始书写。

"只写邮箱？不写电话？"我问马太。

"嗯……OK……电话。"马太嘟囔道。又对西达尔说了一句话。

"他说还是不要写电话了，对方可能打不了奥地利号码。"
西达尔解释道。

"想得真周到。要不写whatsapp吧，也是电话号码。"我问。

"那就两个都写吧。"西达尔对我说，又转向马太解释。

我洋洋洒洒地写了几句话，大概是我想认识你，和你做朋友
之类的。一边写一边暗自笑，想想上一次写小纸条，还是小学的
时候吧。

"写好了。马太，你的名字，能给我拼一下吗？"我问。

"M-A-T-T-H-E-W."

咦？这是圣经里的马太福音？

"写好了！走吧！"

西达尔穿起上衣，领我朝度假村走去。我没问马太为什么自
己不来，好像这种动作从小到大都是身边人出马，男主角则低调
地藏在背后。可惜，我们在度假村的接待处徘徊许久，也不见那
个让马太心仪的姑娘。

"你在看什么？"走回海滩的时候，西达尔问我。

"噢，几个情人节的段子。"

"情人节不是三个月前吗？"

"这是中国的网络情人节，5月20日，中文谐音'我爱你'，
懂吗？"我一字一句解释道。

"嗯哼。"西达尔回答。

"奇怪，你的反应好平淡。"我扭过头盯着他。

"难道要像美国人那么夸张吗？那好吧——'噢！真的吗？
有意思！'"

他认真地演了起来，挑眉瞪眼的样子十分滑稽。表演完之后，

又严肃地对我说道，"不过，你一边走路一边看手机，不好。"

西达尔并非不知道中国人的喜好和对话方式——相反，他颇为在行。他在纽约和温哥华都曾与中国客人打过交道，也结识了不少有钱的中国朋友。他从一开始惊叹于他们富有到别墅里停着两辆百万跑车却常年空房，到习以为常地收下那些感激他帮忙操盘赚到钱而送来的礼物，他对于这个时代的中国人是有一定了解的，其间也自然而然与一位中国女人谈起了恋爱——那是他去上海旅游的最主要原因。但是他太骄傲了，他绝不可能因为某个富有的女人而放低自己，他对于爱情和家庭也看得过于郑重，那是他将近四十岁还未结婚的原因。

马太注视着我们走向他，一脸期待的眼神慢慢黯淡下去。西达尔脱掉上衣朝大海走去，在阳光下仿佛一个闪亮的、凝固的幻影。接着，他褐色的后背没入水中，渐渐只剩下一点黑色头发在浪花中若隐若现。马太在一旁安静地躺着，脸上带几分懒洋洋的睡意。我依旧找不到言语与他交谈，便静静观看远处的大海和海中的黑点。那张没有送出去的纸条就搁在一边，压在西达尔唱着歌的手机下，一遍遍被海风撩动。

眼下是岘港的国际烟花节，城里旅客越来越多，伊丽莎白也住满了人。鸣变得忙碌，不常看到人影。偶尔豹会过来玩，始终带着天真阳光的微笑，与他夸张的文身和首饰不太匹配。由于语言不通，我们没有多少交流，但他会打开脸书，给我看他的文身作品。鸣说他小有名气，我确实看到上千条关注评论。我不懂文身，但能从这些图案中看出豹的独特与天赋。芳在准备即将到来的英语测试，大部分时间见不到她。伊丽莎白的客人来自世界各地，一样的友好和幽默，我们见面时会闲聊并分享旅行见闻，但始终如陌生人一般住在同一屋檐下。唯独西达尔，我对他的感情最为特殊，每每在客厅遇见，相视一笑，他总能给我温暖从容的感觉。他脸颊的胡子也越来越厚密，几乎覆盖住下半张脸，彻底从一个青年变成大叔——我已经忘记第一次见他时的模样。

西达尔给我推荐了他最喜欢的两款越南咖啡，一个是 SangTao 8号，一个是 Legend，二者皆是中原品牌旗下的系列。照着他给我的地址，我在城区里找到了这家专卖店。之后每一天，我都会在午睡后冲杯滴漏咖啡，坐在阳台上，等待铝制滴漏杯里的咖啡一滴滴落下，享受抓取时间的惬意。西达尔这一段的作息时间很稳定，鸣说他早上7点必定到海边跑步，傍晚前再去游泳，和我一样到超市购物，自己做饭，晚上几乎不出门。我很好奇，他似乎就是住在这里，而不是来旅行的。鸣说他晚上有工作要做，所以要留在房里。

"鸣，有没有万能胶？"我从海边回来，发现凉鞋上一块亮片垂了下来。

"怎么了？"鸣在客厅柜子里翻找。

"十美金。"他笑嘻嘻地对我说，开始用胶水粘鞋。

这是鸣习惯开的玩笑——经常在小事上谈价钱，但这仅仅是玩笑，平时一同出门喝酒他都不允许我们请客。

"西达尔是做什么的？"我把鞋子放在门口。记者，或者作家，这是我最先想到的两个猜测。

鸣不说话，用那双明亮的眼睛看着我，似乎想让我猜。见我不理他，才从口里蹦出一个词：股票。

"啊？你是说金融——股票吗？股票买卖？"我用了好些词来确认。

"是的，他电脑上全是红红绿绿的曲线呢！啊哈，我还见过他对着电脑自言自语呢，说我听不懂的话，有时候还会突然站起来捶打空气……"

原来如此。所以西达尔在海边时不时就要看一下手机，晚上待在伊丽莎白，则是因为美股市场的时差，他要一直熬夜到凌晨。

"对了，越南也有炒股热吗？"我问鸣。

"不太多，因为股票市场被几家大公司控制。我有几个朋友做，不过后来都退出了。在中国，股票都是年长的人在做，是吗？"鸣问我。

"啊？不是，很多学生都开始做了。"我回答。

"噢——我的朋友！你们在看什么？"

说话的是叫泰门的德国小伙，和他一起来的还有一个韩国女生。此刻，他灭掉手里的烟，弓着背从院子里进来。泰门比鸣大不了几岁，身材高大却不健壮，脸色白皙俊俏，卷曲的棕发随意搭着，给人一种软绵绵的样子。他走路行事匆匆，喜欢低头把玩手机，逢人便喊"我的朋友"——对出租车司机也这么称呼，我不知道这是不是德国人的口头禅，但西达尔没有这个习惯。我想起认识的一个西班牙人，他说你们中国人做生意时很喜欢喊人朋友，但我绝不会这么轻易地喊我的客户。我当时笑了笑，心想这西班牙人真实诚！我和泰门初次见面时，他作了自我介绍，然后问我听说过这个名字吗，我说没有，他便讲了莎士比亚笔下复仇者泰门的故事，大概是说一个有钱人日日夜夜举办宴会，结果倾家荡产，身边奉承的人也走光了，他便借钱又办了一个宴会，把这些人召来杀死。我突然想起了这个故事，印象中的细节却与泰门描述的不太一样。他又告诉我，他在德国时经常碰到中国人向他问路，他很耐心指路后，对方居然要给他钱，他说不要。我想了想，觉得有些不可思议。

"嘿，泰门！是西达尔推荐的电影，《从海底出击》（The Boat），你来看吗？"鸣愉快地回答。我才发现他的电脑上正播放电影，画面阴森灰暗。

"噢，不了……"

"嘿，你们都在。"弗兰克从楼梯上下来，这个二十多岁的年轻人来自布宜诺斯艾利斯，两天前刚从顺化过来，"你能帮我预订一下会安的房间吗？我想后天过去住。"他对鸣说，唐老鸭般的口音特别有趣。

"没问题！打算住几天？你另外两个朋友也去吗？"鸣退出

电影，打开网页。

"是的，三天就可以。之后我们还要去胡志明市。"弗兰克露出一颗磕损的门牙，又转向泰门，"嘿，昨晚很有趣，今天还继续喝吗？你女朋友呢？"

泰门那个漂亮的韩国女友身材高挑，喜欢穿一件轻飘的白色长裙，很好地衬托了她原本白皙的肤色，橘色口红只涂在唇内侧，每次都保持微张的嘴形。她有些不易接近，应该说，我从没见她笑过。

泰门睁大他那昏昏欲睡的眼睛，他眼珠的深色部分比一般人小，"是的，非常有趣……她现在房间内，我要去药房……噢，呜，你能告诉我附近药房的地址吗？"

"你怎么了？哪里不舒服？"呜站起来。

"没什么……我有时候会紧张，我的医生让我去买这种药。"

他从口袋里掏出一排粉红色的小药片，背后印着密密麻麻的"alprazolam"（阿普唑仑，具有抗焦虑作用）。

"你在流汗，泰门。"我明显看到他发际线下细密的汗珠。

泰门勉强微笑。呜快步走向院里的摩托车。弗兰克也说道，"你们先去买药吧，回来再帮我订房……"

回到房间，我想想西达尔推荐给呜的电影，便打开手机搜索相关评论。

"如果你只打算看五部'二战'背景的电影，这部应该榜上有名。"

"与《从海底出击》相比，斯皮尔·伯格的电影简直是在讲童话故事。"

我找到片源，有三个小时的，有五个小时的。我点了三小时版本，抱来坚果，躺在沙发上开始观看。其间朱蒂发来信息，还附了一张自拍照，上下嘴唇的中间缝着黑线——我差点没把手机滑掉，感觉嘴唇阵阵疼痛。

"你瞧，我今天做的手术。"她告诉我。

"啊！所以你昨天发给我的那些照片……你不是在问我颜色，而是让我选唇形？"我恍然大悟。

"对呀，我把下嘴唇修得小了一些。"

我看着照片上M形的嘴唇，回想起厦门有几个朋友的嘴也是这样。

"疼吗？多久恢复？"我问。

"大概一至二周。花了我二万四千泰铢。"

"我真笨，还以为你昨天问我要买什么颜色的口红！"

"哈哈，我没表达清楚。伊登和我一起去的，他在脸上打了肉毒杆菌。"

和朱蒂聊完，有些难以回到电影情节。唐雨前些天还在找我诉苦，说经纪人催她去垫鼻子。她说懒得整。我说反正你也不想红。她说还是先减肥吧。

好不容易看完压抑的电影，不得不佩服男人的意志可以坚毅到如此地步。更加佩服潜艇的质量，被连番轰炸后还能顺利返航，德国货就是厉害。其实我很害怕密闭空间，而里面所有镜头几乎都在狭窄的潜水艇里拍摄，仅看着就能感受到绝望和死亡。而三个半小时里，一个女人都没有。

西达尔邀请我周六到Novotel酒店的露天餐厅观看烟花，我愉快地答应了。我问还有谁去，他说只有马太。

傍晚6点，Novotel附近的马路就摆上栏杆，禁止车辆通行。烟花燃放点位于酒店旁的河岸，对岸搭建起一排排观看座位，此时已经有不少人入场就座。时间还早，我们便沿河畔散步。四处都是前来观看烟花表演的人群，有的还带着小凳子前来占位。河畔一排餐饮店很是热闹，门口的小桌椅上坐满用餐的人，"空"咖啡馆外也是人头攒动。马太的步伐缓慢，我和西达尔走在前面，他拖着胖胖的身子在后面跟着。

"去年这里也有烟花节吗？"

　　我问西达尔。他脸上的胡须刮得一干二净，露出漂亮的苹果下巴，一下子又年轻了十岁。我看着却有些奇怪。

　　"不知道，我是去年9月份后过来的。"他的表情舒缓了一些，眉头不那么紧促了。

　　露天餐厅在Novotel酒店五楼。推开玻璃门，欢快的歌声环绕在温馨氛围中。泳池四周整齐摆放餐桌椅，洁白桌布上是精致的餐具和桌花。江上的游轮和对岸的情景清晰可见，这里是绝佳的观赏之地。据说此次烟花节持续两月之久，有中国、英国、瑞士、奥地利等八个国家参与，分为五场比赛，分别为"金、木、水、火、土"之夜，决赛在6月底进行，其间还有各种街道音乐节和美食节等文化艺术活动开展。想想现在很多旅游城市为了吸引游客，也算是费尽心思举办各种节日。

　　今晚的烟花秀正好是中国队和英国队的携手献艺，我非常期待。8点钟，岸上一排火红的焰火同时冲向上空。沉寂了两秒后，砰的一声威震四方，更高处一朵灿烂的烟花照耀夜幕，耳边传来阵阵欢呼声。紧接着，夜空被一次次点燃照耀，人群也接连迸发出高昂的情绪。

　　在黑夜与火烛银花的衬托下，西达尔严峻的脸庞更托显出一个革命者的气质，那是我在战争片里才能看到的神色。他抬头仰望天幕时，下腭的线条如同雕塑一般，散发出坚韧气息。我只能为此深深着迷，却无法体验它所承受的苦难与悲愤，它是像我这样出生在和平国家下的幸运儿理解不了的，即使接收再多战争与历史教育的熏陶，我也不能够真正地感同身受。我仔细盯着他额上的几丝银发——我之前从未发现——惶恐了一阵，苍老这件事不仅发生在自己身上让你觉得胆怯，即便在身边人身上，也足够你多思索起人生。我应该知道，白发是这个三十多岁男人所憎恶的，所以他每隔一个季度都要去染一次头发，并且只在海里游泳，因为泳池中的漂白剂会破坏他的发色。他坚持锻炼身体，每天都在太阳下跑步，为了让体魄保持强壮。他偶尔会有些头疼的困扰，但几个俯卧撑之后就缓解了，他也不在意后背上那块疤痕，它产生在太久以前了，它所带来的身心伤痛早已被抚平——即便他在意自己的外貌，但更加关心的绝不是皮囊的好坏。

"你最近的股票怎么样？"我找了个话题。

"这周我犯了个错误。我本想买入一只医药股，但操作失误，先卖空了，结果那只股票上涨，我损失了三千美金。还有另一家生物医疗公司，Puma——不，不是那个运动品牌。它研发出抗乳腺癌的药物，所以我在三十五美金的时候买入，四十九美金卖出。但是我卖得太早了，它不停上涨，现在已经超过七十美金了。"西达尔笑笑，举起酒杯，"Prost！（德语'干杯'）"

"你下个月回德国吗？"我抿了一口，浓烈酸涩。

"是的，然后再考虑到哪里定居。可能加拿大，可能法国，或许亚洲吧。"

听到这里，我有种难以言表的触动，我没有再问更多的问题，比如为什么不继续留在德国，为什么不和父母住在同一个国家，或者其他我从来没有想过的问题。我四处旅行，但非居无定所，我有我随时可以回去的家乡，有一个我土生土长、十分安全的避风港。我不知道对于他们而言家乡的情感是怎样的——我想起了莱恩，长滩岛上那个来自加拿大的叙利亚小伙，他说他在曼谷待了四五年，我没有问他之后要去哪里，或许他自己也不知道。

气味浓烈的红酒啊，让人沉醉，为的是听不见杀戮——让人目光迷离，为我是看不见死亡。西达尔晃动酒杯，他双眉正中的两道竖线抽动了一下。

我一阵心酸，努力地想让自己微笑，可我此时笑得一定很难看。康德说，这辈子我们始终有两样东西可以仰望，一是头顶璀璨的星空，二是心中的道德定律。此刻，头顶的夜空已被灰白色硝烟弥漫，而我眼前这位"革命恋人"，心中一定有他保有的理智与情感。这个看上去粗犷的男人，背后有他深刻的过往，我不敢听，也没有这个机会听了。西达尔说曾经有个德国朋友想听他的故事，他说了，而他的朋友哭了。之后他决定，再也不将自己的故事诉说给别人。

痛苦是人生的必修课，人生在不同时段里有着不同的主旋律，可相同的是每种状态都伴随着挥之不去的痛苦。生在和平环境下，主旋律是家庭与事业，必修课可能要经历家庭破裂、投资失败带来的痛苦。处于战火硝烟时，主旋律便是战争与生存，必修课是惧怕分离与死亡带来的痛苦。生命反复无常，痛苦无法回避，人生本来就充满悲剧色彩，何不在酒神精神的激励下高唱自由之歌！而经历过之后，才能将它转移为精神财富，并感受生命的厚重。

视线离开西达尔，回到灿烂夜空。漫天的华彩顷刻间消逝，暗淡夜幕下又出现另一抹明亮的色彩。我想起了回忆中的若干个人物，那些我本以为很重要的人。他们在不经意间退出我的舞台，紧接着，我从未想到过的人突然从天而降，我便又一次地认为这不再是一个过客，而会是一个转折，会重重地在我的舞台上画出一笔，改变我本已构思好的剧本……

时间啊，停止吧

只剩下两日，我本能地想要避开某些强烈的情感接触，极力让自己平静下来，轻轻和大伙儿告别，然后离开这个小城。

唐雨发信息来，问我方不方便视频聊天。她前阵子和我说闲得发慌，因为公司好久没有安排工作，上个月接了两个微电影的小角色，还录了一场综艺节目，但从五月份开始，就不怎么出门，天天叫外卖。我想象角落里一定堆满了充满异味的快餐盒，便催促她别光等公司，你不是告诉我忙时要有悠闲的趣味，闲时要有吃紧的心思吗？她说她现在有的是闲时和心思，但就是思不出个屁来。

我立马给她发去了视频聊天。孟唐雨看上去精神不错，背景充满凌乱感，床上满是衣服，地上满是书。

"你又买书了姐姐。"我说。

我还记得上次到北京找她，正好碰上某个网购节，她买了两千块钱的书。当快递员扛着一个硕大的纸箱进来时，我都傻眼了。

"跟你说啊，我打算做一个关于服装搭配的公众号，主打胖美眉。不过，这次我要弱化丰满的胸部，不搞噱头了。"她坐在窗台上啃着炸鸡腿。

"终于想好先发制人了？"我问。

"公司现在力捧一个博物馆讲解员，没空管我啊！我这不是看你连玩都没闲着嘛，还做了旅行视频，我再不努力要被你嫌弃了。"她大口嚼着鸡腿。

"好样的，期待啊。"我说。

"对了，你说思维和技能发展到很厉害的阶段，精神会不会分裂到无法掌控？"她这话题转的！

"你是说人格分裂……发展为超能力？"我觉得莫名其妙，但挺有意思。

于是乎，我又和孟唐雨聊了将近四个小时。

西达尔送给我一本书，说是作为纪念。我接过来——海明威的《丧钟为谁而鸣》，微笑地对他说谢谢。我转身上楼取了仅剩的半包茶叶送给西达尔，说这是我们那里的特产，欢迎有空来厦门玩。

我再次打开手机地图，移动到土耳其、伊拉克和伊朗的中间地带。这块土地上居住着西达尔的同胞，却看不见这个苦难民族的名字和疆土。我更能领会他眉间的竖线了，依旧记得他说过，

"如果你没有祖国，你将一无所有。"

住在岘港的最后一晚，伊丽莎白发生了小小的争吵。当我和鸣坐在客厅商量离别前的聚会时，那个韩国女孩冲出了门。几分钟后，泰门只穿着一条睡裤跑下楼，他赤着脚，两眼圆睁，双唇隐蔽在星星点点的胡茬儿中。由于某种原因，这个二十出头的高大的德国男人顿时转化为一个愤怒的、不知所措的小孩。焦虑击倒了他，原本光亮整齐的棕发乱得像个鸟窝，蓝色格子睡裤卡在一条宽松的内裤外面，如同清洁阿姨垒起的几块抹布。

"怎么了？"鸣从沙发上站起。

泰门显然气坏了。他挥舞双手，小小的眼仁悬在眼白当中，"看见了吗？我不敢相信她就这么出去！你知道她说了什么吗？我在乎她有没有钱吗！我的家族非常有钱，在全世界最有钱的排行榜上七百多位！你谷歌一下就知道了！你知道在德国有多少女生想要我吗？我把她们全部拉黑了……"

他小声宣泄着，语气急促却还保持温柔的调调。我很平静地听他独自一人"争吵"。仅仅两分钟，鸣就将他劝上了楼。这场闹剧结束之后，我们才开始小范围的送别派对。我很庆幸西达尔没有看见这滑稽的一幕，同为德国人的他不知会作何反应，我甚至能想象他用那双大手拍着泰门的肩膀，叫他安静下来回房去。不过，他也并不算真正的德国人吧，而且他曾不懈地对待过一个德国女人。那是一个私人投资会，他高大健壮的身材引起了一位当地富家女的注意，高傲艳丽的女人走向他，直截了当地谈起了睡觉的事，还夹带偿付金额，我们这位为奉行不打女人的朋友气愤地抡出一记耳光——但他的魅力依旧不减，连闻讯而来的保安都站在了他这一边。

鸣带我们去了家很小的酒吧，叫作"钢琴旋律"。鸣说他很喜欢到这里来，可走近一看，里面坐着的都是四五十岁的客人。再看向小小的舞台，弹钢琴的中年男人背对我们，另一个中年人摇着铃鼓，一位身穿礼服的阿姨正唱着年代久远的歌谣。鸣凑过头来告诉我，这首歌讲的是战争时期一对年轻情侣的故事。

服务生拿来酒水单，还端上一碟花生、一碟橄榄、一壶茶水，摆在桌上。

"鸣，这真的是你最喜欢的酒吧吗，怎么都是些老人家？"我偷偷问鸣。

"哈哈，是真的。我们喝啤酒？"

鸣见大家都没有意见，点了一大扎啤酒。

"在这里，啤酒和茶水一起喝吗？"我疑惑不解。

芳在旁边傻笑，西达尔和马太倒是认真地欣赏起音乐来。我正要往西达尔的杯子里加冰块，被鸣阻止了。

"冰块还是给我好啦！在德国，他们可不喜欢往啤酒里加冰块！你知道吗，上次我要给泰门加，他急得跳起来！哈哈。"

我们喝得微醺。鸣开心地喊，告诉我你们此时的愿望吧！你们想要什么？

借苏格拉底的话，一个盼望的人所盼望的是他缺少的、还没有到手的、总之是他所没有的，只有这样的东西才是他所盼望的、他所爱的。所以，我盼望的是什么呢？大多数人执着追求自己想要的东西，得手之后却厌烦地想吐。所以，我要的是永恒的、不朽的东西吗？不是，我要的是热烈的、绚丽的，能让这短暂人生灿烂燃烧的。

芳立刻大笑。我看了一眼西达尔，他也望着我，我们接着笑了起来。马太不知道听懂了没有，也跟我们一起笑。

"我希望——我可以马上去加拿大读书！"芳仰着头叫道。

"爱米，那你呢！"鸣又转向我。

"你先说。"我笑着看他，喝了一口啤酒。

"我啊？我希望每天的工作少一点，然后给我家人盖一幢舒服的房子——还有，我也想去国外读书！"鸣开心地看向我，"该你说了！"

"我——我要会各国的语言，也要各种的乐器。"我快速地说道。

"哇，那太厉害了！"芳笑着喊着。

"这样，我既不会饿死，也会一直很快乐。"我大口地喝完了杯中的酒。

西达尔朝我们挥挥手，意思是不参与小孩子们的游戏。可鸣抓着他的手臂硬要他说，他便和马太交头接耳了一下，对我们说，

"马太想要认识那个在海边的女孩子——你知道的，爱米。"西达尔朝我眨眼睛。

鸣和芳欢呼雀跃，同时问是哪一个女孩子。我光笑着不理他们。

"那你呢？"我让西达尔继续说下去。

"我想有一个电视台。"他很认真地说。

我不知道鸣和芳能不能领会他的意思，但我明白。我看着他深邃的眼睛，突然好想放纵地大哭一场。这半年来，我好像变得越来越敏感，任何一些细小的事情都能让我感慨万千，而这种触动发生得也越来越频繁。昨天我还在海边看着几朵浪花掉眼泪，早上又因为看到恐怖袭击中一位老人为年轻人挡子弹——因为他觉得自己已过了一个美好的人生——而啜泣。生命不过是种想象，这种想象可以突破人世间的任何阻隔，眼前几个欢笑着的熟悉面孔，只是我半醉半醒的浮生一梦吗？我举起酒杯，众人也一并抬手，所有人大喊一声"哟"（越南语"干杯"），一饮而尽。

鸣突然起身，走向舞台。一首曲终，他大步跨上台阶，拿起话筒，说要唱一首歌，因为一位朋友明天就要远行。他并没有说是一位中国朋友，我非常理解他在公开场合的这种做法，然而这首歌是改编自中文的《当你孤单你会想起谁》。鸣拿着话筒笔直站在台中央，微笑地望着我。当熟悉的旋律响起时，我脑海里闪过第一天踏入伊丽莎白的情景，当时这个带着酒窝的男孩就是这样笑着、跳着跑出大门……一个月前，当我推着行李箱、无忧无虑地走进伊丽莎白，准备在这里将整个春末漫不经心地挥霍掉时，

我怎么也想不到会有这样丰厚的意外收获！鸣张口了，芳双手打着节拍，西达尔的眉心依旧有两道竖线……旋律在飘，舞台在旋转，我情不自禁地用中文合声歌唱——

　　我竟双目模糊！

　　麦克白说："何处相逢？"
　　"在荒原。"

后记

激荡人生

去年今时，我在法国国庆日前离开巴黎，返回厦门。今时今日，我又从厦门启程，故地重游，同样错过了国庆日，错过了埃菲尔铁塔上盛大的焰火秀，犹如一个闭环。此时饶冰正在意大利度假，7月打折季的疯狂又促使她辗转于各大品牌店中，发布代购信息。我刷着朋友圈，熟悉而娴熟的摆拍令我会心一笑，往昔一同奔波于老佛爷商场的情景幕幕重现，无比怀念。我重新走上巴黎街头，一样的蒙田大道，一样飘着香与臭的空气，一样的地铁一号线，一样10点才暗下的天，怀揣的却是完全不同的情感。

间断而持续的旅行，能改变很多习惯。我从乘飞机喜欢坐在窗边变为习惯靠走道；去巴黎时扛着两个大箱子，而现在不管去往哪里，都尽可能携带最少的行李，但至少带一本书。此次出行带了波伏娃的传记，依旧遵循随缘选择——这本书立在架上好几年始终一页未翻。当我坐在塞纳河右岸的一个小公寓里读到这位法国女性"虽然想象力无所畏惧，却厌恶现实。在文学上能够接受所有的堕落，现实中却非常谨慎"时，颇有感悟。有时候人际关系让我紧张，甚至连非常欣赏的人都不愿接触，我也认为自己有点性格强硬和思想极端，有时让身边的人难以接受。孟唐雨说现在的我比初见时柔和，事实是，一段长时间的游荡在外，让我变得更加包容，却没有改变多少性格上的东西。但某一特定事件能给人的一生带来深远影响，我认为是的，旅行途中一些特殊遭遇，在我今后的很多选择中定会有所反映。

　　我的适应性不算好。比如在岘港，我直到第二周才稍微清楚手中越南盾的大小。我学习语言的速度也慢，在曼谷只学会了如何指挥出租车司机"左拐、右拐、向前"。但是，在旅行中经常有机会进入一个由来自多个国家的人组成的小团体中，我感到新奇，甚至有些情况前所未见。这是一个开放的环境，能看到有些人刚从压抑的工作生活中抽离出来，想要放松一阵；还有一些人各地旅居，始终自由奔放，他们没有固定住所，过着离群索居的生活却极具才华与创造性。我不必在此认真找寻自己的位置，只保持最舒适的状态，随心所欲地迎接每一个故事。

　　二十七八岁，我觉得这时候出来看世界正好。已经脱去学生时代的稚气，又保有青春末梢的悸动，有了若干年社会工作的历练，又积蓄到一定的经济能力。之前二十来年里，我没有真正旅行过，至多算到某地一游，走马观花似的参观几个景点，匆匆忙忙又赶往下一个胜地。似乎名单里有一整串儿目的地，而任务就是把它们一个个钩上。然而这一年，我真正找到了我旅行的意义。

　　这一年里，很多人问我为什么旅行？长时间走在路上，我见到了许多来自世界各地的游子，他们短则一年半载，长则五到八年，持续在各国间辗转，过着旅居的生活。对于他们而言，我只能算过了一个迟到的"间隔年"，可我却难免处在一个盲点位置——对于大多数过着传统生活节奏的朋友而言，我这一年的旅行太过"前卫"与"特殊"。我认为真正的旅行会带给你一次人生的转折。你或许忽然就想明白了一件事，又或者忽然就看淡了一些，也可能学习到新的东西，改变了以往的态度。

　　对于旅行，有些人犹豫不决，有些人心潮澎湃。有些人憧憬了好久，迟迟不敢订票，有些人什么计划都没有，突然就踏上行程。有些人一直在寻找同行的旅伴，有些人在途中相互一拍两散。有些人渴望在路途中结交知己，有些人飘飘荡荡了许久发现还是身边熟悉的人最好。然而似乎决定旅行最重要的两点就是钱和时间，正如那首老歌：我想去桂林呀我想去桂林，可是有时间的时候我却没有钱，可是有了钱的时候我却没时间。我不算是个说走就走的人，但我很清楚，一旦出发，接下来这段行程一定有着不同寻常的故事等着我。我痴迷于临行前收拾行李的过程，我会打开肖邦的钢琴曲库随机播放，然后慢吞吞地整理行李箱，尽量只留下最少的必需品。

我的旅行节奏很慢。我习惯在一个陌生城市待上一个月，然后回到厦门，休息一到两周，处理杂事，之后继续出发。厦门是我的圆心，这已经成了我旅行的规律。

我很庆幸认识了从未听说过的地方，比如法罗群岛，比如库尔德斯坦——他们都不是独立的国家。走的地方越多，越觉得知识的匮乏与渴望。我去到的地方，它在脑中的轮廓越来越清晰，而我在当地认识的来自各地的旅人，又给了我对于世界的新的认知。

而最重要的是，我为了人而旅行。多年以后，我一定还会记得一同看球的求婚小分队，记得怕晒太阳的路易斯和爱美的朱蒂，记得为我编彩辫的里莎和在风雨中勇往无前的船老大，记得一群极为友好的加拿大人，记得长得像猴子的丹以及阿玛法达山庄里的一班住客，记得笑嘻嘻的芳和鸣，记得眉头紧锁的"革命恋人"……

是的，没有这些当地结识的朋友，我的旅行还有什么意义？

每个人旅行的方式与目的不尽相同。我真诚希望每一个踏上旅途的朋友，都能敞开心扉，拥抱途中的自然人文，找到自己旅行的意义。

爱米鱼

2017 年 7 月于巴黎